# Collection

# Alexandre Dumas

## 1802 - 1870

## 61 - *Le Vicomte de Bragelonne*

### Tome V

© **Éditions Ararauna, 2022**

ISBN : 978-2-37884-705-0

Éditions Ararauna, 34400 Lunel, France

Dépôt légal : Mai 2022

# TABLE DES MATIÈRES

# I

*Le courrier de Madame*

Charles II était en train de prouver ou d'essayer de prouver à miss Stewart qu'il ne s'occupait que d'elle ; en conséquence, il lui promettait un amour pareil à celui que son aïeul Henri IV avait eu pour Gabrielle.

Malheureusement pour Charles II, il était tombé sur un mauvais jour, sur un jour où miss Stewart s'était mis en tête de le rendre jaloux.

Aussi, à cette promesse, au lieu de s'attendrir comme l'espérait Charles II, se mit-elle à éclater de rire.

– Oh ! sire, sire, s'écria-t-elle tout en riant, si j'avais le malheur de vous demander une preuve de cet amour, combien serait-il facile de voir que vous mentez.

– Écoutez, lui dit Charles, vous connaissez mes cartons de Raphaël ; vous savez si j'y tiens ; le monde me les envie, vous savez encore cela : mon père les fit acheter par Van Dyck. Voulez-vous que je les fasse porter aujourd'hui même chez vous ?

– Oh ! non, répondit la jeune fille ; gardez-vous-en bien, sire, je suis trop à l'étroit pour loger de pareils hôtes.

– Alors je vous donnerai Hampton Court pour mettre les cartons.

– Soyez moins généreux, sire, et aimez plus longtemps, voilà tout ce que je vous demande.

– Je vous aimerai toujours ; n'est-ce pas assez ?

– Vous riez, sire.

– Voulez-vous donc que je pleure ?

– Non, mais je voudrais vous voir un peu plus mélancolique.

– Merci Dieu ! ma belle, je l'ai été assez longtemps : quatorze ans d'exil, de pauvreté, de misère ; il me semblait que c'était une dette payée ; et puis la mélancolie enlaidit.

– Non pas, voyez plutôt le jeune Français.

– Oh ! le vicomte de Bragelonne, vous aussi ! Dieu me damne ! elles en deviendront toutes folles les unes après les autres ; d'ailleurs, lui, il a raison d'être mélancolique.

– Et pourquoi cela ?

– Ah bien ! il faut que je vous livre les secrets d'État.

– Il le faut si je le veux, puisque vous avez dit que vous étiez prêt à faire tout ce que je voudrais.

– Eh bien ! il s'ennuie dans ce pays, là ! Êtes-vous contente ?

– Il s'ennuie ?

– Oui, preuve qu'il est un niais.

– Comment, un niais ?

– Sans doute. Comprenez-vous cela ? Je lui permets d'aimer miss Mary Graffton, et il s'ennuie !

– Bon ! il paraît que, si vous n'étiez pas aimé de miss Lucy Stewart, vous vous consoleriez, vous, en aimant miss Mary Graffton ?

– Je ne dis pas cela : d'abord, vous savez bien que Mary Graffton ne m'aime pas ; or, on ne se console d'un amour perdu que par un amour trouvé. Mais, encore une fois, ce n'est pas de moi qu'il est question, c'est de ce jeune homme. Ne dirait-on pas que celle qu'il laisse derrière lui est une Hélène, une Hélène avant Pâris, bien entendu.

– Mais il laisse donc quelqu'un, ce gentilhomme ?

– C'est-à-dire qu'on le laisse.

– Pauvre garçon ! Au fait, tant pis !

– Comment, tant pis !

– Oui, pourquoi s'en va-t-il ?

– Croyez-vous que ce soit de son gré qu'il s'en aille ?

– Il est donc forcé ?

– Par ordre, ma chère Stewart, il a quitté Paris par ordre.

– Et par quel ordre ?

– Devinez.

– Du roi ?

– Juste.

– Ah ! vous m'ouvrez les yeux.

– N'en dites rien, au moins.

– Vous savez bien que, pour la discrétion, je vaux un homme. Ainsi le roi le renvoie ?

– Oui.

– Et, pendant son absence, il lui prend sa maîtresse.

– Oui, et, comprenez-vous, le pauvre enfant, au lieu de remercier le roi, il se lamente !

– Remercier le roi de ce qu'il lui enlève sa maîtresse ? Ah çà ! mais ce n'est pas galant le moins du monde, pour les femmes en général et pour les maîtresses en particulier, ce que vous dites là, sire.

– Mais comprenez donc, parbleu ! Si celle que le roi lui enlève était une miss Grafftton ou une miss Stewart, je serais de son avis, et je ne le trouverais même pas assez désespéré ; mais c'est une petite fille maigre et boiteuse... Au diable soit de la fidélité ! comme on dit en France. Refuser celle qui est riche pour celle qui est pauvre, celle qui l'aime pour celle qui le trompe, a-t-on jamais vu cela ?

– Croyez-vous que Mary ait sérieusement envie de plaire au vicomte, sire ?

– Oui, je le crois.

– Eh bien ! le vicomte s'habituera à l'Angleterre. Mary a bonne tête, et, quand elle veut, elle veut bien.

– Ma chère miss Stewart, prenez garde, si le vicomte s'acclimate à notre pays : il n'y a pas longtemps, avant-hier encore, il m'est venu demander la permission de le quitter.

– Et vous la lui avez refusée ?

– Je le crois bien ! le roi mon frère a trop à cœur qu'il soit absent, et, quant à moi, j'y mets de l'amour-propre : il ne sera pas dit que j'aurai tendu à ce *youngman* le plus noble et le plus doux appât de l'Angleterre...

– Vous êtes galant, sire, dit miss Stewart avec une charmante moue.

– Je ne compte pas miss Stewart, dit le roi, celle-là est un appât royal, et, puisque je m'y suis pris, un autre, j'espère, ne s'y prendra point ; je dis donc, enfin, que je n'aurai pas fait inutilement les doux yeux à ce jeune homme ; il restera chez nous, il se mariera chez nous, ou, Dieu me damne !...

– Et j'espère bien qu'une fois marié, au lieu d'en vouloir à Votre Majesté, il lui en sera reconnaissant ; car tout le monde s'empresse à lui plaire, jusqu'à M. de Buckingham qui, chose incroyable, s'efface devant lui.

– Et jusqu'à miss Stewart, qui l'appelle un charmant cavalier.

– Écoutez, sire, vous m'avez assez vanté miss Grafftton, passez-moi à mon tour un peu de Bragelonne. Mais, à propos, sire, vous êtes depuis quelque temps d'une bonté qui me surprend ; vous songez aux absents, vous pardonnez les offenses, vous êtes presque parfait. D'où vient ?...

Charles II se mit à rire.

– C'est parce que vous vous laissez aimer, dit-il.

– Oh ! il doit y avoir une autre raison.

– Dame ! j'oblige mon frère Louis XIV.

– Donnez-m'en une autre encore.

– Eh bien ! le vrai motif, c'est que Buckingham m'a recommandé ce jeune homme, et m'a dit : « Sire, je commence par renoncer, en faveur du vicomte de Bragelonne, à miss Graffton ; faites comme moi. »

– Oh ! c'est un digne gentilhomme, en vérité, que le duc.

– Allons, bien ; échauffez-vous maintenant la tête pour Buckingham. Il paraît que vous voulez me faire damner aujourd'hui.

En ce moment, on gratta à la porte.

– Qui se permet de nous déranger ? s'écria Charles avec impatience.

– En vérité, sire, dit Stewart, voilà un *qui se permet* de la plus suprême fatuité, et, pour vous en punir...

Elle alla elle-même ouvrir la porte.

– Ah ! c'est un messager de France, dit miss Stewart.

– Un messager de France ! s'écria Charles ; de ma sœur peut-être ?

– Oui, sire, dit l'huissier, et messager extraordinaire.

– Entrez, entrez, dit Charles.

Le courrier entra.

– Vous avez une lettre de M^{me} la duchesse d'Orléans ? demanda le roi.

– Oui, sire, répondit le courrier, et tellement pressée, que j'ai mis vingt-six heures seulement pour l'apporter à Votre Majesté, et encore ai-je perdu trois quarts d'heure à Calais.

– On reconnaîtra ce zèle, dit le roi.

Et il ouvrit la lettre.

Puis, se prenant à rire aux éclats :

– En vérité, s'écria-t-il, je n'y comprends plus rien.

Et il relut la lettre une seconde fois.

Miss Stewart affectait un maintien plein de réserve, et contenait son ardente curiosité.

– Francis, dit le roi à son valet, que l'on fasse rafraîchir et coucher ce brave garçon, et que, demain, en se réveillant, il trouve à son chevet un petit sac de cinquante louis.

– Sire !

– Va, mon ami, va ! Ma sœur avait bien raison de te recommander la diligence ; c'est pressé.

Et il se remit à rire plus fort que jamais.

Le messager, le valet de chambre et miss Stewart elle-même ne savaient quelle contenance garder.

– Ah ! fit le roi en se renversant sur son fauteuil, et quand je pense que tu as crevé... combien de chevaux ?

– Deux.

– Deux chevaux pour apporter cette nouvelle ! C'est bien ; va, mon ami, va.

Le courrier sortit avec le valet de chambre.

Charles II alla à la fenêtre qu'il ouvrit, et, se penchant au-dehors :

– Duc ! cria-t-il, duc de Buckingham, mon cher Buckingham, venez !

Le duc se hâta d'accourir ; mais, arrivé au seuil de la porte, et apercevant miss Stewart, il hésita à entrer.

– Viens donc, et ferme la porte, duc.

Le duc obéit, et, voyant le roi de si joyeuse humeur, s'approcha en souriant.

– Eh bien ! mon cher duc, où en es-tu avec ton Français ?

– Mais j'en suis, de son côté, au plus pur désespoir, sire.

– Et pourquoi ?

– Parce que cette adorable miss Grafton veut l'épouser, et qu'il ne veut pas.

– Mais ce Français n'est donc qu'un béotien ! s'écria miss Stewart ; qu'il dise oui, ou qu'il dise non, et que cela finisse.

– Mais, dit gravement Buckingham, vous savez, ou vous devez savoir, madame, que M. de Bragelonne aime ailleurs.

– Alors, dit le roi venant au secours de miss Stewart, rien de plus simple ; qu'il dise non.

– Oh ! c'est que je lui ai prouvé qu'il avait tort de ne pas dire oui !

– Tu lui as donc avoué que sa La Vallière le trompait ?

– Ma foi ! oui, tout net.

– Et qu'a-t-il fait ?

– Il a fait un bond comme pour franchir le détroit.

– Enfin, dit miss Stewart, il a fait quelque chose : c'est ma foi ! bien heureux.

– Mais, continua Buckingham, je l'ai arrêté : je l'ai mis aux prises avec miss Mary, et j'espère bien que, maintenant, il ne partira point, comme il en avait manifesté l'intention.

– Il manifestait l'intention de partir ? s'écria le roi.

– Un instant, j'ai douté qu'aucune puissance humaine fût capable de l'arrêter ; mais les yeux de miss Mary sont braqués sur lui : il restera.

– Eh bien ! voilà ce qui te trompe, Buckingham, dit le roi en éclatant de rire ; ce malheureux est prédestiné.

– Prédestiné à quoi ?

– À être trompé, ce qui n'est rien ; mais à le voir, ce qui est beaucoup.

– À distance, et avec l'aide de miss Graffton, le coup sera paré.

– Eh bien ! pas du tout ; il n'y aura ni distance, ni aide de miss Graffton. Bragelonne partira pour Paris dans une heure.

Buckingham tressaillit, miss Stewart ouvrit de grands yeux.

– Mais, sire, Votre Majesté sait bien que c'est impossible, dit le duc.

– C'est-à-dire, mon cher Buckingham, qu'il est impossible, maintenant, que le contraire arrive.

– Sire, figurez-vous que ce jeune homme est un lion.

– Je le veux bien, Villiers.

– Et que sa colère est terrible.

– Je ne dis pas non, cher ami.

– S'il voit son malheur de près, tant pis pour l'auteur de son malheur.

– Soit ; mais que veux-tu que j'y fasse ?

– Fût-ce le roi, s'écria Buckingham, je ne répondrais pas de lui !

– Oh ! le roi a des mousquetaires pour le garder, dit Charles tranquillement ; je sais cela, moi, qui ai fait antichambre chez lui à Blois. Il a M. d'Artagnan. Peste ! voilà un gardien ! Je m'accommoderais, vois-tu de vingt colères comme celles de ton Bragelonne, si j'avais quatre gardiens comme M. d'Artagnan.

– Oh ! mais que Votre Majesté, qui est si bonne, réfléchisse, dit Buckingham.

– Tiens, dit Charles II en présentant la lettre au duc, lis, et réponds toi-même. À ma place, que ferais-tu ?

Buckingham prit lentement la lettre de Madame, et lut ces mots en tremblant d'émotion :

*Pour vous, pour moi, pour l'honneur et le salut de tous, renvoyez immédiatement en France M. de Bragelonne.*

*Votre sœur dévouée,*

HENRIETTE.

– Qu'en dis-tu, Villiers ?

– Ma foi ! sire, je n'en dis rien, répondit le duc stupéfait.

– Est-ce toi, voyons, dit le roi avec affectation, qui me conseillerais de ne pas obéir à ma sœur quand elle me parle avec cette insistance ?

– Oh ! non, non, sire, et cependant...

– Tu n'as pas lu le post-scriptum, Villiers ; il est sous le pli, et m'avait échappé d'abord à moi-même : lis.

Le duc leva, en effet, un pli qui cachait cette ligne.

*Mille souvenirs à ceux qui m'aiment.*

Le front pâlissant du duc s'abaissa vers la terre ; la feuille trembla dans ses doigts, comme si le papier se fût changé en un plomb épais.

Le roi attendit un instant, et, voyant que Buckingham restait muet :

– Qu'il suive donc sa destinée, comme nous la nôtre, continua le roi ; chacun souffre sa passion en ce monde : j'ai eu la mienne, j'ai eu celle des miens, j'ai porté double croix. Au diable les soucis, maintenant ! Va, Villiers, va me quérir ce gentilhomme.

Le duc ouvrit la porte treillissée du cabinet, et, montrant au roi Raoul et Mary qui marchaient à côté l'un de l'autre :

– Oh ! sire, dit-il, quelle cruauté pour cette pauvre miss Graffton !

– Allons, allons, appelle, dit Charles II en fronçant ses sourcils noirs ; tout le monde est donc sentimental ici ? Bon : voilà miss Stewart qui s'essuie les yeux, à présent. Maudit Français, va !

Le duc appela Raoul, et, allant prendre la main de miss Graffton, il l'amena devant le cabinet du roi.

– Monsieur de Bragelonne, dit Charles II, ne me demandiez-vous pas, avant-hier, la permission de retourner à Paris ?

– Oui, sire, répondit Raoul, que ce début étourdit tout d'abord.

– Eh bien ! mon cher vicomte, j'avais refusé, je crois ?

– Oui, sire.

– Et vous m'en avez voulu ?

– Non, sire ; car Votre Majesté refusait, certainement, pour d'excellents motifs ; Votre Majesté est trop sage et trop bonne pour ne pas bien faire tout ce qu'elle fait.

– Je vous alléguai, je crois, cette raison, que le roi de France ne vous avait pas rappelé ?

– Oui, sire, vous m'avez, en effet, répondu cela.

– Eh bien ! j'ai réfléchi, monsieur de Bragelonne ; si le roi, en effet, ne vous a pas fixé le retour, il m'a recommandé de vous rendre agréable le séjour de l'Angleterre ; or, puisque vous me demandiez à partir, c'est que le séjour de l'Angleterre ne vous était pas agréable ?

– Je n'ai pas dit cela, sire.

– Non ; mais votre demande signifiait au moins, dit le roi, qu'un autre séjour vous serait plus agréable que celui-ci.

En ce moment, Raoul se tourna vers la porte contre le chambranle de laquelle miss Graffton était appuyée pâle et défaite.

Son autre bras était posé sur le bras de Buckingham.

– Vous ne répondez pas, poursuivit Charles ; le proverbe français est positif : « Qui ne dit mot consent. » Eh bien ! monsieur de Bragelonne, je me vois en mesure de vous satisfaire ; vous pouvez, quand vous voudrez, partir pour la France, je vous y autorise.

– Sire !... s'écria Raoul.

– Oh ! murmura Mary en étreignant le bras de Buckingham.

– Vous pouvez être ce soir à Douvres, continua le roi ; la marée monte à deux heures du matin.

Raoul, stupéfait, balbutia quelques mots qui tenaient le milieu entre le remerciement et l'excuse.

– Je vous dis donc adieu, monsieur de Bragelonne, et vous souhaite toutes sortes de prospérités, dit le roi en se levant ; vous me ferez le plaisir de garder, en souvenir de moi, ce diamant, que je destinais à une corbeille de noces.

Miss Graffton semblait près de défaillir.

Raoul reçut le diamant ; en le recevant, il sentait ses genoux trembler.

Il adressa quelques compliments au roi, quelques compliments à miss Stewart, et chercha Buckingham pour lui dire adieu.

Le roi profita de ce moment pour disparaître.

Raoul trouva le duc occupé à relever le courage de miss Graffton.

– Dites-lui de rester, mademoiselle, je vous en supplie, murmurait Buckingham.

– Je lui dis de partir, répondit miss Graffton en se ranimant ; je ne suis pas de ces femmes qui ont plus d'orgueil que de cœur ; si on l'aime en France, qu'il retourne en France, et qu'il me bénisse, moi qui lui aurai conseillé d'aller trouver son bonheur. Si, au contraire, on ne l'aime plus, qu'il revienne, je l'aimerai encore, et son infortune ne l'aura point amoindri à mes yeux. Il y a dans les armes de ma maison ce que Dieu a gravé dans mon cœur : *Habenti parum, egenti cuncta*. « Aux riches peu, aux pauvres tout. »

– Je doute, ami, dit Buckingham, que vous trouviez là-bas l'équivalent de ce que vous laissez ici.

– Je crois ou du moins j'espère, dit Raoul d'un air sombre, que ce que j'aime est digne de moi ; mais, s'il est vrai que j'ai un indigne amour, comme vous avez essayé de me le faire entendre, monsieur le duc, je l'arracherai de mon cœur, dussé-je arracher mon cœur avec l'amour.

Mary Graffton leva les yeux sur lui avec une expression d'indéfinissable pitié.

Raoul sourit tristement.

– Mademoiselle, dit-il, le diamant que le roi me donne était destiné à vous, laissez-moi vous l'offrir ; si je me marie en France, vous me le renverrez ; si je ne me marie pas, gardez-le.

Et, saluant, il s'éloigna.

« Que veut-il dire ? » pensa Buckingham, tandis que Raoul serrait respectueusement la main glacée de miss Mary.

Miss Mary comprit le regard que Buckingham fixait sur elle.

– Si c'était une bague de fiançailles, dit-elle, je ne l'accepterais point.

– Vous lui offrez cependant de revenir à vous.

– Oh ! duc, s'écria la jeune fille avec des sanglots, une femme comme moi n'est jamais prise pour consolation par un homme comme lui.

– Alors, vous pensez qu'il ne reviendra pas.

– Jamais, dit miss Graffton d'une voix étranglée.

– Eh bien ! je vous dis, moi, qu'il trouvera là-bas son bonheur détruit, sa fiancée perdue... son honneur même entamé... Que lui restera-t-il donc qui vaille votre amour ? Oh ! dites, Mary, vous qui vous connaissez vous-même !

Miss Graffton posa sa blanche main sur le bras de Buckingham, et, tandis que Raoul fuyait dans l'allée des tilleuls avec une rapidité vertigineuse, elle chanta d'une voix mourante ces vers de *Roméo et Juliette* :

*Il faut partir et vivre,*
*Ou rester et mourir.*

Lorsqu'elle acheva le dernier mot, Raoul avait disparu. Miss Graffton rentra chez elle, plus pâle et plus silencieuse qu'une ombre.

Buckingham profita du courrier qui était venu apporter la lettre au roi pour écrire à Madame et au comte de Guiche.

Le roi avait parlé juste. À deux heures du matin, la marée était haute, et Raoul s'embarquait pour la France.

# II

*Saint-Aignan suit le conseil de Malicorne*

Le roi surveillait ce portrait de La Vallière avec un soin qui venait autant du désir de la voir ressemblante que du dessein de faire durer ce portrait longtemps.

Il fallait le voir suivant le pinceau, attendre l'achèvement d'un plan ou le résultat d'une teinte, et conseiller au peintre diverses modifications auxquelles celui-ci consentait avec une félicité respectueuse.

Puis, quand le peintre, suivant le conseil de Malicorne, avait un peu tardé, quand Saint-Aignan avait une petite absence, il fallait voir, et personne ne les voyait, ces silences pleins d'expression, qui unissaient dans un soupir deux âmes fort disposées à se comprendre et fort désireuses du calme et de la méditation.

Alors les minutes s'écoulaient comme par magie. Le roi se rapprochait de sa maîtresse et venait la brûler du feu de son regard, du contact de son haleine.

Un bruit se faisait-il entendre dans l'antichambre, le peintre arrivait-il, Saint-Aignan revenait-il en s'excusant, le roi se mettait à parler, La Vallière à lui répondre précipitamment, et leurs yeux disaient à Saint-Aignan que, pendant son absence, ils avaient vécu un siècle.

En un mot, Malicorne, ce philosophe sans le vouloir, avait su donner au roi l'appétit dans l'abondance et le désir dans la certitude de la possession.

Ce que La Vallière redoutait n'arriva pas.

Nul ne devina que, dans la journée, elle sortait deux ou trois heures de chez elle. Elle feignait une santé irrégulière. Ceux qui se présentaient chez elle frappaient avant d'entrer. Malicorne, l'homme des inventions ingénieuses, avait imaginé un mécanisme acoustique par lequel La Vallière, dans l'appartement de Saint-Aignan, était prévenue des visites que l'on venait faire dans la chambre qu'elle habitait ordinairement.

Ainsi donc, sans sortir, sans avoir de confidentes, elle rentrait chez elle, déroutant par une apparition tardive peut-être, mais qui combattait victorieusement néanmoins tous les soupçons des sceptiques les plus acharnés.

Malicorne avait demandé à Saint-Aignan des nouvelles du lendemain. Saint-Aignan avait été forcé d'avouer que ce quart d'heure de liberté donnait au roi une humeur des plus joyeuses.

– Il faudra doubler la dose, répliqua Malicorne, mais insensiblement ; attendez qu'on le désire.

On le désira si bien, qu'un soir, le quatrième jour, au moment où le peintre pliait bagage sans que Saint-Aignan fût rentré, Saint-Aignan entra et vit sur le visage de La Vallière une ombre de contrariété qu'elle n'avait pu dissimuler. Le roi fut moins secret, il témoigna son dépit par un mouvement d'épaules très significatif. La Vallière rougit, alors.

« Bon ! s'écria Saint-Aignan dans sa pensée, M. Malicorne sera enchanté ce soir. »

En effet, Malicorne fut enchanté le soir.

– Il est bien évident, dit-il au comte, que M$^{lle}$ de La Vallière espérait que vous tarderiez au moins de dix minutes.

– Et le roi une demi-heure, cher monsieur Malicorne.

– Vous seriez un mauvais serviteur du roi, répliqua celui-ci, si vous refusiez cette demi-heure de satisfaction à Sa Majesté.

– Mais le peintre ? objecta Saint-Aignan.

– Je m'en charge, dit Malicorne ; seulement, laissez-moi prendre conseil des visages et des circonstances ; ce sont mes opérations de magie, à moi, et, quand les sorciers prennent avec l'astrolabe la hauteur du soleil, de la lune et de leurs constellations, moi, je me contente de regarder si les yeux sont cerclés de noir, ou si la bouche décrit l'arc convexe ou l'arc concave.

– Observez donc !

– N'ayez pas peur.

Et le rusé Malicorne eut tout le loisir d'observer.

Car, le soir même, le roi alla chez Madame avec les reines, et fit une si grosse mine, poussa de si rudes soupirs, regarda La Vallière avec des yeux si fort mourants, que Malicorne dit à Montalais, le soir :

– À demain !

Et il alla trouver le peintre dans sa maison de la rue des Jardins-Saint-Paul, pour le prier de remettre la séance à deux jours.

Saint-Aignan n'était pas chez lui, quand La Vallière, déjà familiarisée avec l'étage inférieur, leva le parquet et descendit.

Le roi, comme d'habitude, l'attendait sur l'escalier, et tenait un bouquet à la main ; en la voyant, il la prit dans ses bras.

La Vallière, tout émue, regarda autour d'elle, et, ne voyant que le roi, ne se plaignit pas. Ils s'assirent.

Louis, couché près des coussins sur lesquels elle reposait, et la tête inclinée sur les genoux de sa maîtresse, placé là comme dans un asile d'où l'on ne pouvait le bannir, la regardait, et, comme si le moment fût venu où rien ne pouvait plus s'interposer entre ces deux âmes, elle, de son côté, se mit à le dévorer du regard.

Alors, de ses yeux si doux, si purs, se dégageait une flamme toujours jaillissante dont les rayons allaient chercher le cœur de son royal amant pour le réchauffer d'abord et le dévorer ensuite.

Embrasé par le contact des genoux tremblants, frémissant de bonheur lorsque la main de Louise descendait sur ses cheveux, le roi s'engourdissait dans cette félicité, et s'attendait toujours à voir entrer le peintre ou de Saint-Aignan.

Dans cette prévision douloureuse, il s'efforçait parfois de fuir la séduction qui s'infiltrait dans ses veines, il appelait le sommeil du cœur et des sens, il repoussait la réalité toute prête, pour courir après l'ombre.

Mais la porte ne s'ouvrit ni pour de Saint-Aignan, ni pour le peintre ; mais les tapisseries ne frissonnèrent même point. Un silence de mystère et de volupté engourdit jusqu'aux oiseaux dans leur cage dorée.

Le roi, vaincu, retourna sa tête et colla sa bouche brûlante dans les deux mains réunies de La Vallière ; elle perdit la raison, et serra sur les lèvres de son amant ses deux mains convulsives.

Louis se roula chancelant à genoux, et, comme La Vallière n'avait pas dérangé sa tête, le front du roi se trouva au niveau des lèvres de la jeune femme, qui, dans son extase, effleura d'un furtif et mourant baiser les cheveux parfumés qui lui caressaient les joues.

Le roi la saisit dans ses bras, et, sans qu'elle résistât, ils échangèrent ce premier baiser, ce baiser ardent qui change l'amour en un délire.

Ni le peintre ni de Saint-Aignan ne rentrèrent ce jour-là.

Une sorte d'ivresse pesante et douce, qui rafraîchit les sens et laisse circuler comme un lent poison le sommeil dans les veines, ce sommeil impalpable, languissant comme la vie heureuse, tomba, pareille à un nuage, entre la vie passée et la vie à venir des deux amants.

Au sein de ce sommeil plein de rêves, un bruit continu à l'étage supérieur inquiéta d'abord La Vallière, mais sans la réveiller tout à fait.

Cependant, comme ce bruit continuait, comme il se faisait comprendre, comme il rappelait la réalité à la jeune femme ivre de l'illusion, elle se releva tout effarée, belle de son désordre, en disant :

– Quelqu'un m'attend là-haut. Louis ! Louis, n'entendez-vous pas ?

– Eh ! n'êtes-vous pas celle que j'attends ? dit le roi avec tendresse. Que les autres désormais vous attendent.

Mais elle, secouant doucement la tête :

– Bonheur caché !... dit-elle avec deux grosses larmes, pouvoir caché... Mon orgueil doit se taire comme mon cœur.

Le bruit recommença.

– J'entends la voix de Montalais, dit-elle.

Et elle monta précipitamment l'escalier.

Le roi montait avec elle, ne pouvant se décider à la quitter et couvrant de baisers sa main et le bas de sa robe.

– Oui, oui, répéta La Vallière, la moitié du corps déjà passé à travers la trappe, oui, la voix de Montalais qui appelle ; il faut qu'il soit arrivé quelque chose d'important.

– Allez donc, cher amour, dit le roi, et revenez vite.

– Oh ! pas aujourd'hui. Adieu ! adieu !

Et elle s'abaissa encore une fois pour embrasser son amant, puis elle s'échappa.

Montalais attendait en effet, tout agitée, toute pâle.

– Vite, vite, dit-elle, il monte.

– Qui cela ? qui est-ce qui monte ?

– Lui ! Je l'avais bien prévu.

– Mais qui donc, lui ? tu me fais mourir !

– Raoul, murmura Montalais.

– Moi, oui, moi, dit une voix joyeuse dans les derniers degrés du grand escalier.

La Vallière poussa un cri terrible et se renversa en arrière.

– Me voici, me voici, chère Louise, dit Raoul en accourant. Oh ! je savais bien, moi, que vous m'aimiez toujours.

La Vallière fit un geste d'effroi, un autre geste de malédiction ; elle s'efforça de parler et ne put articuler qu'une seule parole :

– Non, non ! dit-elle.

Et elle tomba dans les bras de Montalais en murmurant :

– Ne m'approchez pas !

Montalais fit signe à Raoul, qui, pétrifié sur le seuil, ne chercha pas même à faire un pas de plus dans la chambre.

Puis jetant les yeux du côté du paravent :

– Oh ! dit-elle, l'imprudente ! la trappe n'est pas même fermée !

Et elle s'avança vers l'angle de la chambre pour refermer d'abord le paravent, et puis, derrière le paravent, la trappe.

Mais de cette trappe s'élança le roi, qui avait entendu le cri de La Vallière et qui venait à son secours.

Il s'agenouilla devant elle en accablant de questions Montalais qui commençait à perdre la tête.

Mais, au moment où le roi tombait à genoux, on entendit un cri de douleur sur le carré et le bruit d'un pas dans le corridor. Le roi voulut courir pour voir qui avait poussé ce cri, pour reconnaître qui faisait ce bruit de pas.

Montalais chercha à le retenir, mais ce fut vainement.

Le roi, quittant La Vallière, alla vers la porte ; mais Raoul était déjà loin, de sorte que le roi ne vit qu'une espèce d'ombre tournant l'angle du corridor.

# III

*Deux vieux amis*

Tandis que chacun pensait à ses affaires à la cour, un homme se rendait mystérieusement derrière la place de Grève, dans une maison qui nous est déjà connue pour l'avoir vue assiégée, un jour d'émeute, par d'Artagnan.

Cette maison avait sa principale entrée par la place Baudoyer.

Assez grande, entourée de jardins, ceinte dans la rue Saint-Jean par des boutiques de taillandiers qui la garantissaient des regards curieux, elle était renfermée dans ce triple rempart de pierres, de bruit et de verdure, comme une momie parfumée dans sa triple boîte.

L'homme dont nous parlons marchait d'un pas assuré, bien qu'il ne fût pas de la première jeunesse. À voir son manteau couleur de muraille et sa longue épée, qui relevait ce manteau, nul n'eût pu reconnaître le chercheur d'aventures ; et si l'on eût bien consulté ce croc de moustaches relevé, cette peau fine et lisse qui apparaissait sous le sombrero, comment ne pas croire que les aventures dussent être galantes ?

En effet, à peine le cavalier fut-il entré dans la maison que huit heures sonnèrent à Saint-Gervais.

Et, dix minutes après, une dame, suivie d'un laquais armé, vint frapper à la même porte, qu'une vieille suivante lui ouvrit aussitôt.

Cette dame leva son voile en entrant. Ce n'était plus une beauté, mais c'était encore une femme ; elle n'était plus jeune ; mais elle était encore alerte et d'une belle prestance. Elle dissimulait, sous une toilette riche et de bon goût, un âge que Ninon de Lenclos seule affronta en souriant.

À peine fut-elle dans le vestibule, que le cavalier, dont nous n'avons fait qu'esquisser les traits, vint à elle en lui tendant la main.

– Chère duchesse, dit-il. Bonjour.

– Bonjour, mon cher Aramis, répliqua la duchesse.

Il la conduisit à un salon élégamment meublé, dont les fenêtres hautes s'empourpraient des derniers feux du jour tamisés par les cimes noires de quelques sapins.

Tous deux s'assirent côte à côte.

Ils n'eurent ni l'un ni l'autre la pensée de demander de la lumière, et s'ensevelirent ainsi dans l'ombre comme ils eussent voulu s'ensevelir mutuellement dans l'oubli.

– Chevalier, dit la duchesse, vous ne m'avez plus donné signe d'existence depuis notre entrevue de Fontainebleau, et j'avoue que votre présence, le jour de la mort du franciscain, j'avoue que votre initiation à certains secrets m'ont donné le plus vif étonnement que j'aie eu de ma vie.

– Je puis vous expliquer ma présence, je puis vous expliquer mon initiation, dit Aramis.

– Mais, avant tout, répliqua vivement la duchesse, parlons un peu de nous. Voilà longtemps que nous sommes de bons amis.

– Oui, madame, et, s'il plaît à Dieu, nous le serons, sinon longtemps, du moins toujours.

– Cela est certain, chevalier, et ma visite en est un témoignage.

– Nous n'avons plus à présent, madame la duchesse, les mêmes intérêts qu'autrefois, dit Aramis en souriant sans crainte dans cette pénombre, car on n'y pouvait deviner que son sourire fût moins agréable et moins frais qu'autrefois.

– Aujourd'hui, chevalier, nous avons d'autres intérêts. Chaque âge apporte les siens, et comme nous nous comprenons aujourd'hui, en causant, aussi bien que nous le faisions autrefois sans parler, causons ; voulez-vous ?

– Duchesse, à vos ordres. Ah ! pardon, comment avez-vous donc retrouvé mon adresse ? Et pourquoi ?

– Pourquoi ? Je vous l'ai dit. La curiosité. Je voulais savoir ce que vous êtes à ce franciscain, avec lequel j'avais affaire, et qui est mort si étrangement. Vous savez qu'à notre entrevue à Fontainebleau, dans ce cimetière, au pied de cette tombe, récemment fermée, nous fûmes émus l'un et l'autre au point de ne nous rien confier l'un à l'autre.

– Oui, madame.

– Eh bien ! je ne vous eus pas plutôt quitté, que je me repentis. J'ai toujours été avide de m'instruire. Vous savez que M^{me} de Longueville est un peu comme moi, n'est-ce pas ?

– Je ne sais, dit Aramis discrètement.

– Je me rappelai donc, continua la duchesse, que nous n'avions rien dit dans ce cimetière, ni vous de ce que vous étiez à ce franciscain dont vous avez surveillé l'inhumation, ni moi de ce que je lui étais. Aussi, tout cela m'a paru indigne de deux bons amis comme nous, et j'ai cherché l'occasion de me rapprocher de vous pour vous donner la preuve que je vous suis acquise, et que Marie Michon, la pauvre morte, a laissé sur terre une ombre pleine de mémoire.

Aramis s'inclina sur la main de la duchesse et y déposa un galant baiser.

– Vous avez dû avoir quelque peine à me retrouver, dit-il.

– Oui, fit-elle, contrariée d'être ramenée à ce que voulait savoir Aramis ; mais je vous savais ami de M. Fouquet, j'ai cherché près de M. Fouquet.

– Ami ? oh ! s'écria le chevalier, vous dites trop, madame. Un pauvre prêtre favorisé par ce généreux protecteur, un cœur plein de reconnaissance et de fidélité, voilà tout ce que je suis à M. Fouquet.

– Il vous a fait évêque ?

– Oui, duchesse.

– Mais, beau mousquetaire, c'est votre retraite.

« Comme à toi l'intrigue politique », pensa Aramis.

– Or, ajouta-t-il, vous vous enquîtes auprès de M. Fouquet ?

– Facilement. Vous aviez été à Fontainebleau avec lui, vous aviez fait un petit voyage à votre diocèse, qui est Belle-Île-en-Mer, je crois ?

– Non pas, non pas, madame, dit Aramis. Mon diocèse est Vannes.

– C'est ce que je voulais dire. Je croyais seulement que Belle-Île-en-Mer...

– Est une maison à M. Fouquet, voilà tout.

– Ah ! c'est qu'on m'avait dit que Belle-Île-en-Mer était fortifiée or, je vous sais homme de guerre, mon ami.

– J'ai tout désappris depuis que je suis d'Église, dit Aramis piqué.

– Il suffit... J'ai donc su que vous étiez revenu de Vannes, et j'ai envoyé chez un ami, M. le comte de La Fère.

– Ah ! fit Aramis.

– Celui-là est discret : il m'a fait répondre qu'il ignorait votre adresse.

« Toujours Athos, pensa l'évêque : ce qui est bon est toujours bon. »

– Alors... vous savez que je ne puis me montrer ici, et que la reine mère a toujours contre moi quelque chose.

– Mais oui, et je m'en étonne.

– Oh ! cela tient à toutes sortes de raisons. Mais passons... Je suis forcée de me cacher ; j'ai donc, par bonheur, rencontré M. d'Artagnan, un de vos anciens amis, n'est-ce pas ?

– Un de mes amis présents, duchesse.

Il m'a renseignée, lui ; il m'a envoyée à M. de Baisemeaux, le gouverneur de la Bastille.

Aramis frissonna, et ses yeux dégagèrent dans l'ombre une flamme qu'il ne put cacher à sa clairvoyante amie.

– M. de Baisemeaux ! dit-il ; et pourquoi d'Artagnan vous envoya-t-il à M. de Baisemeaux ?

– Ah ! je ne sais.

– Que veut dire ceci ? dit l'évêque en résumant ses forces intellectuelles pour soutenir dignement le combat.

– M. de Baisemeaux était votre obligé, m'a dit d'Artagnan.

– C'est vrai.

– Et l'on sait toujours l'adresse d'un créancier comme celle d'un débiteur.

– C'est encore vrai. Alors, Baisemeaux vous a indiqué ?

– Saint-Mandé, où je vous ai fait tenir une lettre.

– Que voici, et qui m'est précieuse, dit Aramis, puisque je lui dois le plaisir de vous voir.

La duchesse, satisfaite d'avoir ainsi effleuré sans malheur toutes les difficultés de cette exposition délicate, respira.

Aramis ne respira pas.

– Nous en étions, dit-il, à votre visite à Baisemeaux ?

– Non, dit-elle en riant, plus loin.

– Alors, c'est à votre rancune contre la reine mère ?

– Plus loin encore, reprit-elle, plus loin ; nous en sommes aux rapports... C'est simple, reprit la duchesse en prenant son parti. Vous savez que je vis avec M. de Laigues ?

– Oui, madame.

– Un quasi-époux ?

– On le dit.

– À Bruxelles ?

– Oui.

– Vous savez que mes enfants m'ont ruinée et dépouillée ?

– Ah ! quelle misère, duchesse !

– C'est affreux ! il a fallu que je m'ingéniasse à vivre, et surtout à ne point végéter.

– Cela se conçoit.

– J'avais des haines à exploiter, des amitiés à servir ; je n'avais plus de crédit, plus de protecteurs.

– Vous qui avez protégé tant de gens, dit suavement Aramis.

– C'est toujours comme cela, chevalier. Je vis, en ce temps, le roi d'Espagne.

– Ah !

– Qui venait de nommer un général des jésuites, comme c'est l'usage.

– Ah ! c'est l'usage ?

– Vous l'ignoriez ?

– Pardon, j'étais distrait.

– En effet, vous devez savoir cela, vous qui étiez en si bonne intimité avec le franciscain.

– Avec le général des jésuites, vous voulez dire ?

– Précisément... Donc je vis le roi d'Espagne. Il me voulait du bien et ne pouvait m'en faire. Il me recommanda cependant, dans les Flandres, moi et Laigues, et me fit donner une pension sur les fonds de l'ordre.

– Des jésuites ?

– Oui. Le général, je veux dire le franciscain, me fut envoyé.

– Très bien.

– Et comme, pour régulariser la situation, d'après les statuts de l'ordre, je devais être censée rendre des services... Vous savez que c'est la règle ?

– Je l'ignorais.

Mme de Chevreuse s'arrêta pour regarder Aramis ; mais il faisait nuit sombre.

– Eh bien ! c'est la règle, reprit-elle. Je devais donc paraître avoir une utilité quelconque. Je proposai de voyager pour l'ordre, et l'on me rangea parmi les affiliés voyageurs. Vous comprenez que c'était une apparence et une formalité.

– À merveille.

– Ainsi touchai-je ma pension, qui était fort convenable.

– Mon Dieu ! duchesse, ce que vous me dites là est un coup de poignard pour moi. Vous, obligée de recevoir une pension des jésuites !

– Non, chevalier, de l'Espagne.

– Ah ! sauf le cas de conscience, duchesse, vous m'avouerez que c'est bien la même chose.

– Non, non, pas du tout.

– Mais enfin, de cette belle fortune, il reste bien...

– Il me reste Dampierre. Voilà tout.

– C'est encore très beau.

– Oui, mais Dampierre grevé, Dampierre hypothéqué, Dampierre un peu ruiné comme la propriétaire.

– Et la reine mère voit tout cela d'un œil sec ? dit Aramis avec un curieux regard qui ne rencontra que ténèbres.

– Oui, elle a tout oublié.

– Vous avez, ce me semble, duchesse, essayé de rentrer en grâce ?

– Oui ; mais, par une singularité qui n'a pas de nom, voilà-t-il pas que le petit roi hérite de l'antipathie que son cher père avait pour ma personne. Ah ! me direz-vous, je suis bien une de ces femmes que l'on hait, je ne suis plus de celles que l'on aime.

– Chère duchesse, arrivons vite, je vous prie, à ce qui vous amène, car je crois que nous pouvons nous être utiles l'un à l'autre.

– Je l'ai pensé. Je venais donc à Fontainebleau dans un double but. D'abord, j'y étais mandée par ce franciscain que vous connaissez... À propos, comment le connaissez-vous ? car je vous ai raconté mon histoire, et vous ne m'avez pas conté la vôtre.

– Je le connus d'une façon bien naturelle, duchesse. J'ai étudié la théologie avec lui à Parme ; nous étions devenus amis, et tantôt les affaires, tantôt les voyages, tantôt la guerre nous avaient séparés.

– Vous saviez bien qu'il fût général des jésuites ?

– Je m'en doutais.

– Mais, enfin, par quel hasard étrange veniez-vous, vous aussi, à cette hôtellerie où se réunissaient les affiliés voyageurs ?

– Oh ! dit Aramis d'une voix calme, c'est un pur hasard. Moi, j'allais à Fontainebleau chez M. Fouquet pour avoir une audience du roi ; moi, je passais ; moi, j'étais inconnu ; je vis par le chemin ce pauvre moribond et je le reconnus. Vous savez le reste, il expira dans mes bras.

– Oui, mais en vous laissant dans le ciel et sur la terre une si grande puissance, que vous donnâtes en son nom des ordres souverains.

– Il me chargea effectivement de quelques commissions.

– Et pour moi ?

– Je vous l'ai dit. Une somme de douze mille livres à payer. Je crois vous avoir donné la signature nécessaire pour toucher. Ne touchâtes-vous pas ?

– Si fait, si fait. Oh ! mon cher prélat, vous donnez ces ordres, m'a-t-on dit, avec un tel mystère et une si auguste majesté, que l'on vous crut généralement le successeur du cher défunt.

Aramis rougit d'impatience. La duchesse continua :

– Je m'en suis informée, dit-elle, près du roi d'Espagne, et il éclaircit mes doutes sur ce point. Tout général des jésuites est, à sa nomination, et doit être Espagnol d'après les statuts de l'ordre. Vous n'êtes pas Espagnol et vous n'avez pas été nommé par le roi d'Espagne.

Aramis ne répliqua rien que ces mots :

– Vous voyez bien, duchesse, que vous étiez dans l'erreur, puisque le roi d'Espagne vous a dit cela.

– Oui, cher Aramis ; mais il y a autre chose que j'ai pensé, moi.

– Quoi donc ?

– Vous savez que je pense un peu à tout.

– Oh ! oui, duchesse.

– Vous savez l'espagnol ?

– Tout Français qui a fait sa Fronde sait l'espagnol.

– Vous avez vécu dans les Flandres ?

– Trois ans.

– Vous avez passé à Madrid ?

– Quinze mois.

– Vous êtes donc en mesure d'être naturalisé espagnol quand vous le voudrez.

– Vous croyez ? fit Aramis avec une bonhomie qui trompa la duchesse.

– Sans doute... Deux ans de séjour et la connaissance de la langue sont des règles indispensables. Vous avez trois ans et demi... quinze mois de trop.

– Où voulez-vous en venir, chère dame ?

– À ceci : je suis bien avec le roi d'Espagne.

« Je n'y suis pas mal », pensa Aramis.

– Voulez-vous, continua la duchesse, que je demande pour vous, au roi, la succession du franciscain ?

– Oh ! duchesse !

– Vous l'avez peut-être ? dit-elle.

– Non, sur ma parole !

– Eh bien ! je puis vous rendre ce service.

– Pourquoi ne l'avez-vous pas rendu à M. de Laigues, duchesse ? C'est un homme plein de talent et que vous aimez.

– Oui, certes ; mais cela ne s'est pas trouvé. Enfin, répondez, Laigues ou pas Laigues, voulez-vous ?

– Duchesse, non, merci !

« Il est nommé », pensa-t-elle.

– Si vous me refusez ainsi, reprit M^{me} de Chevreuse, ce n'est pas m'enhardir à vous demander pour moi.

– Oh ! demandez, demandez.

– Demander !... Je ne le puis, si vous n'avez pas le pouvoir de m'accorder.

– Si peu que je puisse, demandez toujours.

– J'ai besoin d'une somme d'argent pour faire réparer Dampierre.

– Ah ! répliqua Aramis froidement, de l'argent ?... Voyons, duchesse, combien serait-ce ?

– Oh ! une somme ronde.

– Tant pis ! Vous savez que je ne suis pas riche ?

– Vous, non ; mais l'ordre. Si vous eussiez été général...

– Vous savez que je ne suis pas général.

– Alors, vous avez un ami qui, lui, doit être riche : M. Fouquet.

– M. Fouquet ? madame, il est plus qu'à moitié ruiné.

– On le disait, et je ne voulais pas le croire.

– Pourquoi, duchesse ?

– Parce que j'ai du cardinal Mazarin quelques lettres, c'est-à-dire Laigues les a, qui établissent des comptes étranges.

– Quels comptes ?

– C'est à propos de rentes vendues, d'emprunts faits, je ne me souviens plus bien. Toujours est-il que le sous-intendant, d'après des lettres signées Mazarin, aurait puisé une trentaine de millions dans les coffres de l'État. Le cas est grave.

Aramis enfonça ses ongles dans sa main.

– Quoi ! dit-il, vous avez des lettres semblables et vous n'en avez pas fait part à M. Fouquet ?

– Ah ! répliqua la duchesse, ces sortes de choses sont des réserves que l'on garde. Le jour du besoin venu, on les tire de l'armoire.

– Et le jour du besoin est venu ? dit Aramis.

– Oui, mon cher.

– Et vous allez montrer ces lettres à M. Fouquet ?

– J'aime mieux vous en parler à vous.

– Il faut que vous ayez bien besoin d'argent, pauvre amie, pour penser à ces sortes de choses, vous qui teniez en si piètre estime la prose de M. de Mazarin.

– J'ai, en effet, besoin d'argent.

– Et puis, continua Aramis d'un ton froid, vous avez dû vous faire peine à vous-même en recourant à cette ressource. Elle est cruelle.

– Oh ! si j'eusse voulu faire le mal et non le bien dit M$^{me}$ de Chevreuse, au lieu de demander au général de l'ordre ou à M. Fouquet les cinq cent mille livres dont j'ai besoin...

– Cinq cent mille livres !

– Pas davantage. Trouvez-vous que ce soit beaucoup ? Il faut cela, au moins, pour réparer Dampierre.

– Oui, madame.

– Je dis donc qu'au lieu de demander cette somme, j'eusse été trouver mon ancienne amie, la reine mère ; les lettres de son époux, le signor Mazarini, m'eussent servi d'introduction, et je lui eusse demandé cette bagatelle en lui disant : « Madame, je veux avoir l'honneur de recevoir Votre Majesté à Dampierre ; permettez-moi de mettre Dampierre en état. »

Aramis ne répliqua pas un mot.

– Eh bien ! dit-elle, à quoi songez-vous ?

– Je fais des additions, dit Aramis.

– Et M. Fouquet fait des soustractions. Moi, j'essaie de multiplier. Les beaux calculateurs que nous sommes ! comme nous pourrions nous entendre !

– Voulez-vous me permettre de réfléchir ? dit Aramis.

– Non... Pour une semblable ouverture, entre gens comme nous, c'est oui ou non qu'il faut répondre, et cela tout de suite.

« C'est un piège, pensa l'évêque ; il est impossible qu'une pareille femme soit écoutée d'Anne d'Autriche. »

– Eh bien ? fit la duchesse.

– Eh bien ! madame, je serais fort surpris si M. Fouquet pouvait disposer de cinq cent mille livres à cette heure.

– Il n'en faut donc plus parler, dit la duchesse, et Dampierre se restaurera comme il pourra.

– Oh ! vous n'êtes pas, je suppose, embarrassée à ce point ?

– Non, je ne suis jamais embarrassée.

– Et la reine fera certainement pour vous, continua l'évêque, ce que le surintendant ne peut faire.

– Oh ! mais oui... Dites-moi, vous ne voulez pas, par exemple, que je parle moi-même à M. Fouquet de ces lettres ?

– Vous ferez, à cet égard, duchesse, tout ce qu'il vous plaira ; mais M. Fouquet se sent ou ne se sent pas coupable ; s'il l'est, je le sais assez fier pour ne pas l'avouer ; s'il ne l'est pas, il s'offensera fort de cette menace.

– Vous raisonnez toujours comme un ange.

Et la duchesse se leva.

– Ainsi, vous allez dénoncer M. Fouquet à la reine ? dit Aramis.

– Dénoncer ?... Oh ! le vilain mot. Je ne dénoncerai pas, mon cher ami ; vous savez trop bien la politique pour ignorer comment ces choses-là s'exécutent ; je prendrai parti contre M. Fouquet, voilà tout.

– C'est juste.

– Et, dans une guerre de parti, une arme est une arme.

– Sans doute.

– Une fois bien remise avec la reine mère, je puis être dangereuse.

– C'est votre droit, duchesse.

– J'en userai, mon cher ami.

– Vous n'ignorez pas que M. Fouquet est au mieux avec le roi d'Espagne, duchesse ?

– Oh ! je le suppose.

– M. Fouquet, si vous faites une guerre de parti comme vous dites, vous en fera une autre.

– Ah ! que voulez-vous !

– Ce sera son droit aussi, n'est-ce pas ?

– Certes.

– Et, comme il est bien avec l'Espagne, il se fera une arme de cette amitié.

– Vous voulez dire qu'il sera bien avec le général de l'ordre des jésuites, mon cher Aramis.

– Cela peut arriver, duchesse.

– Et qu'alors on me supprimera la pension que je touche par là.

– J'en ai bien peur.

– On se consolera. Eh ! mon cher, après Richelieu, après la Fronde, après l'exil, qu'y a-t-il à redouter pour M<sup>me</sup> de Chevreuse ?

– La pension, vous le savez, est de quarante-huit mille livres.

– Hélas ! je le sais bien.

– De plus, quand on fait la guerre de parti, on frappe, vous ne l'ignorez pas, sur les amis de l'ennemi.

– Ah ! vous voulez dire qu'on tombera sur ce pauvre Laigues ?

– C'est presque inévitable, duchesse.

– Oh ! il ne touche que douze mille livres de pension.

– Oui ; mais le roi d'Espagne a du crédit ; consulté par M. Fouquet, il peut faire enfermer M. Laigues dans quelque forteresse.

– Je n'ai pas grand-peur de cela, mon bon ami, parce que, grâce à une réconciliation avec Anne d'Autriche, j'obtiendrai que la France demande la liberté de Laigues.

– C'est vrai. Alors, vous aurez autre chose à redouter.

– Quoi donc ? fit la duchesse en jouant la surprise et l'effroi.

– Vous saurez et vous savez qu'une fois affilié à l'ordre, on n'en sort pas sans difficultés. Les secrets qu'on a pu pénétrer sont malsains, ils portent avec eux des germes de malheur pour quiconque les révèle.

La duchesse réfléchit un moment.

– Voilà qui est plus sérieux, dit-elle ; j'y aviserai.

Et, malgré l'obscurité profonde, Aramis sentit un regard brûlant comme un fer rouge s'échapper des yeux de son amie pour venir plonger dans son cœur.

– Récapitulons, dit Aramis, qui se tint alors sur ses gardes et glissa sa main sous son pourpoint, où il avait un stylet caché.

– C'est cela, récapitulons : les bons comptes font les bons amis.

– La suppression de votre pension...

– Quarante-huit mille livres, et celle de Laigues douze, font soixante mille livres ; voilà ce que vous voulez dire, n'est-ce pas ?

– Précisément, et je cherche le contrepoids que vous trouvez à cela ?

– Cinq cent mille livres que j'aurai chez la reine.

– Ou que vous n'aurez pas.

– Je sais le moyen de les avoir, dit étourdiment la duchesse.

Ces mots firent dresser l'oreille au chevalier. À partir de cette faute de l'adversaire, son esprit fut tellement en garde, que lui profita toujours, et qu'elle, par conséquent, perdit l'avantage.

– J'admets que vous ayez cet argent, reprit-il, vous perdrez le double, ayant cent mille francs de pension à toucher au lieu de soixante mille, et cela pendant dix ans.

– Non, car je ne souffrirai cette diminution de revenu que pendant la durée du ministère de M. Fouquet ; or, cette durée, je l'évalue à deux mois.

– Ah ! fit Aramis.

– Je suis franche, comme vous voyez.

– Je vous remercie, duchesse, mais vous auriez tort de supposer qu'après la disgrâce de M. Fouquet, l'ordre recommencerait à vous payer votre pension.

– Je sais le moyen de faire financer l'ordre, comme je sais le moyen de faire contribuer la reine mère.

– Alors, duchesse, nous sommes tous forcés de baisser pavillon devant vous ; à vous la victoire ! à vous le triomphe ! Soyez clémente, je vous en prie. Sonnez, clairons !

– Comment est-il possible, reprit la duchesse, sans prendre garde à l'ironie, que vous reculiez devant cinq cent mille malheureuses livres, quand il s'agit de vous épargner, je veux dire à votre ami, pardon, à votre protecteur, un désagrément comme celui que cause une guerre de parti ?

– Duchesse, voici pourquoi : c'est qu'après les cinq cent mille livres, M. de Laigues demandera sa part, qui sera aussi de cinq cent mille livres, n'est-ce pas ? c'est qu'après la part de M. de Laigues et la vôtre viendront la part de vos enfants, celle de vos pauvres, de tout le monde, et que des lettres, si compromettantes qu'elles soient, ne valent pas trois à quatre millions. Vrai Dieu ! duchesse, les ferrets de la reine de France valaient mieux que ces chiffons signés Mazarin, et pourtant ils n'ont pas coûté le quart de ce que vous demandez pour vous.

– Ah ! c'est vrai, c'est vrai ; mais le marchand prise sa marchandise ce qu'il veut. C'est à l'acheteur d'acquérir ou de refuser.

– Tenez, duchesse, voulez-vous que je vous dise pourquoi je n'achèterai pas vos lettres ?

– Dites.

– Vos lettres de Mazarin sont fausses.

– Allons donc !

– Sans doute ; car il serait pour le moins étrange que, brouillée avec la reine par M. Mazarin, vous eussiez entretenu avec ce dernier un commerce intime ; cela sentirait la passion, l'espionnage, la... ma foi ! je ne veux pas dire le mot.

– Dites toujours.

– La complaisance.

– Tout cela est vrai ; mais, ce qui ne l'est pas moins, c'est ce qu'il y a dans la lettre.

– Je vous jure, duchesse, que vous ne pourrez pas vous en servir auprès de la reine.

– Oh ! que si fait, je puis me servir de tout auprès de la reine.

« Bon ! pensa Aramis. Chante donc, pie-grièche ! siffle donc, vipère ! »

Mais la duchesse en avait assez dit ; elle fit deux pas vers la porte.

Aramis lui gardait une disgrâce... l'imprécation que fait entendre le vaincu derrière le char du triomphateur.

Il sonna.

Des lumières parurent dans le salon.

Alors l'évêque se trouva dans un cercle de lumières qui resplendissaient sur le visage défait de la duchesse.

Aramis attacha un long et ironique regard sur ses joues pâlies et desséchées, sur ces yeux dont l'étincelle s'échappait de deux paupières nues, sur cette bouche dont les lèvres enfermaient avec soin des dents noircies et rares.

Il affecta, lui, de poser gracieusement sa jambe pure et nerveuse, sa tête lumineuse et fière, il sourit pour laisser entrevoir ses dents, qui, à la lumière, avaient encore une sorte d'éclat. La coquette vieillie comprit le galant railleur ; elle était justement placée devant une grande glace où toute sa décrépitude, si soigneusement dissimulée, apparut manifeste par le contraste.

Alors, sans même saluer Aramis, qui s'inclinait souple et charmant comme le mousquetaire d'autrefois, elle partit d'un pas vacillant et alourdi par la précipitation.

Aramis glissa comme un zéphyr sur le parquet pour la conduire jusqu'à la porte.

M^{me} de Chevreuse fit un signe à son grand laquais, qui reprit le mousqueton, et elle quitta cette maison où deux amis si tendres ne s'étaient pas entendus pour s'être trop bien compris.

# IV

*Où l'on voit qu'un marché qui ne peut pas se
faire avec l'un peut se faire avec l'autre*

Aramis avait deviné juste : à peine sortie de la maison de la place Baudoyer, M^me la duchesse de Chevreuse se fit conduire chez elle.

Elle craignait d'être suivie sans doute, et cherchait à innocenter ainsi sa promenade ; mais, à peine rentrée à l'hôtel, à peine sûre que personne ne la suivrait pour l'inquiéter, elle fit ouvrir la porte du jardin qui donnait sur une autre rue, et se rendit rue Croix-des-Petits-Champs, où demeurait M. Colbert.

Nous avons dit que le soir était venu : c'est la nuit qu'il faudrait dire, et une nuit épaisse. Paris, redevenu calme, cachait dans son ombre indulgente la noble duchesse conduisant son intrigue politique, et la simple bourgeoise qui, attardée après un souper en ville, prenait au bras d'un amant le plus long chemin pour regagner le logis conjugal.

M^me de Chevreuse avait trop l'habitude de la politique nocturne pour ignorer qu'un ministre ne se cèle jamais, fût-ce chez lui, aux jeunes et belles dames qui craignent la poussière des bureaux, ou aux vieilles dames très savantes qui craignent l'écho indiscret des ministères.

Un valet reçut la duchesse sous le péristyle, et, disons-le, il la reçut assez mal. Cet homme lui expliqua même, après avoir vu son visage, que ce n'était pas à une pareille heure et à un pareil âge que l'on venait troubler le dernier travail de M. Colbert.

Mais M^me de Chevreuse, sans se fâcher, écrivit sur une feuille de ses tablettes son nom, nom bruyant, qui avait tant de fois tinté désagréablement aux oreilles de Louis XIII et du grand cardinal.

Elle écrivit ce nom avec la grande écriture ignorante des hauts seigneurs de cette époque, plia le papier d'une façon qui lui était particulière, et le remit au valet sans ajouter un mot, mais d'une mine si impérieuse, que le drôle, habitué à flairer son monde, sentit la princesse, baissa la tête et courut chez M. Colbert.

Il sans dire que le ministre poussa un petit cri en ouvrant le papier, et que, ce cri instruisant suffisamment le valet de l'intérêt qu'il fallait prendre à la visite mystérieuse, le valet revint en courant chercher la duchesse.

Elle monta donc assez lourdement le premier étage de la belle maison neuve, se remit au palier pour ne pas entrer essoufflée, et parut devant M. Colbert, qui tenait lui-même les battants de sa porte.

La duchesse s'arrêta au seuil pour bien regarder celui avec lequel elle avait affaire.

Au premier abord, la tête ronde, lourde, épaisse, les gros sourcils, la moue disgracieuse de cette figure écrasée par une calotte pareille à celle des prêtres, cet ensemble, disons-nous, promit à la duchesse peu de difficultés dans les négociations, mais aussi peu d'intérêt dans le débat des articles.

Car il n'y avait pas d'apparence que cette grosse nature fût sensible aux charmes d'une vengeance raffinée ou d'une ambition altérée.

Mais, lorsque la duchesse vit de plus près les petits yeux noirs perçants, le pli longitudinal de ce front bombé, sévère, la crispation imperceptible de ces lèvres, sur lesquelles on observa très vulgairement de la bonhomie, Mᵐᵉ de Chevreuse changea d'idée et put se dire : « J'ai trouvé mon homme ! »

– Qui me procure l'honneur de votre visite, madame ? demanda l'intendant des finances.

– Le besoin que j'ai de vous, monsieur, reprit la duchesse, et celui que vous avez de moi.

– Heureux, madame, d'avoir entendu la première partie de votre phrase ; mais, quant à la seconde...

Mᵐᵉ de Chevreuse s'assit sur le fauteuil que Colbert lui avançait.

– Monsieur Colbert, vous êtes intendant des finances ?

– Oui, madame.

– Et vous aspirez à devenir surintendant ?...

– Madame !

– Ne niez pas ; cela ferait longueur dans notre conversation : c'est inutile.

– Cependant, madame, si plein de bonne volonté, de politesse même, que je sois envers une dame de votre mérite, rien ne me fera confesser que je cherche à supplanter mon supérieur.

– Je ne vous ai point parlé de supplanter, monsieur Colbert. Est-ce que, par hasard, j'aurais prononcé ce mot ? Je ne crois pas. Le mot remplacer est moins agressif et plus convenable grammaticalement, comme disait M. de Voiture. Je prétends donc que vous aspirez à remplacer M. Fouquet.

– La fortune de M. Fouquet, madame, est de celles qui résistent. M. le surintendant joue, dans ce siècle, le rôle du colosse de Rhodes : les vaisseaux passent au-dessous de lui et ne le renversent pas.

– Je me fusse servie précisément de cette comparaison. Oui, M. Fouquet joue le rôle du colosse de Rhodes ; mais je me souviens d'avoir ouï raconter à M. Conrart... un académicien, je crois... que, le colosse de Rhodes étant tombé, le marchand qui l'avait fait jeter bas... un simple marchand, monsieur Colbert... fit charger quatre cents chameaux de ses débris. Un marchand ! c'est bien moins fort qu'un intendant des finances.

– Madame, je puis vous assurer que je ne renverserai jamais M. Fouquet.

– Eh bien ! monsieur Colbert, puisque vous vous obstinez à faire de la sensibilité avec moi, comme si vous ignoriez que je m'appelle M$^{me}$ de Chevreuse, et que je suis vieille, c'est-à-dire que vous avez affaire à une femme qui a fait de la politique avec M. de Richelieu et qui n'a plus de temps à perdre, comme, dis-je, vous commettez cette imprudence, je m'en vais aller trouver des gens plus intelligents et plus pressés de faire fortune.

– En quoi, madame, en quoi ?

– Vous me donnez une pauvre idée des négociations d'aujourd'hui, monsieur. Je vous jure bien que, si, de mon temps, une femme fût allée trouver M. de Cinq-Mars, qui pourtant n'était pas un grand esprit, je vous jure que, si elle lui eût dit sur le cardinal ce que je viens de vous dire sur M. Fouquet, M. de Cinq-Mars, à l'heure qu'il est, eût déjà mis les fers au feu.

– Allons, madame, allons, un peu d'indulgence.

– Ainsi, vous voulez bien consentir à remplacer M. Fouquet ?

– Si le roi congédie M. Fouquet, oui, certes.

– Encore une parole de trop ; il est bien évident que, si vous n'avez pas encore fait chasser M. Fouquet, c'est que vous n'avez pas pu le faire. Aussi, je ne serais qu'une sotte pécore, si, venant à vous, je ne vous apportais pas ce qui vous manque.

– Je suis désolé d'insister, madame, dit Colbert après un silence qui avait permis à la duchesse de sonder toute la profondeur de sa dissimulation ; mais je dois vous prévenir que, depuis six ans, dénonciations sur dénonciations se succèdent contre M. Fouquet, sans que jamais l'assiette de M. le surintendant ait été déplacée.

– Il y a temps pour tout, monsieur Colbert ; ceux qui ont fait ces dénonciations ne s'appelaient pas M$^{me}$ de Chevreuse, et ils n'avaient pas de preuves équivalentes à six lettres de M. de Mazarin, établissant le délit dont il s'agit.

– Le délit ?

– Le crime, s'il vous plaît mieux.

– Un crime ! Commis par M. Fouquet ?

– Rien que cela... Tiens, c'est étrange, monsieur Colbert ; vous qui avez la figure froide et peu significative, je vous vois tout illuminé.

– Un crime ?

– Enchantée que cela vous fasse quelque effet.

– Oh ! c'est que le mot renferme tant de choses, madame !

– Il renferme un brevet de surintendant des finances pour vous, et une lettre d'exil ou de Bastille pour M. Fouquet.

– Pardonnez-moi, madame la duchesse, il est presque impossible que M. Fouquet soit exilé : emprisonné, disgracié, c'est déjà tant !

– Oh ! je sais ce que je dis, repartit froidement M<sup>me</sup> de Chevreuse. Je ne vis pas tellement éloignée de Paris, que je ne sache ce qui s'y passe. Le roi n'aime pas M. Fouquet, et il perdra volontiers M. Fouquet, si on lui en donne l'occasion.

– Il faut que l'occasion soit bonne.

– Assez bonne. Aussi, c'est une occasion que j'évalue à cinq cent mille livres.

– Comment cela ? dit Colbert.

– Je veux dire, monsieur, que, tenant cette occasion dans mes mains, je ne la ferai passer dans les vôtres que moyennant un retour de cinq cent mille livres.

– Très bien, madame, je comprends. Mais, puisque vous venez de fixer un prix à la vente, voyons la valeur vendue.

– Oh ! la moindre chose : six lettres, je vous l'ai dit, de M. de Mazarin ; des autographes qui ne seraient pas trop chers, assurément, s'ils établissaient d'une façon irrécusable que M. Fouquet avait détourné de grosses sommes pour se les approprier.

– D'une façon irrécusable, dit Colbert les yeux brillants de joie.

– Irrécusable ! Voulez-vous lire les lettres ?

– De tout cœur ! La copie, bien entendu ?

– Bien entendu, oui.

M<sup>me</sup> la duchesse tira de son sein une petite liasse aplatie par le corset de velours :

– Lisez, dit-elle.

Colbert se jeta avidement sur ces papiers et les dévora.

– À merveille ! dit-il.

– C'est assez net, n'est-ce pas ?

– Oui, madame, oui. M. de Mazarin aurait remis de l'argent à M. Fouquet, lequel aurait gardé cet argent, mais quel argent ?

– Ah ! voilà, quel argent ? Si nous traitons ensemble, je joindrai à ses lettres une septième, qui vous donnera les derniers renseignements.

Colbert réfléchit.

– Et les originaux des lettres ?

– Question inutile. C'est comme si je vous demandais : Monsieur Colbert, les sacs d'argent que vous me donnerez seront-ils pleins ou vides ?

– Très bien, madame.

– Est-ce conclu ?

– Non pas.

– Comment ?

– Il y a une chose à laquelle nous n'avons réfléchi ni l'un ni l'autre.

– Dites-la-moi.

– M. Fouquet ne peut être perdu en cette occurrence que par un procès.

– Oui.

– Un scandale public.

– Oui. Eh bien ?

– Eh bien ! on ne peut lui faire ni le procès ni le scandale.

– Parce que ?

– Parce qu'il est procureur général au Parlement, parce que tout, en France, administration, armée, justice, commerce, se relie mutuellement par une chaîne de bon vouloir qu'on appelle esprit de corps. Ainsi, madame, jamais le Parlement ne souffrira que son chef soit traîné devant un tribunal. Jamais, s'il y est traîné d'autorité royale, jamais il ne sera condamné.

– Ah ! ma foi ! monsieur Colbert, cela ne me regarde pas.

– Je le sais, madame, mais cela me regarde, moi, et diminue la valeur de votre apport. À quoi peut me servir une preuve de crime sans la possibilité de condamnation ?

– Soupçonné seulement, M. Fouquet perdra sa charge de surintendant.

– Voilà grand-chose ! s'écria Colbert, dont les traits sombres éclatèrent tout à coup, illuminés d'une expression de haine et de vengeance.

– Ah ! ah ! monsieur Colbert, dit la duchesse, excusez-moi, je ne vous savais pas si fort impressionnable. Bien, très bien ! Alors, puisqu'il vous faut plus que je n'ai, ne parlons plus de rien.

– Si fait, madame, parlons-en toujours. Seulement, vos valeurs ayant baissé, abaissez vos prétentions.

– Vous marchandez ?

– C'est une nécessité pour quiconque veut payer loyalement.

– Combien m'offrez-vous ?

– Deux cent mille livres.

La duchesse lui rit au nez ; puis, tout à coup :

– Attendez, dit-elle.

– Vous consentez ?

– Pas encore, j'ai une autre combinaison.

– Dites.

– Vous me donnez trois cent mille livres.

– Non pas ! non pas !

– Oh ! c'est à prendre ou à laisser... Et puis, ce n'est pas tout.

– Encore ?... Vous devenez impossible, madame la duchesse.

– Moins que vous ne le croyez, ce n'est plus de l'argent que je vous demande.

– Quoi donc, alors ?

– Un service. Vous savez que j'ai toujours aimé tendrement la reine.

– Eh bien ?

– Eh bien ! je veux avoir une entrevue avec Sa Majesté.

– Avec la reine ?

– Oui, monsieur Colbert, avec la reine, qui n'est plus mon amie, c'est vrai, et depuis longtemps, mais qui peut le devenir encore, si on en fournit l'occasion.

– Sa Majesté ne reçoit plus personne, madame. Elle souffre beaucoup. Vous n'ignorez pas que les accès de son mal se réitèrent plus fréquemment...

– Voilà précisément pourquoi je désire avoir une entrevue avec Sa Majesté. Figurez-vous que dans la Flandre, nous avons beaucoup de ces sortes de maladies.

– Des cancers ? Maladie affreuse, incurable.

– Ne croyez donc pas cela, monsieur Colbert. Le paysan flamand est un peu l'homme de la nature ; il n'a pas précisément une femme, il a une femelle.

– Eh bien ! madame ?

– Eh bien ! monsieur Colbert, tandis qu'il fume sa pipe, la femme travaille : elle tire l'eau du puits, elle charge le mulet ou l'âne, elle se charge elle-même. Se ménageant peu, elle se heurte çà et là, souvent même elle est battue. Un cancer vient d'une contusion.

– C'est vrai.

– Les Flamandes ne meurent pas pour cela. Elles vont, quand elles souffrent trop, à la recherche du remède. Et les béguines de Bruges sont d'admirables médecins pour toutes les maladies. Elles ont des eaux précieuses, des topiques, des spécifiques : elles donnent à la malade un flacon et un cierge, bénéficient sur le clergé et servent Dieu par l'exploitation de leurs deux marchandises. J'apporterai donc à la reine l'eau du béguinage de Bruges. Sa Majesté guérira, et brûlera autant de cierges qu'elle le jugera convenable. Vous voyez, monsieur Colbert, que, m'empêcher d'aller voir la reine, c'est presque un crime de régicide.

– Madame la duchesse, vous êtes une femme de trop d'esprit, vous me confondez ; toutefois, je devine bien que cette grande charité envers la reine couvre un petit intérêt personnel.

– Est-ce que je me donne la peine de le cacher, monsieur Colbert ? Vous avez dit, je crois, un petit intérêt personnel ? Apprenez donc que c'est un grand intérêt, et je vous le prouverai en me résumant. Si vous me faites entrer chez Sa Majesté, je me contente des trois cent mille livres réclamées ; sinon, je garde mes lettres, à moins que vous n'en donniez, séance tenante, cinq cent mille livres.

Et, se levant sur cette parole décisive, la vieille duchesse laissa M. Colbert dans une désagréable perplexité.


Marchander encore était devenu impossible ; ne plus marchander, c'était perdre infiniment trop.

– Madame, dit-il, je vais avoir le plaisir de vous compter cent mille écus.

– Oh ! fit la duchesse.

– Mais comment aurai-je les lettres véritables ?

– De la façon la plus simple, mon cher monsieur Colbert... À qui vous fiez-vous ?

Le grave financier se mit à rire silencieusement, de sorte que ses gros sourcils noirs montaient et descendaient comme deux ailes de chauve-souris sur la ligne profonde de son front jaune.

– À personne, dit-il.

– Oh ! vous ferez bien une exception en votre faveur, monsieur Colbert.

– Comment cela, madame la duchesse ?

– Je veux dire que, si vous preniez la peine de venir avec moi à l'endroit où sont les lettres, elles vous seraient remises à vous-même, et vous pourriez les vérifier, les contrôler.

– Il est vrai.

– Vous vous seriez muni de cent mille écus, parce que je ne me fie, moi non plus, à personne.

M. l'intendant Colbert rougit jusqu'aux sourcils. Il était, comme tous les hommes supérieurs dans l'art des chiffres, d'une probité insolente et mathématique.

– J'emporterai, dit-il, madame, la somme promise, en deux bons payables à ma caisse. Cela vous satisfera-t-il ?

– Que ne sont-ils de deux millions, vos bons de caisse, monsieur l'intendant !... Je vais donc avoir l'honneur de vous montrer le chemin.

– Permettez que je fasse atteler mes chevaux.

– J'ai un carrosse en bas, monsieur.

Colbert toussa comme un homme irrésolu. Il se figura un moment que la proposition de la duchesse était un piège ; que peut-être on attendait à la porte ; que cette dame, dont le secret venait de se vendre cent mille écus à Colbert, devait avoir proposé ce secret à M. Fouquet pour la même somme.

Comme il hésitait beaucoup, la duchesse le regarda dans les yeux.

– Vous aimez mieux votre carrosse ? dit-elle.

– Je l'avoue.

– Vous vous figurez que je vous conduis dans quelque traquenard ?

– Madame la duchesse, vous avez le caractère folâtre, et moi, revêtu d'un caractère aussi grave, je puis être compromis par une plaisanterie.

– Oui ; enfin, vous avez peur ? Eh bien ! prenez votre carrosse, autant de laquais que vous voudrez... Seulement, réfléchissez-y bien... ce que nous faisons à nous deux, nous le savons seuls ; ce qu'un tiers aura vu, nous l'apprenons à tout l'univers. Après tout moi, je n'y tiens pas : mon carrosse suivra le vôtre, et je me tiens pour satisfaite de monter dans votre carrosse pour aller chez la reine.

– Chez la reine ?

– Vous l'aviez déjà oublié ? Quoi ! une clause de cette importance pour moi vous avait échappé ? Que c'était peu pour vous, mon Dieu ! Si j'avais su, je vous eusse demandé le double.

– J'ai réfléchi, madame la duchesse ; je ne vous accompagnerai pas.

– Vrai !... Pourquoi ?

– Parce que j'ai en vous une confiance sans bornes.

– Vous me comblez !... Mais, pour que je touche les cent mille écus ?...

– Les voici.

L'intendant griffonna quelques mots sur un papier qu'il remit à la duchesse.

– Vous êtes payée, dit-il.

– Le trait est beau, monsieur Colbert, et je vais vous en récompenser.

En disant ces mots, elle se mit à rire.

Le rire de M^me de Chevreuse était un murmure sinistre ; tout homme qui sent la jeunesse, la foi, l'amour, la vie battre en son cœur, préfère des pleurs à ce rire lamentable.

La duchesse ouvrit le haut de son justaucorps et tira de son sein rougi une petite liasse de papiers noués d'un ruban couleur feu. Les agrafes avaient cédé sous la pression brutale de ses mains nerveuses. La peau, éraillée par l'extraction et le frottement des papiers, apparaissait sans pudeur aux yeux de l'intendant, fort intrigué de ces préliminaires étranges. La duchesse riait toujours.

– Voilà, dit-elle, les véritables lettres de M. de Mazarin. Vous les avez, et, de plus, la duchesse de Chevreuse s'est déshabillée devant vous, comme si vous eussiez été... Je ne veux pas vous dire des noms qui vous donneraient de l'orgueil ou de la jalousie. Maintenant, monsieur Colbert, fit-elle en agrafant et en nouant avec rapidité le corps de sa robe, votre bonne fortune est finie ; accompagnez-moi chez la reine.

– Non pas, madame : si vous alliez encourir de nouveau la disgrâce de Sa Majesté, et que l'on sût au Palais-Royal que j'ai été votre introducteur, la reine ne me le pardonnerait de sa vie. Non. J'ai des gens dévoués au palais, ceux-là vous feront entrer sans me compromettre.

– Comme il vous plaira, pourvu que j'entre.

– Comment appelez-vous les dames religieuses de Bruges qui guérissent les malades ?

– Les béguines.

– Vous êtes une béguine.

– Soit, mais il faudra bien que je cesse de l'être.

– Cela vous regarde.

– Pardon ! pardon ! je ne veux pas être exposée à ce qu'on me refuse l'entrée.

– Cela vous regarde encore, madame. Je vais commander au premier valet de chambre du gentilhomme de service chez Sa Majesté de laisser entrer une béguine apportant un remède efficace pour soulager les douleurs de Sa Majesté. Vous portez ma lettre, vous vous chargez du remède et des explications. J'avoue la béguine, je nie M$^{me}$ de Chevreuse.

– Qu'à cela ne tienne.

– Voici la lettre d'introduction, madame.

# V

## *La peau de l'ours*

Colbert donna cette lettre à la duchesse, lui retira doucement le siège derrière lequel elle s'abritait.

M^me de Chevreuse salua très légèrement et sortit.

Colbert, qui avait reconnu l'écriture de Mazarin et compté les lettres, sonna son secrétaire et lui enjoignit d'aller chercher chez lui M. Vanel, conseiller au Parlement. Le secrétaire répliqua que M. le conseiller, fidèle à ses habitudes, venait d'entrer dans la maison pour rendre compte à l'intendant des principaux détails du travail accompli ce jour même dans la séance du Parlement.

Colbert s'approcha des lampes, relut les lettres du défunt cardinal, sourit plusieurs fois en reconnaissant toute la valeur des pièces que venait de lui livrer M^me de Chevreuse, et, en étayant pour plusieurs minutes sa grosse tête dans ses mains, il réfléchit profondément.

Pendant ces quelques minutes, un homme gros et grand, à la figure osseuse, aux yeux fixes, au nez crochu, avait fait son entrée dans le cabinet de Colbert avec une assurance modeste, qui décelait un caractère à la fois souple et décidé : souple envers le maître qui pouvait jeter la proie, ferme envers les chiens qui eussent pu lui disputer cette proie opime.

M. Vanel avait sous le bras un dossier volumineux ; il le posa sur le bureau même, où les deux coudes de Colbert étayaient sa tête.

– Bonjour, monsieur Vanel, dit celui-ci en se réveillant de sa méditation.

– Bonjour, monseigneur, dit naturellement Vanel.

– C'est *monsieur* qu'il faut dire, répliqua doucement Colbert.

– On appelle *monseigneur* les ministres, dit Vanel avec un sang-froid imperturbable ; vous êtes ministre !

– Pas encore !

– De fait, je vous appelle monseigneur ; d'ailleurs, vous êtes mon seigneur, à moi, cela me suffit ; s'il vous déplaît que je vous appelle ainsi devant le monde, laissez-moi vous appeler de ce nom dans le particulier.

Colbert leva la tête à la hauteur des lampes et lut ou chercha à lire sur le visage de Vanel pour combien la sincérité entrait dans cette protestation de dévouement.

Mais le conseiller savait soutenir le poids d'un regard, ce regard fût-il celui de Monseigneur.

Colbert soupira. Il n'avait rien lu sur le visage de Vanel ; Vanel pouvait être honnête. Colbert songea que cet inférieur lui était supérieur, en cela qu'il avait une femme infidèle.

Au moment où il s'apitoyait sur le sort de cet homme, Vanel tira froidement de sa poche un billet parfumé, cacheté de cire d'Espagne, et le tendit à Monseigneur.

– Qu'est cela, Vanel ?

– Une lettre de ma femme, monseigneur.

Colbert toussa. Il prit la lettre, l'ouvrit, la lut et l'enferma dans sa poche, tandis que Vanel feuilletait impassiblement son volume de procédure.

– Vanel, dit tout à coup le protecteur à son protégé, vous êtes un homme de travail, vous ?

– Oui, monseigneur.

– Douze heures d'études ne vous effraient pas ?

– J'en fais quinze par jour.

– Impossible ! Un conseiller ne saurait travailler plus de trois heures pour le Parlement.

– Oh ! je fais des états pour un ami que j'ai aux comptes, et, comme il me reste du temps, j'étudie l'hébreu.

– Vous êtes fort considéré au Parlement, Vanel ?

– Je crois que oui, monseigneur.

– Il s'agirait de ne pas croupir sur le siège de conseiller.

– Que faire pour cela ?

– Acheter une charge.

– Laquelle ?

– Quelque chose de grand. Les petites ambitions sont les plus malaisées à satisfaire.

– Les petites bourses, monseigneur, sont les plus difficiles à remplir.

– Et puis, quelle charge voyez-vous ? fit Colbert.

– Je n'en vois pas, c'est vrai.

– Il y en a bien une, mais il faut être le roi pour l'acheter sans se gêner ; or, le roi ne se donnera pas, je crois, la fantaisie d'acheter une charge de procureur général.

En entendant ces mots, Vanel attacha sur Colbert son regard humble et terne à la fois.

Colbert se demanda s'il avait été deviné, ou seulement rencontré par la pensée de cet homme.

– Que me parlez-vous, monseigneur, dit Vanel, de la charge de procureur général au Parlement ? Je n'en sache pas d'autre que celle de M. Fouquet.

– Précisément, mon cher conseiller.

– Vous n'êtes pas dégoûté, monseigneur ; mais, avant que la marchandise soit achetée, ne faut-il pas qu'elle soit vendue ?

– Je crois, monsieur Vanel, que cette charge-là sera sous peu à vendre...

– À vendre !... la charge de procureur de M. Fouquet ?

– On le dit.

– La charge qui le fait inviolable, à vendre ? Oh ! oh !

Et Vanel se mit à rire.

– En auriez-vous peur, de cette charge ? dit gravement Colbert.

– Peur ! non pas...

– Ni envie ?

– Monseigneur se moque de moi ! répliqua Vanel ; comment un conseiller du Parlement n'aurait-il pas envie de devenir procureur général ?

– Alors, monsieur Vanel... puisque je vous dis que la charge se présente à vendre.

– Monseigneur le dit.

– Le bruit en court.

– Je répète que c'est impossible ; jamais un homme ne jette le bouclier derrière lequel il abrite son honneur, sa fortune et sa vie.

– Parfois il est des fous qui se croient au-dessus de toutes les mauvaises chances, monsieur Vanel.

– Oui, monseigneur ; mais ces fous-là ne font pas leurs folies au profit des pauvres Vanels qu'il y a dans le monde.

– Pourquoi pas ?

– Parce que ces Vanels sont pauvres.

– Il est vrai que la charge de M. Fouquet peut coûter gros. Qu'y mettriez-vous, monsieur Vanel ?

– Tout ce que je possède, monseigneur.

– Ce qui veut dire ?

– Trois à quatre cent mille livres.

– Et la charge vaut ?

– Un million et demi, au plus bas. Je sais des gens qui en ont offert un million sept cent mille livres sans décider M. Fouquet. Or, si par hasard il arrivait que M. Fouquet voulût vendre, ce que je ne crois pas, malgré ce qu'on m'en a dit...

– Ah ! l'on vous en a dit quelque chose ! Qui cela ?

– M. de Gourville... M. Pélisson. Oh ! en l'air.

– Eh bien ! si M. Fouquet voulait vendre ?...

– Je ne pourrais encore acheter, attendu que M. le surintendant ne vendra que pour avoir de l'argent frais, et personne n'a un million et demi à jeter sur une table.

Colbert interrompit en cet endroit le conseiller par une pantomime impérieuse. Il avait recommencé à réfléchir.

Voyant l'attitude sérieuse du maître, voyant sa persévérance à mettre la conversation sur ce sujet, M. Vanel attendait une solution sans oser la provoquer.

– Expliquez-moi bien, dit alors Colbert, les privilèges de la charge de procureur général.

– Le droit de mise en accusation contre tout sujet français qui n'est pas prince du sang ; la mise à néant de toute accusation dirigée contre tout Français qui n'est pas roi ou prince. Un procureur général est le bras droit du roi pour frapper un coupable, il est son bras aussi pour éteindre le flambeau de la justice. Aussi M. Fouquet se soutiendra-t-il contre le roi lui-même en ameutant les parlements ; aussi le roi ménagera-t-il M. Fouquet malgré tout pour faire enregistrer ses édits sans conteste. Le procureur général peut être un instrument bien utile ou bien dangereux.

– Voulez-vous être procureur général, Vanel ? dit tout à coup Colbert en adoucissant son regard et sa voix.

– Moi ? s'écria celui-ci. Mais j'ai eu l'honneur de vous représenter qu'il manque au moins onze cent mille livres à ma caisse.

– Vous emprunterez cette somme à vos amis.

– Je n'ai pas d'amis plus riches que moi.

– Un honnête homme !

– Si tout le monde pensait comme vous, monseigneur.

– Je le pense, cela suffit, et, au besoin, je répondrai de vous.

– Prenez garde au proverbe, monseigneur.

– Lequel ?

– Qui répond paie.

– Qu'à cela ne tienne.

Vanel se leva, tout remué par cette offre si subitement, si inopinément faite par un homme que les plus frivoles prenaient au sérieux.

– Ne vous jouez pas de moi, monseigneur, dit-il.

– Voyons, faisons vite, monsieur Vanel. Vous dites que M. Gourville vous a parlé de la charge de M. Fouquet ?

– M. Pélisson aussi.

– Officiellement, ou officieusement ?

– Voici leurs paroles : « Ces gens du Parlement sont ambitieux et riches ; ils devraient bien se cotiser pour faire deux ou trois millions à M. Fouquet, leur protecteur, leur lumière. »

– Et vous avez dit ?

– J'ai dit que, pour ma part, je donnerais dix mille livres s'il le fallait.

– Ah ! vous aimez donc M. Fouquet ? s'écria M. Colbert avec un regard plein de haine.

– Non ; mais M. Fouquet est notre procureur général ; il s'endette, il se noie ; nous devons sauver l'honneur du corps.

– Voilà qui m'explique pourquoi M. Fouquet sera toujours sain et sauf tant qu'il occupera sa charge, répliqua Colbert.

– Là-dessus, poursuivit Vanel, M. Gourville a ajouté : « Faire l'aumône à M. Fouquet, c'est toujours un procédé humiliant auquel il répondra par un refus ; que le Parlement se cotise pour acheter dignement la charge de son procureur général, alors tout va bien, l'honneur du corps est sauf, et l'orgueil de M. Fouquet sauvé. »

– C'est une ouverture cela.

– Je l'ai considéré ainsi, monseigneur.

– Eh bien ! monsieur Vanel, vous irez trouver immédiatement M. Gourville ou M. Pélisson ; connaissez-vous quelque autre ami de M. Fouquet ?

– Je connais beaucoup M. de La Fontaine.

– La Fontaine le rimeur ?

– Précisément ; il faisait des vers à ma femme, quand M. Fouquet était de nos amis.

– Adressez-vous donc à lui pour obtenir une entrevue de M. le surintendant.

– Volontiers ; mais la somme ?

– Au jour et à l'heure fixés, monsieur Vanel, vous serez nanti de la somme, ne vous inquiétez point.

– Monseigneur, une telle munificence ! Vous effacez le roi, vous surpassez M. Fouquet.

– Un moment... ne faisons pas abus des mots. Je ne vous donne pas quatorze cent mille livres, monsieur Vanel : j'ai des enfants.

– Eh ! monsieur, vous me les prêtez ; cela suffit.

– Je vous les prête, oui.

– Demandez tel intérêt, telle garantie qu'il vous plaira, monseigneur, je suis prêt, et, vos désirs étant satisfaits, je répéterai encore que vous surpassez les rois et M. Fouquet en munificence. Vos conditions ?

– Le remboursement en huit années.

– Oh ! très bien.

– Hypothèque sur la charge elle-même.

– Parfaitement ; est-ce tout ?

– Attendez. Je me réserve le droit de vous racheter la charge à cent cinquante mille livres de bénéfice si vous ne suiviez pas, dans la gestion de cette charge, une ligne conforme aux intérêts du roi et à mes desseins.

– Ah ! ah ! dit Vanel un peu ému.

– Cela renferme-t-il quelque chose qui vous puisse choquer, monsieur Vanel ? dit froidement Colbert.

– Non, non, répliqua vivement Vanel.

– Eh bien ! nous signerons cet acte quand il vous plaira, courez chez les amis de M. Fouquet.

– J'y vole...

– Et obtenez du surintendant une entrevue.

– Oui, monseigneur.

– Soyez facile aux concessions.

– Oui.

– Et les arrangements une fois pris ?...

– Je me hâte de le faire signer.

– Gardez-vous-en bien !... Ne parlez jamais de signature avec M. Fouquet, ni de dédit, ni même de parole, entendez-vous ? vous perdriez tout !

– Eh bien ! alors, monseigneur, que faire ? C'est trop difficile...

– Tâchez seulement que M. Fouquet vous touche dans la main... Allez !

# VI

*Chez la reine mère*

La reine mère était dans sa chambre à coucher au Palais-Royal avec M^me de Motteville et la señora Molina. Le roi, attendu jusqu'au soir, n'avait pas paru ; la reine, tout impatiente, avait envoyé chercher souvent de ses nouvelles.

Le temps semblait être à l'orage. Les courtisans et les dames s'évitaient dans les antichambres et les corridors pour ne point se parler de sujets compromettants.

Monsieur avait joint le roi dès le matin pour une partie de chasse.

Madame demeurait chez elle, boudant tout le monde.

Quant à la reine mère, après avoir fait ses prières en latin, elle causait ménage avec ses deux amies en pur castillan.

M^me de Motteville, qui comprenait admirablement cette langue, répondait en français.

Lorsque les trois dames eurent épuisé toutes les formules de la dissimulation et de la politesse pour en arriver à dire que la conduite du roi faisait mourir de chagrin la reine, la reine mère et toute sa parenté, lorsqu'on eut, en termes choisis, fulminé toutes les imprécations contre M^lle de La Vallière, la reine mère termina les récriminations par ces mots pleins de sa pensée et de son caractère :

– *Estos hijos* ! dit-elle à Molina.

C'est-à-dire : « Ces enfants ! »

Mot profond dans la bouche d'une mère ; mot terrible dans la bouche d'une reine qui, comme Anne d'Autriche, celait de si singuliers secrets dans son âme assombrie.

– Oui, répliqua Molina, ces enfants ! à qui toute mère se sacrifie.

– À qui, répliqua la reine, une mère a tout sacrifié.

Et elle n'acheva pas sa phrase. Il lui sembla, quand elle leva les yeux vers le portrait en pied du pâle Louis XIII, que son époux laissait une fois encore la lumière monter à ses yeux ternes, le courroux gonfler ses narines de toile. Le portrait s'animait ; il ne parlait pas, il menaçait. Un profond silence succéda aux dernières paroles de la reine. La Molina se mit à fourrager les rubans et les dentelles d'une vaste corbeille. M^me de Motteville, surprise de cet éclair qui avait illuminé simultanément d'intelligence le regard de la confidente et celui de la maîtresse, M^me de Motteville, disons-nous, baissa les yeux en femme discrète, et, ne cherchant plus à voir, écouta de toutes ses oreilles. Elle ne surprit qu'un « hum ! » significatif de la duègne espagnole, image de la circonspection. Elle surprit aussi un soupir exhalé comme un souffle du sein de la reine.

Elle leva la tête aussitôt.

– Vous souffrez ? dit-elle.

– Non, Motteville, non ; pourquoi dis-tu cela ?

– Votre Majesté avait gémi.

– Tu as raison, en effet ; oui, je souffre un peu.

– M. Valot est près d'ici, chez Madame, je crois.

– Chez Madame, pourquoi ?

– Madame a ses nerfs.

– Belle maladie ! M. Valot a bien tort d'être chez Madame, quand un autre médecin guérirait Madame...

M^me de Motteville leva encore ses yeux surpris.

– Un médecin autre que M. Valot ? dit-elle ; qui donc ?

– Le travail, Motteville, le travail... Ah ! si quelqu'un est malade, c'est ma pauvre fille.

– C'est aussi Votre Majesté.

– Moins ce soir.

– Ne vous y fiez pas, madame !

Et, comme pour justifier cette menace, de M^me de Motteville, une douleur aiguë mordit la reine au cœur, la fit pâlir et la renversa sur un fauteuil avec tous les symptômes d'une pâmoison soudaine.

– Mes gouttes ! murmura-t-elle.

– Prout ! prout ! répliqua la Molina, qui, sans hâter sa marche, alla tirer d'une armoire d'écaille dorée un grand flacon de cristal de roche et l'apporta ouvert à la reine.

Celle-ci respira frénétiquement, à plusieurs reprises, et murmura :

– C'est par là que le Seigneur me tuera. Soit faite par sa volonté sainte !

– On ne meurt pas pour mal avoir, ajouta la Molina en replaçant le flacon dans l'armoire.

– Votre Majesté va bien, maintenant ? demanda M^me de Motteville.

– Mieux.

Et la reine posa son doigt sur ses lèvres pour commander la discrétion à sa favorite.

– C'est étrange ! dit, après un silence, M<sup>me</sup> de Motteville.

– Qu'y a-t-il d'étrange ? demanda la reine.

– Votre Majesté se souvient-elle du jour où cette douleur apparut pour la première fois ?

– Je me souviens que c'était un jour bien triste, Motteville.

– Ce jour n'avait pas toujours été triste pour Votre Majesté.

– Pourquoi ?

– Parce que, vingt-trois ans auparavant, madame, Sa Majesté le roi régnant, votre glorieux fils, était né à la même heure.

La reine poussa un cri, pencha son front sur ses mains et s'abîma durant quelques secondes.

Était-ce souvenir ou réflexion ? était-ce encore la douleur ?

La Molina jeta sur M<sup>me</sup> de Motteville un regard presque furieux, tant il ressemblait à un reproche, et la digne femme, n'y ayant rien compris, allait questionner pour l'acquit de sa conscience, lorsque soudain Anne d'Autriche se levant :

– Le 5 septembre ! dit-elle ; oui, ma douleur a paru le 5 septembre. Grande joie un jour, grande douleur un autre jour. Grande douleur, ajouta-t-elle tout bas, expiation d'une trop grande joie !

Et, à partir de ce moment, Anne d'Autriche, qui semblait avoir épuisé toute sa mémoire et toute sa raison, demeura impénétrable, l'œil morne, la pensée vague, les mains pendantes.

– Il faut nous mettre au lit, dit la Molina.

– Tout à l'heure, Molina.

– Laissons la reine, ajouta la tenace Espagnole.

M<sup>me</sup> de Motteville se leva ; des larmes brillantes et grosses comme des larmes d'enfant coulaient lentement sur les joues blanches de la reine.

Molina, s'en apercevant, darda sur Anne d'Autriche son œil noir et vigilant.

– Oui, oui, reprit soudain la reine. Laissez-nous, Motteville. Allez.

Ce mot *nous* sonna désagréablement à l'oreille de la favorite française. Il signifiait qu'un échange de secrets ou de souvenirs allait se faire. Il signifiait qu'une personne était de trop dans l'entretien à sa plus intéressante phase.

– Madame, Molina suffira-t-elle au service de Votre Majesté ? demanda la Française.

– Oui, répondit l'Espagnole.

Et M<sup>me</sup> de Motteville s'inclina. Tout à coup une vieille femme de chambre, vêtue comme elle l'était à la cour d'Espagne en 1620, ouvrit les portières, et surprenant la reine dans ses larmes, M<sup>me</sup> de Motteville dans sa retraite savante, la Molina dans sa diplomatie :

– Le remède ! le remède ! cria-t-elle joyeusement à la reine en s'approchant sans façon du groupe.

– Quel remède, *Chica* ? dit Anne d'Autriche.

– Pour le mal de Votre Majesté, répondit celle-ci.

– Qui l'apporte ? demanda vivement M<sup>me</sup> de Motteville ; M. Valot ?

– Non, une dame de Flandre.

– Une dame de Flandre ? Une Espagnole ? interrogea la reine.

– Je ne sais.

– Qui l'envoie ?

– M. Colbert.

– Son nom ?

– Elle ne l'a pas dit.

– Sa condition ?

– Elle le dira.

– Son visage ?

– Elle est masquée.

– Vois, Molina ! s'écria la reine.

– C'est inutile, répondit tout à coup une voix ferme et douce à la fois, partie de l'autre côté des tapisseries, voix qui fit tressaillir les autres dames et frissonner la reine.

En même temps, une femme masquée paraissait entre les rideaux.

Avant que la reine eût parlé :

– Je suis une dame du béguinage de Bruges, dit la dame inconnue, et j'apporte, en effet, le remède qui doit guérir Votre Majesté.

Chacun se tut. La béguine ne fit point un pas.

– Parlez, dit la reine.

– Quand nous serons seules, ajouta la béguine.

Anne d'Autriche adressa un regard à ses compagnes, celles-ci se retirèrent.

La béguine fit alors trois pas vers la reine et s'inclina révérencieusement.

La reine regardait avec défiance cette femme qui la regardait aussi avec des yeux brillants par les trous de son masque.

– La reine de France est donc bien malade, dit Anne d'Autriche, que l'on sait, au béguinage de Bruges, qu'elle a besoin d'être guérie ?

– Votre Majesté, grâce à Dieu ! n'est pas malade sans ressource.

– Enfin, comment savez-vous que je souffre ?

– Votre Majesté a des amis en Flandre.

– Et ces amis vous ont envoyée ?

– Oui, madame.

– Nommez-les-moi.

– Impossible, madame, et inutile, puisque déjà la mémoire de Votre Majesté n'a pas été réveillée par son cœur.

Anne d'Autriche leva la tête, cherchant à découvrir sous l'ombre du masque et sous le mystère de la parole le nom de celle qui s'exprimait avec tant de familier abandon.

Puis, tout à coup, fatiguée d'une curiosité qui blessait toutes ses habitudes d'orgueil :

– Madame, dit-elle, vous ignorez qu'on ne parle pas aux personnes royales avec un masque sur le visage.

– Daignez m'excuser, madame, répliqua humblement la béguine.

– Je ne puis vous excuser, je puis vous pardonner si vous abandonnez votre masque.

– C'est un vœu que j'ai fait, madame, de venir en aide aux personnes affligées ou souffrantes, sans jamais leur laisser voir mon visage. J'aurais pu donner du soulagement à votre corps et à votre âme ; mais, puisque Votre Majesté me le défend, je me retire. Adieu, madame, adieu !

Ces mots furent prononcés avec un charme d'harmonie et de respect qui fit tomber la colère et la défiance de la reine sans diminuer sa curiosité.

– Vous avez raison, dit-elle, il ne sied pas aux gens qui souffrent de dédaigner les consolations que Dieu leur envoie. Parlez, madame, et puissiez-vous, comme vous venez de le dire, apporter du soulagement à mon corps... Hélas ! je crois que Dieu se prépare à l'éprouver cruellement.

– Parlons un peu de l'âme, s'il vous plaît, dit la béguine, de l'âme qui, j'en suis sûr, doit souffrir aussi.

– Mon âme ?

– Il y a des cancers dévorants dont la pulsation est invisible. Ceux-là, reine, laissent à la peau sa blancheur d'ivoire, ils ne marbrent point la chair de leurs bleuâtres vapeurs ; le médecin qui se penche sur la poitrine du malade n'entend pas grincer dans les muscles, sous le flot de sang, la dent insatiable de ces monstres ; jamais le fer, jamais le feu n'ont tué ou désarmé la rage de ces fléaux mortels ; ils habitent dans la pensée et la corrompent ; ils s'agrandissent dans le cœur et le font éclater : voilà, madame, d'autres cancers fatals aux reines ; ne souffrez-vous point de ces maux-là ?

Anne leva lentement son bras éclatant de blancheur et pur de formes comme il était au temps de sa jeunesse.

– Ces maux dont vous parlez, dit-elle, sont la condition de notre vie, à nous, grands de la terre, à qui Dieu donne charge d'âmes. Ces maux, quand ils sont trop lourds, le Seigneur nous en allège au tribunal de la pénitence. Là, nous déposons le fardeau et les secrets. Mais n'oubliez point que ce même souverain Seigneur mesure les épreuves aux forces de ses créatures, et mes forces, à moi, ne sont pas inférieures au fardeau : pour les secrets d'autrui, j'ai assez de la discrétion de Dieu ; pour mes secrets, à moi, j'ai trop peu de celle de mon confesseur.

– Je vous vois courageuse comme toujours contre vos ennemis, madame ; je ne vous sens pas confiante envers vos amis.

– Les reines n'ont pas d'amis ; si vous n'avez pas autre chose à me dire, si vous vous sentez inspirée de Dieu, comme une prophétesse, retirez-vous, car je crains l'avenir.

– J'aurais cru, dit résolument la béguine, que vous craigniez plutôt le passé.

Elle n'eut pas plutôt achevé cette parole, que la reine se redressant :

– Parlez ! s'écria-t-elle d'un ton bref et impérieux, parlez ! Expliquez-vous nettement, vivement, complètement, ou sinon...

– Ne menacez point, reine, dit la béguine avec douceur ; je suis venue à vous pleine de respect et de compassion, j'y suis venue de la part d'une amie.

– Prouvez-le donc ! Soulagez au lieu d'irriter.

– Facilement ; et Votre Majesté va voir si l'on est son amie.

– Voyons.

– Quel malheur est-il arrivé à Votre Majesté depuis vingt-trois ans ?...

– Mais, de grands malheurs : n'ai-je pas perdu le roi ?

– Je ne parle pas de ces sortes de malheurs. Je veux vous demander si, depuis... la naissance du roi... une indiscrétion d'amie a causé quelque douleur à Votre Majesté.

– Je ne vous comprends pas, répondit la reine en serrant les dents pour cacher son émotion.

– Je vais me faire comprendre. Votre Majesté se souvient que le roi est né le 3 septembre 1638, à onze heures un quart ?

– Oui, bégaya la reine.

– À midi et demi, continua la béguine, le dauphin, ondoyé déjà par Mgr de Meaux sous les yeux du roi, sous vos yeux était reconnu héritier de la couronne de France. Le roi se rendit à la chapelle du vieux château de Saint Germain pour entendre le *Te Deum.*

– Tout cela est exact, murmura la reine.

– L'accouchement de Votre Majesté s'était fait en présence de feu Monsieur, des princes, des dames de la cour. Le médecin du roi, Bouvard, et le chirurgien Honoré se tenaient dans l'antichambre. Votre Majesté s'endormit vers trois heures jusqu'à sept heures environ, n'est-ce pas ?

– Sans doute ; mais vous me récitez là ce que tout le monde sait comme vous et moi.

– J'arrive, madame, à ce que peu de personnes savent. Peu de personnes, disais-je ? hélas ! je pourrais dire deux personnes, car il y en avait cinq seulement autrefois, et, depuis quelques années, le secret s'est assuré par la mort des principaux participants. Le roi notre seigneur dort avec ses pères ; la sage-femme Péronne l'a suivi de près, La Porte est oublié déjà.

La reine ouvrit la bouche pour répondre ; elle trouva sous sa main glacée, dont elle caressait son visage, les gouttes pressées d'une sueur brûlante.

– Il était huit heures, poursuivit la béguine ; le roi soupait d'un grand cœur ; ce n'étaient autour de lui que joie, cris, rasades ; le peuple hurlait sous les balcons ; les Suisses, les mousquetaires et les gardes erraient par la ville, portés en triomphe par les étudiants ivres.

« Ces bruits formidables de l'allégresse publique faisaient gémir doucement dans les bras de Mme de Lansac, sa gouvernante, le dauphin, le futur roi de France, dont les yeux, lorsqu'ils s'ouvriraient, devaient apercevoir deux couronnes au fond de son berceau. Tout à coup Votre Majesté poussa un cri perçant, et dame Péronne reparut à son chevet.

« Les médecins dînaient dans une salle éloignée. Le palais, désert à force d'être envahi, n'avait plus ni consignes ni gardes. La sage-femme, après avoir examiné l'état de Votre Majesté, se récria, surprise, et, vous prenant en ses bras, éplorée, folle de douleur, envoya La Porte pour prévenir le roi que Sa Majesté la reine voulait le voir dans sa chambre. La Porte, vous le savez, madame, était un homme de sang-froid et d'esprit. Il n'approcha pas du roi en serviteur effrayé qui sent son importance, et veut effrayer aussi ; d'ailleurs, ce n'était pas une nouvelle effrayante que celle qu'attendait le roi. Toujours est-il que La Porte parut, le sourire sur les lèvres, près de la chaise du roi et lui dit : "Sire, la reine est bien heureuse et le serait encore plus de voir Votre Majesté."

« Ce jour-là, Louis XIII eût donné sa couronne à un pauvre pour un Dieu gard ! Gai, léger, vif, le roi sortit de table en disant, du ton que Henri IV eût pu prendre : "Messieurs, je vais voir ma femme."

« Il arriva chez vous, madame, au moment où dame Péronne lui tendait un second prince, beau et fort comme le premier, en lui disant : "Sire, Dieu ne veut pas que le royaume de France tombe en quenouille."

« Le roi, dans son premier mouvement, sauta sur cet enfant et cria : "Merci, mon Dieu !"

La béguine s'arrêta en cet endroit, remarquant combien souffrait la reine. Anne d'Autriche, renversée dans son fauteuil, la tête penchée, les yeux fixes, écoutait sans entendre et ses lèvres s'agitaient convulsivement pour une prière à Dieu ou pour une imprécation contre cette femme.

– Ah ! ne croyez pas que, s'il n'y a qu'un dauphin en France, s'écria la béguine, ne croyez pas que, si la reine a laissé cet enfant végéter loin du trône, ne croyez pas qu'elle fût une mauvaise mère. Oh ! non... Il est des gens qui savent combien de larmes elle a versées ; il est des gens qui ont pu compter les ardents baisers qu'elle donnait à la pauvre créature en échange de cette vie de misère et d'ombre à laquelle la raison d'État condamnait le frère jumeau de Louis XIV.

– Mon Dieu ! mon Dieu ! murmura faiblement la reine.

– On sait, continua vivement la béguine, que le roi, se voyant deux fils, tous deux égaux en âge, en prétentions, trembla pour le salut de la France, pour la tranquillité de son État. On sait que M. le cardinal de Richelieu, mandé à cet effet par Louis XIII, réfléchit plus d'une heure dans le cabinet de Sa Majesté, et prononça cette sentence : « Il y a un roi né pour succéder à Sa Majesté. Dieu en a fait naître un autre pour succéder à ce premier roi ; mais, à présent, nous n'avons besoin que du premier-né ; cachons le second à la France comme Dieu l'avait caché à ses parents eux-mêmes. » Un prince, c'est pour l'État la paix et la sécurité ; deux compétiteurs, c'est la guerre civile et l'anarchie.

La reine se leva brusquement, pâle et les poings crispés.

– Vous en savez trop, dit-elle d'une voix sourde, puisque vous touchez aux secrets de l'État. Quant aux amis de qui vous tenez ce secret, ce sont des lâches, de faux amis. Vous êtes leur complice dans le crime qui s'accomplit aujourd'hui. Maintenant, à bas le masque, ou je vous fais arrêter par mon capitaine des gardes. Oh ! ce secret ne me fait pas peur ! Vous l'avez eu, vous me le rendrez ! Il se glacera dans votre sein ; ni ce secret ni votre vie ne vous appartiennent plus à partir de ce moment !

Anne d'Autriche, joignant le geste à la menace, fit deux pas vers la béguine.

– Apprenez, dit celle-ci, à connaître la fidélité, l'honneur, la discrétion de vos amis abandonnés.

Elle enleva soudain son masque.

– M^{me} de Chevreuse ! s'écria la reine.

– La seule confidente du secret, avec Votre Majesté.

– Ah ! murmura Anne d'Autriche, venez m'embrasser, duchesse. Hélas ! c'est tuer ses amis, que se jouer ainsi avec leurs chagrins mortels.

Et la reine, appuyant sa tête sur l'épaule de la vieille duchesse, laissa échapper de ses yeux une source de larmes amères.

– Que vous êtes jeune encore ! dit celle-ci d'une voix sourde. Vous pleurez !

# VII

*Deux amies*

La reine regarda fièrement M^me^ de Chevreuse.

– Je crois, dit-elle, que vous avez prononcé le mot heureuse en parlant de moi. Jusqu'à présent, duchesse, j'avais cru impossible qu'une créature humaine pût se trouver moins heureuse que la reine de France.

– Madame, vous avez été, en effet, une mère de douleurs. Mais, à côté de ces misères illustres dont nous nous entretenions tout à l'heure, nous, vieilles amies, séparées par la méchanceté des hommes ; à côté, dis-je, de ces infortunes royales, vous avez les joies peu sensibles, c'est vrai, mais fort enviées de ce monde.

– Lesquelles ? dit amèrement Anne d'Autriche. Comment pouvez-vous prononcer le mot joie, duchesse, vous qui tout à l'heure reconnaissiez qu'il faut des remèdes à mon corps et à mon esprit ?

M^me^ de Chevreuse se recueillit un moment.

– Que les rois sont loin des autres hommes ! murmura-t-elle.

– Que voulez-vous dire ?

– Je veux dire qu'ils sont tellement éloignés du vulgaire, qu'ils oublient pour les autres toutes les nécessités de la vie. Comme l'habitant de la montagne africaine qui, du sein de ses plateaux verdoyants rafraîchis par les ruisseaux de neige, ne comprend pas que l'habitant de la plaine meure de soif et de faim au milieu des terres calcinées par le soleil.

La reine rougit légèrement ; elle venait de comprendre.

– Savez-vous, dit-elle, que c'est mal de nous avoir délaissée ?

– Oh ! madame, le roi a hérité, dit-on, la haine que me portait son père. Le roi me congédierait s'il me savait au Palais-Royal.

– Je ne dis pas que le roi soit bien disposé en votre faveur, duchesse, répliqua la reine ; mais, moi, je pourrais... secrètement.

La duchesse laissa percer un sourire dédaigneux qui inquiéta son interlocutrice.

– Du reste, se hâta d'ajouter la reine, vous avez très bien fait de venir ici.

– Merci, madame !

– Ne fût-ce que pour nous donner cette joie de démentir le bruit de votre mort.

– On avait dit effectivement que j'étais morte ?

– Partout.

– Mes enfants n'avaient pas pris le deuil, cependant.

– Ah ! vous savez, duchesse, la cour voyage souvent ; nous voyons peu MM. d'Albert de Luynes, et bien des choses échappent dans les préoccupations au milieu desquelles nous vivons constamment.

– Votre Majesté n'eût pas dû croire au bruit de ma mort.

– Pourquoi pas ? Hélas ! nous sommes mortels ; ne voyez-vous pas que moi, votre sœur cadette, comme nous disions autrefois, je penche déjà vers la sépulture ?

– Votre Majesté, si elle avait cru que j'étais morte, devait s'étonner alors de n'avoir pas reçu de mes nouvelles.

– La mort surprend parfois bien vite, duchesse.

– Oh ! Votre Majesté ! Les âmes chargées de secrets comme celui dont nous parlions tout à l'heure ont toujours un besoin d'épanchement qu'il faut satisfaire d'avance. Au nombre des relais préparés pour l'éternité, on compte la mise en ordre de ses papiers.

La reine tressaillit.

– Votre Majesté, dit la duchesse, saura d'une façon certaine le jour de ma mort.

– Comment cela ?

– Parce que Votre Majesté recevra le lendemain, sous une quadruple enveloppe, tout ce qui a échappé de nos petites correspondances si mystérieuses d'autrefois.

– Vous n'avez pas brûlé ? s'écria Anne avec effroi.

– Oh ! chère Majesté, répliqua la duchesse, les traîtres seuls brûlent une correspondance royale.

– Les traîtres ?

– Oui, sans doute ; ou plutôt ils font semblant de la brûler, la gardent ou la vendent.

– Mon Dieu !

– Les fidèles, au contraire, enfouissent précieusement de pareils trésors ; puis, un jour, ils viennent trouver leur reine, et lui disent : « Madame, je vieillis, je me sens malade ; il y a danger de mort pour moi, danger de révélation pour le secret de Votre Majesté ; prenez donc ce papier dangereux et brûlez-le vous-même. »

– Un papier dangereux ! Lequel ?

– Quant à moi, je n'en ai qu'un, c'est vrai, mais il est bien dangereux.

– Oh ! duchesse, dites, dites !

– C'est ce billet... daté du 2 août 1644, où vous me recommandiez d'aller à Noisy-le-Sec pour voir ce cher et malheureux enfant. Il y a cela de votre main, madame : « Cher malheureux enfant. »

Il se fit un silence profond à ce moment : la reine sondait l'abîme, M^{me} de Chevreuse tendait son piège.

– Oui, malheureux, bien malheureux ! murmura Anne d'Autriche ; quelle triste existence a-t-il menée, ce pauvre enfant, pour aboutir à une si cruelle fin !

– Il est mort ? s'écria vivement la duchesse avec une curiosité dont la reine saisit avidement l'accent sincère.

– Mort de consomption, mort oublié, flétri, mort comme ces pauvres fleurs données par un amant et que la maîtresse laisse expirer dans un tiroir pour les cacher à tout le monde.

– Mort ! répéta la duchesse avec un air de découragement qui eût bien réjoui la reine, s'il n'eût été tempéré par un mélange de doute. Mort à Noisy-le-Sec ?

– Mais oui, dans les bras de son gouverneur, pauvre serviteur honnête, qui n'a pas survécu longtemps.

– Cela se conçoit : c'est si lourd à porter un deuil et un secret pareils.

La reine ne se donna pas la peine de relever l'ironie de cette réflexion. M^{me} de Chevreuse continua.

– Eh bien ! madame, je m'informai, il y a quelques années, à Noisy-le-Sec même, du sort de cet enfant si malheureux. On m'apprit qu'il ne passait pas pour être mort, voilà pourquoi je ne m'étais pas affligée tout d'abord avec Votre Majesté. Oh ! certes, si je l'eusse cru, jamais une allusion à ce déplorable événement ne fût venue réveiller les bien légitimes douleurs de Votre Majesté.

– Vous dites que l'enfant ne passait pas pour être mort à Noisy ?

– Non, madame.

– Que disait-on de lui, alors ?

– On disait... On se trompait sans doute.

– Dites toujours.

– On disait qu'un soir, vers 1645, une dame belle et majestueuse, ce qui se remarqua malgré le masque et la mante qui la cachaient, une dame de haute qualité, de très haute qualité sans doute, était venue dans un carrosse à l'embranchement de la route, la même, vous savez, où j'attendais des nouvelles du jeune prince, quand Votre Majesté daignait m'y envoyer.

– Eh bien ?

– Et que le gouverneur avait mené l'enfant à cette dame.

– Après ?

– Le lendemain, gouverneur et enfant avaient quitté le pays.

– Vous voyez bien ! il y a du vrai là-dedans, puisque, effectivement, le pauvre enfant mourut d'un de ces coups de foudre qui font que, jusqu'à sept ans, au dire des médecins, la vie des enfants tient à un fil.

– Oh ! ce que dit Votre Majesté est la vérité ; nul ne le sait mieux que vous, madame ; nul ne le croit plus que moi. Mais admirez la bizarrerie...

« Qu'est-ce encore ? » pensa la reine.

– La personne qui m'avait rapporté ces détails, qui avait été s'informer de la santé de l'enfant, cette personne...

– Vous aviez confié un pareil soin à quelqu'un ? Oh ! duchesse !

– Quelqu'un de muet comme Votre Majesté, comme moi-même ; mettons que c'est moi-même, madame. Ce quelqu'un, dis-je, passant quelque temps après en Touraine...

– En Touraine ?

– Reconnut le gouverneur et l'enfant, pardon ! crut les reconnaître, vivants tous deux, gais et heureux et florissants tous deux, l'un dans sa verte vieillesse, l'autre dans sa jeunesse en fleur ! Jugez, d'après cela, ce que c'est que les bruits qui courent, ayez donc foi, après cela, à quoi que ce soit de ce qui se passe en ce monde. Mais je fatigue Votre Majesté. Oh ! ce n'est pas mon intention, et je prendrai congé d'elle après lui avoir renouvelé l'assurance de mon respectueux dévouement.

– Arrêtez, duchesse ; causons un peu de vous.

– De moi ? Oh ! madame, n'abaissez pas vos regards jusque-là.

– Pourquoi donc ? N'êtes-vous pas ma plus ancienne amie ? Est-ce que vous m'en voulez, duchesse ?

– Moi ! mon Dieu, pour quel motif ? Serais-je venue auprès de Votre Majesté, si j'avais sujet de lui en vouloir ?

– Duchesse, les ans nous gagnent ; il faut nous serrer contre la mort qui menace.

– Madame, vous me comblez avec ces douccs paroles.

– Nulle ne m'a jamais aimée, servie comme vous, duchesse.

– Votre Majesté s'en souvient ?

– Toujours... duchesse, une preuve d'amitié.

– Ah ! madame, tout mon être appartient à Votre Majesté.

– Cette preuve, voyons !

– Laquelle ?

– Demandez-moi quelque chose.

– Demander ?

– Oh ! je sais que vous êtes l'âme la plus désintéressée, la plus grande, la plus royale.

– Ne me louez pas trop, madame, dit la duchesse inquiète.

– Je ne vous louerai jamais autant que vous le méritez.

– Avec l'âge, avec les malheurs, on change beaucoup, madame.

– Dieu vous entende, duchesse !

– Comment cela ?

– Oui, la duchesse d'autrefois, la belle, la fière, l'adorée Chevreuse m'eût répondu ingratement : « Je ne veux rien de vous. » Bénis soient donc les malheurs, s'ils sont venus, puisqu'ils vous auront changée, et que peut-être vous me répondrez : « J'accepte. »

La duchesse adoucit son regard et son sourire ; elle était sous le charme et ne se cachait plus.

– Parlez, chère, dit la reine, que voulez-vous ?

– Il faut donc s'expliquer ?...

– Sans hésitation.

– Eh bien ! Votre Majesté peut me faire une joie indicible, une joie in-comparable.

– Voyons, fit la reine, un peu refroidie par l'inquiétude. Mais, avant toute chose, ma bonne Chevreuse, souvenez-vous que je suis en puissance de fils comme j'étais autrefois en puissance de mari.

– Je vous ménagerai, chère reine.

– Appelez-moi Anne, comme autrefois ; ce sera un doux écho de la belle jeunesse.

– Soit. Eh bien ! ma vénérée maîtresse, Anne chérie...

– Sais-tu toujours l'espagnol ?

– Toujours.

– Demande-moi en espagnol alors.

– Voici : faites-moi l'honneur de venir passer quelques jours à Dampierre.

– C'est tout ? s'écria la reine stupéfaite.

– Oui.

– Rien que cela ?

– Bon Dieu ! auriez-vous l'idée que je ne vous demande pas là le plus énorme bienfait ? S'il en est ainsi, vous ne me connaissez plus. Acceptez-vous ?

– Oui, de grand cœur.

– Oh ! merci !

– Et je serai heureuse, continua la reine avec défiance si ma présence peut vous être utile à quelque chose.

– Utile ? s'écria la duchesse en riant. Oh ! non, non, agréable, douce, délicieuse, oui, mille fois oui. C'est donc promis ?

– C'est juré.

La duchesse se jeta sur la main si belle de la reine et la couvrit de baisers.

« C'est une bonne femme au fond, pensa la reine, et... généreuse d'esprit. »

– Votre Majesté, reprit la duchesse, consentirait-elle à me donner quinze jours ?

– Oui, certes ! Pourquoi ?

– Parce que, dit la duchesse, me sachant en disgrâce, nul ne voulait me prêter les cent mille écus dont j'ai besoin pour réparer Dampierre. Mais, lorsqu'on va savoir que c'est pour y recevoir Votre Majesté, tous les fonds de Paris afflueront chez moi.

– Ah ! fit la reine en remuant doucement la tête avec intelligence, cent mille écus ! il faut cent mille écus pour réparer Dampierre ?

– Tout autant.

– Et personne ne veut vous les prêter ?

– Personne.

– Je les prêterai, moi, si vous voulez, duchesse.

– Oh ! je n'oserais.

– Vous auriez tort.

– Vrai ?

– Foi de reine !... Cent mille écus, ce n'est réellement pas beaucoup.

– N'est-ce pas ?

– Non. Oh ! je sais que vous n'avez jamais fait payer votre discrétion ce qu'elle vaut. Duchesse, avancez-moi cette table, que je vous fasse un bon sur M. Colbert ; non, sur M. Fouquet, qui est un bien plus galant homme.

– Paie-t-il ?

– S'il ne paie pas, je paierai ; mais ce serait la première fois qu'il me refuserait.

La reine écrivit, donna la cédule à la duchesse, et la congédia après l'avoir gaiement embrassée.

# VIII

*Comment Jean de La Fontaine
fit son premier conte*

Toutes ces intrigues sont épuisées ; l'esprit humain, si multiple dans ses exhibitions, a pu se développer à l'aise dans les trois cadres que notre récit lui a fournis.

Peut-être s'agira-t-il encore de politique et d'intrigues dans le tableau que nous préparons, mais les ressorts en seront tellement cachés, que l'on ne verra que les fleurs et les peintures, absolument comme dans ces théâtres forains où paraît, sur la scène, un colosse qui marche mû par les petites jambes et les bras grêles d'un enfant caché dans sa carcasse.

Nous retournons à Saint-Mandé, où le surintendant reçoit, selon son habitude, sa société choisie d'épicuriens.

Depuis quelque temps, le maître a été rudement éprouvé. Chacun se ressent au logis de la détresse du ministre. Plus de grandes et folles réunions. La finance a été un prétexte pour Fouquet, et jamais, comme le dit spirituellement Gourville, prétexte n'a été plus fallacieux ; de finances, pas l'ombre.

M. Vatel s'ingénie à soutenir la réputation de la maison. Cependant les jardiniers, qui alimentent les offices, se plaignent d'un retard ruineux. Les expéditionnaires de vins d'Espagne envoient fréquemment des mandats que nul ne paie. Les pêcheurs que le surintendant gage sur les côtes de Normandie supputent que, s'ils étaient remboursés, la rentrée de la somme leur permettrait de se retirer à terre. La marée, qui, plus tard, doit faire mourir Vatel, la marée n'arrive pas du tout.

Cependant, pour le jour de réception ordinaire, les amis de Fouquet se présentent plus nombreux que de coutume. Gourville et l'abbé Fouquet causent finances, c'est-à-dire que l'abbé emprunte quelques pistoles à Gourville. Pélisson, assis les jambes croisées, termine la péroraison d'un discours par lequel Fouquet doit rouvrir le Parlement.

Et ce discours est un chef-d'œuvre, parce que Pélisson le fait pour son ami, c'est-à-dire qu'il y met tout ce que, certainement, il n'irait pas chercher pour lui-même. Bientôt, se disputant sur les rimes faciles, arrivent du fond du jardin Loret et La Fontaine.

Les peintres et les musiciens se dirigent à leur tour du côté de la salle à manger. Lorsque huit heures sonneront, on soupera.

Le surintendant ne fait jamais attendre.

Il est sept heures et demie ; l'appétit s'annonce assez galamment.

Quand tous les convives sont réunis, Gourville va droit à Pélisson, le tire de sa rêverie et l'amène au milieu d'un salon dont il a fermé les portes.

– Eh bien ! dit-il, quoi de nouveau ?

Pélisson, levant sa tête intelligente et douce :

– J'ai emprunté, dit-il, vingt-cinq mille livres à ma tante. Les voici en bons de caisse.

– Bien, répondit Gourville, il ne manque plus que cent quatre-vingt-quinze mille livres pour le premier paiement.

– Le paiement de quoi ? demanda La Fontaine du ton qu'il mettait à dire : « Avez-vous lu Baruch ? »

– Voilà encore mon distrait, dit Gourville. Quoi ! c'est vous qui nous avez appris que la petite terre de Corbeil allait être vendue par un créancier de M. Fouquet ; c'est vous qui avez proposé la cotisation de tous les amis d'Épicure ; c'est vous qui avez dit que vous feriez vendre un coin de votre maison de Château-Thierry pour fournir votre contingent, et vous venez dire aujourd'hui : « Le paiement de quoi ? »

Un rire universel accueillit cette sortie et fit rougir La Fontaine.

– Pardon, pardon, dit-il, c'est vrai, je n'avais pas oublié. Oh ! non ; seulement...

– Seulement, tu ne te souvenais plus, répliqua Loret.

– Voilà la vérité. Le fait est qu'il a raison. Entre oublier et ne plus se souvenir, il y a une grande différence.

– Alors, ajouta Pélisson, vous apportez cette obole, prix du coin de terre vendu ?

– Vendu ? Non.

– Vous n'avez pas vendu votre clos ? demanda Gourville étonné, car il connaissait le désintéressement du poète.

– Ma femme n'a pas voulu, répondit ce dernier.

Nouveaux rires.

– Cependant, vous êtes allé à Château-Thierry pour cela ? lui fut-il répondu.

– Certes, et à cheval.

– Pauvre Jean !

– Huit chevaux différents : j'étais roué.

– Excellent ami !... Et là-bas vous vous êtes reposé ?

– Reposé ? Ah bien ! oui ! Là-bas, j'ai eu bien de la besogne.

– Comment cela ?

– Ma femme avait fait des coquetteries avec celui à qui je voulais vendre la terre. Cet homme s'est dédit ; je l'ai appelé en duel.

– Très bien ! dit le poète ; et vous vous êtes battus ?

– Il paraît que non.

– Vous n'en savez donc rien ?

– Non, ma femme et ses parents se sont mêlés de cela. J'ai eu un quart d'heure durant l'épée à la main ; mais je n'ai pas été blessé.

– Et l'adversaire ?

– L'adversaire non plus ; il n'était pas venu sur le terrain.

– C'est admirable ! s'écria-t-on de toutes parts ; vous avez dû vous courroucer ?

– Très fort ; j'avais gagné un rhume ; je suis rentré à la maison, et ma femme m'a querellé.

– Tout de bon ?

– Tout de bon. Elle m'a jeté un pain à la tête, un gros pain.

– Et vous ?

– Moi ? Je lui ai renversé toute la table sur le corps, et sur le corps de ses convives ; puis je suis remonté à cheval, et me voilà.

Nul n'eût su tenir son sérieux à l'exposé de cette héroïde comique. Quand l'ouragan des rires se fut un peu calmé :

– Voilà tout ce que vous avez rapporté ? dit-on à La Fontaine.

– Oh ! non pas, j'ai eu une excellente idée.

– Dites.

– Avez-vous remarqué qu'il se fait en France beaucoup de poésies badines ?

– Mais oui, répliqua l'assemblée.

– Et que, poursuivit La Fontaine, il ne s'en imprime que fort peu ?

– Les lois sont dures, c'est vrai.

– Eh bien ! marchandise rare est une marchandise chère, ai-je pensé. C'est pourquoi je me suis mis à composer un petit poème extrêmement licencieux.

– Oh ! oh ! cher poète.

– Extrêmement grivois.

– Oh ! oh !

– Extrêmement cynique.

– Diable ! diable !

– J'y ai mis, continua froidement le poète, tout ce que j'ai pu trouver de mots galants.

Chacun se tordait de rire, tandis que ce brave poète mettait ainsi l'enseigne à sa marchandise.

– Et, poursuivit-il, je m'appliquai à dépasser tout ce que Boccace, l'Arétin et autres maîtres ont fait dans ce genre.

– Bon Dieu ! s'écria Pélisson ; mais il sera damné !

– Vous croyez ? demanda naïvement La Fontaine ; je vous jure que je n'ai pas fait cela pour moi, mais uniquement pour M. Fouquet.

Cette conclusion mirifique mit le comble à la satisfaction des assistants.

– Et j'ai vendu cet opuscule huit cent livres la première édition, s'écria La Fontaine en se frottant les mains. Les livres de piété s'achètent moitié moins.

– Il eût mieux valu, dit Gourville en riant, faire deux livres de piété.

– C'est trop long et pas assez divertissant, répliqua tranquillement La Fontaine ; mes huit cents livres sont dans ce petit sac ; je les offre.

Et il mit, en effet, son offrande dans les mains du trésorier des épicuriens.

Puis ce fut au tour de Loret, qui donna cent cinquante livres ; les autres s'épuisèrent de même. Il y eut, compte fait, quarante mille livres dans l'escarcelle.

Jamais plus généreux deniers ne résonnèrent dans les balances divines où la charité pèse les bons cœurs et les bonnes intentions contre les pièces fausses des dévots hypocrites.

On faisait encore tinter les écus quand le surintendant entra ou plutôt se glissa dans la salle. Il avait tout entendu.

On vit cet homme, qui avait remué tant de milliards, ce riche qui avait épuisé tous les plaisirs et tous les honneurs, ce cœur immense, ce cerveau fécond qui avaient, comme deux creusets avides, dévoré la substance matérielle et morale du premier royaume du monde, on vit Fouquet dépasser le seuil avec les yeux pleins de larmes, tremper ses doigts blancs et fins dans l'or et l'argent.

– Pauvre aumône, dit-il d'une voix tendre et émue, tu disparaîtras dans le plus petit des plis de ma bourse vide ; mais tu as empli jusqu'au bord ce que nul n'épuisera jamais : mon cœur ! Merci, mes amis, merci !

Et, comme il ne pouvait embrasser tous ceux qui se trouvaient là et qui pleuraient bien aussi un peu, tout philosophes qu'ils étaient, il embrassa La Fontaine en lui disant :

– Pauvre garçon qui s'est fait battre pour moi par sa femme, et damner par son confesseur !

– Bon ! ce n'est rien, répondit le poète ; que vos créanciers attendent deux ans, j'aurai fait cent autres contes qui, à deux éditions chacun, paie-ront la dette.

# IX

*La Fontaine négociateur*

Fouquet serra la main de La Fontaine avec une charmante effusion.

– Mon cher poète, lui dit-il, faites-nous cent autres contes, non seulement pour les quatre-vingts pistoles que chacun d'eux rapportera, mais encore pour enrichir notre langue de cent chefs-d'œuvre.

– Oh ! oh ! dit La Fontaine en se rengorgeant, il ne faut pas croire que j'aie seulement apporté cette idée et ces quatre-vingts pistoles à M. le surintendant.

– Oh ! mais, s'écria-t-on de toutes parts, M. de La Fontaine est en fonds aujourd'hui.

– Bénie soit l'idée, si elle m'apporte un ou deux millions, dit gaiement Fouquet.

– Précisément, répliqua La Fontaine.

– Vite, vite ! cria l'assemblée.

– Prenez garde, dit Pélisson à l'oreille de La Fontaine, vous avez eu grand succès jusqu'à présent, n'allez pas lancer la flèche au-delà du but.

– Nenni, monsieur Pélisson, et, vous qui êtes un homme de goût, vous m'approuverez tout le premier.

– Il s'agit de millions ? dit Gourville.

– J'ai là quinze cent mille livres, monsieur Gourville. Et il frappa sa poitrine.

– Au diable, le Gascon de Château-Thierry ! cria Loret.

– Ce n'est pas la poche qu'il fallait toucher, dit Fouquet, c'est la cervelle.

– Tenez, ajouta La Fontaine, monsieur le surintendant, vous n'êtes pas un procureur général, vous êtes un poète.

– C'est vrai ! s'écrièrent Loret, Conrart, et tout ce qu'il y avait là de gens de lettres.

– Vous êtes, dis-je, un poète et un peintre, un statuaire, un ami des arts et des sciences ; mais, avouez-le vous-même, vous n'êtes pas un homme de robe.

– Je l'avoue, répliqua en souriant M. Fouquet.

– On vous mettrait de l'Académie que vous refuseriez, n'est-ce pas ?

– Je crois que oui, n'en déplaise aux académiciens.

– Eh bien ! pourquoi, ne voulant pas faire partie de l'Académie, vous laissez-vous aller à faire partie du Parlement ?

– Oh ! oh ! dit Pélisson, nous parlons politique ?

– Je demande, poursuivit La Fontaine, si la robe sied ou ne sied pas à M. Fouquet.

– Ce n'est pas de la robe qu'il s'agit, riposta Pélisson, contrarié des rires de l'assemblée.

– Au contraire, c'est de la robe, dit Loret.

– Ôtez la robe au procureur général, dit Conrart, nous avons M. Fouquet, ce dont nous ne nous plaignons pas ; mais comme il n'est pas de procureur général sans robe, nous déclarons, d'après M. de La Fontaine, que certainement la robe est un épouvantail.

– *Fugiunt risus leporesque*, dit Loret.

– Les ris et les grâces, fit un savant.

– Moi, poursuivit Pélisson gravement, ce n'est pas comme cela que je traduis *lepores*.

– Et comment le traduisez-vous ? demanda La Fontaine.

– Je le traduis ainsi : « Les lièvres se sauvent en voyant M. Fouquet. »

Éclats de rire, dont le surintendant prit sa part.

– Pourquoi les lièvres ? objecta Conrart piqué.

– Parce que le lièvre sera celui qui ne se réjouira point de voir M. Fouquet dans les attributs de sa force parlementaire.

– Oh ! oh ! murmurèrent les poètes.

– *Quo non ascendam ?* dit Conrart, me paraît impossible avec une robe de procureur.

– Et à moi, sans cette robe, dit l'obstiné Pélisson. Qu'en pensez-vous, Gourville ?

– Je pense que la robe est bonne, répliqua celui-ci ; mais je pense également qu'un million et demi vaudrait mieux que la robe.

– Et je suis de l'avis de Gourville, s'écria Fouquet en coupant court à la discussion par son opinion, qui devait nécessairement dominer toutes les autres.

– Un million et demi ! grommela Pélisson ; pardieu ! je sais une fable indienne...

– Contez-la-moi, dit La Fontaine ; je dois la savoir aussi.

– La tortue avait une carapace, dit Pélisson ; elle se réfugiait là-dedans quand ses ennemis la menaçaient. Un jour, quelqu'un lui dit : « Vous avez bien chaud l'été dans cette maison-là, et vous êtes bien empêchée de montrer vos grâces. Voilà la couleuvre qui vous donnera un million et demi de votre écaille. »

– Bon ! fit le surintendant en riant.

– Après ? fit La Fontaine, intéressé par l'apologue bien plus que par la moralité.

– La tortue vendit sa carapace et resta nue. Un vautour la vit ; il avait faim ; il lui brisa les reins d'un coup de bec et la dévora.

– *O muthos déloi ?*... dit Conrart.

– Que M. Fouquet fera bien de garder sa robe.

La Fontaine prit la moralité au sérieux.

– Vous oubliez Eschyle, dit-il à son adversaire.

– Qu'est-ce à dire ?

– Eschyle le Chauve.

– Après ?

– Eschyle, dont un vautour, votre vautour probablement, grand amateur de tortues, prit d'en haut le crâne pour une pierre, et lança sur ce crâne une tortue toute blottie dans sa carapace.

– Eh ! mon Dieu ! La Fontaine a raison, reprit Fouquet devenu pensif, tout vautour, quand il a faim de tortues, sait bien leur briser gratis l'écaille ; trop heureuses les tortues dont une couleuvre paie l'enveloppe un million et demi. Qu'on m'apporte une couleuvre généreuse comme celle de votre fable, Pélisson, et je lui donne ma carapace.

– *Rara avis in terris !* s'écria Conrart.

– Et semblable à un cygne noir, n'est-ce pas ? ajouta La Fontaine. Eh bien ! oui, précisément, un oiseau tout noir et très rare ; je l'ai trouvé.

– Vous avez trouvé un acquéreur pour ma charge de procureur ? s'écria Fouquet.

– Oui, monsieur.

– Mais M. le surintendant n'a jamais dit qu'il dût vendre, reprit Pélisson.

– Pardonnez-moi : vous-même, vous en avez parlé, dit Conrart.

– J'en suis témoin, fit Gourville.

– Il tient aux beaux discours qu'il me fait, dit en riant Fouquet. Cet acquéreur, voyons, La Fontaine ?

– Un oiseau tout noir, un conseiller au Parlement, un brave homme.

– Qui s'appelle ?

– Vanel.

– Vanel ! s'écria Fouquet, Vanel ! le mari de ?...

– Précisément, son mari ; oui, monsieur.

– Ce cher homme ! dit Fouquet avec intérêt, il veut être procureur général ?

– Il veut être tout ce que vous êtes, monsieur, dit Gourville, et faire absolument ce que vous avez fait.

– Oh ! mais c'est bien réjouissant : contez-nous donc cela, La Fontaine.

– C'est tout simple. Je le vois de temps en temps. Tantôt je le rencontre : il flânait sur la place de la Bastille, précisément vers l'instant où j'allais prendre le petit carrosse de Saint-Mandé.

– Il devait guetter sa femme, bien sûr, interrompit Loret.

– Oh ! mon Dieu, non, dit simplement Fouquet ; il n'est pas jaloux.

– Il m'aborde donc, m'embrasse, me conduit au Cabaret de l'Image-Saint-Fiacre, et m'entretient de ses chagrins.

– Il a des chagrins ?

– Oui, sa femme lui donne de l'ambition.

– Et il vous dit ?...

– Qu'on lui a parlé d'une charge au Parlement ; que le nom de M. Fouquet a été prononcé, que, depuis ce temps M<sup>me</sup> Vanel rêve de s'appeler M<sup>me</sup> la procureuse générale, et qu'elle en meurt toutes les nuits qu'elle n'en rêve pas.

– Pauvre femme ! dit Fouquet.

– Attendez. Conrart me dit toujours que je ne sais pas faire les affaires : vous allez voir comment je menai celle-ci.

– Voyons !

– « Savez-vous, dis-je à Vanel, que c'est cher, une charge comme celle de M. Fouquet ? – Combien à peu près ? fit-il. – M. Fouquet en a refusé dix-sept cent mille livres. – Ma femme, répliqua Vanel, avait mis cela aux environs de quatorze cent mille. – Comptant ? lui fis-je. – Oui ; elle a vendu un bien en Guienne, elle a réalisé. »

– C'est un joli lot à toucher d'un coup, dit sentencieusement l'abbé Fouquet, qui n'avait pas encore parlé.

– Cette pauvre dame Vanel ! murmura Fouquet.

Pélisson haussa les épaules.

– Un démon ! dit-il bas à l'oreille de Fouquet.

– Précisément !... Il serait charmant d'employer l'argent de ce démon à réparer le mal que s'est fait pour moi un ange.

Pélisson regarda d'un air surpris Fouquet, dont les pensées se fixaient, à partir de ce moment, sur un nouveau but.

– Eh bien ! demanda La Fontaine, ma négociation ?

– Admirable ! cher poète.

– Oui, dit Gourville ; mais tel se vante d'avoir envie d'un cheval, qui n'a pas seulement de quoi payer la bride.

– Le Vanel se dédirait si on le prenait au mot, continua l'abbé Fouquet.

– Je ne crois pas, dit La Fontaine.

– Qu'en savez-vous ?

– C'est que vous ignorez le dénouement de mon histoire.

– Ah ! s'il y a un dénouement, dit Gourville, pourquoi flâner en route ?

– *Semper ad adventum*, n'est-ce pas cela ? dit Fouquet du ton d'un grand seigneur qui se fourvoie dans les barbarismes.

Les latinistes battirent des mains.

– Mon dénouement, s'écria La Fontaine, c'est que Vanel, ce tenace oiseau, sachant que je venais à Saint-Mandé, m'a supplié de l'emmener.

– Oh ! oh !

– Et de le présenter, s'il était possible, à Monseigneur.

– En sorte ?...

– En sorte qu'il est là, sur la pelouse du Bel-Air.

– Comme un scarabée.

– Vous dites cela, Gourville, à cause des antennes, mauvais plaisant !

– Eh bien ! monsieur Fouquet ?

– Eh bien ! il ne convient pas que le mari de M^{me} Vanel s'enrhume hors de chez moi ; envoyez-le quérir, La Fontaine, puisque vous savez où il est.

– J'y cours moi-même.

– Je vous y accompagne, dit l'abbé Fouquet ; je porterai les sacs.

– Pas de mauvaise plaisanterie, dit sévèrement Fouquet ; que l'affaire soit sérieuse, si affaire il y a. Tout d'abord, soyons hospitaliers. Excusez-moi bien, La Fontaine, auprès de ce galant homme, et dites-lui que je suis désespéré de l'avoir fait attendre, mais que j'ignorais qu'il fût là.

La Fontaine était déjà parti. Par bonheur, Gourville l'accompagnait ; car, tout entier à ses chiffres, le poète se trompait de route, et courait vers Saint Maur.

Un quart d'heure après, M. Vanel fut introduit dans le cabinet du surintendant, ce même cabinet dont nous avons donné la description et les aboutissants au commencement de cette histoire. Fouquet, le voyant entrer appela Pélisson, et lui parla quelques minutes à l'oreille.

– Retenez bien ceci, lui dit-il : que toute l'argenterie, que toute la vaisselle, que tous les joyaux soient emballés dans le carrosse. Vous prendrez les chevaux noirs ; l'orfèvre vous accompagnera ; vous reculerez le souper jusqu'à l'arrivée de M^me de Bellière.

– Encore faut-il que M^me de Bellière soit prévenue, dit Pélisson.

– Inutile, je m'en charge.

– Très bien.

– Allez, mon ami.

Pélisson partit, devinant mal, mais confiant, comme sont tous les vrais amis, dans la volonté qu'il subissait. Là est la force des âmes d'élite. La défiance n'est faite que pour les natures inférieures.

Vanel s'inclina donc devant le surintendant. Il allait commencer une harangue.

– Asseyez-vous, monsieur, lui dit civilement Fouquet. Il me paraît que vous voulez acquérir ma charge ?

– Monseigneur...

– Combien pouvez-vous m'en donner ?

– C'est à vous, monseigneur, de fixer le chiffre. Je sais qu'on vous a fait des offres.

– M^me Vanel, m'a-t-on dit, l'estime quatorze cent mille livres.

– C'est tout ce que nous avons.

– Pouvez-vous donner la somme tout de suite ?

– Je ne l'ai pas sur moi, dit naïvement Vanel, effaré de cette simplicité, de cette grandeur, lui qui s'attendait à des luttes, à des finesses, à des marches d'échiquier.

– Quand l'aurez-vous ?

– Quand il plaira à Monseigneur.

Et il tremblait que Fouquet ne se jouât de lui.

– Si ce n'était la peine de retourner à Paris, je vous dirais tout de suite...

– Oh ! monseigneur...

– Mais, interrompit le surintendant, mettons le solde et la signature à demain matin.

– Soit, répliqua Vanel glacé, abasourdi.

– Six heures, ajouta Fouquet.

– Six heures, répéta Vanel.

– Adieu, monsieur Vanel ! Dites à M^{me} Vanel que je lui baise les mains.

Et Fouquet se leva.

Alors Vanel, à qui le sang montait aux yeux et qui commençait à perdre la tête :

– Monseigneur, monseigneur, dit-il sérieusement, est-ce que vous me donnez parole ?

Fouquet tourna la tête.

– Pardieu ! dit-il ; et vous ?

Vanel hésita, frissonna et finit par avancer timidement sa main. Fouquet ouvrit et avança noblement la sienne. Cette main loyale s'imprégna une seconde de la moiteur d'une main hypocrite ; Vanel serra les doigts de Fouquet pour se mieux convaincre.

Le surintendant dégagea doucement sa main.

– Adieu ! dit-il.

Vanel courut à reculons vers la porte, se précipita par les vestibules et s'enfuit.

# X

*La vaisselle et les diamants de*
*Madame de Bellière*

À peine Fouquet eut-il congédié Vanel, qu'il réfléchit un moment.

– On ne saurait trop faire, dit-il, pour la femme que l'on a aimée. Marguerite désire être procureuse, pourquoi ne lui pas faire ce plaisir ? Maintenant que la conscience la plus scrupuleuse ne saurait rien me reprocher, pensons à la femme qui m'aime. M^me de Bellière doit être là.

Il indiqua du doigt la porte secrète.

S'étant enfermé, il ouvrit le couloir souterrain et se dirigea rapidement vers la communication établie entre la maison de Vincennes et sa maison à lui.

Il avait négligé d'avertir son amie avec la sonnette, bien assuré qu'elle ne manquait jamais au rendez-vous.

En effet, la marquise était arrivée. Elle attendait. Le bruit que fit le surintendant l'avertit ; elle accourut pour recevoir par-dessous la porte le billet qu'il lui passa.

*Venez, marquise, on vous attend pour souper.*

Heureuse et active, M^me de Bellière gagna son carrosse dans l'avenue de Vincennes, et elle vint tendre sa main sur le perron à Gourville, qui, pour mieux plaire au maître, guettait son arrivée dans la cour.

Elle n'avait pas vu entrer, fumants et blancs d'écume, les chevaux noirs de Fouquet, qui ramenaient à Saint-Mandé Pélisson et l'orfèvre lui-même à qui M^me de Bellière avait vendu sa vaisselle et ses joyaux.

Pélisson introduisit cet homme dans le cabinet que Fouquet n'avait pas encore quitté.

Le surintendant remercia l'orfèvre d'avoir bien voulu lui garder comme un dépôt ces richesses qu'il avait le droit de vendre. Il jeta les yeux sur le total des comptes, qui s'élevait à treize cent mille livres.

Puis, se plaçant à son bureau, il écrivit un bon de quatorze cent mille livres, payables à vue à sa caisse, avant midi le lendemain.

– Cent mille livres de bénéfice ! s'écria l'orfèvre. Ah ! monseigneur, quelle générosité !

– Non pas, non pas, monsieur, dit Fouquet en lui touchant l'épaule, il est des politesses qui ne se paient jamais. Le bénéfice est à peu près celui que vous eussiez fait ; mais il reste l'intérêt de votre argent.

En disant ces mots, il détachait de sa manchette un bouton de diamants que ce même orfèvre avait bien souvent estimé trois mille pistoles.

– Prenez ceci en mémoire de moi, dit-il à l'orfèvre, et adieu ; vous êtes un honnête homme.

– Et vous, s'écria l'orfèvre, touché profondément, vous, monseigneur, vous êtes un brave seigneur.

Fouquet fit passer le digne orfèvre par une porte dérobée ; puis il alla recevoir M^{me} de Bellière, que tous les conviés entouraient déjà.

La marquise était belle toujours ; mais, ce jour-là, elle resplendissait.

– Ne trouvez-vous pas, messieurs, dit Fouquet, que Madame est d'une beauté incomparable ce soir ? Savez-vous pourquoi ?

– Parce que Madame est la plus belle des femmes, dit quelqu'un.

– Non, mais parce qu'elle en est la meilleure. Cependant...

– Cependant ? dit la marquise en souriant.

– Cependant, tous les joyaux que porte Madame ce soir sont des pierres fausses.

Elle rougit.

– Oh ! oh ! s'écrièrent tous les convives ; on peut dire cela sans crainte d'une femme qui a les plus beaux diamants de Paris.

– Eh bien ? dit tout bas Fouquet à Pélisson.

– Eh bien ! j'ai enfin compris, répliqua celui-ci, et vous avez bien fait.

– C'est heureux, fit en souriant le surintendant.

– Monseigneur est servi, cria majestueusement Vatel.

Le flot des convives se précipita moins lentement qu'il n'est d'usage dans les fêtes ministérielles vers la salle à manger, où les attendait un magnifique spectacle.

Sur les buffets, sur les dressoirs, sur la table, au milieu des fleurs et des lumières, brillait à éblouir la vaisselle d'or et d'argent la plus riche qu'on pût voir ; c'était un reste de ces vieilles magnificences que les artistes florentins, amenés par les Médicis, avaient sculptées, ciselées, fondues pour les dressoirs de fleurs, quand il y avait de l'or en France ; ces merveilles cachées, enfouies pendant les guerres civiles, avaient reparu timidement dans les intermittences de cette guerre de bon goût qu'on appelait la

Fronde ; alors que seigneurs, se battant contre seigneurs, se tuaient mais ne se pillaient pas. Toute cette vaisselle était marquée aux armes de M^{me} de Bellière.

– Tiens, s'écria La Fontaine, un P. et un B.

Mais ce qu'il y avait de plus curieux, c'était le couvert de la marquise, à la place que lui avait assignée Fouquet ; près de lui s'élevait une pyramide de diamants, de saphirs, d'émeraudes, de camées antiques ; la sardoine gravée par les vieux Grecs de l'Asie Mineure avec ses montures d'or de Mysie, les curieuses mosaïques de la vieille Alexandrie montées en argent, les bracelets massifs de l'Égypte de Cléopâtre jonchaient un vaste plat de Palissy, supporté sur un trépied de bronze doré, sculpté par Benvenuto.

La marquise pâlit en voyant ce qu'elle ne comptait jamais revoir. Un profond silence, précurseur des émotions vives, occupait la salle engourdie et inquiète.

Fouquet ne fit pas même un signe pour chasser tous les valets chamarrés qui couraient, abeilles pressées, autour des vastes buffets et des tables d'office.

– Messieurs, dit-il, cette vaisselle que vous voyez appartenait à M^{me} de Bellière, qui, un jour, voyant un de ses amis dans la gêne, envoya tout cet or et tout cet argent chez l'orfèvre avec cette masse de joyaux qui se dressent là devant elle. Cette belle action d'une amie devait être comprise par des amis tels que vous. Heureux l'homme qui se voit aimé ainsi ! Buvons à la santé de M^{me} de Bellière.

Une immense acclamation couvrit ses paroles et fit tomber muette, pâmée sur son siège, la pauvre femme, qui venait de perdre ses sens, pareille aux oiseaux de la Grèce qui traversaient le ciel au-dessus de l'arène à Olympie.

– Et puis, ajouta Pélisson, que toute vertu touchait, que toute beauté charmait, buvons un peu aussi à celui qui inspira la belle action de Madame ; car un pareil homme doit être digne d'être aimé.

Ce fut le tour de la marquise. Elle se leva pâle et souriante, tendit son verre avec une main défaillante dont les doigts tremblants frottèrent les doigts de Fouquet, tandis que ses yeux mourants encore allaient chercher tout l'amour qui brûlait dans ce généreux cœur.

Commencé de cette héroïque façon, le souper devint promptement une fête ; nul ne s'occupa plus d'avoir de l'esprit, personne n'en manqua.

La Fontaine oublia son vin de Joigny, et permit à Vatel de le réconcilier avec les vins du Rhône et ceux d'Espagne.

L'abbé Fouquet devint si bon, que Gourville lui dit :

– Prenez garde, monsieur l'abbé ! si vous êtes aussi tendre, on vous mangera.

Les heures s'écoulèrent ainsi joyeuses et secouant des roses sur les convives. Contre son ordinaire, le surintendant ne quitta pas la table avant les dernières largesses du dessert.

Il souriait à la plupart de ses amis, ivre comme on l'est quand on a enivré le cœur avant la tête, et, pour la première fois, il venait de regarder l'horloge.

Soudain une voiture roula dans la cour, et on l'entendit, chose étrange ! au milieu du bruit et des chansons.

Fouquet dressa l'oreille, puis il tourna les yeux vers l'antichambre. Il lui sembla qu'un pas y retentissait, et que ce pas, au lieu de fouler le sol, pesait sur son cœur.

Instinctivement son pied quitta le pied que M^me de Bellière appuyait sur le sien depuis deux heures.

– M. d'Herblay, évêque de Vannes, cria l'huissier.

Et la figure sombre et pensive d'Aramis apparut sur le seuil, entre les débris de deux guirlandes dont une flamme de lampe venait de rompre les fils.

# XI

## *La quittance de M. de Mazarin*

Fouquet eût poussé un cri de joie en apercevant un ami nouveau, si l'air glacé, le regard distrait d'Aramis ne lui eussent rendu toute sa réserve.

– Est-ce que vous nous aidez à prendre le dessert ? demanda-t-il cependant ; est-ce que vous ne vous effraierez pas un peu de tout ce bruit que font nos folies ?

– Monseigneur, répliqua respectueusement Aramis, je commencerai par m'excuser près de vous de troubler votre joyeuse réunion ; puis je vous demanderai, après le plaisir, un moment d'audience pour les affaires.

Comme ce mot *affaires* avait fait dresser l'oreille à quelques épicuriens, Fouquet se leva.

– Les affaires toujours, dit-il, monsieur d'Herblay ; trop heureux sommes-nous quand les affaires n'arrivent qu'à la fin du repas.

Et, ce disant, il prit la main de M^me de Bellière, qui le considérait avec une sorte d'inquiétude ; il la conduisit dans le plus voisin salon, après l'avoir confiée aux plus raisonnables de la compagnie.

Quant à lui, prenant Aramis par le bras, il se dirigea vers son cabinet.

Aramis, une fois là, oublia le respect de l'étiquette. Il s'assit :

– Devinez, dit-il, qui j'ai vu ce soir ?

– Mon cher chevalier, toutes les fois que vous commencez de la sorte, je suis sûr de m'entendre annoncer quelque chose de désagréable.

– Cette fois encore, vous ne vous serez pas trompé, mon cher ami, répliqua Aramis.

– Ne me faites pas languir, ajouta flegmatiquement Fouquet.

– Eh bien ! j'ai vu M^me de Chevreuse.

– La vieille duchesse ?

– Oui.

– Ou son ombre ?

– Non pas. Une vieille louve.

– Sans dents ?

– C'est possible, mais non pas sans griffes.

– Eh bien ! pourquoi m'en voudrait-elle ? Je ne suis pas avare avec les femmes qui ne sont pas prudes. C'est là une qualité que prise toujours même la femme qui n'ose plus provoquer l'amour.

– M^{me} de Chevreuse le sait bien, que vous n'êtes pas avare, puisqu'elle veut vous arracher de l'argent.

– Bon ! sous quel prétexte ?

– Ah ! les prétextes ne lui manquent jamais. Voici le sien.

– J'écoute.

– Il paraîtrait que la duchesse possède plusieurs lettres de M. de Mazarin.

– Cela ne m'étonne pas, le prélat était galant.

– Oui ; mais ces lettres n'auraient pas de rapport avec les amours du prélat. Elles traitent, dit-on, d'affaires de finances.

– C'est moins intéressant.

– Vous ne soupçonnez pas un peu ce que je veux dire ?

– Pas du tout.

– N'auriez-vous jamais entendu parler d'une accusation de détournement de fonds ?

– Cent fois ! mille fois ! Depuis que je suis aux affaires, mon cher d'Herblay, je n'ai jamais entendu parler que de cela. C'est comme vous, évêque, lorsqu'on vous reproche votre impiété ; vous, mousquetaire, votre poltronnerie ; ce qu'on reproche perpétuellement au ministre des Finances, c'est de voler les finances.

– Bien ; mais précisons, car M. de Mazarin précise, à ce que dit la duchesse.

– Voyons ce qu'il précise.

– Quelque chose comme une somme de treize millions dont vous seriez fort empêché, vous, de préciser l'emploi.

– Treize millions ! dit le surintendant en s'allongeant dans son fauteuil pour mieux lever la tête vers le plafond. Treize millions... Ah ! dame ! je les cherche, voyez-vous, parmi tous ceux qu'on m'accuse d'avoir volés.

– Ne riez pas, mon cher monsieur, c'est grave. Il est certain que la duchesse a les lettres, et que les lettres doivent être bonnes, attendu qu'elle voulait les vendre cinq cent mille livres.

– On peut avoir une fort jolie calomnie pour ce prix-là, répondit Fouquet. Eh ! mais je sais ce que vous voulez dire.

Fouquet se mit à rire de bon cœur.

– Tant mieux ! fit Aramis peu rassuré.

– L'histoire de ces treize millions me revient. Oui, c'est cela ; je les tiens.

– Vous me faites grand plaisir. Voyons un peu.

– Imaginez-vous, mon cher, que le signor Mazarin, Dieu ait son âme ! fit un jour ce bénéfice de treize millions sur une concession de terres en litige dans la Valteline ; il les biffa sur le registre des recettes, me les fit envoyer, et se les fit donner par moi, pour frais de guerre.

– Bien. Alors la destination est justifiée.

– Non pas ; le cardinal les fit placer sous mon nom, et m'envoya une décharge.

– Vous avez cette décharge ?

– Parbleu ! dit Fouquet en se levant tranquillement pour aller aux tiroirs de son vaste bureau d'ébène incrusté de nacre et d'or.

– Ce que j'admire en vous, dit Aramis charmé, c'est votre mémoire d'abord, puis votre sang-froid, et enfin l'ordre parfait qui règne dans votre administration, à vous, le poète par excellence.

– Oui, dit Fouquet, j'ai de l'ordre par esprit de paresse, pour m'épargner de chercher. Ainsi, je sais que le reçu de Mazarin est dans le troisième tiroir, lettre M ; j'ouvre ce tiroir et je mets immédiatement la main sur le papier qu'il me faut. La nuit, sans bougie, je le trouverais.

Et il palpa d'une main sûre la liasse de papiers entassés dans le tiroir ouvert.

– Il y a plus, continua-t-il, je me rappelle ce papier comme si je le voyais ; il est fort, un peu rugueux, doré sur tranche ; Mazarin avait fait un pâté d'encre sur le chiffre de la date. Eh bien ! fit-il, voilà le papier qui sent qu'on s'occupe de lui et qu'il est nécessaire, il se cache et se révolte.

Et le surintendant regarda dans le tiroir.

– C'est étrange, dit Fouquet.

– Votre mémoire vous fait défaut, mon cher monsieur, cherchez dans une autre liasse.

Fouquet prit la liasse et la parcourut encore une fois ; puis il pâlit.

– Ne vous obstinez pas à celle-ci, dit Aramis, cherchez ailleurs.

– Inutile, inutile, jamais je n'ai fait une erreur ; nul que moi n'arrange ces sortes de papiers ; nul n'ouvre ce tiroir, auquel, vous voyez, j'ai fait faire un secret dont personne que moi ne connaît le chiffre.

– Que concluez-vous alors ? dit Aramis agité.

– Que le reçu de Mazarin m'a été volé. M^{me} de Chevreuse avait raison, chevalier ; j'ai détourné les deniers publics ; j'ai volé treize millions dans les coffres de l'État ; je suis un voleur, monsieur d'Herblay.

– Monsieur ! monsieur ! ne vous irritez pas, ne vous exaltez pas !

– Pourquoi ne pas m'exalter, chevalier ? La cause en vaut la peine. Un bon procès, un bon jugement, et votre ami M. le surintendant peut suivre à Montfaucon son collègue Enguerrand de Marigny, son prédécesseur Samblançay.

– Oh ! fit Aramis en souriant, pas si vite.

– Comment, pas si vite ! Que supposez-vous donc que M^{me} de Chevreuse aura fait de ces lettres ; car vous les avez refusées, n'est-ce pas ?

– Oh ! oui, refusé net. Je suppose qu'elle les sera allée vendre à M. Colbert.

– Eh bien ! voyez-vous ?

– J'ai dit que je supposais, je pourrais dire que j'en suis sûr ; car je l'ai fait suivre, et, en me quittant, elle est rentrée chez elle, puis elle est sortie par une porte de derrière et s'est rendue à la maison de l'intendant, rue Croix-des-Petits-Champs.

– Procès alors, scandale et déshonneur, le tout tombant comme tombe la foudre, aveuglément, brutalement, impitoyablement.

Aramis s'approcha de Fouquet, qui frémissait dans son fauteuil, auprès des tiroirs ouverts ; il lui posa la main sur l'épaule, et, d'un ton affectueux :

– N'oubliez jamais, dit-il, que la position de M. Fouquet ne se peut comparer à celle de Samblançay ou de Marigny.

– Et pourquoi, mon Dieu ?

– Parce que le procès de ces ministres s'est fait, parfait, et que l'arrêt a été exécuté ; tandis qu'à votre égard il ne peut en arriver de même.

– Encore un coup, pourquoi ? Dans tous les temps, un concessionnaire est un criminel.

– Les criminels qui savent trouver un lieu d'asile ne sont jamais en danger.

– Me sauver ? fuir ?

– Je ne vous parle pas de cela, et vous oubliez que ces sortes de procès sont évoqués par le Parlement, instruits par le procureur général, et que vous êtes procureur général. Vous voyez bien qu'à moins de vouloir vous condamner vous-même...

– Oh ! s'écria tout à coup Fouquet en frappant la table de son poing.

– Eh bien ! quoi ? qu'y a-t-il ?

– Il y a que je ne suis plus procureur général.

Aramis, à son tour, pâlit de manière à paraître livide ; il serra ses doigts, qui craquèrent les uns sur les autres, et, d'un œil hagard qui foudroya Fouquet :

– Vous n'êtes plus procureur général ? dit-il en scandant chaque syllabe.

– Non.

– Depuis quand ?

– Depuis quatre ou cinq heures.

– Prenez garde, interrompit froidement Aramis, je crois que vous n'êtes pas en possession de votre bon sens, mon ami ; remettez-vous.

– Je vous dis, reprit Fouquet, que tantôt quelqu'un est venu, de la part de mes amis, m'offrir quatorze cent mille livres de ma charge, et que j'ai vendu ma charge.

Aramis demeura interdit ; sa figure intelligente et railleuse prit un caractère de morne effroi qui fit plus d'effet sur le surintendant que tous les cris et tous les discours du monde.

– Vous aviez donc bien besoin d'argent ? dit-il enfin.

– Oui, pour acquitter une dette d'honneur.

Et il raconta en peu de mots à Aramis la générosité de M^me de Bellière et la façon dont il avait cru devoir payer cette générosité.

– Voilà un beau trait, dit Aramis. Cela vous coûte ?

– Tout justement les quatorze cent mille livres de ma charge.

– Que vous avez reçues comme cela tout de suite, sans réfléchir ? Ô imprudent ami !

– Je ne les ai pas reçues, mais je les recevrai demain.

– Ce n'est donc pas fait encore ?

– Il faut que ce soit fait puisque j'ai donné à l'orfèvre, pour midi, un bon sur ma caisse, où l'argent de l'acquéreur entrera de six à sept heures.

– Dieu soit loué ! s'écria Aramis en battant des mains, rien n'est achevé, puisque vous n'avez pas été payé.

– Mais l'orfèvre ?

– Vous recevrez de moi les quatorze cent mille livres à midi moins un quart.

– Un moment, un moment ! c'est ce matin, à six heures, que je signe.

– Oh ! je vous réponds que vous ne signerez pas.

– J'ai donné ma parole, chevalier.

– Si vous l'avez donnée, vous la reprendrez, voilà tout.

– Oh ! que me dites-vous là ? s'écria Fouquet avec un accent profondément loyal. Reprendre une parole quand on est Fouquet !

Aramis répondit au regard sévère du ministre par un regard courroucé.

– Monsieur, dit-il, je crois avoir mérité d'être appelé un honnête homme, n'est-ce pas ? Sous la casaque du soldat, j'ai risqué cinq cents fois ma vie ; sous l'habit du prêtre, j'ai rendu de plus grands services encore, à Dieu, à l'État ou à mes amis. Une parole vaut ce que vaut l'homme qui la donne. Elle est, quand il la tient, de l'or pur ; elle est un fer tranchant quand il ne veut pas la tenir. Il se défend alors avec cette parole comme avec une arme d'honneur, attendu que, lorsqu'il ne tient pas cette parole, cet homme d'honneur, c'est qu'il est en danger de mort, c'est qu'il court plus de risques que son adversaire n'a de bénéfices à faire. Alors, monsieur, on en appelle à Dieu et à son droit.

Fouquet baissa la tête :

– Je suis, dit-il, un pauvre Breton opiniâtre et vulgaire ; mon esprit admire et craint le vôtre. Je ne dis pas que je tiens ma parole par vertu ; je la tiens, si vous voulez, par routine ; mais, enfin, les hommes du commun sont assez simples pour admirer cette routine ; c'est ma seule vertu, laissez-m'en les honneurs.

– Alors vous signerez demain la vente de cette charge, qui vous défendait contre tous vos ennemis ?

– Je signerai.

– Vous vous livrerez pieds et poings liés pour un faux-semblant d'honneur qui dédaigneraient les plus scrupuleux casuistes ?

– Je signerai.

Aramis poussa un profond soupir, regarda tout autour de lui avec l'impatience d'un homme qui voudrait briser quelque chose.

– Nous avons encore un moyen, dit-il, et j'espère que vous ne me refuserez pas de l'employer, celui-là.

– Assurément non, s'il est loyal... comme tout ce que vous proposez, cher ami.

– Je ne sache rien de plus loyal qu'une renonciation de votre acquéreur. Est-ce votre ami ?

– Certes... Mais...

– Mais... si vous me permettez de traiter l'affaire, je ne désespère point.

– Oh ! je vous laisserai absolument maître.

– Avec qui avez-vous traité ? Quel homme est-ce ?

– Je ne sais pas si vous connaissez le Parlement ?

– En grande partie. C'est un président quelconque ?

– Non ; un simple conseiller.

– Ah ! ah !

– Qui s'appelle Vanel.

Aramis devint pourpre.

– Vanel ! s'écria-t-il en se relevant ; Vanel ! le mari de Marguerite Vanel ?

– Précisément.

– De votre ancienne maîtresse ?

– Oui, mon cher ; elle a désiré d'être M^{me} la procureuse générale. Je lui devais bien cela, au pauvre Vanel, et j'y gagne puisque c'est encore faire plaisir à sa femme.

Aramis vint droit à Fouquet et lui prit la main.

– Vous savez, dit-il avec sang-froid, le nom du nouvel amant de M^{me} Vanel ?

– Ah ! elle a un nouvel amant ? Je l'ignorais ; et, ma foi, non, je ne sais pas comment il se nomme.

– Il se nomme M. Jean-Baptiste Colbert ; il est intendant des finances ; il demeure rue Croix-des-Petits-Champs, là où M^{me} de Chevreuse est allée, ce soir, porter les lettres de Mazarin qu'elle veut vendre.

– Mon Dieu ! murmura Fouquet en essuyant son front ruisselant de sueur, mon Dieu !

– Vous commencez à comprendre, n'est-ce pas ?

– Que je suis perdu, oui.

– Trouvez-vous que cela vaille la peine de tenir un peu moins que Régulus à sa parole ?

– Non, dit Fouquet.

– Les gens entêtés, murmura Aramis, s'arrangent toujours de façon qu'on les admire.

Fouquet lui tendit la main.

À ce moment, une riche horloge d'écaille, à figures d'or, placée sur une console en face de la cheminée, sonna six heures du matin.

Une porte cria dans le vestibule.

– M. Vanel, vint dire Gourville à la porte du cabinet, demande si Monseigneur peut le recevoir.

Fouquet détourna ses yeux des yeux d'Aramis et répondit :

– Faites entrer M. Vanel.

# XII

*La minute de M. Colbert*

Vanel, entrant à ce moment de la conversation n'était rien autre chose pour Aramis et Fouquet que le point qui termine une phrase.

Mais, pour Vanel qui arrivait, la présence d'Aramis dans le cabinet de Fouquet devait avoir une bien autre signification.

Aussi l'acheteur, à son premier pas dans la chambre, arrêta-t-il sur cette physionomie, à la fois si fine et si ferme de l'évêque de Vannes, un regard étonné qui devint bientôt scrutateur.

Quant à Fouquet, véritable homme politique, c'est-à-dire maître de lui-même, il avait déjà, par la force de sa volonté, fait disparaître de son visage les traces de l'émotion causée par la révélation d'Aramis.

Ce n'était donc plus un homme abattu par le malheur et réduit aux expédients ; il avait redressé la tête et allongé la main pour faire entrer Vanel.

Il était Premier ministre, il était chez lui.

Aramis connaissait le surintendant. Toute la délicatesse de son cœur, toute la largeur de son esprit n'avaient rien qui pût l'étonner. Il se borna donc, momentanément, quitte à reprendre plus tard une part active dans la conversation, au rôle difficile de l'homme qui regarde et qui écoute pour apprendre et pour comprendre.

Vanel était visiblement ému. Il s'avança jusqu'au milieu du cabinet, saluant tout et tous.

– Je viens... dit-il.

Fouquet fit un signe de tête.

– Vous êtes exact, monsieur Vanel, dit-il.

– En affaires, monseigneur, répondit Vanel, je crois que l'exactitude est une vertu.

– Oui, monsieur.

– Pardon, interrompit Aramis, en désignant du doigt Vanel et s'adressant à Fouquet ; pardon, c'est Monsieur qui se présente pour acheter une charge, n'est-ce pas ?

– C'est moi, répondit Vanel, étonné du ton de suprême hauteur avec lequel Aramis avait fait la question. Mais comment dois-je appeler celui qui me fait l'honneur ?...

– Appelez-moi monseigneur, répondit sèchement Aramis.

Vanel s'inclina.

– Allons, allons, messieurs, dit Fouquet, trêve de cérémonies ; venons au fait.

– Monseigneur le voit, dit Vanel, j'attends son bon plaisir.

– C'est moi qui, au contraire, attendais, répondit Fouquet.

– Qu'attendait monseigneur ?

– Je pensais que vous aviez peut-être quelque chose à me dire.

« Oh ! oh ! murmura Vanel en lui-même, il a réfléchi, je suis perdu ! »

Mais, reprenant courage :

– Non, monseigneur, rien, absolument rien que ce que je vous ai dit hier et que je suis prêt à vous répéter.

– Voyons, franchement, monsieur Vanel, le marché n'est-il pas un peu lourd pour vous, dites ?

– Certes, monseigneur, quinze cent mille livres, c'est une somme importante.

– Si importante, dit Fouquet, que j'avais réfléchi...

– Vous aviez réfléchi, monseigneur ? s'écria vivement Vanel.

– Oui, que vous n'êtes peut-être pas encore en mesure d'acheter.

– Oh ! monseigneur !...

– Tranquillisez-vous, monsieur Vanel, je ne vous blâmerai pas d'un manque de parole qui tiendra évidemment à votre impuissance.

– Si fait, monseigneur, vous me blâmeriez, et vous auriez raison, dit Vanel ; car c'est d'un imprudent ou d'un fou de prendre des engagements qu'il ne peut pas tenir, et j'ai toujours regardé une chose convenue comme une chose faite.

Fouquet rougit. Aramis fit un *hum !* d'impatience.

– Il ne faudrait pas cependant vous exagérer ces idées-là, monsieur, dit le surintendant ; car l'esprit de l'homme est variable et plein de petits caprices fort excusables, fort respectables même parfois ; et tel a désiré hier, qui aujourd'hui se repent.

Vanel sentit une sueur froide couler de son front sur ses joues.

– Monseigneur !... balbutia-t-il.

Quant à Aramis, heureux de voir le surintendant se poser avec tant de netteté dans le débat, il s'accouda au marbre d'une console, et commença de jouer avec un petit couteau d'or à manche de malachite.

Fouquet prit son temps ; puis, après un moment de silence :

– Tenez, mon cher monsieur Vanel, dit-il, je vais vous expliquer la situation.

Vanel frémit.

– Vous êtes un galant homme, continua Fouquet, et comme moi, vous comprendrez.

Vanel chancela.

– Je voulais vendre hier.

– Monseigneur avait fait plus que de vouloir vendre, monseigneur avait vendu.

– Eh bien, soit ! mais aujourd'hui, je vous demande comme une faveur de me rendre la parole que vous aviez reçue de moi.

– Cette parole, je l'ai reçue, dit Vanel, comme un inflexible écho.

– Je le sais. Voilà pourquoi je vous supplie, monsieur Vanel, entendez-vous ? je vous supplie de me la rendre...

Fouquet s'arrêta. Ce mot : *je vous supplie*, dont il ne voyait pas l'effet immédiat, ce mot venait de lui déchirer la gorge au passage.

Aramis, toujours jouant avec son couteau, fixait sur Vanel des regards qui semblaient vouloir pénétrer jusqu'au fond de son âme.

Vanel s'inclina.

– Monseigneur, dit-il, je suis bien ému de l'honneur que vous me faites de me consulter sur un fait accompli ; mais...

– Ne dites pas de *mais*, cher monsieur Vanel.

– Hélas ! monseigneur, songez donc que j'ai apporté l'argent ; je veux dire la somme.

Et il ouvrit un gros portefeuille.

– Tenez, monseigneur, dit-il, voilà le contrat de la vente que je viens de faire d'une terre de ma femme. Le bon est autorisé, revêtu des signatures nécessaires, payable à vue ; c'est de l'argent comptant ; l'affaire est faite en un mot.

– Mon cher monsieur Vanel, il n'est point d'affaire en ce monde, si importante qu'elle soit, qui ne se remette pour obliger...

– Certes... murmura gauchement Vanel.

– Pour obliger un homme dont on se fera ainsi l'ami, continua Fouquet.

– Certes, monseigneur.

– D'autant plus légitimement l'ami, monsieur Vanel, que le service rendu aura été plus considérable. Eh bien ! voyons, monsieur, que décidez-vous ?

Vanel garda le silence.

Pendant ce temps, Aramis avait résumé ses observations.

Le visage étroit de Vanel, ses orbites enfoncées, ses sourcils ronds comme des arcades, avaient décelé à l'évêque de Vannes un type d'avare et d'ambitieux. Battre en brèche une passion par une autre, telle était la méthode d'Aramis. Il vit Fouquet vaincu, démoralisé ; il se jeta dans la lutte avec des armes nouvelles.

– Pardon, dit-il, monseigneur ; vous oubliez de faire comprendre à M. Vanel que ses intérêts sont diamétralement opposés à cette renonciation de la vente.

Vanel regarda l'évêque avec étonnement ; il ne s'attendait pas à trouver là un auxiliaire. Fouquet aussi s'arrêta pour écouter l'évêque.

– Ainsi, continua Aramis, M. Vanel a vendu pour acheter votre charge, monseigneur, une terre de madame sa femme ; eh bien ! c'est une affaire, cela ; on ne déplace pas comme il l'a fait quinze cent mille livres sans de notables pertes, sans de graves embarras.

– C'est vrai, dit Vanel, à qui Aramis, avec ses lumineux regards, arrachait la vérité du fond du cœur.

– Des embarras, poursuivit Aramis, se résolvent en dépenses, et, quand on fait une dépense d'argent, les dépenses d'argent se cotent au numéro 1, parmi les charges.

– Oui, oui, dit Fouquet, qui commençait à comprendre les intentions d'Aramis.

Vanel resta muet : il avait compris.

Aramis remarqua cette froideur et cette abstention.

« Bon ! se dit-il, laide face, tu fais le discret jusqu'à ce que tu connaisses la somme ; mais, ne crains rien, je vais t'envoyer une telle volée d'écus, que tu capituleras. »

– Il faut tout de suite offrir à M. Vanel cent mille écus, dit Fouquet emporté par sa générosité.

La somme était belle. Un prince se fût contenté d'un pareil pot-de-vin. Cent mille écus, à cette époque, étaient la dot d'une fille de roi.

Vanel ne bougea pas.

« C'est un coquin, pensa l'évêque ; il lui faut les cinq cent mille livres toutes rondes. » Et il fit un signe à Fouquet.

– Vous semblez avoir dépensé plus que cela, cher monsieur Vanel, dit le surintendant. Oh ! l'argent est hors de prix. Oui, vous aurez fait un sacrifice en vendant cette terre. Eh bien ! où avais-je la tête ? C'est un bon de cinq cent mille livres que je vais vous signer. Encore serai-je bien votre obligé de tout mon cœur.

Vanel n'eut pas un éclat de joie ou de désir. Sa physionomie resta impassible, et pas un muscle de son visage ne bougea.

Aramis envoya un regard désespéré à Fouquet. Puis, s'avançant vers Vanel, il le prit par le haut de son pourpoint avec le geste familier aux hommes d'une grande importance.

– Monsieur Vanel, dit-il ce n'est pas la gêne, ce n'est pas le déplacement d'argent, ce n'est pas la vente de votre terre qui vous occupent ; c'est une plus haute idée. Je la comprends. Notez bien mes paroles.

– Oui, monseigneur.

Et le malheureux commençait à trembler ; le feu des yeux du prélat le dévorait.

– Je vous offre donc, moi, au nom du surintendant, non pas trois cent mille livres, non pas cinq cent mille, mais un million. Un million, entendez-vous ?

Et il le secoua nerveusement.

– Un million ! répéta Vanel tout pâle.

– Un million, c'est-à-dire, par le temps qui court, soixante-six mille livres de revenu.

– Allons, monsieur, dit Fouquet, cela ne se refuse pas.

« Répondez donc ; acceptez-vous ?

– Impossible... murmura Vanel.

Aramis pinça ses lèvres, et quelque chose comme un nuage blanc passa sur sa physionomie.

On devinait la foudre derrière ce nuage. Il ne lâchait point Vanel.

– Vous avez acheté la charge quinze cent mille livres, n'est-ce pas ? Eh bien ! on vous donnera ces quinze cent mille livres ; vous aurez gagné un million et demi à venir visiter M. Fouquet et à lui toucher la main. Honneur et profit tout à la fois, monsieur Vanel.

– Je ne puis, répondit Vanel sourdement.

– Bien ! répondit Aramis, qui avait tellement serré le pourpoint qu'au moment où il le lâcha Vanel fut renvoyé en arrière par la commotion ; bien ! on voit assez clairement ce que vous êtes venu faire ici.

– Oui, on le voit, dit Fouquet.

– Mais... dit Vanel en essayant de se redresser devant la faiblesse de ces deux hommes d'honneur.

– Le coquin élève la voix, je pense ! dit Aramis avec un ton d'empereur.

– Coquin ? répéta Vanel.

– C'est misérable que je voulais dire, ajouta Aramis revenu au sang-froid. Allons, tirez vite votre acte de vente, monsieur ; vous devez l'avoir là dans quelque poche, tout préparé, comme l'assassin tient son pistolet ou son poignard caché sous son manteau.

Vanel grommela.

– Assez ! cria Fouquet. Cet acte, voyons !

Vanel fouilla en tremblotant dans sa poche ; il en retira son portefeuille, et du portefeuille s'échappa un papier, tandis que Vanel offrait l'autre à Fouquet.

Aramis fondit sur ce papier, dont il venait de reconnaître l'écriture.

– Pardon, c'est la minute de l'acte, dit Vanel.

– Je le vois bien, repartit Aramis avec un sourire plus cruel que n'eût été un coup de fouet, et, ce que j'admire c'est que cette minute est de la main de M. Colbert. Tenez, monseigneur, regardez.

Il passa la minute à Fouquet, lequel reconnut la vérité du fait. Surchargé de ratures, de mots ajoutés, les marges toutes noircies, cet acte, vivant témoignage de la trame de Colbert, venait de tout révéler à la victime.

– Eh bien ? murmura Fouquet.

Vanel, atterré, semblait chercher un trou profond pour s'y engloutir.

– Eh bien ! dit Aramis, si vous ne vous appeliez Fouquet, et si votre ennemi ne s'appelait Colbert ; si vous n'aviez en face que ce lâche voleur que voici, je vous dirais : Niez... une pareille preuve détruit toute parole ; mais ces gens-là croiraient que vous avez peur ; ils vous craindraient moins ; tenez, monseigneur.

Il lui présenta la plume.

– Signez, dit-il.

Fouquet serra la main d'Aramis ; mais, au lieu de l'acte qu'on lui présentait, il prit la minute.

– Non, pas ce papier, dit vivement Aramis, mais celui-ci, l'autre est trop précieux pour que vous ne le gardiez point.

– Oh ! non pas, répliqua Fouquet, je signerai sur l'écriture même de M. Colbert, et j'écris : « Approuvé l'écriture. »

Il signa.

– Tenez, monsieur Vanel, dit-il ensuite.

Vanel saisit le papier, donna son argent et voulut s'enfuir.

– Un moment ! dit Aramis. Êtes-vous bien sûr qu'il y a le compte de l'argent ? Cela se compte, monsieur Vanel, surtout quand c'est de l'argent que M. Colbert donne aux femmes. Ah ! c'est qu'il n'est pas généreux comme M. Fouquet, ce digne M. Colbert.

Et Aramis, épelant chaque mot, chaque lettre du bon à toucher, distilla toute sa colère et tout son mépris goutte à goutte sur le misérable, qui souffrit un demi-quart d'heure ce supplice ; puis on le renvoya, non pas même de la voix, mais d'un geste, comme on renvoie un manant, comme on chasse un laquais.

Une fois que Vanel fut parti, le ministre et le prélat, les yeux fixés l'un sur l'autre, gardèrent un instant le silence.

– Eh bien ! fit Aramis rompant le silence le premier, à quoi comparez-vous un homme qui, devant combattre un ennemi cuirassé, armé, enragé, se met nu, jette ses armes et envoie des baisers gracieux à l'adversaire ? La bonne foi, monsieur Fouquet, c'est une arme dont les scélérats usent souvent contre les gens de bien, et elle leur réussit. Les gens de bien devraient donc user aussi de mauvaise foi contre les coquins. Vous verriez comme ils seraient forts sans cesser d'être honnêtes.

– On appellerait leurs actes des actes de coquins, répliqua Fouquet.

– Pas du tout ; on appellerait cela de la coquetterie, de la probité. Enfin, puisque vous avez terminé avec ce Vanel, puisque vous vous êtes privé du bonheur de le terrasser en lui reniant votre parole, puisque vous avez donné contre vous la seule arme qui puisse nous perdre...

– Oh ! mon ami, dit Fouquet avec tristesse, vous voilà comme le précepteur philosophe dont nous parlait l'autre jour La Fontaine... Il voit que l'enfant se noie et lui fait un discours en trois points.

Aramis sourit.

– Philosophe, oui ; précepteur, oui ; enfant qui se noie, oui ; mais enfant qu'on sauvera, vous allez le voir. Et d'abord, parlons affaires.

Fouquet le regarda d'un air étonné.

– Est-ce que vous ne m'avez pas naguère confié certain projet d'une fête à Vaux ?

– Oh ! dit Fouquet, c'était dans le bon temps !

– Une fête à laquelle, je crois, le roi s'était invité de lui-même ?

– Non, mon cher prélat ; une fête à laquelle M. Colbert avait conseillé au roi de s'inviter.

– Ah ! oui, comme étant une fête trop coûteuse pour que vous ne vous y ruinassiez point.

– C'est cela. Dans le bon temps, comme je vous disais tout à l'heure, j'avais cet orgueil de montrer à mes ennemis la fécondité de mes ressources ; je tenais à l'honneur de les frapper d'épouvante en créant des millions là où ils n'avaient vu que des banqueroutes possibles. Mais, aujourd'hui, je compte avec l'État, avec le roi, avec moi-même ; aujourd'hui, je vais devenir l'homme de la lésine ; je saurai prouver au monde que j'agis sur des deniers comme sur des sacs de pistoles, et, à partir de demain, mes équipages vendus, mes maisons en gage, ma dépense suspendue...

– À partir de demain, interrompit Aramis tranquillement, vous allez, mon cher ami, vous occuper sans relâche de cette belle fête de Vaux, qui doit être citée un jour parmi les héroïques magnificences de votre beau temps.

– Vous êtes fou, chevalier d'Herblay.

– Moi ? Vous ne le pensez pas.

– Comment ! Mais savez-vous ce que peut coûter une fête, la plus simple du monde, à Vaux ? Quatre à cinq millions ?

– Je ne vous parle pas de la plus simple du monde, mon cher surintendant.

– Mais, puisque la fête est donnée au roi, répondit Fouquet, qui se méprenait sur la pensée d'Aramis, elle ne peut être simple.

– Justement, elle doit être de la plus grande magnificence.

– Alors, je dépenserai dix à douze millions.

– Vous en dépenserez vingt s'il le faut, dit Aramis sans émotion.

– Où les prendrais-je ? s'écria Fouquet.

– Cela me regarde, monsieur le surintendant, et ne concevez pas un instant d'inquiétude. L'argent sera plus vite à votre disposition que vous n'aurez arrêté le projet de votre fête.

– Chevalier ! chevalier ! dit Fouquet saisi de vertige, où m'entraînez-vous ?

– De l'autre côté du gouffre où vous alliez tomber, répliqua l'évêque de Vannes. Accrochez-vous à mon manteau ; n'ayez pas peur.

– Que ne m'aviez-vous dit cela plus tôt, Aramis ! Un jour s'est présenté où, avec un million, vous m'auriez sauvé.

– Tandis que, aujourd'hui... Tandis que, aujourd'hui, j'en donnerais vingt, dit le prélat. Eh bien ! soit !... Mais la raison est simple, mon ami : le jour dont vous parlez, je n'avais pas à ma disposition le million nécessaire. Aujourd'hui j'aurai facilement les vingt millions qu'il me faut.

– Dieu vous entende et me sauve !

Aramis se reprit à sourire étrangement comme d'habitude.

– Dieu m'entend toujours, moi, dit-il ; cela dépend peut-être de ce que je le prie très haut.

– Je m'abandonne à vous sans réserve, murmura Fouquet.

– Oh ! je ne l'entends pas ainsi. C'est moi qui suis à vous sans réserve. Aussi, vous qui êtes l'esprit le plus fin, le plus délicat et le plus ingénieux, vous ordonnerez toute la fête jusqu'au moindre détail. Seulement...

– Seulement ? dit Fouquet en homme habitué à sentir le prix des parenthèses.

– Eh bien ! vous laissant toute l'invention du détail, je me réserve la surveillance de l'exécution.

– Comment cela ?

– Je veux dire que vous ferez de moi, pour ce jour-là, un majordome, un intendant supérieur, une sorte de factotum, qui participera du capitaine des gardes et de l'économe ; je ferai marcher les gens, et j'aurai les clefs des portes ; vous donnerez vos ordres, c'est vrai, mais c'est à moi que vous les donnerez ; ils passeront par ma bouche pour arriver à leur destination, vous comprenez ?

– Non, je ne comprends pas.

– Mais vous acceptez ?

– Pardieu ! oui, mon ami.

– C'est tout ce qu'il nous faut. Merci donc et faites votre liste d'invitations.

– Et qui inviterai-je ?

– Tout le monde !

# XIII

*Où il semble à l'auteur qu'il est temps d'en
revenir au vicomte de Bragelonne*

Nos lecteurs ont vu dans cette histoire se dérouler parallèlement les aventures de la génération nouvelle et celles de la génération passée.

Aux uns le reflet de la gloire d'autrefois, l'expérience des choses douloureuses de ce monde. À ceux-là aussi la paix qui envahit le cœur, et permet au sang de s'endormir autour des cicatrices qui furent de cruelles blessures.

Aux autres les combats d'amour-propre et d'amour, les chagrins amers et les joies ineffables : la vie au lieu de la mémoire.

Si quelque variété a surgi aux yeux du lecteur dans les épisodes de ce récit, la cause en est aux fécondes nuances qui jaillissent de cette double palette, où deux tableaux vont se côtoyant, se mêlant et harmoniant leur ton sévère et leur ton joyeux.

Le repos des émotions de l'un s'y trouve au sein des émotions de l'autre. Après avoir raisonné avec les vieillards, on aime à délirer avec les jeunes gens.

Aussi, quand les fils de cette histoire n'attacheraient pas puissamment le chapitre que nous écrivons à celui que vous venez d'écrire, n'en prendrions-nous pas plus de souci que Ruysdaël n'en prenait pour peindre un ciel d'automne après avoir achevé un printemps.

Nous engageons le lecteur à en faire autant et à reprendre Raoul de Bragelonne à l'endroit où notre dernière esquisse l'avait laissé.

Ivre, épouvanté, désolé, ou plutôt sans raison, sans volonté, sans parti pris, il s'enfuit après la scène dont il avait vu la fin chez La Vallière. Le roi, Montalais, Louise, cette chambre, cette exclusion étrange, cette douleur de Louise, cet effroi de Montalais, ce courroux du roi, tout lui présageait un malheur. Mais lequel ?

Arrivé de Londres parce qu'on lui annonçait un danger, il trouvait du premier coup l'apparence de ce danger. N'était-ce point assez pour un amant ? oui, certes ; mais ce n'était point assez pour un noble cœur, fier de s'exposer sur une droiture égale à la sienne.

Cependant Raoul ne chercha pas les explications là où vont tout de suite les chercher les amants jaloux ou moins timides. Il n'alla point dire à sa maîtresse : « Louise, est-ce que vous ne m'aimez plus ? Louise, est-ce que vous en aimez un autre ? » Homme plein de courage, plein d'amitié comme il était plein d'amour, religieux observateur de sa parole, et croyant à la parole d'autrui, Raoul se dit : « De Guiche m'a écrit pour me prévenir ; de Guiche sait quelque chose ; je vais aller demander à de Guiche ce qu'il sait, et lui dire ce que j'ai vu. »

Le trajet n'était pas long. De Guiche, rapporté de Fontainebleau à Paris depuis deux jours, commençait à se remettre de sa blessure et faisait quelques pas dans sa chambre.

Il poussa un cri de joie en voyant Raoul entrer avec sa furie d'amitié.

Raoul poussa un cri de douleur en voyant de Guiche si pâle, si amaigri, si triste. Deux mots et le geste que fit le blessé pour écarter le bras de Raoul suffirent à ce dernier pour lui apprendre la vérité.

– Ah ! voilà ! dit Raoul en s'asseyant à côté de son ami, on aime et l'on meurt.

– Non, non, l'on ne meurt pas, répliqua de Guiche en souriant, puisque je suis debout, puisque je vous presse dans mes bras.

– Ah ! je m'entends.

– Et je vous entends aussi. Vous vous persuadez que je suis malheureux, Raoul.

– Hélas !

– Non. Je suis le plus heureux des hommes ! Je souffre avec mon corps, mais non avec mon cœur, avec mon âme. Si vous saviez !... Oh ! je suis le plus heureux des hommes !

– Oh ! tant mieux ! répondit Raoul ; tant mieux, pourvu que cela dure.

– C'est fini ; j'en ai pour jusqu'à la mort, Raoul.

– Vous, je n'en doute pas ; mais elle...

– Écoutez, ami, je l'aime... parce que... Mais vous ne m'écoutez pas.

– Pardon.

– Vous êtes préoccupé ?

– Mais oui. Votre santé, d'abord...

– Ce n'est pas cela.

– Mon cher, vous auriez tort, je crois, de m'interroger, vous.

Et il accentua ce *vous* de manière à éclairer complètement son ami sur la nature du mal et la difficulté du remède.

– Vous me dites cela, Raoul, à cause de ce que je vous ai écrit.

– Mais oui... Voulez-vous que nous en causions quand vous aurez fini de me conter vos plaisirs et vos peines ?

– Cher ami, à vous, bien à vous, tout de suite.

– Merci ! J'ai hâte... je brûle... je suis venu de Londres ici en moitié moins de temps que les courriers d'État n'en mettent d'ordinaire. Eh bien ! que vouliez-vous ?

– Mais rien autre chose, mon ami, que de vous faire venir.

– Eh bien ! me voici.

– C'est bien, alors.

– Il y a encore autre chose, j'imagine ?

– Ma foi, non !

– De Guiche !

– D'honneur !

– Vous ne m'avez pas arraché violemment à des espérances, vous ne m'avez pas exposé à une disgrâce du roi par ce retour qui est une infraction à ses ordres, vous ne m'avez pas, enfin, attaché la jalousie au cœur, ce serpent, pour me dire : « C'est bien, dormez tranquille. »

– Je ne vous dis pas : « Dormez tranquille », Raoul ; mais, comprenez-moi bien, je ne veux ni ne puis vous dire autre chose.

– Oh ! mon ami, pour qui me prenez-vous ?

– Comment ?

– Si vous savez, pourquoi me cachez-vous ? Si vous ne savez pas, pourquoi m'avertissez-vous ?

– C'est vrai, j'ai eu tort. Oh ! je me repens bien, voyez-vous, Raoul. Ce n'est rien que d'écrire à un ami : « Venez ! » Mais avoir cet ami en face, le sentir frissonner, haleter sous l'attente d'une parole qu'on n'ose lui dire...

– Osez ! J'ai du cœur, si vous n'en avez pas ! s'écria Raoul au désespoir.

– Voilà que vous êtes injuste et que vous oubliez avoir affaire à un pauvre blessé... la moitié de votre cœur... Là ! calmez-vous ! Je vous ai dit : « Venez. » Vous êtes venu ; n'en demandez pas davantage à ce malheureux de Guiche.

– Vous m'avez dit de venir, espérant que je verrais, n'est-ce pas ?

– Mais...

– Pas d'hésitation ! J'ai vu.

– Ah !... fit de Guiche.

– Ou du moins, j'ai cru...

– Vous voyez bien, vous doutez. Mais, si vous doutez, mon pauvre ami, que me reste-t-il à faire ?

– J'ai vu La Vallière troublée... Montalais effarée... Le roi...

– Le roi ?

– Oui... Vous détournez la tête... Le danger est là, le mal est là, n'est-ce pas ? c'est le roi ?

– Je ne dis rien.

– Oh ! vous en dites mille et mille fois plus ! Des faits, par grâce, par pitié, des faits ! Mon ami, mon seul ami, parlez ! J'ai le cœur percé, saignant ; je meurs de désespoir !...

– S'il en est ainsi, cher Raoul, répliqua de Guiche, vous me mettez à l'aise, et je vais vous parler, sûr que je ne dirai que des choses consolantes en comparaison du désespoir que je vous vois.

– J'écoute ! j'écoute !...

– Eh bien ! fit le comte de Guiche, je puis vous dire ce que vous apprendriez de la bouche du premier venu.

– Du premier venu ! on en parle ? s'écria Raoul.

– Avant de dire : « On en parle », mon ami, sachez d'abord de quoi l'on peut parler. Il ne s'agit, je vous jure, de rien qui ne soit au fond très innocent ; peut-être une promenade...

– Ah ! une promenade avec le roi ?

– Mais oui, avec le roi ; il me semble que le roi s'est promené déjà bien souvent avec des dames, sans que pour cela...

– Vous ne m'eussiez pas écrit, répéterai-je, si cette promenade était bien naturelle.

– Je sais que, pendant cet orage, il faisait meilleur pour le roi de se mettre à l'abri que de rester debout tête nue devant La Vallière ; mais...

– Mais ?...

– Le roi est si poli !

– Oh ! de Guiche, de Guiche, vous me faites mourir !

– Taisons-nous donc.

– Non, continuez. Cette promenade a été suivie d'autres ?

– Non, c'est-à-dire, oui ; il y a eu l'aventure du chêne. Est-ce cela ? Je n'en sais rien.

Raoul se leva. De Guiche essaya de l'imiter malgré sa faiblesse.

– Voyez-vous, dit-il, je n'ajouterai pas un mot ; j'en ai trop dit ou trop peu. D'autres vous renseigneront s'ils veulent ou s'ils peuvent : mon office était de vous avertir je l'ai fait. Surveillez à présent vos affaires vous-même.

– Questionner ? Hélas ! vous n'êtes pas mon ami, vous qui me parlez ainsi, dit le jeune homme désolé. Le premier que je questionnerai sera un méchant ou un sot ; méchant, il me mentira pour me tourmenter ; sot, il fera pis encore. Ah ! de Guiche ! de Guiche ! avant deux heures j'aurai trouvé dix mensonges et dix duels. Sauvez-moi ! le meilleur n'est-il pas de savoir son mal ?

– Mais je ne sais rien, vous dis-je ! J'étais blessé, fiévreux : j'avais perdu l'esprit, je n'ai de cela qu'une teinture effacée. Mais, pardieu ! nous cherchons loin quand nous avons notre homme sous la main. Est-ce que vous n'avez pas d'Artagnan pour ami ?

– Oh ! c'est vrai, c'est vrai !

– Allez donc à lui. Il fera la lumière, et ne cherchera pas à blesser vos yeux.

Un laquais entra.

– Qu'y a-t-il ? demanda de Guiche.

– On attend M. le comte dans le cabinet des Porcelaines.

– Bien. Vous permettez, cher Raoul ? Depuis que je marche, je suis si fier !

– Je vous offrirais mon bras, de Guiche, si je ne devinais que la personne est une femme.

– Je crois que oui, repartit de Guiche en souriant.

Et il quitta Raoul.

Celui-ci demeura immobile, absorbé, écrasé, comme le mineur sur qui une voûte vient de s'écrouler ; il est blessé, son sang coule, sa pensée s'interrompt, il essaie de se remettre et de sauver sa vie avec sa raison. Quelques minutes suffirent à Raoul pour dissiper les éblouissements de ces deux révélations. Il avait déjà ressaisi le fil de ses idées quand, soudain, à travers la porte, il crut reconnaître la voix de Montalais dans le cabinet des Porcelaines.

– Elle ! s'écria-t-il. Oui, c'est bien sa voix. Oh ! voilà une femme qui pourrait me dire la vérité ; mais, la questionnerai-je ici ? Elle se cache même de moi ; elle vient sans doute de la part de Madame... Je la verrai chez elle. Elle m'expliquera son effroi, sa fuite, la maladresse avec laquelle on m'a évincé ; elle me dira tout cela... quand M. d'Artagnan, qui sait tout, m'aura raffermi le cœur. Madame... une coquette... Eh bien ! oui, une coquette, mais qui aime à ses bons moments, une coquette qui, comme la mort ou la vie, a son caprice, mais qui fait dire à de Guiche qu'il est le plus heureux des hommes. Celui-là, du moins, est sur des roses. Allons !

Il s'enfuit hors de chez le comte, et, tout en se reprochant de n'avoir parlé que de lui-même à de Guiche, il arriva chez d'Artagnan.

# XIV

*Bragelonne continue ses interrogations*

Le capitaine était de service ; il faisait sa huitaine, enseveli dans le fauteuil de cuir, l'éperon fiché dans le parquet, l'épée entre les jambes, et lisait force lettres en tortillant sa moustache.

D'Artagnan poussa un grognement de joie en apercevant le fils de son ami.

– Raoul, mon garçon, dit-il, par quel hasard est-ce que le roi t'a rappelé ?

Ces mots sonnèrent mal à l'oreille du jeune homme, qui, s'asseyant, répliqua :

– Ma foi ! je n'en sais rien. Ce que je sais, c'est que je suis revenu.

– Hum ! fit d'Artagnan en repliant les lettres avec un regard plein d'intention dirigé vers son interlocuteur. Que dis-tu là, garçon ? Que le roi ne t'a pas rappelé, et que te voilà revenu ? Je ne comprends pas bien cela.

Raoul était déjà pâle, il roulait déjà son chapeau d'un air contraint.

– Quelle diable de mine fais-tu, et quelle conversation mortuaire ! fit le capitaine. Est-ce que c'est en Angleterre qu'on prend ces façons-là ? Mordioux ! j'y ai été, moi, en Angleterre, et j'en suis revenu gai comme un pinson. Parleras-tu ?

– J'ai trop à dire.

– Ah ! ah ! Comment va ton père ?

– Cher ami, pardonnez-moi ; j'allais vous le demander.

D'Artagnan redoubla l'acuité de ce regard auquel nul secret ne résistait.

– Tu as du chagrin ? dit-il.

– Pardieu ! vous le savez bien, monsieur d'Artagnan.

– Moi ?

– Sans doute. Oh ! ne faites pas l'étonné.

– Je ne fais pas l'étonné, mon ami.

– Cher capitaine, je sais fort bien qu'au jeu de la finesse comme au jeu de la force, je serai battu par vous. En ce moment, voyez-vous, je suis un sot, et je suis un ciron. Je n'ai ni cerveau ni bras, ne me méprisez pas ; aidez-moi. En deux mots, je suis le plus misérable des êtres vivants.

– Oh ! oh ! pourquoi cela ? demanda d'Artagnan en débouclant son ceinturon et en adoucissant son sourire.

– Parce que M<sup>lle</sup> de La Vallière me trompe.

D'Artagnan ne changea pas de physionomie.

– Elle te trompe ! elle te trompe ! voilà de grands mots. Qui te les a dits ?

– Tout le monde.

– Ah ! si tout le monde l'a dit, il faut qu'il y ait quelque chose de vrai. Moi, je crois au feu quand je vois la fumée. Cela est ridicule, mais cela est.

– Ainsi, vous croyez ? s'écria vivement Bragelonne.

– Ah ! si tu me prends à partie...

– Sans doute.

– Je ne me mêle pas de ces affaires-là, moi ; tu le sais bien.

– Comment, pour un ami ? pour un fils ?

– Justement. Si tu étais un étranger, je te dirais... je ne te dirais rien du tout... Comment va Porthos, le sais-tu ?

– Monsieur, s'écria Raoul, en serrant la main de d'Artagnan, au nom de cette amitié que vous avez vouée à mon père !

– Ah ! diable ! tu es bien malade... de curiosité.

– Ce n'est pas de curiosité, c'est d'amour.

– Bon ! autre grand mot. Si tu étais réellement amoureux, mon cher Raoul, ce serait différent.

– Que voulez-vous dire ?

– Je te dis que, si tu étais pris d'un amour tellement sérieux, que je pusse croire m'adresser toujours à ton cœur... Mais c'est impossible.

– Je vous dis que j'aime éperdument Louise.

D'Artagnan lut avec ses yeux au fond du cœur de Raoul.

– Impossible, te dis-je... Tu es comme tous les jeunes gens ; tu n'es pas amoureux, tu es fou.

– Eh bien ! quand il n'y aurait que cela ?

– Jamais homme sage n'a fait dévier une cervelle d'un crâne qui tourne. J'y ai perdu mon latin cent fois en ma vie. Tu m'écouterais, que tu ne m'entendrais pas ; tu m'entendrais, que tu ne me comprendrais pas ; tu me comprendrais, que tu ne m'obéirais pas.

– Oh ! essayez, essayez !

– Je dis plus : si j'étais assez malheureux pour savoir quelque chose et assez bête pour t'en faire part... Tu es mon ami, dis-tu ?

– Oh ! oui.

– Eh bien ! je me brouillerais avec toi. Tu ne me pardonnerais jamais d'avoir détruit ton illusion, comme on dit en amour.

– Monsieur d'Artagnan, vous savez tout ; vous me laissez dans l'embarras, dans le désespoir, dans la mort ! c'est affreux !

– Là ! là !

– Je ne crie jamais, vous le savez. Mais, comme mon père et Dieu ne me pardonneraient jamais de m'être cassé la tête d'un coup de pistolet, eh bien ! je vais aller me faire conter ce que vous me refusez par le premier venu ; je lui donnerai un démenti...

– Et tu le tueras ? la belle affaire ! Tant mieux ! Qu'est-ce que cela me fait à moi ? Tue, mon garçon, tue, si cela peut te faire plaisir. C'est comme pour les gens qui ont mal aux dents ; ils me disent : « Oh ! que je souffre ! Je mordrais dans du fer. » Je leur dis : « Mordez, mes amis, mordez ! la dent y restera. »

– Je ne tuerai pas, monsieur, dit Raoul d'un air sombre.

– Oui, oh ! oui, vous prenez de ces airs-là, vous autres, aujourd'hui. Vous vous ferez tuer, n'est-ce pas ? Ah ! que c'est joli ! et comme je te regretterai, par exemple ! Comme je dirai toute la journée : « C'était un fier niais, que le petit Bragelonne ! une double brute ! J'avais passé ma vie à lui faire tenir proprement une épée, et ce drôle est allé se faire embrocher comme un oiseau. » Allez, Raoul, allez vous faire tuer, mon ami. Je ne sais pas qui vous a appris la logique ; mais, Dieu me damne ! comme disent les Anglais, celui-là, monsieur a volé l'argent de votre père.

Raoul, silencieux, enfonça sa tête dans ses mains et murmura :

– On n'a pas d'amis, non !

– Ah bah ! dit d'Artagnan.

– On n'a que des railleurs ou des indifférents.

– Sornettes ! Je ne suis pas un railleur, tout Gascon que je suis. Et indifférent ! Si je l'étais, il y a un quart d'heure déjà que je vous aurais envoyé à tous les diables ; car vous rendriez triste un homme fou de joie, et mort un homme triste. Comment, jeune homme, vous voulez que j'aille vous dégoûter de votre amoureuse, et vous apprendre à exécrer les femmes, qui sont l'honneur et la félicité de la vie humaine ?

– Monsieur, dites, dites, et je vous bénirai !

– Eh ! mon cher, croyez-vous, par hasard, que je me suis fourré dans la cervelle toutes les affaires du menuisier et du peintre, de l'escalier et du portrait, et cent mille autres contes à dormir debout ?

– Un menuisier ! qu'est-ce que signifie ce menuisier ?

– Ma foi ! je ne sais pas ; on m'a dit qu'il y avait un menuisier qui avait percé un parquet.

– Chez La Vallière ?...

– Ah ! je ne sais pas où.

– Chez le roi ?

– Bon ! Si c'était chez le roi, j'irais vous le dire, n'est-ce pas ?

– Chez qui, alors ?

– Voilà une heure que je me tue à vous répéter que je l'ignore.

– Mais le peintre, alors ? ce portrait ?...

– Il paraîtrait que le roi aurait fait faire le portrait d'une dame de la cour.

– De La Vallière ?

– Eh ! tu n'as que ce nom-là dans la bouche. Qui te parle de La Vallière ?

– Mais, alors, si ce n'est pas d'elle, pourquoi voulez-vous que cela me touche ?

– Je ne veux pas que cela te touche. Mais tu me questionnes, je te réponds. Tu veux savoir la chronique scandaleuse, je te la donne. Fais-en ton profit.

Raoul se frappa le front avec désespoir.

– C'est à en mourir ! dit-il.

– Tu l'as déjà dit.

– Oui, vous avez raison.

Et il fit un pas pour s'éloigner.

– Où vas-tu ? dit d'Artagnan.

– Je vais trouver quelqu'un qui me dira la vérité.

– Qui cela ?

– Une femme.

– M$^{lle}$ de La Vallière elle-même, n'est-ce pas ? dit d'Artagnan avec un sourire. Ah ! tu as là une fameuse idée ; tu cherchais à être consolé, tu vas l'être tout de suite. Elle ne te dira pas de mal d'elle-même, va.

– Vous vous trompez, monsieur, répliqua Raoul ; la femme à qui je m'adresserai me dira beaucoup de mal.

– Montalais, je parie ?

– Oui, Montalais.

– Ah ! son amie ? Une femme qui, en cette qualité, exagérera fortement le bien ou le mal. Ne parlez pas à Montalais, mon bon Raoul.

– Ce n'est pas la raison qui vous pousse à m'éloigner de Montalais.

– Eh bien ! je l'avoue... Et, de fait, pourquoi jouerais-je avec toi comme le chat avec une pauvre souris ? Tu me fais peine, vrai. Et si je désire que tu ne parles pas à la Montalais, en ce moment, c'est que tu vas livrer ton secret et qu'on en abusera. Attends, si tu peux.

– Je ne peux pas.

– Tant pis ! Vois-tu, Raoul, si j'avais une idée... Mais je n'en ai pas.

– Promettez-moi, mon ami, de me plaindre, cela me suffira, et laissez-moi sortir d'affaire tout seul.

– Ah bien ! oui ! t'embourber, à la bonne heure ! Place-toi ici, à cette table, et prends la plume.

– Pour quoi faire ?

– Pour écrire à la Montalais et lui demander un rendez-vous.

– Ah ! fit Raoul en se jetant sur la plume que lui tendait le capitaine.

Tout à coup la porte s'ouvrit, et un mousquetaire, s'approchant de d'Artagnan :

– Mon capitaine, dit-il, il y a là M<sup>lle</sup> de Montalais qui voudrait vous parler.

– À moi ? murmura d'Artagnan. Qu'elle entre, et je verrai bien si c'était à moi qu'elle voulait parler.

Le rusé capitaine avait flairé juste.

Montalais, en entrant, vit Raoul, et s'écria :

– Monsieur ! Monsieur !... Pardon, monsieur d'Artagnan.

– Je vous pardonne, mademoiselle, dit d'Artagnan ; je sais qu'à mon âge ceux qui me cherchent bien ont besoin de moi.

– Je cherchais M. de Bragelonne, répondit Montalais.

– Comme cela se trouve ! je vous cherchais aussi.

– Raoul, ne voulez-vous pas aller avec Mademoiselle !

– De tout mon cœur.

– Allez donc !

Et il poussa doucement Raoul hors du cabinet ; puis, prenant la main de Montalais :

– Soyez bonne fille, dit-il tout bas ; ménagez-le, et ménagez-la.

– Ah ! dit-elle sur le même ton, ce n'est pas moi qui lui parlerai.

– Comment cela ?

– C'est Madame qui le fait chercher.

– Ah ! bon ! s'écria d'Artagnan, c'est Madame ! Avant une heure, le pauvre garçon sera guéri.

– Ou mort ! fit Montalais avec compassion. Adieu, monsieur d'Artagnan !

Et elle courut rejoindre Raoul, qui l'attendait loin de la porte, bien intrigué, bien inquiet de ce dialogue qui ne promettait rien de bon.

# XV

*Deux jalousies*

Les amants sont tendres pour tout ce qui touche leur bien-aimée ; Raoul ne se vit pas plutôt avec Montalais, qu'il lui baisa la main avec ardeur.

– Là, là, dit tristement la jeune fille. Vous placez là des baisers à fonds perdus, cher monsieur Raoul ; je vous garantis même qu'ils ne vous rapporteront pas intérêt.

– Comment ?... quoi ?... M'expliquerez-vous, ma chère Aure ?...

– C'est Madame qui vous expliquera tout cela. C'est chez elle que je vous conduis.

– Quoi !...

– Silence ! et pas de ces regards effarouchés. Les fenêtres, ici, ont des yeux, les murs de larges oreilles. Faites-moi le plaisir de ne plus me regarder ; faites-moi le plaisir de me parler très haut de la pluie, du beau temps et des agréments de l'Angleterre.

– Enfin...

– Ah !... je vous préviens que quelque part, je ne sais où, mais quelque part, Madame doit avoir un œil ouvert et une oreille tendue. Je ne me soucie pas, vous comprenez, d'être chassée ou embastillée. Parlons, vous dis-je, ou plutôt ne parlons pas.

Raoul serra ses poings, enleva le pas et fit la mine d'un homme de cœur, c'est vrai, mais d'un homme de cœur qui va au supplice.

Montalais, l'œil éveillé, la démarche leste, la tête à tout vent, le précédait.

Raoul fut introduit immédiatement dans le cabinet de Madame.

« Allons, pensa-t-il, cette journée se passera sans que je sache rien. De Guiche a eu trop pitié de moi ; il s'est entendu avec Madame, et tous deux, par un complot amical, éloignent la solution du problème. Que n'ai-je là un bon ennemi !... ce serpent de de Wardes, par exemple ; il mordrait, c'est vrai ; mais je n'hésiterais plus... Hésiter... douter... mieux vaut mourir ! »

Raoul était devant Madame.

Henriette, plus charmante que jamais, se tenait à demi renversée dans un fauteuil, ses pieds mignons sur un coussin de velours brodé ; elle jouait avec un petit chat aux soies touffues, qui lui mordillait les doigts et se pendait aux guipures de son col.

Madame songeait ; elle songeait profondément ; il lui fallut la voix de Montalais, celle de Raoul, pour la faire sortir de cette rêverie.

– Votre Altesse m'a mandé ? répéta Raoul.

Madame secoua la tête comme si elle se réveillait.

– Bonjour, monsieur de Bragelonne, dit-elle ; oui, je vous ai mandé. Vous voilà donc revenu d'Angleterre ?

– Au service de Votre Altesse Royale.

– Merci ! Laissez-nous, Montalais.

Montalais sortit.

– Vous avez bien quelques minutes à me donner, n'est-ce pas, monsieur de Bragelonne ?

– Toute ma vie appartient à Votre Altesse Royale, repartit avec respect Raoul, qui devinait quelque chose de sombre sous toutes ces politesses de Madame, et à qui ce sombre ne déplaisait pas, persuadé qu'il était d'une certaine affinité des sentiments de Madame avec les siens.

En effet, ce caractère étrange de la princesse, tous les gens intelligents de la cour en connaissaient la volonté capricieuse et le fantasque despotisme.

Madame avait été flattée outre mesure des hommages du roi ; Madame avait fait parler d'elle et inspiré à la reine cette jalousie mortelle qui est le ver rongeur de toutes les félicités féminines ; Madame, en un mot, pour guérir un orgueil blessé, s'était fait un cœur amoureux.

Nous savons, nous, ce que Madame avait fait pour rappeler Raoul, éloigné par Louis XIV. Sa lettre à Charles II, Raoul ne la connaissait pas ; mais d'Artagnan l'avait bien devinée.

Cet inexplicable mélange de l'amour et de la vanité, ces tendresses inouïes, ces perfidies énormes, qui les expliquera ? Personne, pas même l'ange mauvais qui allume la coquetterie au cœur des femmes.

– Monsieur de Bragelonne, dit la princesse après un silence, êtes-vous revenu content ?

Bragelonne regarda Madame Henriette, et, la voyant pâle de ce qu'elle cachait, de ce qu'elle retenait, de ce qu'elle brûlait de dire :

– Content ? dit-il ; de quoi voulez-vous que je sois content ou mécontent, Madame ?

– Mais de quoi peut être content ou mécontent un homme de votre âge et de votre mine ?

« Comme elle va vite ! pensa Raoul effrayé ; que va-t-elle souffler en mon cœur ? »

Puis, effrayé de ce qu'il allait apprendre et voulant reculer le moment si désiré, mais si terrible, où il apprendrait tout :

– Madame, répliqua-t-il, j'avais laissé un tendre ami en bonne santé, je l'ai retrouvé malade.

– Voulez-vous parler de M. de Guiche ? demanda Madame Henriette avec une imperturbable tranquillité ; c'est, dit-on, un ami très cher à vous ?

– Oui, madame.

– Eh bien ! c'est vrai, il a été blessé ; mais il va mieux.

« Oh ! M. de Guiche n'est pas à plaindre, dit-elle vite.

Puis se reprenant :

– Est-ce qu'il est à plaindre ? dit-elle ; est-ce qu'il s'est plaint ? est-ce qu'il a un chagrin quelconque que nous ne connaîtrions pas ?

– Je ne parle que de sa blessure, madame.

– À la bonne heure ; car, pour le reste, M. de Guiche semble être fort heureux : on le voit d'une humeur joyeuse. Tenez, monsieur de Bragelonne, je suis bien sûre que vous choisiriez encore d'être blessé comme lui au corps !... Qu'est-ce qu'une blessure au corps ?

Raoul tressaillit.

« Elle y revient, dit-il. Hélas !... »

Il ne répliqua rien.

– Plaît-il ? fit-elle.

– Je n'ai rien dit, madame.

– Vous n'avez rien dit ! Vous me désapprouvez donc ? Vous êtes donc satisfait ?

Raoul se rapprocha.

– Madame, dit-il, Votre Altesse Royale veut me dire quelque chose, et sa générosité naturelle la pousse à ménager ses paroles. Veuille Votre Altesse ne plus rien ménager. Je suis fort et j'écoute.

– Ah ! répliqua Henriette, que comprenez-vous, maintenant ?

– Ce que Votre Altesse veut me faire comprendre.

Et Raoul trembla, malgré lui, en prononçant ces mots.

– En effet, murmura la princesse. C'est cruel ; mais puisque j'ai commencé...

– Oui, madame, puisque Votre Altesse a daigné commencer, qu'elle daigne achever...

Henriette se leva précipitamment et fit quelques pas dans sa chambre.

– Que vous a dit M. de Guiche ? dit-elle soudain.

– Rien, madame.

– Rien ! il ne vous a rien dit ? Oh ! que je le reconnais bien là !

– Il voulait me ménager, sans doute.

– Et voilà ce que les amis appellent l'amitié ! Mais M. d'Artagnan, que vous quittez, il vous a parlé, lui ?

– Pas plus que de Guiche, madame.

Henriette fit un mouvement d'impatience.

– Au moins, dit-elle, vous savez tout ce que la cour a dit ?

– Je ne sais rien du tout, madame.

– Ni la scène de l'orage ?

– Ni la scène de l'orage !...

– Ni les tête-à-tête dans la forêt ?

– Ni les tête-à-tête dans la forêt !...

– Ni la fuite à Chaillot ?

Raoul, qui penchait comme la fleur tranchée par la faucille, fit des efforts surhumains pour sourire, et répondit avec une exquise douceur :

– J'ai eu l'honneur de dire à Votre Altesse Royale que je ne sais absolument rien. Je suis un pauvre oublié qui arrive d'Angleterre ; entre les gens d'ici et moi, il y avait tant de flots bruyants, que le bruit de toutes les choses dont Votre Altesse me parle n'ont pu arriver à mon oreille.

Henriette fut touchée de cette pâleur, de cette mansuétude, de ce courage. Le sentiment dominant de son cœur, à ce moment, c'était un vif désir d'entendre chez le pauvre amant le souvenir de celle qui le faisait ainsi souffrir.

– Monsieur de Bragelonne, dit-elle, ce que vos amis n'ont pas voulu faire, je veux le faire pour vous, que j'estime et que j'aime. C'est moi qui serai votre amie. Vous portez ici la tête comme un honnête homme, et je ne veux pas que vous la courbiez sous le ridicule ; dans huit jours, on dirait sous du mépris.

– Ah ! fit Raoul livide, c'en est déjà là ?

– Si vous ne savez pas, dit la princesse, je vois que vous devinez ; vous étiez le fiancé de M$^{lle}$ de La Vallière, n'est-ce pas ?

– Oui, madame.

– À ce titre, je vous dois un avertissement ; comme, d'un jour à l'autre, je chasserai M$^{lle}$ de La Vallière de chez moi...

– Chasser La Vallière ! s'écria Bragelonne.

– Sans doute. Croyez-vous que j'aurai toujours égard aux larmes et aux jérémiades du roi ? Non, non, ma maison ne sera pas plus longtemps commode pour ces sortes d'usages ; mais vous chancelez !...

– Non, madame, pardon, dit Bragelonne en faisant un effort ; j'ai cru que j'allais mourir, voilà tout. Votre Altesse Royale me faisait l'honneur de me dire que le roi avait pleuré, supplié.

– Oui, mais en vain.

Et elle raconta à Raoul la scène de Chaillot et le désespoir du roi au retour ; elle raconta son indulgence à elle-même, et le terrible mot avec lequel la princesse outragée, la coquette humiliée, avait terrassé la colère royale.

Raoul baissa la tête.

– Qu'en pensez-vous ? dit-elle.

– Le roi l'aime ! répliqua-t-il.

– Mais vous avez l'air de dire qu'elle ne l'aime pas.

– Hélas ! je pense encore au temps où elle m'a aimé, madame.

Henriette eut un moment d'admiration pour cette incrédulité sublime ; puis, haussant les épaules :

– Vous ne me croyez pas ! dit-elle. Oh ! comme vous l'aimez, *vous !* et vous doutez qu'elle aime le roi, *elle ?*

– Jusqu'à la preuve. Pardon, j'ai sa parole, voyez-vous, et elle est fille noble.

– La preuve ?... Eh bien ! soit ; venez !

# XVI

*Visite domiciliaire*

La princesse, précédant Raoul, le conduisit à travers la cour vers le corps de bâtiment qu'habitait La Vallière, et, montant l'escalier qu'avait monté Raoul le matin même, elle s'arrêta à la porte de la chambre où le jeune homme, à son tour, avait été si étrangement reçu par Montalais.

Le moment était bien choisi pour accomplir le projet conçu par Madame Henriette : le château était vide ; le roi, les courtisans et les dames étaient partis pour Saint-Germain. Madame Henriette, seule, sachant le retour de Bragelonne et pensant au parti qu'elle avait à tirer de ce retour, avait prétexté une indisposition, et était restée.

Madame était donc sûre de trouver vides la chambre de La Vallière, et l'appartement de Saint-Aignan. Elle tira une double clef de sa poche, et ouvrit la porte de sa demoiselle d'honneur.

Le regard de Bragelonne plongea dans cette chambre qu'il reconnut, et l'impression que lui fit la vue de cette chambre fut un des premiers supplices qui l'attendaient.

La princesse le regarda, et son œil exercé put voir ce qui se passait dans le cœur du jeune homme.

– Vous m'avez demandé des preuves, dit-elle ; ne soyez donc pas surpris si je vous en donne. Maintenant, si vous ne vous croyez pas le courage de les supporter, il en est temps encore, retirons-nous.

– Merci, madame, dit Bragelonne ; mais je suis venu pour être convaincu. Vous avez promis de me convaincre, convainquez-moi.

– Entrez donc, dit Madame, et refermez la porte derrière vous.

Bragelonne obéit, et se retourna vers la princesse, qu'il interrogea du regard.

– Vous savez où vous êtes ? demanda Madame Henriette.

– Mais tout me porte à croire, madame, que je suis dans la chambre de M^lle de La Vallière ?

– Vous y êtes.

– Mais je ferai observer à Votre Altesse que cette chambre est une chambre, et n'est pas une preuve.

– Attendez.

La princesse s'achemina vers le pied du lit, replia le paravent, et, se baissant vers le parquet :

– Tenez, dit-elle, baissez-vous et levez vous-même cette trappe.

– Cette trappe ? s'écria Raoul avec surprise, car les mots de d'Artagnan commençaient à lui revenir en mémoire, et il se souvenait que d'Artagnan avait vaguement prononcé ce mot.

Et Raoul chercha des yeux, mais inutilement, une fente qui indiquât une ouverture ou un anneau qui aidât à soulever une portion quelconque du plancher.

– Ah ! c'est vrai ! dit en riant Madame Henriette, j'oubliais le ressort caché : la quatrième feuille du parquet ; appuyer sur l'endroit où le bois fait un nœud. Voilà l'instruction. Appuyez vous-même, vicomte, appuyez, c'est ici.

Raoul, pâle comme un mort, appuya le pouce sur l'endroit indiqué et, en effet, à l'instant même, le ressort joua et la trappe se souleva d'elle-même.

– C'est très ingénieux, dit la princesse, et l'on voit que l'architecte a prévu que ce serait une petite main qui aurait à utiliser ce ressort : voyez comme cette trappe s'ouvre toute seule ?

– Un escalier ! s'écria Raoul.

– Oui, et très élégant même, dit Madame Henriette. Voyez, vicomte, cet escalier a une rampe destinée à garantir des chutes les délicates personnes qui se hasarderaient à le descendre, ce qui fait que je m'y risque. Allons, suivez-moi, vicomte, suivez-moi.

– Mais, avant de vous suivre, madame, où conduit cet escalier ?

– Ah ! c'est vrai, j'oubliais de vous le dire.

– J'écoute, madame, dit Raoul respirant à peine.

– Vous savez peut-être que M. de Saint-Aignan demeurait autrefois presque porte à porte avec le roi ?

– Oui, madame, je le sais ; c'était ainsi avant mon départ et, plus d'une fois, j'ai eu l'honneur de le visiter à son ancien logement.

– Eh bien ! il a obtenu du roi de changer ce commode et bel appartement que vous lui connaissiez contre les deux petites chambres auxquelles mène cet escalier, et qui forment un logement deux fois plus petit et dix fois plus éloigné de celui du roi, dont le voisinage, cependant, n'est point dédaigné, en général, par messieurs de la cour.

– Fort bien, madame, reprit Raoul ; mais continuez, je vous prie, car je ne comprends point encore.

– Eh bien ! il s'est trouvé, par hasard, continua la princesse, que ce logement de M. de Saint-Aignan est situé au-dessous de ceux de mes filles, et particulièrement au-dessous de celui de La Vallière.

– Mais dans quel but cette trappe et cet escalier ?

– Dame ! je l'ignore. Voulez-vous que nous descendions chez M. de Saint-Aignan ? Peut-être y trouverons-nous l'explication de l'énigme.

Et Madame donna l'exemple en descendant elle-même.

Raoul la suivit en soupirant.

Chaque marche qui craquait sous les pieds de Bragelonne le faisait pénétrer d'un pas dans cet appartement mystérieux, qui renfermait encore les soupirs de La Vallière, et les plus suaves parfums de son corps.

Bragelonne reconnut, en absorbant l'air par ses haletantes aspirations, que la jeune fille avait dû passer par là.

Puis, après ces émanations, preuves invisibles, mais certaines, vinrent les fleurs qu'elle aimait, les livres qu'elle avait choisis. Raoul eût-il conservé un seul doute, qu'il l'eût perdu à cette secrète harmonie des goûts et des alliances de l'esprit avec l'usage des objets qui accompagnent la vie. La Vallière était pour Bragelonne en vivante présence dans les meubles, dans le choix des étoffes, dans les reflets mêmes du parquet.

Muet et écrasé, il n'avait plus rien à apprendre, et ne suivait plus son impitoyable conductrice que comme le patient suit le bourreau.

Madame, cruelle comme une femme délicate et nerveuse, ne lui faisait grâce d'aucun détail.

Mais, il faut le dire, malgré l'espèce d'apathie dans laquelle il était tombé, aucun de ces détails, fût-il resté seul, n'eût échappé à Raoul. Le bonheur de la femme qu'il aime, quand ce bonheur lui vient d'un rival, est une torture pour un jaloux. Mais, pour un jaloux tel que l'était Raoul, pour ce cœur qui, pour la première fois s'imprégnait de fiel, le bonheur de Louise, c'était une mort ignominieuse, la mort du corps et de l'âme.

Il devina tout : les mains qui s'étaient serrées, les visages rapprochés qui s'étaient mariés en face des miroirs, sorte de serment si doux pour les amants qui se voient deux fois, afin de mieux graver le tableau dans leur souvenir.

Il devina le baiser invisible sous les épaisses portières retombant délivrées de leurs embrasses. Il traduisit en fiévreuses douleurs l'éloquence des lits de repos, enfouis dans leur ombre.

Ce luxe, cette recherche pleine d'enivrement, ce soin minutieux d'épargner tout déplaisir à l'objet aimé, ou de lui causer une gracieuse surprise ; cette puissance de l'amour multipliée par la puissance royale, frappa Raoul d'un coup mortel. Oh ! s'il est un adoucissement aux poignantes douleurs de la jalousie, c'est l'infériorité de l'homme qu'on vous préfère : tandis qu'au contraire s'il est un enfer dans l'enfer, une torture sans nom dans la langue, c'est la toute-puissance d'un dieu mise à la disposition d'un rival, avec la jeunesse, la beauté, la grâce. Dans ces moments-là, Dieu lui-même semble avoir pris parti contre l'amant dédaigné.

Une dernière douleur était réservée au pauvre Raoul : Madame Henriette souleva un rideau de soie, et, derrière le rideau, il aperçut le portrait de La Vallière.

Non seulement le portrait de La Vallière, mais de La Vallière jeune, belle, joyeuse, aspirant la vie par tous les pores, parce qu'à dix-huit ans, la vie, c'est l'amour.

– Louise ! murmura Bragelonne, Louise ! C'est donc vrai ? Oh ! tu ne m'as jamais aimé, car jamais tu ne m'as regardé ainsi.

Et il lui sembla que son cœur venait d'être tordu dans sa poitrine.

Madame Henriette le regardait, presque envieuse de cette douleur, quoiqu'elle sût bien n'avoir rien à envier, et qu'elle était aimée de Guiche comme La Vallière était aimée de Bragelonne.

Raoul surprit ce regard de Madame Henriette.

– Oh ! pardon, pardon, dit-il ; je devrais être plus maître de moi, je le sais, me trouvant en face de vous, madame. Mais, puisse le Seigneur, Dieu du ciel et de la terre, ne jamais vous frapper du coup qui m'atteint en ce moment ! Car vous êtes femme, et sans doute vous ne pourriez pas supporter une pareille douleur. Pardonnez-moi, je ne suis qu'un pauvre gentilhomme, tandis que vous êtes, vous, de la race de ces heureux, de ces tout-puissants, de ces élus...

– Monsieur de Bragelonne, répliqua Henriette, un cœur comme le vôtre mérite les soins et les égards d'un cœur de reine. Je suis votre amie, monsieur ; aussi n'ai-je point voulu que toute votre vie soit empoisonnée par la perfidie et souillée par le ridicule. C'est moi qui, plus brave que tous les prétendus amis, j'excepte M. de Guiche, vous ai fait revenir de Londres ; c'est moi qui vous fournis les preuves douloureuses, mais nécessaires, qui seront votre guérison, si vous êtes un courageux amant et non pas un Amadis pleurard. Ne me remerciez pas : plaignez-moi même, et ne servez pas moins bien le roi.

Raoul sourit avec amertume.

– Ah ! c'est vrai, dit-il, j'oubliais ceci : le roi est mon maître.

– Il y va de votre liberté ! il y va de votre vie !

Un regard clair et pénétrant de Raoul apprit à Madame Henriette qu'elle se trompait, et que son dernier argument n'était pas de ceux qui touchassent ce jeune homme.

– Prenez garde, monsieur de Bragelonne, dit-elle ; mais, en ne pesant pas toutes vos actions, vous jetteriez dans la colère un prince disposé à s'emporter hors des limites de la raison ; vous jetteriez dans la douleur vos amis et votre famille ; inclinez-vous, soumettez-vous, guérissez-vous.

– Merci, madame, dit-il. J'apprécie le conseil que Votre Altesse me donne, et je tâcherai de le suivre ; mais, un dernier mot je vous prie.

– Dites.

– Est-ce une indiscrétion que de vous demander le secret de cet escalier, de cette trappe, de ce portrait, secret que vous avez découvert ?

– Oh ! rien de plus simple ; j'ai, pour cause de surveillance, le double des clefs de mes filles ; il m'a paru étrange que La Vallière se renfermât si souvent ; il m'a paru étrange que M. de Saint-Aignan changeât de logis ; il m'a paru étrange que le roi vînt voir si quotidiennement M. de Saint-Aignan, si avant que celui-ci fût dans son amitié ; enfin, il m'a paru étrange que tant de choses se fussent faites depuis votre absence, que les habitudes de la cour en étaient changées. Je ne veux pas être jouée par le roi, je ne veux pas servir de manteau à ses amours ; car, après La Vallière qui pleure, il aura Montalais qui rit, Tonnay-Charente qui chante ; ce n'est pas un rôle digne de moi. J'ai levé les scrupules de mon amitié, j'ai découvert le secret... Je vous blesse ; encore une fois, excusez-moi, mais j'avais un devoir à remplir ; c'est fini, vous voilà prévenu ; l'orage va venir, garantissez-vous.

– Vous concluez quelque chose, cependant, madame, répondit Bragelonne avec fermeté ; car vous ne supposez pas que j'accepterai sans rien dire la honte que je subis et la trahison qu'on me fait.

– Vous prendrez à ce sujet le parti qui vous conviendra, monsieur Raoul. Seulement, ne dites point la source d'où vous tenez la vérité ; voilà tout ce que je vous demande, voilà le seul prix que j'exige du service que je vous ai rendu.

– Ne craignez rien, madame, dit Bragelonne avec un sourire amer.

– J'ai, moi, gagné le serrurier que les amants avaient mis dans leurs intérêts. Vous pouvez fort bien avoir fait comme moi, n'est-ce pas ?

– Oui, madame. Votre Altesse Royale ne me donne aucun conseil et ne m'impose aucune réserve que celle de ne pas la compromettre ?

– Pas d'autre.

– Je vais donc supplier Votre Altesse Royale de m'accorder une minute de séjour ici.

– Sans moi ?

– Oh ! non, madame. Peu importe ; ce que j'ai à faire, je puis le faire devant vous. Je vous demande une minute pour écrire un mot à quelqu'un.

– C'est hasardeux, monsieur de Bragelonne. Prenez garde !

– Personne ne peut savoir si Votre Altesse Royale m'a fait l'honneur de me conduire ici. D'ailleurs, je signe la lettre que j'écris.

– Faites, monsieur.

Raoul avait déjà tiré ses tablettes et tracé rapidement ces mots sur une feuille blanche :

*Monsieur le comte,*

*Ne vous étonnez pas de trouver ici ce papier signé de moi, avant qu'un de mes amis, que j'enverrai tantôt chez vous ait eu l'honneur de vous expliquer l'objet de ma visite.*

VICOMTE RAOUL DE BRAGELONNE.

Il roula cette feuille, la glissa dans la serrure de la porte qui communiquait à la chambre des deux amants, et, bien assuré que ce papier était tellement visible que de Saint-Aignan le devait voir en rentrant, il rejoignit la princesse, arrivée déjà au haut de l'escalier.

Sur le palier, ils se séparèrent : Raoul affectant de remercier Son Altesse, Henriette plaignant ou faisant semblant de plaindre de tout son cœur le malheureux qu'elle venait de condamner à un aussi horrible supplice.

– Oh ! dit-elle en le voyant s'éloigner pâle et l'œil injecté de sang ; oh ! si j'avais su, j'aurais caché la vérité à ce pauvre jeune homme.

# XVII

## *La méthode de Porthos*

La multiplicité des personnages que nous avons introduits dans cette longue histoire fait que chacun est obligé de ne paraître qu'à son tour et selon les exigences du récit. Il en résulte que nos lecteurs n'ont pas eu l'occasion de se retrouver avec notre ami Porthos depuis son retour de Fontainebleau.

Les honneurs qu'il avait reçus du roi n'avaient point changé le caractère placide et affectueux du respectable seigneur ; seulement, il redressait la tête plus que de coutume, et quelque chose de majestueux se révélait dans son maintien, depuis qu'il avait reçu la faveur de dîner à la table du roi. La salle à manger de Sa Majesté avait produit un certain effet sur Porthos. Le seigneur de Bracieux et de Pierrefonds aimait à se rappeler que, durant ce dîner mémorable, force serviteurs et bon nombre d'officiers, se trouvant derrière les convives, donnaient bon air au repas et meublaient la pièce.

Porthos se promit de conférer à M. Mouston une dignité quelconque, d'établir une hiérarchie dans le reste de ses gens, et de se créer une maison militaire ; ce qui n'était pas insolite parmi les grands capitaines, attendu que, dans le précédent siècle, on remarquait ce luxe chez MM. de Tréville, de Schomberg, de La Vieuville, sans parler de MM. de Richelieu, de Condé, et de Bouillon-Turenne.

Lui, Porthos, ami du roi et de M. Fouquet baron, ingénieur, etc., pourquoi ne jouirait-il pas de tous les agréments attachés aux grands biens et aux grands mérites ?

Un peu délaissé d'Aramis, lequel, nous le savons, s'occupait beaucoup de M. Fouquet, un peu négligé, à cause du service, par d'Artagnan, blasé sur Trüchen et sur Planchet, Porthos se surprit à rêver sans trop savoir pourquoi ; mais à quiconque lui eût dit : « Est-ce qu'il vous manque quelque chose, Porthos ? » il eût assurément répondu : « Oui. »

Après un de ces dîners pendant lesquels Porthos essayait de se rappeler tous les détails du dîner royal, demi-joyeux, grâce au bon vin, demi-triste, grâce aux idées ambitieuses, Porthos se laissait aller à un commencement de sieste, quand son valet de chambre vint l'avertir que M. de Bragelonne voulait lui parler.

Porthos passa dans la salle voisine, où il trouva son jeune ami dans les dispositions que nous connaissons.

Raoul vint serrer la main de Porthos, qui, surpris de sa gravité, lui offrit un siège.

– Cher monsieur du Vallon, dit Raoul, j'ai un service à vous demander.

– Cela tombe à merveille, mon jeune ami, répliqua Porthos. On m'a envoyé huit mille livres, ce matin, de Pierrefonds, et, si c'est d'argent que vous avez besoin...

– Non, ce n'est pas d'argent ; merci, mon excellent ami.

– Tant pis ! J'ai toujours entendu dire que c'est là le plus rare des services, mais le plus aisé à rendre. Ce mot m'a frappé ; j'aime à citer les mots qui me frappent.

– Vous avez un cœur aussi bon que votre esprit est sain.

– Vous êtes trop bon. Vous dînerez bien, peut-être ?

– Oh ! non, je n'ai pas faim.

– Hein ! Quel affreux pays que l'Angleterre ?

– Pas trop ; mais...

– Voyez-vous, si l'on n'y trouvait pas l'excellent poisson et la belle viande qu'il y a, ce ne serait pas supportable.

– Oui... je venais...

– Je vous écoute. Permettez seulement que je me rafraîchisse. On mange salé à Paris. Pouah !

Et Porthos se fit apporter une bouteille de vin de Champagne.

Puis, ayant rempli avant le sien le verre de Raoul, il but un large coup, et, satisfait, il reprit :

– Il me fallait cela pour vous entendre sans distraction. Me voici tout à vous. Que demandez-vous, cher Raoul ? que désirez-vous ?

– Dites-moi votre opinion sur les querelles, mon cher ami.

– Mon opinion ?... Voyons, développez un peu votre idée, répondit Porthos en se grattant le front.

– Je veux dire : Êtes-vous d'un bon naturel quand il y a démêlé entre vos amis et des étrangers ?

– Oh ! d'un naturel excellent, comme toujours.

– Fort bien ; mais que faites-vous alors ?

– Quand mes amis ont des querelles, j'ai un principe.

– Lequel ?

– C'est que le temps perdu est irréparable, et que l'on n'arrange jamais aussi bien une affaire que lorsque l'on a encore l'échauffement de la dispute.

– Ah ! vraiment, voilà votre principe ?

– Absolument. Aussi, dès que la querelle est engagée, je mets les parties en présence.

– Oui-da ?

– Vous comprenez que, de cette façon, il est impossible qu'une affaire ne s'arrange pas.

– J'aurais cru, dit avec étonnement Raoul, que, prise ainsi, une affaire devait, au contraire...

– Pas le moins du monde. Songez que j'ai eu, dans ma vie, quelque chose comme cent quatre-vingts à cent quatre-vingt-dix duels réglés, sans compter les prises d'épées et les rencontres fortuites.

– C'est un beau chiffre, dit Raoul en souriant malgré lui.

– Oh ! ce n'est rien ; moi, je suis si doux !... D'Artagnan compte ses duels par centaines. Il est vrai qu'il est dur et piquant, je le lui ai souvent répété.

– Ainsi, reprit Raoul, vous arrangez d'ordinaire les affaires que vos amis vous confient ?

– Il n'y a pas d'exemple que je n'aie fini par en arranger une, dit Porthos avec mansuétude et une confiance qui firent bondir Raoul.

– Mais, dit-il, les arrangements sont-ils au moins honorables ?

– Oh ! je vous en réponds ; et, à ce propos, je vais vous expliquer mon autre principe. Une fois que mon ami m'a remis sa querelle, voici comme je procède : je vais trouver son adversaire sur-le-champ ; je m'arme d'une politesse et d'un sang-froid qui sont de rigueur en pareille circonstance.

– C'est à cela, dit Raoul avec amertume, que vous devez d'arranger si bien et si sûrement les affaires ?

– Je le crois. Je vais donc trouver l'adversaire et je lui dis : « Monsieur, il est impossible que vous ne compreniez pas à quel point vous avez outragé mon ami. »

Raoul fronça le sourcil.

– Quelquefois, souvent même, poursuivit Porthos, mon ami n'a pas été offensé du tout ; il a même offensé le premier : vous jugez si mon discours est adroit.

Et Porthos éclata de rire.

« Décidément, se disait Raoul pendant que retentissait le tonnerre formidable de cette hilarité, décidément j'ai du malheur. De Guiche me bat froid, d'Artagnan me raille, Porthos est mou : nul ne veut arranger cette affaire à ma façon. Et moi qui m'étais adressé à Porthos pour trouver une épée au lieu d'un raisonnement !... Ah ! quelle mauvaise chance ! »

Porthos se remit, et continua :

– J'ai donc, par un seul mot, mis l'adversaire dans son tort.

– C'est selon, dit distraitement Raoul.

– Non pas, c'est sûr. Je l'ai mis dans son tort ; c'est à ce moment que je déploie toute ma courtoisie, pour aboutir à l'heureuse issue de mon projet. Je m'avance donc d'une mine affable, et, prenant la main de l'adversaire...

– Oh ! fit Raoul impatient.

– « Monsieur, lui dis-je, à présent que vous êtes convaincu de l'offense, nous sommes assurés de la réparation. Entre mon ami et vous, c'est désormais un échange de gracieux procédés. En conséquence, je suis chargé de vous donner la longueur de l'épée de mon ami. »

– Hein ? fit Raoul.

– Attendez donc !... « La longueur de l'épée de mon ami. J'ai un cheval en bas ; mon ami est à tel endroit, qui attend impatiemment votre aimable présence ; je vous emmène ; nous prenons votre témoin en passant, l'affaire est arrangée. »

– Et, dit Raoul pâle de dépit, vous réconciliez les deux adversaires sur le terrain ?

– Plaît-il ? interrompit Porthos. Réconcilier ? pour quoi faire ?

– Vous dites que l'affaire est arrangée...

– Sans doute, puisque mon ami attend.

– Eh bien ! quoi ! s'il attend...

– Eh bien ! s'il attend, c'est pour se délier les jambes. L'adversaire, au contraire, est encore tout roide du cheval ; on s'aligne, et mon ami tue l'adversaire. C'est fini.

– Ah ! il le tue ? s'écria Raoul.

– Pardieu ! dit Porthos, est-ce que je prends jamais pour amis des gens qui se font tuer ? J'ai cent et un amis, à la tête desquels sont monsieur votre père, Aramis et d'Artagnan, tous gens fort vivants, je crois !

– Oh ! mon cher baron, s'exclama Raoul dans l'excès de sa joie.

– Vous approuvez ma méthode, alors ? fit le géant.

– Je l'approuve si bien, que j'y aurai recours aujourd'hui, sans retard, à l'instant même. Vous êtes l'homme que je cherchais.

– Bon ! me voici ; vous voulez vous battre ?

– Absolument.

– C'est bien naturel... Avec qui ?

– Avec M. de Saint-Aignan.

– Je le connais... un charmant garçon, qui a été fort poli avec moi le jour où j'eus l'honneur de dîner chez le roi. Certes, je lui rendrai sa politesse, même quand ce ne serait pas mon habitude. Ah çà ! il vous a donc offensé ?

– Mortellement.

– Diable ! Je pourrai dire mortellement ?

– Plus encore, si vous voulez.

– C'est bien commode.

– Voilà une affaire tout arrangée, n'est-ce pas ? dit Raoul en souriant.

– Cela va de soi... Où l'attendez-vous ?

– Ah ! pardon, c'est délicat. M. de Saint-Aignan est fort ami du roi.

– Je l'ai ouï dire.

– Et si je le tue ?

– Vous le tuerez certainement. C'est à vous de vous précautionner ; mais, maintenant, ces choses-là ne souffrent pas de difficultés. Si vous eussiez vécu de notre temps, à la bonne heure !

– Cher ami, vous ne m'avez pas compris. Je veux dire que, M. de Saint-Aignan étant un ami du roi, l'affaire sera plus difficile à engager, attendu que le roi peut savoir à l'avance...

– Eh ! non pas ! Ma méthode, vous savez bien : « Monsieur, vous avez offensé mon ami, et... »

– Oui, je le sais.

– Et puis : « Monsieur, le cheval est en bas. » Je l'emmène donc avant qu'il ait parlé à personne.

– Se laissera-t-il emmener comme cela ?

– Pardieu ! je voudrais bien voir ! Il serait le premier. Il est vrai que les jeunes gens d'aujourd'hui... Mais bah ! je l'enlèverai s'il le faut.

Et Porthos, joignant le geste à la parole, enleva Raoul et sa chaise.

– Très bien, dit le jeune homme en riant. Il nous reste à poser la question à M. de Saint-Aignan.

– Quelle question ?

– Celle de l'offense.

– Eh bien ! mais, c'est fait, ce me semble.

– Non, mon cher monsieur du Vallon, l'habitude chez nous autres gens d'aujourd'hui, comme vous dites, veut qu'on s'explique les causes de l'offense.

– Par votre nouvelle méthode, oui. Eh bien ! alors, contez-moi votre affaire...

– C'est que...

– Ah dame ! voilà l'ennui ! Autrefois, nous n'avions jamais besoin de conter. On se battait parce qu'on se battait. Je ne connais pas de meilleure raison, moi.

– Vous êtes dans le vrai, mon ami.

– J'écoute vos motifs.

– J'en ai trop à raconter. Seulement, comme il faut préciser...

– Oui, oui, diable ! avec la nouvelle méthode.

– Comme il faut, dis-je, préciser ; comme, d'un autre côté l'affaire est pleine de difficultés et commande un secret absolu...

– Oh ! oh !

– Vous aurez l'obligeance de dire seulement à M. de Saint-Aignan, et il le comprendra, qu'il m'a offensé : d'abord, en déménageant.

– En déménageant ?... Bien, fit Porthos, qui se mit à récapituler sur ses doigts. Après ?

– Puis en faisant construire une trappe dans son nouveau logement.

– Je comprends, dit Porthos ; une trappe. Peste ! c'est grave ! Je crois bien que vous devez être furieux de cela ! Et pourquoi ce drôle ferait-il faire des trappes sans vous avoir consulté ? Des trappes !... mordioux !... Je n'en ai pas, moi, si ce n'est mon oubliette de Bracieux !

– Vous ajouterez, dit Raoul, que mon dernier motif de me croire outragé, c'est le portrait que M. de Saint-Aignan sait bien.

– Eh ! mais, encore un portrait ?... Quoi ! un déménagement, une trappe et un portrait ? Mais, mon ami, dit Porthos, avec l'un de ces griefs seulement, il y a de quoi faire s'entr'égorger toute la gentilhommerie de France et d'Espagne, ce qui n'est pas peu dire.

– Ainsi, cher, vous voilà suffisamment muni ?

– J'emmène un deuxième cheval. Choisissez votre lieu de rendez-vous, et, pendant que vous attendrez, faites des *pliés* et fendez-vous à fond, cela donne une élasticité rare.

– Merci ! J'attendrai au bois de Vincennes, près des Minimes.

– Voilà qui va bien... Où trouve-t-on ce M. de Saint-Aignan ?

– Au Palais-Royal.

Porthos agita une grosse sonnette. Son valet parut.

– Mon habit de cérémonie, dit-il ; mon cheval et un cheval de main.

Le valet s'inclina et sortit.

– Votre père sait-il cela ? dit Porthos.

– Non ; je vais lui écrire.

– Et d'Artagnan ?

– M. d'Artagnan non plus. Il est prudent, il m'aurait détourné.

– D'Artagnan est homme de bon conseil, cependant, dit Porthos étonné, dans sa modestie loyale, qu'on eût songé à lui quand il y avait un d'Artagnan au monde.

– Cher monsieur du Vallon, répliqua Raoul, ne me questionnez plus, je vous en conjure. J'ai dit tout ce que j'avais à dire. C'est l'action que j'attends ; je l'attends rude et décisive, comme vous savez les préparer. Voilà pourquoi je vous ai choisi.

– Vous serez content de moi, répliqua Porthos.

– Et songez, cher ami, que, hors nous, tout le monde doit ignorer cette rencontre.

– On s'aperçoit toujours de ces choses-là, dit Porthos quand on trouve un corps mort dans le bois. Ah ! cher ami, je vous promets tout, hors de dissimuler le corps mort. Il est là, on le voit, c'est inévitable. J'ai pour principe de ne pas enterrer. Cela sent son assassin. Au risque de risque, comme dit le Normand.

– Brave et cher ami, à l'ouvrage !

– Reposez-vous sur moi, dit le géant en finissant la bouteille, tandis que son laquais étalait sur un meuble le somptueux habit et les dentelles.

Quant à Raoul, il sortit en se disant avec une joie secrète :

« Oh ! roi perfide ! roi traître ! je ne puis t'atteindre ! Je ne le veux pas ! Les rois sont des personnes sacrées ; mais ton complice, ton complaisant, qui te représente, ce lâche va payer ton crime ! Je le tuerai en ton nom, et, après, nous songerons à Louise ! »

# XVIII

*Le déménagement, la trappe et le portrait*

Porthos, chargé, à sa grande satisfaction, de cette mission qui le rajeunissait, économisa une demi-heure sur le temps qu'il mettait d'habitude à ses toilettes de cérémonie.

En homme qui s'est frotté au grand monde, il avait commencé par envoyer son laquais s'informer si M. de Saint-Aignan était chez lui.

On lui avait fait réponse que M. le comte de Saint-Aignan avait eu l'honneur d'accompagner le roi à Saint-Germain, ainsi que toute la cour, mais que M. le comte venait de rentrer à l'instant même.

Sur cette réponse, Porthos se hâta et arriva au logis de de Saint-Aignan, comme celui-ci venait de faire tirer ses bottes.

La promenade avait été superbe. Le roi, de plus en plus amoureux et de plus en plus heureux, se montrait de charmante humeur pour tout le monde ; il avait des bontés à nulle autre pareilles, comme disaient les poètes du temps.

M. de Saint-Aignan, on se le rappelle, était poète, et pensait l'avoir prouvé en assez de circonstances mémorables pour qu'on ne lui contestât point ce titre.

Comme un infatigable croqueur de rimes, il avait, pendant toute la route, saupoudré de quatrains, de sixains et de madrigaux, le roi d'abord, La Vallière ensuite.

De son côté, le roi était en verve et avait fait un distique.

Quant à La Vallière, comme les femmes qui aiment, elle avait fait deux sonnets.

Comme on le voit, la journée n'avait pas été mauvaise pour Apollon.

Aussi, de retour à Paris, de Saint-Aignan, qui savait d'avance que ses vers iraient courir les ruelles, se préoccupait-il, un peu plus qu'il ne l'avait fait pendant la promenade, de la facture et de l'idée.

En conséquence, pareil à un tendre père qui est sur le point de produire ses enfants dans le monde, il se demandait si le public trouverait droits, corrects et gracieux ces fils de son imagination. Donc, pour en avoir le cœur net, M. de Saint-Aignan se récitait à lui-même le madrigal suivant, qu'il avait dit de mémoire au roi, et qu'il avait promis de lui donner écrit à son retour :

*Iris, vos yeux malins ne disent pas toujours*

*Ce que votre pensée à votre cœur confie ;*

*Iris, pourquoi faut-il que je passe ma vie*

*À plus aimer vos yeux qui m'ont joué ces*

/ *tours ?*

Ce madrigal, tout gracieux qu'il était, ne paraissait pas parfait à de Saint-Aignan, du moment où il le passait de la tradition orale à la poésie manuscrite. Plusieurs l'avaient trouvé charmant, l'auteur tout le premier ; mais à la seconde vue, ce n'était plus le même engouement. Aussi de Saint-Aignan, devant sa table, une jambe croisée sur l'autre et se grattant la tempe, répétait-il :

*Iris, vos yeux malins ne disent pas toujours...*

– Oh ! quant à celui-là, murmura de Saint-Aignan, celui-là est irréprochable. J'ajouterais même qu'il a un petit air Ronsard ou Malherbe dont je suis content. Malheureusement, il n'en est pas de même du second. On a bien raison de dire que le vers le plus facile à faire est le premier.

Et il continua :

*Ce que votre pensée à votre cœur confie...*

– Ah ! voilà la pensée qui confie au cœur ! Pourquoi le cœur ne confierait-il pas aussi bien à la pensée ? Ma foi, quant à moi, je n'y vois pas d'obstacle. Où diable ai-je été associer ces deux hémistiches ? Par exemple, le troisième est bon :

*Iris, pourquoi faut-il que je passe ma vie...*

quoique la rime ne soit pas riche... *vie* et *confie*... Ma foi ! l'abbé Boyer, qui est un grand poète, a fait rimer, comme moi, *vie* et *confie* dans la tragédie d'*Oropaste, ou le Faux Tonaxare*, sans compter que M. Corneille ne s'en gêne pas dans sa tragédie de *Sophonisbe*. Va donc pour *vie* et *confie*. Oui, mais le vers est impertinent. Je me rappelle que le roi s'est mordu l'ongle, à ce moment. En effet, il a l'air de dire à M^{lle} de La Vallière : « D'où vient que je suis ensorcelé de vous ? » Il eût mieux valu dire, je crois :

*Que bénis soient les dieux qui condamnent ma*

/ *vie.*

*Condamnent !* Ah bien ! oui ! voilà encore une politesse ! Le roi condamné à La Vallière... Non !

Puis il répéta :

*Mais bénis soient les dieux qui... destinent ma*

/ *vie.*

— Pas mal ; quoique *destinent ma vie* soit faible ; mais, ma foi ! tout ne peut pas être fort dans un quatrain. *À plus aimer vos yeux...* Plus aimer qui ? quoi ? Obscurité... L'obscurité n'est rien ; puisque La Vallière et le roi m'ont compris, tout le monde me comprendra. Oui, mais voilà le triste !... c'est le dernier hémistiche : *Qui m'ont joué ces tours.* Le pluriel forcé pour la rime ! et puis appeler la pudeur de La Vallière un tour ! Ce n'est pas heureux. Je vais passer par la langue de tous les gratte-papier mes confrères. On appellera mes poésies des vers de grand seigneur ; et, si le roi entend dire que je suis un mauvais poète, l'idée lui viendra de le croire.

Et, tout en confiant ces paroles à son cœur, et son cœur à ses pensées, le comte se déshabillait plus complètement. Il venait de quitter son habit et sa veste pour passer sa robe de chambre, lorsqu'on lui annonça la visite de M. le baron du Vallon de Bracieux de Pierrefonds.

— Eh ! fit-il, qu'est-ce que cette grappe de noms ? Je ne connais point cela.

— C'est, répondit le laquais, un gentilhomme qui a eu l'honneur de dîner avec M. le comte, à la table du roi, pendant le séjour de Sa Majesté à Fontainebleau.

— Chez le roi, à Fontainebleau ? s'écria de Saint-Aignan. Eh ! vite, vite, introduisez ce gentilhomme.

Le laquais se hâta d'obéir. Porthos entra.

M. de Saint-Aignan avait la mémoire des courtisans : à la première vue, il reconnut donc le seigneur de province, à la réputation bizarre, et que le roi avait si bien reçu à Fontainebleau, malgré quelques sourires des officiers présents. Il s'avança donc vers Porthos avec tous les signes d'une bienveillance que Porthos trouva toute naturelle, lui qui arborait, en entrant chez un adversaire, l'étendard de la politesse la plus raffinée.

De Saint-Aignan fit avancer un siège par le laquais qui avait annoncé Porthos. Ce dernier, qui ne voyait rien d'exagéré dans ces politesses, s'assit et toussa. Les politesses d'usage s'échangèrent entre les deux gentilshommes ; puis, comme c'était le comte qui recevait la visite :

– Monsieur le baron, dit-il, à quelle heureuse rencontre dois-je la faveur de votre visite ?

– C'est justement ce que je vais avoir l'honneur de vous expliquer, monsieur le comte, répliqua Porthos ; mais, pardon...

– Qu'y a-t-il, monsieur ? demanda de Saint-Aignan.

– Je m'aperçois que je casse votre chaise.

– Nullement, monsieur, dit de Saint-Aignan, nullement.

– Si fait, monsieur le comte, si fait, je la romps ; et si bien même, que, si je tarde, je vais choir, position tout à fait inconvenante dans le rôle grave que je viens jouer auprès de vous.

Porthos se leva. Il était temps, la chaise s'était déjà affaissée sur elle-même de quelques pouces. De Saint-Aignan chercha des yeux un plus solide récipient pour son hôte.

– Les meubles modernes, dit Porthos tandis que le comte se livrait à cette recherche, les meubles modernes sont devenus d'une légèreté ridicule. Dans ma jeunesse, époque où je m'asseyais avec bien plus d'énergie encore qu'aujourd'hui, je ne me rappelle point avoir jamais rompu un siège, sinon dans les auberges avec mes bras.

De Saint-Aignan sourit agréablement à la plaisanterie.

– Mais, dit Porthos en s'installant sur un lit de repos qui gémit, mais qui résista, ce n'est point de cela qu'il s'agit, malheureusement.

– Comment, malheureusement ? Est-ce que vous seriez porteur d'un message de mauvais augure, monsieur le baron ?

– De mauvais augure pour un gentilhomme ? Oh ! non, monsieur le comte, répliqua noblement Porthos. Je viens seulement vous annoncer que vous avez offensé bien cruellement un de mes amis.

– Moi, monsieur ! s'écria de Saint-Aignan ; moi, j'ai offensé un de vos amis ? Et lequel, je vous prie ?

– M. Raoul de Bragelonne.

– J'ai offensé M. de Bragelonne, moi ? s'écria de Saint-Aignan. Ah ! mais, en vérité, monsieur, cela m'est impossible ; car M. de Bragelonne, que je connais peu, je dirai même que je ne connais point, est en Angleterre : ne l'ayant point vu depuis fort longtemps, je ne saurais l'avoir offensé.

– M. de Bragelonne est à Paris, monsieur le comte, dit Porthos impassible ; et, quant à l'avoir offensé, je vous réponds que c'est vrai, puisqu'il me l'a dit lui-même. Oui, monsieur le comte, vous l'avez cruellement, mortellement offensé, je répète le mot.

– Mais impossible, monsieur le baron, je vous jure, impossible.

– D'ailleurs, ajouta Porthos, vous ne pouvez ignorer cette circonstance, attendu que M. de Bragelonne m'a déclaré vous avoir prévenu par un billet.

– Je n'ai reçu aucun billet, monsieur, je vous en donne ma parole.

– Voilà qui est extraordinaire ! répondit Porthos ; et ce que dit Raoul...

– Je vais vous convaincre que je n'ai rien reçu, dit de Saint-Aignan.

Et il sonna.

– Basque, dit-il, combien de lettres ou de billets sont venus ici en mon absence.

– Trois, monsieur le comte.

– Qui sont ?...

– Le billet de M. de Fiesque, celui de M$^{me}$ de La Ferté, et la lettre de M. de Las Fuentès.

– Voilà tout ?

– Tout, monsieur le comte.

– Dis la vérité devant Monsieur, la vérité, entends-tu bien ? Je réponds de toi.

– Monsieur, il y avait encore le billet de...

– De ?... Dis vite, voyons.

– De M$^{lle}$ de La Val...

– Cela suffit, interrompit discrètement Porthos. Fort bien, je vous crois, monsieur le comte.

De Saint-Aignan congédia le valet et alla lui-même fermer la porte ; mais, comme il revenait, regardant devant lui par hasard, il vit sortir de la serrure de la chambre voisine ce fameux papier que Bragelonne y avait glissé en partant.

– Qu'est-ce que cela ? dit-il.

Porthos, adossé à cette chambre, se retourna.

– Oh ! oh ! fit Porthos.

– Un billet dans la serrure ! s'écria de Saint-Aignan.

– Ce pourrait bien être le nôtre, monsieur le comte, dit Porthos. Voyez.

De Saint-Aignan prit le papier.

– Un billet de M. de Bragelonne ! s'écria-t-il.

– Voyez-vous, j'avais raison. Oh ! quand je dis une chose, moi...

– Apporté ici par M. de Bragelonne lui-même, murmura le comte en pâlissant. Mais c'est indigne ! Comment donc a-t-il pénétré ici ?

De Saint-Aignan sonna encore. Basque reparut.

– Qui est venu ici, pendant que j'étais à la promenade avec le roi ?

– Personne, monsieur.

– C'est impossible ! il faut qu'il soit venu quelqu'un !

– Mais, monsieur, personne n'a pu entrer, puisque j'avais les clefs dans ma poche.

– Cependant, ce billet qui était dans la serrure. Quelqu'un l'y a mis ; il n'est pas venu seul.

Basque ouvrit les bras en signe d'ignorance absolue.

– C'est probablement M. de Bragelonne qui l'y aura mis ? dit Porthos.

– Alors, il serait entré ici ?

– Sans doute, monsieur.

– Mais, enfin, puisque j'avais la clef dans ma poche, reprit Basque avec persévérance.

De Saint-Aignan froissa le billet après l'avoir lu.

– Il y a quelque chose là-dessous, murmura-t-il absorbé.

Porthos le laissa un instant à ses réflexions.

Puis il revint à son message.

– Vous plairait-il que nous en revinssions à notre affaire ? demanda-t-il en s'adressant à de Saint-Aignan quand le laquais eut disparu.

– Mais je crois la comprendre par ce billet si étrangement arrivé. M. de Bragelonne m'annonce un ami...

– Je suis son ami ; c'est donc moi qu'il vous annonce.

– Pour m'adresser une provocation ?

– Précisément.

– Et il se plaint que je l'ai offensé ?

– Cruellement, mortellement !

– De quelle façon, s'il vous plaît ? Car sa démarche est trop mystérieuse pour que je n'y cherche pas au moins un sens.

– Monsieur, répondit Porthos, mon ami doit avoir raison, et, quant à sa démarche, si elle est mystérieuse comme vous dites, n'en accusez que vous.

Porthos prononça ces dernières paroles avec une confiance qui, pour un homme peu habitué à sa façon, devait révéler une infinité de sens.

– Mystère, soit ! Voyons le mystère, dit de Saint-Aignan.

Mais Porthos s'inclina.

– Vous trouverez bon que je n'y entre point, monsieur, dit-il, et pour d'excellentes raisons.

– Que je comprends à merveille. Oui, monsieur, effleurons alors. Voyons, monsieur, je vous écoute.

– Il y a d'abord, monsieur, dit Porthos, que vous avez déménagé ?

– C'est vrai, j'ai déménagé, dit de Saint-Aignan.

– Vous l'avouez ? dit Porthos d'un air de satisfaction visible.

– Si je l'avoue ? Mais oui, je l'avoue. Pourquoi donc voulez-vous que je ne l'avoue pas ?

– Vous avez avoué. Bien, nota Porthos en levant seulement un doigt en l'air.

– Ah çà ! monsieur, comment mon déménagement peut-il avoir causé dommage à M. de Bragelonne ? Répondez, voyons. Car je ne comprends absolument rien à ce que vous me dites.

Porthos l'arrêta.

– Monsieur, dit-il gravement, ce grief est le premier de ceux que M. de Bragelonne articule contre vous. S'il l'articule, c'est qu'il s'est senti blessé.

De Saint-Aignan battit du pied le parquet avec impatience.

– Cela ressemble à une mauvaise querelle, dit-il.

– On ne saurait avoir une mauvaise querelle avec un aussi galant homme que le vicomte de Bragelonne, repartit Porthos ; mais, enfin, vous n'avez rien à ajouter au sujet du déménagement, n'est-ce pas ?

– Non. Après ?

– Ah ! après ? Mais remarquez bien, monsieur, que voilà déjà un grief abominable auquel vous ne répondez pas, ou plutôt auquel vous répondez mal. Comment, monsieur, vous déménagez, cela offense M. de Brage-lonne, et vous ne vous excusez pas ? Très bien !

– Quoi ! s'écria de Saint-Aignan, qui s'irritait du flegme de ce personnage ; quoi ! j'ai besoin de consulter M. de Bragelonne sur le sujet de déménager ou non ? Allons donc, monsieur !

– Obligatoire, monsieur, obligatoire. Toutefois, vous m'avouerez que cela n'est rien en comparaison du second grief.

Porthos prit un air sévère.

– Et cette trappe, monsieur, dit-il, et cette trappe ?

De Saint-Aignan devint excessivement pâle. Il recula sa chaise si brusquement, que Porthos, tout naïf qu'il était, s'aperçut que le coup avait porté avant.

– La trappe, murmura de Saint-Aignan.

– Oui, monsieur, expliquez-la si vous pouvez, dit Porthos en secouant la tête.

De Saint-Aignan baissa le front.

– Oh ! je suis trahi, murmura-t-il ; on sait tout !

– On sait toujours tout, répliqua Porthos, qui ne savait rien.

– Vous m'en voyez accablé, poursuivit de Saint-Aignan, accablé à ce point que j'en perds la tête !

– Conscience coupable, monsieur. Oh ! votre affaire n'est pas bonne.

– Monsieur !

– Et quand le public sera instruit, et qu'il se fera juge...

– Oh ! monsieur, s'écria vivement le comte, un pareil secret doit être ignoré, même du confesseur !

– Nous aviserons, dit Porthos, et le secret n'ira pas loin, en effet.

– Mais, monsieur, reprit de Saint-Aignan, M. de Bragelonne, en pénétrant ce secret, se rend-il compte du danger qu'il court, et qu'il fait courir ?

– M. de Bragelonne ne court aucun danger, monsieur, n'en craint aucun, et vous l'expérimenterez bientôt, avec l'aide de Dieu.

« Cet homme est un enragé, pensa de Saint-Aignan. Que me veut-il ? »

Puis il reprit tout haut :

– Voyons, monsieur, assoupissons cette affaire.

– Vous oubliez le portrait ? dit Porthos avec une voix de tonnerre qui glaça le sang du comte.

Comme le portrait était celui de La Vallière, et qu'il n'y avait plus à s'y méprendre, de Saint-Aignan sentit ses yeux se dessiller tout à fait.

– Ah ! s'écria-t-il, ah ! monsieur, je me souviens que M. de Bragelonne était son fiancé.

Porthos prit un air imposant, la majesté de l'ignorance.

– Il ne m'importe en rien, ni à vous non plus, dit-il, que mon ami soit ou non le fiancé de qui vous dites. Je suis même surpris que vous ayez prononcé cette parole indiscrète. Elle pourra faire tort à votre cause, monsieur.

– Monsieur, vous êtes l'esprit, la délicatesse et la loyauté en une personne. Je vois tout ce dont il s'agit.

– Tant mieux ! dit Porthos.

– Et, poursuivit de Saint-Aignan, vous me l'avez fait entendre de la façon la plus ingénieuse et la plus exquise. Merci, monsieur, merci !

Porthos se rengorgea.

– Seulement, à présent que je sais tout, souffrez que je vous explique...

Porthos secoua la tête en homme qui ne veut pas entendre ; mais de Saint-Aignan continua :

– Je suis au désespoir, voyez-vous, de tout ce qui arrive ; mais qu'eussiez-vous fait à ma place ? Voyons, entre nous, dites-moi ce que vous eussiez fait ?

Porthos leva la tête.

– Il ne s'agit point de ce que j'eusse fait, jeune homme ; vous avez, dit-il, connaissance des trois griefs, n'est-ce pas ?

– Pour le premier, pour le déménagement, monsieur, et ici, c'est à l'homme d'esprit et d'honneur que je m'adresse, quand une auguste volonté elle-même me conviait à déménager, devais-je, pouvais-je désobéir ?

Porthos fit un mouvement que de Saint-Aignan ne lui donna pas le temps d'achever.

– Ah ! ma franchise vous touche, dit-il, interprétant le mouvement à sa manière. Vous sentez que j'ai raison.

Porthos ne répliqua rien.

– Je passe à cette malheureuse trappe, poursuivit de Saint-Aignan en appuyant sa main sur le bras de Porthos ; cette trappe, cause du mal, moyen du mal ; cette trappe construite pour ce que vous savez. Eh bien ! en bonne foi, supposez-vous que ce soit moi qui, de mon plein gré, dans un endroit pareil, aie fait ouvrir une trappe destinée... Oh ! non, vous ne le croyez pas, et, ici encore, vous sentez, vous devinez, vous comprenez, une volonté au-dessus de la mienne. Vous appréciez l'entraînement, je ne parle pas de l'amour, cette folie irrésistible... Mon Dieu !... heureusement, j'ai affaire à un homme plein de cœur, de sensibilité ; sans quoi, que de malheur et de scandale sur elle, pauvre enfant !... et sur celui... que je ne veux pas nommer !

Porthos, étourdi, abasourdi par l'éloquence et les gestes de Saint-Aignan, faisait mille efforts pour recevoir cette averse de paroles, auxquelles il ne comprenait pas le plus petit mot, droit et immobile sur son siège ; il y parvint.

De Saint-Aignan, lancé dans sa péroraison, continua, en donnant une action nouvelle à sa voix, une véhémence croissante à son geste :

– Quant au portrait, car je comprends que le portrait est le grief principal ; quant au portrait, voyons, suis-je coupable ? Qui a désiré avoir son portrait ? est-ce moi ? Qui l'aime ? est-ce moi ? Qui la veut ? est-ce moi ?... Qui l'a prise ? est-ce moi ? Non ! mille fois non ! je sais que M. de Bragelonne doit être désespéré, je sais que ces malheurs-là sont cruels. Tenez, moi aussi, je souffre. Mais pas de résistance possible. Luttera-t-il ? on en rirait. S'il s'obstine seulement, il se perd. Vous me direz que le désespoir est une folie ; mais vous êtes raisonnable, vous, vous m'avez compris. Je vois à votre air grave, réfléchi, embarrassé même, que l'importance de la situation vous a frappé. Retournez donc vers M. de Bragelonne ; remerciez-le, comme je l'en remercie moi-même, d'avoir choisi pour intermédiaire un homme de votre mérite. Croyez que, de mon côté, je garderai une reconnaissance éternelle à celui qui a pacifié si ingénieusement, si intelligemment notre discorde. Et, puisque le malheur a voulu que ce secret fût à quatre au lieu d'être à trois, eh bien ! ce secret, qui peut faire la fortune du plus ambitieux, je me réjouis de le partager avec vous ; je m'en réjouis du fond de l'âme. À partir de ce moment, disposez donc de moi, je me mets à votre merci. Que faut-il que je fasse pour vous ? Que dois-je demander, exiger même ? Parlez, monsieur, parlez.

Et, selon l'usage familièrement amical des courtisans de cette époque, de Saint-Aignan vint enlacer Porthos et le serrer tendrement dans ses bras.

Porthos se laissa faire avec un flegme inouï.

– Parlez, répéta de Saint-Aignan ; que demandez-vous ?

– Monsieur, dit Porthos, j'ai en bas un cheval ; faites-moi le plaisir de le monter ; il est excellent et ne vous jouera point de mauvais tours.

– Monter à cheval ! pour quoi faire ? demanda de Saint-Aignan avec curiosité.

– Mais, pour venir avec moi où nous attend M. de Bragelonne.

– Ah ! il voudrait me parler, je le conçois ; avoir des détails. Hélas ! c'est bien délicat ! Mais, en ce moment, je ne puis, le roi m'attend.

– Le roi attendra, dit Porthos.

– Mais, où donc m'attend M. de Bragelonne ?

– Aux Minimes, à Vincennes.

– Ah çà ! mais, rions-nous ?

– Je ne crois pas ; moi, du moins.

Et Porthos donna à son visage la rigidité de ses lignes les plus sévères.

– Mais les Minimes, c'est un rendez-vous d'épée, cela ?

« Eh bien ! qu'ai-je à faire aux Minimes, alors ?

Porthos tira lentement son épée.

– Voici la mesure de l'épée de mon ami, dit-il.

– Corbleu ! Cet homme est fou ! s'écria de Saint-Aignan.

Le rouge monta aux oreilles de Porthos.

– Monsieur, dit-il, si je n'avais pas l'honneur d'être chez vous, et de servir les intérêts de M. de Bragelonne, je vous jetterais par votre fenêtre ! Ce sera partie remise, et vous ne perdrez rien pour attendre. Venez-vous aux Minimes, monsieur ?

– Eh !...

– Y venez-vous de bonne volonté ?

– Mais...

– Je vous y porte si vous n'y venez pas ! Prenez garde !

– Basque ! s'écria M. de Saint-Aignan.

– Le roi appelle M. le comte, dit Basque.

– C'est différent, dit Porthos ; le service du roi avant tout. Nous attendrons là jusqu'à ce soir, monsieur.

Et, saluant de Saint-Aignan avec sa courtoisie ordinaire, Porthos sortit, enchanté d'avoir arrangé encore une affaire.

De Saint-Aignan le regarda sortir ; puis, repassant à la hâte son habit et sa veste, il courut en réparant le désordre de sa toilette, et disant :

– Aux Minimes !... aux Minimes !... Nous verrons comment le roi va prendre ce cartel-là. Il est bien pour lui, pardieu !

# XIX

## *Rivaux politiques*

Le roi, après cette promenade si fertile pour Apollon, et dans laquelle chacun payait son tribut aux Muses, comme disaient les poètes de l'époque, le roi trouva chez lui M. Fouquet qui l'attendait.

Derrière le roi venait M. Colbert, qui l'avait pris dans un corridor comme s'il l'eût attendu à l'affût, et qui le suivait comme son ombre jalouse et surveillante ; M. Colbert, avec sa tête carrée, son gros luxe d'habits débraillés, qui le faisaient ressembler quelque peu à un seigneur flamand après la bière.

M. Fouquet, à la vue de son ennemi, demeura calme, et s'attacha pendant toute la scène qui allait suivre à observer cette conduite si difficile de l'homme supérieur dont le cœur regorge de mépris, et qui ne veut pas même témoigner son mépris, dans la crainte de faire encore trop d'honneur à son adversaire.

Colbert ne cachait pas une joie insultante. Pour lui, c'était de la part de M. Fouquet une partie mal jouée et perdue sans ressource, quoiqu'elle ne fût pas encore terminée. Colbert était de cette école d'hommes politiques qui n'admirent que l'habileté, qui n'estiment que le succès.

De plus, Colbert, qui n'était pas seulement un homme envieux et jaloux, mais qui avait à cœur tous les intérêts du roi, parce qu'il était doué au fond de la suprême probité du chiffre, Colbert pouvait se donner à lui-même le prétexte, si heureux lorsque l'on hait, qu'il agissait, en haïssant et en perdant M. Fouquet, en vue du bien de l'État et de la dignité royale.

Aucun de ces détails n'échappa à Fouquet. À travers les gros sourcils de son ennemi, et malgré le jeu incessant de ses paupières, il lisait, par les yeux, jusqu'au fond du cœur de Colbert ; il vit donc tout ce qu'il y avait dans ce cœur : haine et triomphe.

Seulement, comme, tout en pénétrant, il voulait rester impénétrable, il rasséréna son visage, sourit de ce charmant sourire sympathique qui n'appartenait qu'à lui, et, donnant l'élasticité la plus noble et la plus souple à la fois à son salut :

– Sire, dit-il, je vois, à l'air joyeux de Votre Majesté, qu'elle a fait une bonne promenade.

– Charmante, en effet, monsieur le surintendant, charmante ! Vous avez eu bien tort de ne pas venir avec nous, comme je vous y avais invité.

– Sire, je travaillais, répondit le surintendant.

Fouquet n'eut pas même besoin de détourner la tête ; il ne regardait pas du côté de M. Colbert.

– Ah ! la campagne, monsieur Fouquet ! s'écria le roi. Mon Dieu, que je voudrais pouvoir toujours vivre à la campagne, en plein air, sous les arbres !

– Oh ! Votre Majesté n'est pas encore lasse du trône, j'espère ? dit Fouquet.

– Non ; mais les trônes de verdure sont bien doux.

– En vérité, sire, Votre Majesté comble tous mes vœux en parlant ainsi. J'avais justement une requête à lui présenter.

– De la part de qui, monsieur le surintendant ?

– De la part des nymphes de Vaux.

– Ah ! ah ! fit Louis XIV.

– Le roi m'a daigné faire une promesse, dit Fouquet.

– Oui, je me rappelle.

– La fête de Vaux, la fameuse fête, n'est-ce pas, sire ? dit Colbert essayant de faire preuve de crédit en se mêlant à la conversation.

Fouquet, avec un profond mépris, ne releva pas le mot. Ce fut pour lui comme si Colbert n'avait ni pensé ni parlé.

– Votre Majesté sait, dit-il, que je destine ma terre de Vaux à recevoir le plus aimable des princes, le plus puissant des rois.

– J'ai promis, monsieur, dit Louis XIV en souriant, et un roi n'a que sa parole.

– Et moi, sire, je viens dire à Votre Majesté que je suis absolument à ses ordres.

– Me promettez-vous beaucoup de merveilles, monsieur le surintendant ?

Et Louis XIV regarda Colbert.

– Des merveilles ? Oh ! non, sire. Je ne m'engage point à cela ; j'espère pouvoir promettre un peu de plaisir, peut-être même un peu d'oubli au roi.

– Non pas, non pas, monsieur Fouquet, dit le roi. J'insiste sur le mot merveille. Oh ! vous êtes un magicien, nous connaissons votre pouvoir, nous savons que vous trouvez de l'or, n'y en eût-il point au monde. Aussi le peuple dit que vous en faites.

Fouquet sentit que le coup partait d'un double carquois et que le roi lui lançait à la fois une flèche de son arc, une flèche de l'arc de Colbert. Il se mit à rire.

– Oh ! dit-il, le peuple sait parfaitement dans quelle mine je le prends, cet or. Il le sait trop, peut-être ; et du reste, ajouta-t-il fièrement, je puis assurer Votre Majesté que l'or destiné à payer la fête de Vaux ne fera couler ni sang ni larmes. Des sueurs, peut-être. On les paiera.

Louis resta interdit. Il voulut regarder Colbert, Colbert aussi voulut répliquer ; un coup d'œil d'aigle, un regard loyal, royal même, lancé par Fouquet, arrêta la parole sur ses lèvres.

Le roi, s'était remis pendant ce temps. Il se tourna vers Fouquet, et lui dit :

– Donc, vous formulez votre invitation ?

– Oui, sire, s'il plaît à Votre Majesté.

– Pour quel jour ?

– Pour le jour qu'il vous conviendra, sire.

– C'est parler en enchanteur qui improvise, monsieur Fouquet. Je n'en dirais pas autant, moi.

– Votre Majesté fera, quand elle le voudra, tout ce qu'un roi peut et doit faire. Le roi de France a des serviteurs capables de tout pour son service et pour ses plaisirs.

Colbert essaya de regarder le surintendant pour voir si ce mot était un retour à des sentiments moins hostiles. Fouquet n'avait pas même regardé son ennemi. Colbert n'existait pas pour lui.

– Eh bien ! à huit jours, voulez-vous ? dit le roi.

– À huit jours, sire.

– Nous sommes à mardi ; voulez-vous jusqu'au dimanche suivant ?

– Le délai que daigne accorder Sa Majesté secondera puissamment les travaux que mes architectes vont entreprendre pour concourir au divertissement du roi et de ses amis.

– Et, en parlant de mes amis, repartit le roi, comment les traitez-vous ?

– Le roi est maître partout, sire ; le roi fait sa liste et donne ses ordres. Tous ceux qu'il daigne inviter sont des hôtes très respectés par moi.

– Merci ! reprit le roi, touché de la noble pensée exprimée avec un noble accent.

Fouquet prit alors congé de Louis XIV, après quelques mots donnés aux détails de certaines affaires.

Il sentit que Colbert demeurait avec le roi, qu'on allait s'entretenir de lui, que ni l'un ni l'autre ne l'épargnerait.

La satisfaction de donner un dernier coup, un terrible coup à son ennemi, lui apparut comme une compensation à tout ce qu'on allait lui faire souffrir.

Il revint donc promptement, lorsque déjà il avait touché la porte, et, s'adressant au roi :

– Pardon ! sire, dit-il pardon !

– De quoi pardon, monsieur ? fit le prince avec aménité.

– D'une faute grave, que je commettais sans m'en apercevoir.

– Une faute, vous ? Ah ! monsieur Fouquet, il faudra bien que je vous pardonne. Contre quoi avez-vous péché, ou contre qui ?

– Contre toute convenance, sire. J'oubliais de faire part à Votre Majesté d'une circonstance assez importante.

– Laquelle ?

Colbert frissonna ; il crut à une dénonciation. Sa conduite avait été démasquée. Un mot de Fouquet, une preuve articulée, et, devant la loyauté juvénile de Louis XIV, s'effaçait toute la faveur de Colbert. Celui-ci trembla donc qu'un coup si hardi ne vînt renverser tout son échafaudage, et, de fait, le coup était si beau à jouer, qu'Aramis, le beau joueur, ne l'eût pas manqué.

– Sire, dit Fouquet d'un air dégagé, puisque vous avez eu la bonté de me pardonner, je suis tout loger dans ma confession : ce matin, j'ai vendu l'une de mes charges.

– Une de vos charges ! s'écria le roi ; laquelle donc ?

Colbert devint livide.

– Celle qui me donnait, sire, une grande robe et un air sévère : la charge de procureur général.

Le roi poussa un cri involontaire, et regarda Colbert.

Celui-ci, la sueur au front, se sentit près de défaillir.

– À qui vendîtes-vous cette charge, monsieur Fouquet ? demanda le roi.

Colbert s'appuya au chambranle de la cheminée.

– À un conseiller du Parlement, sire, qui s'appelle M. Vanel.

– Vanel ?

– Un ami de M. l'intendant Colbert, ajouta Fouquet en laissant tomber ces mots avec une nonchalance inimitable, avec une expression d'oubli et d'ignorance que le peintre, l'acteur et le poète doivent renoncer à reproduire avec le pinceau, le geste ou la plume.

Puis, ayant fini, ayant écrasé Colbert sous le poids de cette supériorité, le surintendant salua de nouveau le roi, et partit à moitié vengé par la stupéfaction du prince et par l'humiliation du favori.

– Est-il possible ? se dit le roi quand Fouquet eut disparu. Il a vendu cette charge ?

– Oui, sire, répliqua Colbert avec intention.

– Il est fou ! risqua le roi.

Colbert, cette fois, ne répliqua pas ; il avait entrevu la pensée du maître. Cette pensée le vengeait aussi. À sa haine venait se joindre sa jalousie ; à son plan de ruine venait s'allier une menace de disgrâce.

Désormais, Colbert le sentit, entre Louis XIV et lui, les idées hostiles ne rencontraient plus d'obstacles, et la première faute de Fouquet qui pourrait servir de prétexte devancerait de près le châtiment.

Fouquet avait laissé tomber son arme. Haine et Jalousie venaient de la ramasser.

Colbert fut invité par le roi à la fête de Vaux ; il salua comme un homme sûr de lui, il accepta comme un homme qui oblige.

Le roi en était au nom de Saint-Aignan sur la liste d'ordres, quand l'huissier annonça le comte de Saint-Aignan.

Colbert se retira discrètement à l'arrivée du Mercure royal.

# XX

## *Rivaux amoureux*

De Saint-Aignan avait quitté Louis XIV il y avait deux heures à peine ; mais, dans cette première effervescence de son amour, quand Louis XIV ne voyait pas La Vallière, il fallait qu'il parlât d'elle. Or, la seule personne avec laquelle il pût en parler à son aise était de Saint-Aignan ; de Saint-Aignan lui était donc indispensable.

– Ah ! c'est vous, comte ? s'écria-t-il en l'apercevant, doublement joyeux qu'il était de le voir et de ne plus voir Colbert, dont la figure renfrognée l'attristait toujours. Tant mieux ! je suis content de vous voir ; vous serez du voyage, n'est-ce pas ?

– Du voyage, sire ? demanda de Saint-Aignan. Et de quel voyage ?

– De celui que nous ferons pour aller jouir de la fête que nous donne M. le surintendant à Vaux. Ah ! de Saint-Aignan, tu vas enfin voir une fête près de laquelle nos divertissements de Fontainebleau seront des jeux de robins.

– À Vaux ! le surintendant donne une fête à Votre Majesté, et à Vaux, rien que cela ?

– Rien que cela ! Je te trouve charmant de faire le dédaigneux. Sais-tu, toi qui fais le dédaigneux, que, lorsqu'on saura que M. Fouquet me reçoit à Vaux, de dimanche en huit, sais-tu que l'on s'égorgera pour être invité à cette fête ? Je te le répète donc, de Saint-Aignan, tu seras du voyage.

– Oui, si, d'ici là, je n'en ai pas fait un autre plus long et moins agréable.

– Lequel ?

– Celui de Styx, sire.

– Fi ! dit Louis XIV en riant.

– Non, sérieusement, sire, répondit de Saint-Aignan. J'y suis convié, et de façon, en vérité, à ne pas trop savoir de quelle manière m'y prendre pour refuser.

– Je ne te comprends pas, mon cher. Je sais que tu es en verve poétique ; mais tâche de ne pas tomber d'Apollon en Phœbus.

– Eh bien ! donc, si Votre Majesté daigne m'écouter je ne mettrai pas plus longtemps l'esprit de mon roi à la torture.

– Parle.

– Le roi connaît-il M. le baron du Vallon ?

– Oui, pardieu ! un bon serviteur du roi mon père, et un beau convive, ma foi ! Car c'est de celui qui a dîné avec nous à Fontainebleau que tu veux parler ?

– Précisément. Mais Votre Majesté a oublié d'ajouter à ses qualités : un aimable tueur de gens.

– Comment ! il veut te tuer, M. du Vallon.

– Ou me faire tuer, ce qui est tout un.

– Oh ! par exemple !

– Ne riez pas, sire, je ne dis rien qui soit au-dessous de la vérité.

– Et tu dis qu'il veut te faire tuer ?

– C'est son idée pour le moment, à ce digne gentilhomme.

– Sois tranquille, je te défendrai, s'il a tort.

– Ah ! il y a un *si.*

– Sans doute. Voyons, réponds comme s'il s'agissait d'un autre, mon pauvre de Saint-Aignan ; a-t-il tort ou raison ?

– Votre Majesté va en juger.

– Que lui as-tu fait ?

– Oh ! à lui, rien ; mais il paraît que j'ai fait à un de ses amis.

– C'est tout comme ; et, son ami, est-ce un des quatre fameux ?

– Non, c'est le fils d'un des quatre fameux, voilà tout.

– Qu'as-tu fait à ce fils ? Voyons.

– Dame ! j'ai aidé quelqu'un à lui prendre sa maîtresse.

– Et tu avoues cela ?

– Il faut bien que je l'avoue, puisque c'est vrai.

– En ce cas, tu as tort.

– Ah ! j'ai tort ?

– Oui, et, ma foi, s'il te tue...

– Eh bien ?

– Eh bien ! il aura raison.

– Ah ! voilà donc comme vous jugez, sire ?

– Trouves-tu la méthode mauvaise ?

– Je la trouve expéditive.

– Bonne justice et prompte, disait mon aïeul Henri IV.

– Alors, que le roi signe vite la grâce de mon adversaire, qui m'attend aux Minimes pour me tuer.

– Son nom et un parchemin.

– Sire, il y a un parchemin sur la table de Votre Majesté, et, quant à son nom...

– Quant à son nom ?

– C'est le vicomte de Bragelonne, sire.

– Le vicomte de Bragelonne ? s'écria le roi en passant du rire à la plus profonde stupeur.

Puis, après un moment de silence, pendant lequel il essuya la sueur qui coulait sur son front :

– Bragelonne ! murmura-t-il.

– Pas davantage, sire, dit de Saint-Aignan.

– Bragelonne, le fiancé de ?...

– Oh ! mon Dieu, oui ! Bragelonne, le fiancé de...

– Il était à Londres, cependant !

– Oui ; mais je puis vous répondre qu'il n'y est plus, sire.

– Et il est à Paris ?

– C'est-à-dire qu'il est aux Minimes, où il m'attend, comme j'ai eu l'honneur de le dire au roi.

– Sachant tout ?

– Et bien d'autres choses encore ! Si le roi veut voir le billet qu'il m'a fait tenir...

Et de Saint-Aignan tira de sa poche le billet que nous connaissons.

– Quand Votre Majesté aura lu le billet, dit-il, j'aurai l'honneur de lui dire comment il m'est parvenu.

Le roi lut avec agitation, et aussitôt.

– Eh bien ? demanda-t-il.

– Eh bien ! Votre Majesté connaît certaine serrure ciselée, fermant certaine porte en bois d'ébène, qui sépare certaine chambre de certain sanctuaire bleu et blanc ?

– Certainement, le boudoir de Louise.

– Oui, sire. Eh bien ! c'est dans le trou de cette serrure que j'ai trouvé ce billet. Qui l'y a mis ? M. de Bragelonne ou le diable ? Mais, comme le billet sent l'ambre et non le soufre, je conclus que ce doit être non pas le diable, mais bien M. de Bragelonne.

Louis pencha la tête et parut absorbé tristement. Peut-être en ce moment quelque chose comme un remords traversait-il son cœur.

– Oh ! dit-il, ce secret découvert !

– Sire, je vais faire de mon mieux pour que ce secret meure dans la poitrine qui le renferme, dit de Saint-Aignan d'un ton de bravoure tout espagnol.

Et il fit un mouvement pour gagner la porte ; mais d'un geste le roi l'arrêta.

– Et où allez-vous ? demanda-t-il.

– Mais où l'on m'attend, sire.

– Quoi faire ?

– Me battre, probablement.

– Vous battre ? s'écria le roi. Un moment, s'il vous plaît, monsieur le comte !

De Saint-Aignan secoua la tête comme l'enfant qui se mutine quand on veut l'empêcher de se jeter dans un puits ou de jouer avec un couteau.

– Mais cependant, sire... fit-il.

– Et d'abord, dit le roi, je ne suis pas éclairé.

– Oh ! sur ce point, que Votre Majesté interroge, répondit de Saint-Aignan, et je ferai la lumière.

– Qui vous a dit que M. de Bragelonne a pénétré dans la chambre en question ?

– Ce billet que j'ai trouvé dans la serrure, comme j'ai eu l'honneur de le dire à Votre Majesté.

– Qui te dit que c'est lui qui l'y a mis ?

– Quel autre que lui eût osé se charger d'une pareille commission ?

– Tu as raison. Comment a-t-il pénétré chez toi ?

– Ah ! ceci est fort grave, attendu que toutes les portes étaient fermées, et que mon laquais, Basque, avait les clefs dans ses poches.

– Eh bien ! on aura gagné ton laquais.

– Impossible, sire.

– Pourquoi, impossible ?

– Parce que, si on l'eût gagné, on n'eût pas perdu le pauvre garçon, dont on pouvait encore avoir besoin plus tard, en manifestant clairement qu'on s'était servi de lui.

– C'est juste. Maintenant, il ne resterait donc qu'une conjecture.

– Voyons, sire, si cette conjecture est la même que celle qui s'est présentée à mon esprit ?

– C'est qu'il se serait introduit par l'escalier.

– Hélas ! sire, cela me paraît plus que probable.

– Il n'en faut pas moins que quelqu'un ait vendu le secret de la trappe.

– Vendu ou donné.

– Pourquoi cette distinction ?

– Parce que certaines personnes, sire, étant au-dessus du prix d'une trahison, donnent et ne vendent pas.

– Que veux-tu dire ?

– Oh ! sire, Votre Majesté a l'esprit trop subtil pour ne pas m'épargner, en devinant, l'embarras de nommer.

– Tu as raison : Madame !

– Ah ! fit de Saint-Aignan.

– Madame, qui s'est inquiétée du déménagement.

– Madame, qui a les clefs des chambres de ses filles, et qui est assez puissante pour découvrir ce que nul, excepté vous, sire, ou elle, ne découvrirait.

– Et tu crois que ma sœur aura fait alliance avec Bragelonne ?

– Eh ! eh ! sire...

– À ce point de l'instruire de tous ces détails ?

– Peut-être mieux encore.

– Mieux !... Achève.

– Peut-être au point de l'accompagner.

– Où cela ? En bas, chez toi ?

– Croyez-vous la chose impossible, sire ?

– Oh !

– Écoutez. Le roi sait si Madame aime les parfums ?

– Oui, c'est une habitude qu'elle a prise de ma mère.

– La verveine surtout ?

– C'est son odeur de prédilection.

– Eh bien ! mon appartement embaume la verveine.

Le roi demeura pensif.

– Mais, reprit-il, après un moment de silence, pourquoi Madame prendrait elle le parti de Bragelonne contre moi ?

En disant ces mots, auxquels de Saint-Aignan eût bien facilement répondu par ceux-ci : « Jalousie de femme ! » le roi sondait son ami jusqu'au fond du cœur pour voir s'il avait pénétré le secret de sa galanterie avec sa belle-sœur. Mais de Saint-Aignan n'était pas un courtisan médiocre ; il ne se risquait pas à la légère dans la découverte des secrets de famille ; il était trop ami des Muses pour ne pas songer souvent à ce pauvre Ovidius Naso, dont les yeux versèrent tant de larmes pour expier le crime d'avoir vu on ne sait quoi dans la maison d'Auguste. Il passa donc adroitement à côté du secret de Madame. Mais comme il avait fait preuve de sagacité en indiquant que Madame était venue chez lui avec Bragelonne, il fallait payer l'usure de cet amour-propre et répondre nettement à cette question : « Pourquoi Madame est-elle contre moi avec Bragelonne ? »

– Pourquoi ? répondit de Saint-Aignan. Mais Votre Majesté oublie donc que M. le comte de Guiche est l'ami intime du vicomte de Bragelonne ?

– Je ne vois pas le rapport, répondit le roi.

– Ah ! pardon, sire, fit de Saint-Aignan ; mais je croyais M. le comte de Guiche grand ami de Madame.

– C'est juste, repartit le roi ; il n'y a plus besoin de chercher, le coup est venu de là.

– Et, pour le parer, le roi n'est-il pas d'avis qu'il faut en porter un autre ?

– Oui ; mais pas du genre de ceux qu'on se porte au bois de Vincennes, répondit le roi.

– Votre Majesté oublie, dit de Saint-Aignan, que je suis gentilhomme, et que l'on m'a provoqué.

– Ce n'est pas toi que cela regarde.

– Mais c'est moi qu'on attend aux Minimes, sire, depuis plus d'une heure ; moi qui en suis cause, et déshonoré si je ne vais pas où l'on m'attend.

– Le premier honneur d'un gentilhomme, c'est l'obéissance à son roi.

– Sire...

– J'ordonne que tu demeures !

– Sire...

– Obéis.

– Comme il plaira à Votre Majesté, sire.

– D'ailleurs, je veux éclaircir toute cette affaire ; je veux savoir comment on s'est joué de moi avec assez d'audace pour pénétrer dans le sanctuaire de mes prédilections. Ceux qui ont fait cela, de Saint-Aignan, ce n'est pas toi qui dois les punir, car ce n'est pas ton honneur qu'ils ont atta-qué, c'est le mien.

– Je supplie Votre Majesté de ne pas accabler de sa colère M. de Brage-lonne, qui, dans cette affaire, a pu manquer de prudence, mais pas de loyauté.

– Assez ! Je saurai faire la part du juste et de l'injuste, même au fort de ma colère. Pas un mot de cela à Madame, surtout.

– Mais que faire vis-à-vis de M. de Bragelonne, sire ? Il va me cher-cher, et...

– Je lui aurai parlé ou fait parler avant ce soir.

– Encore une fois, sire, je vous en supplie, de l'indulgence.

– J'ai été indulgent assez longtemps, comte, dit Louis XIV en fronçant le sourcil ; il est temps que je montre à certaines personnes que je suis le maître chez moi.

Le roi prononçait à peine ces mots, qui annonçaient qu'au nouveau res-sentiment se mêlait le souvenir d'un ancien, que l'huissier apparut sur le seuil du cabinet.

– Qu'y a-t-il ? demanda le roi, et pourquoi vient-on quand je n'ai point appelé ?

– Sire, dit l'huissier, Votre Majesté m'a ordonné, une fois pour toutes, de laisser passer M. le comte de La Fère toutes les fois qu'il aurait à parler à Votre Majesté.

– Après ?

– M. le comte de La Fère est là qui attend.

Le roi et de Saint-Aignan échangèrent à ces mots un regard dans lequel il y avait plus d'inquiétude que de surprise. Louis hésita un instant. Mais, presque aussitôt, prenant sa résolution :

– Va, dit-il à de Saint-Aignan, va trouver Louise, instruis-la de ce qui se trame contre nous ; ne lui laisse pas ignorer que Madame recommence ses persécutions, et qu'elle a mis en campagne des gens qui eussent mieux fait de rester neutres.

– Sire...

– Si Louise s'effraie, continua le roi, rassure-la ; dis-lui que l'amour du roi est un bouclier impénétrable. Si, ce dont j'aime à douter, elle savait tout déjà ou si elle avait subi de son côté quelque attaque, dis-lui bien, de Saint-Aignan, ajouta le roi tout frissonnant de colère et de fièvre, dis-lui bien que, cette fois, au lieu de la défendre, je la vengerai, et cela si sévèrement, que nul, désormais, n'osera lever les yeux jusqu'à elle.

– Est-ce tout, sire ?

– C'est tout. Va vite, et demeure fidèle, toi qui vis au milieu de cet enfer, sans avoir comme moi l'espoir du paradis.

Saint-Aignan s'épuisa en protestations de dévouement ; il prit et baisa la main du roi et sortit radieux.

# XXI

*Roi et noblesse*

Louis se remit aussitôt pour faire un bon visage à M. de La Fère. Il prévoyait bien que le comte n'arrivait point par hasard. Il sentait vaguement l'importance de cette visite ; mais à un homme du ton d'Athos, à un esprit aussi distingué, la première vue ne devait rien offrir de désagréable ou de mal ordonné.

Quand le jeune roi fut assuré d'être calme en apparence, il donna ordre aux huissiers d'introduire le comte.

Quelques minutes après, Athos, en habit de cérémonie, revêtu des ordres que seul il avait le droit de porter à la cour de France, Athos se présenta d'un air si grave et si solennel, que le roi put juger, du premier coup, s'il s'était ou non trompé dans ses pressentiments.

Louis fit un pas vers le comte et lui tendit avec un sourire une main sur laquelle Athos s'inclina plein de respect.

— Monsieur le comte de La Fère, dit le roi rapidement, vous êtes si rare chez moi, que c'est une très bonne fortune de vous y voir.

Athos s'inclina et répondit :

— Je voudrais avoir le bonheur d'être toujours auprès de Votre Majesté.

Cette réponse, faite sur ce ton, signifiait manifestement : « Je voudrais pouvoir être un des conseillers du roi pour lui épargner des fautes. »

Le roi le sentit, et, décidé devant cet homme à conserver l'avantage du calme avec l'avantage du rang :

— Je vois que vous avez quelque chose à me dire, fit-il.

— Je ne me serais pas, sans cela, permis de me présenter chez Votre Majesté.

— Dites vite, monsieur, j'ai hâte de vous satisfaire.

Le roi s'assit.

— Je suis persuadé, répliqua Athos d'un ton légèrement ému, que Votre Majesté me donnera toute satisfaction.

— Ah ! dit le roi avec une certaine hauteur, c'est une plainte que vous venez formuler ici ?

— Ce ne serait une plainte, reprit Athos, que si Votre Majesté... Mais, veuillez m'excuser, sire, je vais reprendre l'entretien à son début.

– J'attends.

– Le roi se souvient qu'à l'époque du départ de M. de Buckingham, j'ai eu l'honneur de l'entretenir.

– À cette époque, à peu près... Oui, je me le rappelle ; seulement, le sujet de l'entretien... je l'ai oublié.

Athos tressaillit.

– J'aurai l'honneur de le rappeler au roi, dit-il. Il s'agissait d'une demande que je venais adresser à Votre Majesté, touchant le mariage que voulait contracter M. de Bragelonne avec M^{lle} de La Vallière.

– Nous y voici, pensa le roi. Je me souviens, dit-il tout haut.

– À cette époque, poursuivit Athos, le roi fut si bon et si généreux envers moi et M. de Bragelonne, que pas un des mots prononcés par Sa Majesté ne m'est sorti de la mémoire.

– Et ?... fit le roi.

– Et le roi, à qui je demandais M^{lle} de La Vallière pour M. de Bragelonne, me refusa.

– C'est vrai, dit sèchement Louis.

– En alléguant, se hâta de dire Athos, que la fiancée n'avait pas d'état dans le monde.

Louis se contraignit pour écouter patiemment.

– Que... ajouta Athos, elle avait peu de fortune.

Le roi s'enfonça dans son fauteuil.

– Peu de naissance.

Nouvelle impatience du roi.

– Et peu de beauté, ajouta encore impitoyablement Athos.

Ce dernier trait, enfoncé dans le cœur de l'amant le fit bondir hors mesure.

– Monsieur, dit-il, voilà une bien bonne mémoire !

– C'est toujours ce qui m'arrive quand j'ai l'honneur si grand d'un entretien avec le roi, repartit le comte sans se troubler.

– Enfin, j'ai dit tout cela, soit !

– Et j'en ai beaucoup remercié Votre Majesté, sire, parce que ces paroles témoignaient d'un intérêt bien honorable pour M. de Bragelonne.

– Vous vous rappelez aussi, dit le roi en pesant sur ces paroles, que vous aviez pour ce mariage une grande répugnance ?

– C'est vrai, sire.

– Et que vous faisiez la demande à contrecœur ?

– Oui, Votre Majesté.

– Enfin, je me rappelle aussi, car j'ai une mémoire presque aussi bonne que la vôtre, je me rappelle, dis-je, que vous avez dit ces paroles : « Je ne crois pas à l'amour de M<sup>lle</sup> de La Vallière pour M. de Bragelonne. » Est-ce vrai ?

Athos sentit le coup, il ne recula pas.

– Sire, dit-il, j'en ai déjà demandé pardon à Votre Majesté, mais il est certaines choses dans cet entretien qui ne seront intelligibles qu'au dénouement.

– Voyons le dénouement, alors.

– Le voici. Votre Majesté avait dit qu'elle différait le mariage pour le bien de M. de Bragelonne.

Le roi se tut.

– Aujourd'hui, M. de Bragelonne est tellement malheureux, qu'il ne peut différer plus longtemps de demander une solution à Votre Majesté.

Le roi pâlit. Athos le regarda fixement.

– Et que... demande-t-il... M. de Bragelonne ? dit le roi avec hésitation.

– Absolument ce que je venais demander au roi dans la dernière entrevue : le consentement de Votre Majesté à son mariage.

Le roi se tut.

– Les questions relatives aux obstacles sont aplanies pour nous, continua Athos. M<sup>lle</sup> de La Vallière, sans fortune, sans naissance et sans beauté, n'en est pas moins le seul beau parti du monde pour M. de Bragelonne, puisqu'il aime cette jeune fille.

Le roi serra ses mains l'une contre l'autre.

– Le roi hésite ? demanda le comte sans rien perdre de sa fermeté ni de sa politesse.

– Je n'hésite pas... je refuse, répliqua le roi.

Athos se recueillit un moment.

– J'ai eu l'honneur, dit-il d'une voix douce, de faire observer au roi que nul obstacle n'arrêtait les affections de M. de Bragelonne, et que sa détermination semblait invariable.

– Il y a ma volonté ; c'est un obstacle, je crois ?

– C'est le plus sérieux de tous, riposta Athos.

– Ah !

– Maintenant, qu'il nous soit permis de demander humblement à Votre Majesté la raison de ce refus.

– La raison ?... Une question ? s'écria le roi.

– Une demande, sire.

Le roi, s'appuyant sur la table avec les deux poings :

– Vous avez perdu l'usage de la cour, monsieur de La Fère, dit-il d'une voix concentrée. À la cour, on ne questionne pas le roi.

– C'est vrai, sire ; mais, si l'on ne questionne pas, on suppose.

– On suppose ! que veut dire cela ?

– Presque toujours la supposition du sujet implique la franchise du roi...

– Monsieur !

– Et le manque de confiance du sujet, poursuivit intrépidement Athos.

– Je crois que vous vous méprenez, dit le monarque entraîné malgré lui à la colère.

– Sire, je suis forcé de chercher ailleurs ce que je croyais trouver en Votre Majesté. Au lieu d'avoir une réponse de vous, je suis forcé de m'en faire une à moi-même.

– Monsieur le comte, dit-il, je vous ai donné tout le temps que j'avais de libre.

– Sire, répondit le comte, je n'ai pas eu le temps de dire au roi ce que j'étais venu lui dire, et je vois si rarement le roi, que je dois saisir l'occasion.

– Vous en étiez à des suppositions ; vous allez passer aux offenses.

– Oh ! sire, offenser le roi, moi ? Jamais ! J'ai toute ma vie soutenu que les rois sont au-dessus des autres hommes, non seulement par le rang et la puissance mais par la noblesse du cœur et la valeur de l'esprit. Je ne me ferai jamais croire que mon roi, celui qui m'a dit une parole, cachait avec cette parole une arrière-pensée.

– Qu'est-ce à dire ? quelle arrière-pensée ?

– Je m'explique, dit froidement Athos. Si, en refusant la main de M$^{lle}$ de La Vallière à M. de Bragelonne, Votre Majesté avait un autre but que le bonheur et la fortune du vicomte...

– Vous voyez bien, monsieur, que vous m'offensez.

– Si, en demandant un délai au vicomte, Votre Majesté avait voulu éloigner seulement le fiancé de M$^{lle}$ de La Vallière...

– Monsieur ! Monsieur !

– C'est que je l'ai ouï dire partout, sire. Partout l'on parle de l'amour de Votre Majesté pour M<sup>lle</sup> de La Vallière.

Le roi déchira ses gants, que, par contenance, il mordillait depuis quelques minutes.

– Malheur ! s'écria-t-il, à ceux qui se mêlent de mes affaires ! J'ai pris un parti : je briserai tous les obstacles.

– Quels obstacles ? dit Athos.

Le roi s'arrêta court, comme un cheval emporté à qui le mors brise le palais en se retournant dans sa bouche.

– J'aime M<sup>lle</sup> de La Vallière, dit-il soudain avec autant de noblesse que d'emportement.

– Mais, interrompit Athos, cela n'empêche pas Votre Majesté de marier M. de Bragelonne avec M<sup>lle</sup> de La Vallière. Le sacrifice est digne d'un roi ; il est mérité par M. de Bragelonne, qui a déjà rendu des services et qui peut passer pour un brave homme. Ainsi donc, le roi, en renonçant à son amour, fait preuve à la fois de générosité, de reconnaissance et de bonne politique.

– M<sup>lle</sup> de La Vallière, dit sourdement le roi, n'aime pas M. de Bragelonne.

– Le roi le sait ? demanda Athos avec un regard profond.

– Je le sais.

– Depuis peu, alors ; sans quoi, si le roi le savait lors de ma première demande, Sa Majesté eût pris la peine de me le dire.

– Depuis peu.

Athos garda un moment le silence.

– Je ne comprends point alors, dit-il, que le roi ait envoyé M. de Bragelonne à Londres. Cet exil surprend à bon droit ceux qui aiment l'honneur du roi.

– Qui parle de l'honneur du roi, monsieur de La Fère ?

– L'honneur du roi, sire, est fait de l'honneur de toute sa noblesse. Quand le roi offense un de ses gentilshommes, c'est-à-dire quand il lui prend un morceau de son honneur, c'est à lui-même, au roi, que cette part d'honneur est dérobée.

– Monsieur de La Fère !

– Sire, vous avez envoyé à Londres le vicomte de Bragelonne avant d'être l'amant de M<sup>lle</sup> de La Vallière, ou depuis que vous êtes son amant ?

Le roi, irrité, surtout parce qu'il se sentait dominé, voulut congédier Athos par un geste.

– Sire, je vous dirai tout, répliqua le comte ; je ne sortirai d'ici que satisfait par Votre Majesté ou par moi-même. Satisfait si vous m'avez prouvé que vous avez raison ; satisfait si je vous ai prouvé que vous avez tort. Oh ! vous m'écouterez, sire. Je suis vieux, et je tiens à tout ce qu'il y a de vraiment grand et de vraiment fort dans le royaume. Je suis un gentilhomme qui a versé son sang pour votre père et pour vous, sans jamais avoir rien demandé ni à vous ni à votre père. Je n'ai fait de tort à personne en ce monde, et j'ai obligé des rois ! Vous m'écouterez ! Je viens vous demander compte de l'honneur d'un de vos serviteurs que vous avez abusé par un mensonge ou trahi par une faiblesse. Je sais que ces mots irritent Votre Majesté ; mais les faits nous tuent, nous autres ; je sais que vous cherchez quel châtiment vous ferez subir à ma franchise ; mais je sais, moi, quel châtiment je demanderai à Dieu de vous infliger, quand je lui raconterai votre parjure et le malheur de mon fils.

Le roi se promenait à grands pas, la main sur la poitrine, la tête roidie, l'œil flamboyant.

– Monsieur, s'écria-t-il tout à coup, si j'étais pour vous le roi, vous seriez déjà puni ; mais je ne suis qu'un homme, et j'ai le droit d'aimer sur la terre ceux qui m'aiment, bonheur si rare !

– Vous n'avez pas plus ce droit comme homme que comme roi ; ou, si vous vouliez le prendre loyalement, il fallait prévenir M. de Bragelonne au lieu de l'exiler.

– Je crois que je discute, en vérité ! interrompit Louis XIV avec cette majesté que lui seul savait trouver à un point si remarquable dans le regard et dans la voix.

– J'espérais que vous me répondriez, dit le comte.

– Vous saurez tantôt ma réponse, monsieur.

– Vous savez ma pensée, répliqua M. de La Fère.

– Vous avez oublié que vous parliez au roi, monsieur ; c'est un crime !

– Vous avez oublié que vous brisiez la vie de deux hommes ; c'est un péché mortel, sire !

– Sortez, maintenant !

– Pas avant de vous avoir dit : Fils de Louis XIII, vous commencez mal votre règne, car vous le commencez par le rapt et la déloyauté ! Ma race et moi, nous sommes dégagés envers vous de toute cette affection et de tout ce respect que j'avais fait jurer à mon fils dans les caveaux de Saint-Denis, en présence des restes de vos nobles aïeux. Vous êtes devenu notre ennemi, sire, et nous n'avons plus affaire désormais qu'à Dieu, notre seul maître. Prenez-y garde !

– Vous menacez ?

– Oh ! non, dit tristement Athos, et je n'ai pas plus de bravade que de peur dans l'âme. Dieu, dont je vous parle, sire, m'entend parler ; il sait que, pour l'intégrité, pour l'honneur de votre couronne, je verserais encore à présent tout ce que m'ont laissé de sang vingt années de guerre civile et étrangère. Je puis donc vous assurer que je ne menace pas le roi plus que je ne menace l'homme ; mais je vous dis, à vous : Vous perdez deux serviteurs pour avoir tué la foi dans le cœur du père et l'amour dans le cœur du fils. L'un ne croit plus à la parole royale, l'autre ne croit plus à la loyauté des hommes, ni à la pureté des femmes. L'un est mort au respect et l'autre à l'obéissance. Adieu !

Cela dit, Athos brisa son épée sur son genou, en déposa lentement les deux morceaux sur le parquet, et, saluant le roi, qui étouffait de rage et de honte, il sortit du cabinet.

Louis, abîmé sur sa table, passa quelques minutes à se remettre, et, se relevant soudain, il sonna violemment.

– Qu'on appelle M. d'Artagnan ! dit-il aux huissiers épouvantés.

# XXII

## *Suite d'orage*

Sans doute nos lecteurs se sont déjà demandé comment Athos s'était si bien à point trouvé chez le roi, lui dont ils n'avaient point entendu parler depuis un long temps. Notre prétention, comme romancier, étant surtout d'enchaîner les événements les uns aux autres avec une logique presque fatale, nous nous tenions prêt à répondre et nous répondons à cette question.

Porthos, fidèle à son devoir d'arrangeur d'affaires avait, en quittant le Palais-Royal, été rejoindre Raoul aux Minimes du bois de Vincennes, et lui avait raconté, dans ses moindres détails, son entretien avec M. de Saint-Aignan ; puis il avait terminé en disant que le message du roi à son favori n'amènerait, probablement, qu'un retard momentané, et qu'en quittant le roi de Saint-Aignan s'empresserait de se rendre à l'appel que lui avait fait Raoul.

Mais Raoul, moins crédule que son vieil ami, avait conclu, du récit de Porthos, que, si de Saint-Aignan allait chez le roi, de Saint-Aignan conterait tout au roi et que, si de Saint-Aignan contait tout au roi, le roi défendrait à de Saint-Aignan de se présenter sur le terrain. Il avait donc, en conséquence de cette réflexion, laissé Porthos garder la place, au cas, fort peu probable, où de Saint-Aignan viendrait, et encore avait-il bien engagé Porthos à ne pas rester sur le pré plus d'une heure ou une heure et demie. Ce à quoi Porthos s'était formellement refusé, s'installant, bien au contraire, aux Minimes, comme pour y prendre racine, faisant promettre à Raoul de revenir de chez son père chez lui, Raoul, afin que le laquais de Porthos sût où le trouver si M. de Saint-Aignan venait au rendez-vous.

Bragelonne avait quitté Vincennes et s'était acheminé tout droit chez Athos, qui, depuis deux jours, était à Paris.

Le comte était déjà prévenu par une lettre de d'Artagnan.

Raoul arrivait donc surabondamment chez son père, qui, après lui avoir tendu la main et l'avoir embrassé, lui fit signe de s'asseoir.

– Je sais que vous venez à moi comme on vient à un ami, vicomte, quand on pleure et quand on souffre ; dites-moi quelle cause vous amène.

Le jeune homme s'inclina et commença son récit. Plus d'une fois, dans le cours de ce récit, les larmes coupèrent sa voix et un sanglot étranglé dans sa gorge suspendit la narration. Cependant il acheva.

Athos savait probablement déjà à quoi s'en tenir, puisque nous avons dit que d'Artagnan lui avait écrit ; mais, tenant à garder jusqu'au bout ce calme et cette sérénité qui faisaient le côté presque surhumain de son caractère, il répondit :

– Raoul, je ne crois rien de ce que l'on dit ; je ne crois rien de ce que vous craignez, non pas que des personnes dignes de foi ne m'aient pas déjà entretenu de cette aventure, mais parce que, dans mon âme et dans ma conscience, je crois impossible que le roi ait outragé un gentilhomme. Je garantis donc le roi, et vais vous rapporter la preuve de ce que je dis.

Raoul, flottant comme un homme ivre entre ce qu'il avait vu de ses propres yeux et cette imperturbable foi qu'il avait dans un homme qui n'avait jamais menti, s'inclina et se contenta de répondre :

– Allez donc, monsieur le comte ; j'attendrai.

Et il s'assit, la tête cachée dans ses deux mains. Athos s'habilla et partit. Chez le roi, il fit ce que nous venons de raconter à nos lecteurs, qui l'ont vu entrer chez Sa Majesté et qui l'ont vu en sortir.

Quand il rentra chez lui, Raoul, pâle et morne, n'avait pas quitté sa position désespérée. Cependant au bruit des portes qui s'ouvraient, au bruit des pas de son père qui s'approchait de lui, le jeune homme releva la tête.

Athos était pâle, découvert, grave ; il remit son manteau et son chapeau au laquais, le congédia du geste et s'assit près de Raoul.

– Eh bien ! monsieur, demanda le jeune homme en hochant tristement la tête de haut en bas, êtes-vous bien convaincu, à présent ?

– Je le suis, Raoul ; le roi aime M$^{lle}$ de La Vallière.

– Ainsi, il avoue ? s'écria Raoul.

– Absolument, dit Athos.

– Et elle ?

– Je ne l'ai pas vue.

– Non ; mais le roi vous en a parlé. Que dit-il d'elle ?

– Il dit qu'elle l'aime.

– Oh ! vous voyez ! vous voyez, monsieur !

Et le jeune homme fit un geste de désespoir.

– Raoul, reprit le comte, j'ai dit au roi, croyez-le bien, tout ce que vous eussiez pu lui dire vous-même, et je crois le lui avoir dit en termes convenables, mais fermes.

– Et que lui avez-vous dit, monsieur ?

– J'ai dit, Raoul, que tout était fini entre lui et nous, que vous ne seriez plus rien pour son service ; j'ai dit que, moi-même, je demeurerais à l'écart. Il ne me reste plus qu'à savoir une chose.

– Laquelle, monsieur ?

– Si vous avez pris votre parti.

– Mon parti ? À quel sujet ?

– Touchant l'amour et...

– Achevez, monsieur.

– Et touchant la vengeance ; car j'ai peur que vous ne songiez à vous venger.

– Oh ! monsieur, l'amour... peut-être un jour, plus tard, réussirai-je à l'arracher de mon cœur. J'y compte, avec l'aide de Dieu et le secours de vos sages exhortations. La vengeance, je n'y avais songé que sous l'empire d'une pensée mauvaise, car ce n'était point du vrai coupable que je pouvais me venger ; j'ai donc déjà renoncé à la vengeance.

– Ainsi, vous ne songez plus à chercher une querelle à M. de Saint-Aignan ?

– Non, monsieur. Un défi a été fait ; si M. de Saint-Aignan l'accepte, je le soutiendrai ; s'il ne le relève pas, je le laisserai à terre.

– Et de La Vallière ?

– Monsieur le comte n'a pas sérieusement cru que je songerais à me venger d'une femme, répondit Raoul avec un sourire si triste, qu'il attira une larme aux bords des paupières de cet homme qui s'était tant de fois penché sur ses douleurs et sur les douleurs des autres.

Il tendit sa main à Raoul, Raoul la saisit vivement.

– Ainsi, monsieur le comte, vous êtes bien assuré que le mal est sans remède ? demanda le jeune homme.

Athos secoua la tête à son tour.

– Pauvre enfant ! murmura-t-il.

– Vous pensez que j'espère encore, dit Raoul, et vous me plaignez. Oh ! c'est qu'il m'en coûte horriblement, voyez-vous, pour mépriser, comme je le dois, celle que j'ai tant aimée. Que n'ai-je quelque tort envers elle, je serais heureux et je lui pardonnerais.

Athos regarda tristement son fils. Ces quelques mots que venait de prononcer Raoul semblaient être sortis de son propre cœur. En ce moment, le laquais annonça M. d'Artagnan. Ce nom retentit, d'une façon bien différente, aux oreilles d'Athos et de Raoul.

Le mousquetaire annoncé fit son entrée avec un vague sourire sur les lèvres. Raoul s'arrêta ; Athos marcha vers son ami avec une expression de visage qui n'échappa point à Bragelonne. D'Artagnan répondit à Athos par un simple clignement de l'œil ; puis, s'avançant vers Raoul et lui prenant la main :

– Eh bien ! dit-il s'adressant à la fois au père et au fils, nous consolons l'enfant, à ce qu'il paraît ?

– Et vous, toujours bon, dit Athos, vous venez m'aider à cette tâche difficile.

Et, ce disant, Athos serra entre ses deux mains la main de d'Artagnan. Raoul crut remarquer que cette pression avait un sens particulier à part celui des paroles.

– Oui, répondit le mousquetaire en se grattant la moustache de la main qu'Athos lui laissait libre, oui, je viens aussi...

– Soyez le bienvenu, monsieur le chevalier, non pour la consolation que vous apportez, mais pour vous-même. Je suis consolé.

Et il essaya d'un sourire plus triste qu'aucune des larmes que d'Artagnan eût jamais vu répandre.

– À la bonne heure ! fit d'Artagnan.

– Seulement, continua Raoul, vous êtes arrivé comme M. le comte allait me donner les détails de son entrevue avec le roi. Vous permettez, n'est-ce pas, que M. le comte continue ?

Et les yeux du jeune homme semblaient vouloir lire jusqu'au fond du cœur du mousquetaire.

– Son entrevue avec le roi ? fit d'Artagnan d'un ton si naturel, qu'il n'y avait pas moyen de douter de son étonnement. Vous avez donc vu le roi, Athos ?

Athos sourit.

– Oui, dit-il, je l'ai vu.

– Ah ! vraiment, vous ignoriez que le comte eût vu Sa Majesté ? demanda Raoul à demi rassuré.

– Ma foi, oui ! tout à fait.

– Alors, me voilà plus tranquille, dit Raoul.

– Tranquille, et sur quoi ? demanda Athos.

– Monsieur, dit Raoul, pardonnez-moi ; mais, connaissant l'amitié que vous me faites l'honneur de me porter, je craignais que vous n'eussiez un peu vivement exprimé à Sa Majesté ma douleur et votre indignation, et qu'alors le roi...

– Et qu'alors le roi ? répéta d'Artagnan. Voyons, achevez, Raoul.

– Excusez-moi à votre tour, monsieur d'Artagnan, dit Raoul. Un instant j'ai tremblé, je l'avoue, que vous ne vinssiez pas ici comme M. d'Artagnan, mais comme capitaine de mousquetaires.

– Vous êtes fou, mon pauvre Raoul, s'écria d'Artagnan avec un éclat de rire dans lequel un exact observateur eût peut-être désiré plus de franchise.

– Tant mieux ! dit Raoul.

– Oui, fou, et savez-vous ce que je vous conseille ?

– Dites, monsieur ; venant de vous, l'avis doit être bon.

– Eh bien ! je vous conseille, après votre voyage, après votre visite chez M. de Guiche, après votre visite chez Madame, après votre visite chez Porthos, après votre voyage à Vincennes, je vous conseille de prendre quelque repos ; couchez-vous, dormez douze heures, et, à votre réveil, fatiguez-moi un bon cheval.

Et, l'attirant à lui, il l'embrassa comme il eût fait de son propre enfant. Athos en fit autant ; seulement, il était visible que le baiser était plus tendre et la pression plus forte encore chez le père que chez l'ami.

Le jeune homme regarda de nouveau ces deux hommes, en appliquant à les pénétrer toutes les forces de son intelligence. Mais son regard s'émoussa sur la physionomie riante du mousquetaire et sur la figure calme et douce du comte de La Fère.

– Et où allez-vous, Raoul ? demanda ce dernier, voyant que Bragelonne s'apprêtait à sortir.

– Chez moi, monsieur, répondit celui-ci de sa voix douce et triste.

– C'est donc là qu'on vous trouvera, vicomte, si l'on a quelque chose à vous dire ?

– Oui, monsieur. Est-ce que vous prévoyez avoir quelque chose à me dire ?

– Que sais-je ! dit Athos.

– Oui, de nouvelles consolations, dit d'Artagnan en poussant tout doucement Raoul vers la porte.

Raoul, voyant cette sérénité dans chaque geste des deux amis, sortit de chez le comte, n'emportant avec lui que l'unique sentiment de sa douleur particulière.

– Dieu soit loué, dit-il, je puis donc ne plus penser qu'à moi.

Et, s'enveloppant de son manteau, de manière à cacher aux passants son visage attristé, il sortit pour se rendre à son propre logement, comme il l'avait promis à Porthos.

Les deux amis avaient vu le jeune homme s'éloigner avec un sentiment pareil de commisération.

Seulement, chacun d'eux l'avait exprimé d'une façon différente.

– Pauvre Raoul ! avait dit Athos en laissant échapper un soupir.

– Pauvre Raoul ! avait dit d'Artagnan en haussant les épaules.

# XXIII

*Heu ! miser !*

« Pauvre Raoul ! » avait dit Athos. « Pauvre Raoul ! » avait dit d'Artagnan. En effet, plaint par ces deux hommes si forts, Raoul devait être un homme bien malheureux.

Aussi, lorsqu'il se trouva seul en face de lui-même, laissant derrière lui l'ami intrépide et le père indulgent, lorsqu'il se rappela l'aveu fait par le roi de cette tendresse qui lui volait sa bien-aimée Louise de La Vallière, il sentit son cœur se briser, comme chacun de nous l'a senti se briser une fois à la première illusion détruite, au premier amour trahi.

– Oh ! murmura-t-il, c'en est donc fait ! Plus rien dans la vie ! Rien à attendre, rien à espérer ! Guiche me l'a dit, mon père me l'a dit, M. d'Artagnan me l'a dit. Tout est donc un rêve en ce monde ! C'était un rêve que cet avenir poursuivi depuis dix ans ! Cette union de nos cœurs, c'était un rêve ! Cette vie toute d'amour et de bonheur, c'était un rêve !

« Pauvre fou de rêver ainsi tout haut et publiquement, en face de mes amis et de mes ennemis, afin que mes amis s'attristent de mes peines et que mes ennemis rient de mes douleurs !...

« Ainsi, mon malheur va devenir une disgrâce éclatante, un scandale public. Ainsi, demain, je serai montré honteusement au doigt !

Et, malgré le calme promis à son père et à d'Artagnan, Raoul fit entendre quelques paroles de sourde menace.

– Et cependant, continua-t-il, si je m'appelais de Wardes, et que j'eusse à la fois la souplesse et la vigueur de M. d'Artagnan, je rirais avec les lèvres, je convaincrais les femmes que cette perfide, honorée de mon amour, ne me laisse qu'un regret, celui d'avoir été abusé par ses semblants d'honnêteté ; quelques railleurs flagorneraient le roi à mes dépens ; je me mettrais à l'affût sur le chemin des railleurs, j'en châtierais quelques-uns. Les hommes me redouteraient et, au troisième que j'aurais couché à mes pieds, je serais adoré par les femmes.

« Oui, voilà un parti à prendre, et le comte de La Fère lui-même n'y répugnerait pas. N'a-t-il pas été éprouvé, lui aussi, au milieu de sa jeunesse, comme je viens de l'être ? N'a-t-il pas remplacé l'amour par l'ivresse ? Il me l'a dit souvent. Pourquoi, moi, ne remplacerais-je pas l'amour par le plaisir ?

« Il avait souffert autant que je souffre, plus peut-être ! L'histoire d'un homme est donc l'histoire de tous les hommes ? une épreuve plus ou moins longue, plus ou moins douloureuse ? La voix de l'humanité tout entière n'est qu'un long cri.

« Mais qu'importe la douleur des autres à celui qui souffre ? La plaie ouverte dans une autre poitrine adoucit-elle la plaie béante sur la nôtre ? Le sang qui coule à côté de nous tarit-il notre sang ? Cette angoisse universelle diminue-t-elle l'angoisse particulière ? Non, chacun souffre pour soi, chacun lutte avec sa douleur, chacun pleure ses propres larmes.

« Et, d'ailleurs, qu'a été la vie pour moi jusqu'à présent ? Une arène froide et stérile où j'ai combattu pour les autres toujours, pour moi jamais.

« Tantôt pour un roi, tantôt pour une femme.

« Le roi m'a trahi, la femme m'a dédaigné.

« Oh ! malheureux !... Les femmes ! Ne pourrais-je donc faire expier à toutes le crime de l'une d'elles ?

« Que faut-il pour cela ?... N'avoir plus de cœur, ou oublier qu'on en a un ; être fort, même contre la faiblesse ; appuyer toujours, même lorsque l'on sent rompre.

« Que faut-il pour en arriver là ? Être jeune, beau, fort, vaillant, riche. Je suis ou je serai tout cela.

« Mais l'honneur ? Qu'est-ce que l'honneur ? Une théorie que chacun comprend à sa façon. Mon père me disait : « L'honneur, c'est le respect de ce que l'on doit aux autres, et surtout de ce qu'on se doit à soi-même. » Mais de Guiche, mais Manicamp, mais de Saint-Aignan surtout me diraient : "L'honneur consiste à servir les passions et les plaisirs de son roi." Cet honneur-là est facile et productif. Avec cet honneur-là, je puis garder mon poste à la cour, devenir gentilhomme de la Chambre, avoir un beau et bon régiment à moi. Avec cet honneur-là, je puis être duc et pair.

« La tache que vient de m'imprimer cette femme, cette douleur avec laquelle elle vient de briser mon cœur, à moi, Raoul, son ami d'enfance, ne touche en rien M. de Bragelonne, bon officier, brave capitaine qui se couvrira de gloire à la première rencontre, et qui deviendra cent fois plus que n'est aujourd'hui M<sup>lle</sup> de La Vallière, la maîtresse du roi ; car le roi n'épousera pas M<sup>lle</sup> de La Vallière, et plus il la déclarera publiquement sa maîtresse, plus il épaissira le bandeau de honte qu'il lui jette au front en guise de couronne, et, à mesure qu'on la méprisera comme je la méprise, moi, je me glorifierai.

« Hélas ! nous avions marché ensemble, elle et moi, pendant le premier, pendant le plus beau tiers de notre vie, nous tenant par la main le long du sentier charmant et plein de fleurs de la jeunesse, et voilà que nous arrivons à un carrefour où elle se sépare de moi, où nous allons suivre une route différente qui ira nous écartant toujours davantage l'un de l'autre ; et, pour atteindre le bout de ce chemin, Seigneur, je suis seul, je suis désespéré, je suis anéanti !

« Ô malheureux !...

Raoul en était là de ses réflexions sinistres, quand son pied se posa machinalement sur le seuil de sa maison. Il était arrivé là sans voir les rues par lesquelles il passait, sans savoir comment il était venu ; il poussa la porte, continua d'avancer et gravit l'escalier.

Comme dans la plupart des maisons de cette époque, l'escalier était sombre et les paliers étaient obscurs. Raoul logeait au premier étage ; il s'arrêta pour sonner. Olivain parut, lui prit des mains l'épée et le manteau. Raoul ouvrit lui-même la porte qui, de l'antichambre, donnait dans un petit salon assez richement meublé pour un salon de jeune homme, et tout garni de fleurs par Olivain, qui, connaissant les goûts de son maître, s'était empressé d'y satisfaire, sans s'inquiéter s'il s'apercevrait ou ne s'apercevrait pas de cette attention.

Il y avait dans le salon un portrait de La Vallière que La Vallière elle-même avait dessiné et avait donné à Raoul. Ce portrait, accroché au-dessus d'une grande chaise longue recouverte de damas de couleur sombre, fut le premier point vers lequel Raoul se dirigea, le premier objet sur lequel il fixa les yeux. Au reste, Raoul cédait à son habitude ; c'était, chaque fois qu'il rentrait chez lui, ce portrait qui, avant toute chose, attirait ses yeux. Cette fois, comme toujours, il alla donc droit au portrait, posa ses genoux sur la chaise longue, et s'arrêta à le regarder tristement.

Il avait les bras croisés sur la poitrine, la tête doucement levée, l'œil calme et voilé, la bouche plissée par un sourire amer.

Il regarda l'image adorée ; puis tout ce qu'il avait dit repassa dans son esprit, tout ce qu'il avait souffert assaillit son cœur, et, après un long silence :

– Ô malheureux ! dit-il pour la troisième fois.

À peine avait-il prononcé ces deux mots, qu'un soupir et une plainte se firent entendre derrière lui.

Il se retourna vivement, et, dans l'angle du salon, il aperçut, debout, courbée, voilée, une femme qu'en entrant il avait cachée derrière le déplacement de la porte, et que depuis il n'avait pas vue, ne s'étant pas retourné.

Il s'avança vers cette femme, dont personne ne lui avait annoncé la présence, saluant et s'informant à la fois, quand tout à coup la tête baissée se releva, le voile écarté laissa voir le visage, et une figure blanche et triste lui apparut.

Raoul se recula, comme il eût fait devant un fantôme.

– Louise ! s'écria-t-il avec un accent si désespéré, qu'on n'eût pas cru que la voix humaine pût jeter un pareil cri sans que se brisassent toutes les fibres du cœur.

# XXIV

*Blessures sur blessures*

M<sup>lle</sup> de La Vallière, car c'était bien elle, fit un pas en avant.

– Oui, Louise, murmura-t-elle.

Mais dans cet intervalle, si court qu'il fût, Raoul avait eu le temps de se remettre.

– Vous, mademoiselle ? dit-il.

Puis, avec un accent indéfinissable :

– Vous ici ? ajouta-t-il.

– Oui, Raoul, répéta la jeune fille ; oui, moi, qui vous attendais.

– Pardon ; lorsque je suis rentré, j'ignorais...

– Oui, et j'avais recommandé à Olivain de vous laisser ignorer...

Elle hésita ; et, comme Raoul ne se pressait pas de lui répondre, il se fit un silence d'un instant, silence pendant lequel on eût pu entendre le bruit de ces deux cœurs qui battaient, non plus à l'unisson l'un de l'autre, mais aussi violemment l'un que l'autre.

C'était à Louise de parler. Elle fit un effort.

– J'avais à vous parler, dit-elle ; il fallait absolument que je vous visse... moi-même... seule... Je n'ai point reculé devant une démarche qui doit rester secrète ; car personne, excepté vous, ne la comprendrait, monsieur de Bragelonne.

– En effet, mademoiselle, balbutia Raoul, tout effaré, tout haletant, et moi-même, malgré la bonne opinion que vous avez de moi, j'avoue...

– Voulez-vous me faire la grâce de vous asseoir et de m'écouter ? dit Louise, l'interrompant avec sa plus douce voix.

Bragelonne la regarda un instant ; puis, secouant tristement la tête, il s'assit ou plutôt tomba sur une chaise.

– Parlez, dit-il.

Elle jeta un regard à la dérobée autour d'elle. Ce regard était une prière et demandait bien mieux le secret qu'un instant auparavant ne l'avaient fait ses paroles.

Raoul se releva, et, allant à la porte qu'il ouvrit :

– Olivain, dit-il, je n'y suis pour personne.

Puis, se retournant vers La Vallière :

– C'est cela que vous désirez ? dit-il.

Rien ne peut rendre l'effet que fit sur Louise cette parole qui signifiait : « Vous voyez que je vous comprends encore, moi. »

Elle passa son mouchoir sur ses yeux pour éponger une larme rebelle ; puis, s'étant recueillie un instant :

– Raoul, dit-elle, ne détournez point de moi votre regard si bon et si franc ; vous n'êtes pas un de ces hommes qui méprisent une femme parce qu'elle a donné son cœur, dût cet amour faire leur malheur ou les blesser dans leur orgueil.

Raoul ne répondit point.

– Hélas ! continua La Vallière, ce n'est que trop vrai ; ma cause est mauvaise, et je ne sais par quelle phrase commencer. Tenez, je ferai mieux, je crois, de vous raconter tout simplement ce qui m'arrive. Comme je dirai la vérité, je trouverai toujours mon droit chemin, dans l'obscurité, dans l'hésitation, dans les obstacles que j'ai à braver, pour soulager mon cœur qui déborde et veut se répandre à vos pieds.

Raoul continua de garder le silence.

La Vallière le regardait d'un air qui voulait dire : « Encouragez-moi ! par pitié, un mot ! »

Mais Raoul se tut et la jeune fille dut continuer.

– Tout à l'heure, dit-elle, M. de Saint-Aignan est venu chez moi de la part du roi.

Elle baissa les yeux.

De son côté, Raoul détourna les siens pour ne rien voir.

– M. de Saint-Aignan est venu chez moi de la part du roi, répéta-t-elle, et il m'a dit que vous saviez tout.

Et elle essaya de regarder en face celui qui recevait cette blessure après tant d'autres blessures ; mais il lui fut impossible de rencontrer les yeux de Raoul.

– Il m'a dit que vous aviez conçu contre moi une légitime colère.

Cette fois, Raoul regarda la jeune fille, et un sourire dédaigneux retroussa ses lèvres.

– Oh ! continua-t-elle, je vous en supplie, ne dites pas que vous avez ressenti contre moi autre chose que de la colère. Raoul, attendez que je vous aie tout dit, attendez que je vous aie parlé jusqu'à la fin.

Le front de Raoul se rasséréna par la force de sa volonté ; le pli de sa bouche s'effaça.

– Et d'abord, dit La Vallière, d'abord, les mains jointes, le front courbé, je vous demande pardon comme au plus généreux, comme au plus noble des hommes. Si je vous ai laissé ignorer ce qui se passait en moi, jamais du moins je n'eusse consenti à vous tromper. Oh ! je vous en supplie, Raoul, je vous le demande à genoux, répondez-moi, fût-ce une injure. J'aime mieux une injure de vos lèvres qu'un soupçon de votre cœur.

– J'admire votre sublimité, mademoiselle, dit Raoul en faisant un effort sur lui-même pour rester calme. Laisser ignorer que l'on trompe, c'est loyal ; mais tromper, il paraît que ce serait mal, et vous ne le feriez point.

– Monsieur, longtemps, j'ai cru que je vous aimais avant toute chose, et, tant que j'ai cru à mon amour pour vous, je vous ai dit que je vous aimais. À Blois, je vous aimais. Le roi passa à Blois ; je crus que je vous aimais encore. Je l'eusse juré sur un autel ; mais un jour est venu qui m'a détrompée.

– Eh bien ! ce jour-là, mademoiselle, voyant que je vous aimais toujours, moi, la loyauté devait vous ordonner de me dire que vous ne m'aimiez plus.

– Ce jour-là, Raoul, le jour où j'ai lu jusqu'au fond de mon cœur, le jour où je me suis avoué à moi-même que vous ne remplissiez pas toute ma pensée, le jour où j'ai vu un autre avenir que celui d'être votre amie, votre amante, votre épouse, ce jour-là, Raoul, hélas ! vous n'étiez plus près de moi.

– Vous saviez où j'étais, mademoiselle ; il fallait écrire.

– Raoul, je n'ai point osé. Raoul, j'ai été lâche. Que voulez-vous, Raoul ! je vous connaissais si bien, je savais si bien que vous m'aimiez, que j'ai tremblé à la seule idée de la douleur que j'allais vous faire ; et cela est si vrai, Raoul, qu'en ce moment où je vous parle, courbée devant vous, le cœur serré, des soupirs plein la voix, des larmes plein les yeux, aussi vrai que je n'ai d'autre défense que ma franchise, je n'ai pas non plus d'autre douleur que celle que je lis dans vos yeux.

Raoul essaya de sourire.

– Non, dit la jeune fille avec une conviction profonde, non, vous ne me ferez pas cette injure de vous dissimuler devant moi. Vous m'aimiez, vous ; vous étiez sûr de m'aimer ; vous ne vous trompiez pas vous-même, vous ne mentiez pas à votre propre cœur, tandis que moi, moi !...

Et toute pâle, les bras tendus au-dessus de sa tête, elle se laissa tomber sur les genoux.

– Tandis que vous, dit Raoul, vous me disiez que vous m'aimiez, et vous en aimiez un autre !

– Hélas ! oui, s'écria la pauvre enfant ; hélas ! oui, j'en aime un autre ; et cet autre... mon Dieu ! laissez-moi dire, car c'est ma seule excuse, Raoul ; cet autre, je l'aime plus que je n'aime ma vie, plus que je n'aime Dieu. Pardonnez-moi ma faute ou punissez ma trahison, Raoul. Je suis venue ici, non pour me défendre, mais pour vous dire : Vous savez ce que c'est qu'aimer ? Eh bien, j'aime ! J'aime à donner ma vie, à donner mon âme à celui que j'aime ! S'il cesse de m'aimer jamais, je mourrai de douleur, à moins que Dieu ne me secoure, à moins que le Seigneur ne me prenne en miséricorde. Raoul, je suis ici pour subir votre volonté, quelle qu'elle soit ; pour mourir si vous voulez que je meure. Tuez-moi donc, Raoul, si, dans votre cœur, vous croyez que je mérite la mort.

– Prenez-y garde, mademoiselle, dit Raoul, la femme qui demande la mort est celle qui ne peut plus donner que son sang à l'amant trahi.

– Vous avez raison, dit-elle.

Raoul poussa un profond soupir.

– Et vous aimez sans pouvoir oublier ? s'écria Raoul.

– J'aime sans vouloir oublier, sans désir d'aimer jamais ailleurs, répondit La Vallière.

– Bien ! fit Raoul. Vous m'avez dit, en effet, tout ce que vous aviez à me dire, tout ce que je pouvais désirer savoir. Et maintenant, mademoiselle, c'est moi qui vous demande pardon, c'est moi qui ai failli être un obstacle dans votre vie, c'est moi qui ai eu tort, c'est moi qui, en me trompant, vous aidais à vous tromper.

– Oh ! fit La Vallière, je ne vous demande pas tant, Raoul.

– Tout cela est ma faute, mademoiselle, continua Raoul ; plus instruit que vous dans les difficultés de la vie, c'était à moi de vous éclairer ; je devais ne pas me reposer sur l'incertain, je devais faire parler votre cœur, tandis que j'ai fait à peine parler votre bouche. Je vous le répète, mademoiselle, je vous demande pardon.

– C'est impossible, c'est impossible ! s'écria-t-elle. Vous me raillez !

– Comment, impossible ?

– Oui, il est impossible d'être bon, d'être excellent, d'être parfait à ce point.

– Prenez garde ! dit Raoul avec un sourire amer ; car tout à l'heure vous allez peut-être dire que je ne vous aimais pas.

– Oh ! vous m'aimez comme un tendre frère ; laissez-moi espérer cela, Raoul.

– Comme un tendre frère ? Détrompez-vous, Louise. Je vous aimais comme un amant, comme un époux, comme le plus tendre des hommes qui vous aiment.

– Raoul ! Raoul !

– Comme un frère ? Oh ! Louise, je vous aimais à donner pour vous tout mon sang goutte à goutte, toute ma chair lambeau par lambeau, toute mon éternité heure par heure.

– Raoul, Raoul, par pitié !

– Je vous aimais tant, Louise, que mon cœur est mort, que ma foi chancelle, que mes yeux s'éteignent ; je vous aimais tant, que je ne vois plus rien, ni sur la terre, ni dans le ciel.

– Raoul, Raoul, mon ami, je vous en conjure, épargnez-moi ! s'écria La Vallière. Oh ! si j'avais su !...

– Il est trop tard, Louise ; vous aimez, vous êtes heureuse ; je lis votre joie à travers vos larmes ; derrière les larmes que verse votre loyauté, je sens les soupirs qu'exhale votre amour. Louise, Louise, vous avez fait de moi le dernier des hommes : retirez-vous, je vous en conjure. Adieu ! adieu !

– Pardonnez-moi, je vous en supplie !

– Eh ! n'ai-je pas fait plus ? Ne vous ai-je pas dit que je vous aimais toujours ?

Elle cacha son visage entre ses mains.

– Et vous dire cela, comprenez-vous, Louise ? vous le dire dans un pareil moment, vous le dire comme je vous le dis, c'est vous dire ma sentence de mort. Adieu !

La Vallière voulut tendre ses mains vers lui.

– Nous ne devons plus nous voir dans ce monde, dit-il.

Elle voulut s'écrier : il lui ferma la bouche avec la main. Elle baisa cette main et s'évanouit.

– Olivain, dit Raoul, prenez cette jeune dame et la portez dans sa chaise, qui attend à la porte.

Olivain la souleva. Raoul fit un mouvement pour se précipiter vers La Vallière, pour lui donner le premier et le dernier baiser ; puis, s'arrêtant tout à coup :

– Non, dit-il, ce bien n'est pas à moi. Je ne suis pas le roi de France, pour voler !

Et il rentra dans sa chambre, tandis que le laquais emportait La Vallière toujours évanouie.

# XXV

*Ce qu'avait deviné Raoul*

Raoul parti, les deux exclamations qui l'avaient suivi exhalées, Athos et d'Artagnan se retrouvèrent seuls, en face l'un de l'autre.

Athos reprit aussitôt l'air empressé qu'il avait à l'arrivée de d'Artagnan.

– Eh bien ! dit-il, cher ami, que veniez-vous m'annoncer ?

– Moi ? demanda d'Artagnan.

– Sans doute, vous. On ne vous envoie pas ainsi sans cause ?

Athos sourit.

– Dame ! fit d'Artagnan.

– Je vais vous mettre à votre aise, cher ami. Le roi est furieux, n'est-ce pas ?

– Mais je dois vous avouer qu'il n'est pas content.

– Et vous venez ?...

– De sa part, oui.

– Pour m'arrêter, alors ?

– Vous avez mis le doigt sur la chose, cher ami.

– Je m'y attendais. Allons !

– Oh ! oh ! que diable ! fit d'Artagnan, comme vous êtes pressé, vous !

– Je crains de vous mettre en retard, dit en souriant Athos.

– J'ai le temps. N'êtes-vous pas curieux, d'ailleurs, de savoir comment les choses se sont passées entre moi et le roi ?

– S'il vous plaît de me le raconter, cher ami, j'écouterai cela avec plaisir.

Et il montra à d'Artagnan un grand fauteuil dans lequel celui-ci s'étendit en prenant ses aises.

– J'y tiens, voyez-vous, continua d'Artagnan, attendu que la conversation est assez curieuse.

– J'écoute.

– Eh bien ! d'abord, le roi m'a fait appeler.

– Après mon départ ?

– Vous descendiez les dernières marches de l'escalier, à ce que m'ont dit les mousquetaires. Je suis arrivé. Mon ami, il n'était pas rouge, il était violet. J'ignorais encore ce qui s'était passé. Seulement, à terre, sur le parquet, je voyais une épée brisée en deux morceaux.

« – Capitaine d'Artagnan ! s'écria le roi en m'apercevant.

« – Sire, répondis-je.

« – Je quitte M. de La Fère, qui est un insolent !

« – Un insolent ? m'écriai-je avec un tel accent, que le roi s'arrêta court.

« – Capitaine d'Artagnan, reprit le roi les dents serrées, vous allez m'écouter et m'obéir.

« – C'est mon devoir, sire.

« – J'ai voulu épargner à ce gentilhomme, pour lequel je garde quelques bons souvenirs, l'affront de ne pas le faire arrêter chez moi.

« – Ah ! ah ! dis-je tranquillement.

« – Mais, continua-t-il, vous allez prendre un carrosse...

« Je fis un mouvement.

« – S'il vous répugne de l'arrêter vous-même, continua le roi, envoyez-moi mon capitaine des gardes.

« – Sire, répliquai-je, il n'est pas besoin du capitaine des gardes puisque je suis de service.

« – Je ne voudrais pas vous déplaire, dit le roi avec bonté ; car vous m'avez toujours bien servi, monsieur d'Artagnan.

« – Vous ne me déplaisez pas, sire, répondis-je. Je suis de service, voilà tout.

« – Mais, dit le roi avec étonnement, il me semble que le comte est votre ami ?

« – Il serait mon père, sire, que je n'en serais pas moins de service.

« Le roi me regarda ; il vit mon visage impassible et parut satisfait.

« – Vous arrêterez donc M. le comte de La Fère ? demanda-t-il.

« – Sans doute, sire, si vous m'en donnez l'ordre.

« – Eh bien ! l'ordre, je vous le donne.

« Je m'inclinai.

« – Où est le comte, sire ?

« – Vous le chercherez.

« – Et je l'arrêterai en quelque lieu qu'il soit, alors ?

« – Oui... cependant, tâchez qu'il soit chez lui. S'il retournait dans ses terres, sortez de Paris et prenez-le sur la route.

« Je saluai ; et, comme je restais en place :

« – Eh bien ? demanda le roi.

« – J'attends, sire ?

« – Qu'attendez-vous ?

« – L'ordre signé.

« Le roi parut contrarié.

« En effet, c'était un nouveau coup d'autorité à faire, c'était réparer l'acte arbitraire, si toutefois arbitraire il y a.

« Il prit la plume lentement et de mauvaise humeur, puis il écrivit :

*Ordre à M. le chevalier d'Artagnan, capitaine-lieutenant de mes mousquetaires, d'arrêter M. le comte de La Fère partout où on le trouvera.*

« Puis il se tourna de mon côté.

« J'attendais sans sourciller. Sans doute il crut voir une bravade dans ma tranquillité, car il signa vivement ; puis, me remettant l'ordre :

« – Allez ! s'écria-t-il.

« J'obéis, et me voici.

Athos serra la main de son ami.

– Marchons, dit-il.

– Oh ! fit d'Artagnan, vous avez bien quelques petites affaires à arranger avant de quitter comme cela votre logement ?

– Moi ? Pas du tout.

– Comment !...

– Mon Dieu, non. Vous le savez, d'Artagnan, j'ai toujours été simple voyageur sur la terre, prêt à aller au bout du monde à l'ordre de mon roi, prêt à quitter ce monde pour l'autre à l'ordre de mon Dieu. Que faut-il à l'homme prévenu ? Un portemanteau ou un cercueil. Je suis prêt aujourd'hui comme toujours, cher ami. Emmenez-moi donc.

– Mais Bragelonne ?...

– Je l'ai élevé dans les principes que je m'étais faits à moi-même, et vous voyez qu'en vous apercevant il a deviné à l'instant même la cause qui vous amenait. Nous l'avons dépisté un moment ; mais, soyez tranquille, il s'attend assez à ma disgrâce pour ne pas s'effrayer outre mesure. Marchons.

– Marchons, dit tranquillement d'Artagnan.

– Mon ami, dit le comte, comme j'ai brisé mon épée chez le roi, et que j'en ai jeté les morceaux à ses pieds, je crois que cela me dispense de vous la remettre.

– Vous avez raison ; et, d'ailleurs, que diable voulez-vous que je fasse de votre épée ?

– Marche-t-on devant vous ou derrière vous ?

– On marche à mon bras, répliqua d'Artagnan.

Et il prit le bras du comte de La Fère pour descendre l'escalier.

Ils arrivèrent ainsi au palier.

Grimaud, qu'ils avaient rencontré dans l'antichambre, regardait cette sortie d'un air inquiet. Il connaissait trop la vie pour ne pas se douter qu'il y eût quelque chose de caché là-dessous.

– Ah ! c'est toi, mon bon Grimaud ? dit Athos. Nous allons...

– Faire un tour dans mon carrosse, interrompit d'Artagnan avec un mouvement amical de la tête.

Grimaud remercia d'Artagnan par une grimace qui avait visiblement l'intention d'être un sourire, et il accompagna les deux amis jusqu'à la portière. Athos monta le premier ; d'Artagnan le suivit sans avoir rien dit au cocher. Ce départ, tout simple et sans autre démonstration, ne fit aucune sensation dans le voisinage. Lorsque le carrosse eut atteint les quais :

– Vous me menez à la Bastille, à ce que je vois ? dit Athos.

– Moi ? dit d'Artagnan. Je vous mène où vous voulez aller, pas ailleurs.

– Comment cela ? fit le comte surpris.

– Pardieu ! dit d'Artagnan, vous comprenez bien, mon cher comte, que je ne me suis chargé de la commission que pour que vous en fassiez à votre fantaisie. Vous ne vous attendez pas à ce que je vous fasse écrouer comme cela brutalement, sans réflexion. Si je n'avais pas prévu cela, j'eusse laissé faire M. le capitaine des gardes.

– Ainsi ?... demanda Athos.

– Ainsi, je vous le répète, nous allons où vous voulez.

– Cher ami, dit Athos en embrassant d'Artagnan, je vous reconnais bien là.

– Dame ! il me semble que c'est tout simple. Le cocher va vous mener à la barrière du Cours-la-Reine ; vous y trouverez un cheval que j'ai ordonné de tenir tout prêt ; avec ce cheval, vous ferez trois postes tout d'une traite, et, moi, j'aurai soin de ne rentrer chez le roi, pour lui dire que vous êtes parti, qu'au moment où il sera impossible de vous joindre. Pendant ce temps, vous aurez gagné Le Havre, et, du Havre, l'Angleterre, où vous trouverez la jolie maison que m'a donnée mon ami M. Monck, sans parler de l'hospitalité que le roi Charles ne manquera pas de vous offrir. Eh bien ! que dites-vous de ce projet ?

– Menez-moi à la Bastille, dit Athos en souriant.

– Mauvaise tête ! dit d'Artagnan ; réfléchissez donc.

– Quoi ?

– Que vous n'avez plus vingt ans. Croyez-moi, mon ami, je vous parle d'après moi. Une prison est mortelle aux gens de notre âge. Non, non, je ne souffrirai pas que vous languissiez en prison. Rien que d'y penser, la tête m'en tourne !

– Ami, répondit Athos, Dieu m'a fait, par bonheur, aussi fort de corps que d'esprit. Croyez-moi, je serai fort jusqu'à mon dernier soupir.

– Mais ce n'est pas de la force, mon cher, c'est de la folie.

– Non, d'Artagnan, c'est une raison suprême. Ne croyez pas que je discute le moins du monde avec vous cette question de savoir si vous vous perdriez en me sauvant. J'eusse fait ce que vous faites, si la fuite eût été dans mes convenances. J'eusse donc accepté de vous ce que, sans aucun doute, en pareille circonstance, vous eussiez accepté de moi. Non ! je vous connais trop pour effleurer seulement ce sujet.

– Ah ! si vous me laissiez faire, dit d'Artagnan, comme j'enverrais le roi courir après vous !

– Il est le roi, cher ami.

– Oh ! cela m'est bien égal ; et, tout roi qu'il est, je lui répondrais parfaitement : « Sire, emprisonnez, exilez, tuez tout en France et en Europe ; ordonnez-moi d'arrêter et de poignarder qui vous voudrez, fût-ce Monsieur, votre frère ; mais ne touchez jamais à un des quatre mousquetaires, ou sinon, mordioux !... »

– Cher ami, répondit Athos avec calme, je voudrais vous persuader d'une chose, c'est que je désire être arrêté, c'est que je tiens à une arrestation par-dessus tout.

D'Artagnan fit un mouvement d'épaules.

– Que voulez-vous ! continua Athos, c'est ainsi : vous me laisseriez aller, que je reviendrais de moi-même me constituer prisonnier. Je veux prouver à ce jeune homme que l'éclat de sa couronne étourdit, je veux lui prouver qu'il n'est le premier des hommes qu'à la condition d'en être le plus généreux et le plus sage. Il me punit, il m'emprisonne, il me torture, soit ! Il abuse, et je veux lui faire savoir ce que c'est qu'un remords, en attendant que Dieu lui apprenne ce que c'est qu'un châtiment.

– Mon ami, répondit d'Artagnan, je sais trop que, lorsque vous avez dit non, c'est non. Je n'insiste plus ; vous voulez aller à la Bastille ?

– Je le veux.

– Allons-y !... À la Bastille ! continua d'Artagnan en s'adressant au cocher.

Et, se rejetant dans le carrosse, il mâcha sa moustache avec un acharnement qui, pour Athos, signifiait une résolution prise ou en train de naître.

Le silence se fit dans le carrosse, qui continua de rouler, mais pas plus vite, pas plus lentement. Athos reprit la main du mousquetaire.

– Vous n'êtes point fâché contre moi, d'Artagnan ? dit-il.

– Moi ? Eh ! pardieu ! non. Ce que vous faites par héroïsme, vous, je l'eusse fait, moi, par entêtement.

– Mais vous êtes bien d'avis que Dieu me vengera, n'est-ce pas, d'Artagnan ?

– Et je connais sur la terre des gens qui aideront Dieu, dit le capitaine.

# XXVI

*Trois convives étonnés de souper ensemble*

Le carrosse était arrivé devant la première porte de la Bastille. Un factionnaire l'arrêta, et d'Artagnan n'eut qu'un mot à dire pour que la consigne fût levée. Le carrosse entra donc.

Tandis que l'on suivait le grand chemin couvert qui conduisait à la cour du Gouvernement, d'Artagnan dont l'œil de lynx voyait tout, même à travers les murs, s'écria tout à coup :

– Eh ! qu'est-ce que je vois ?

– Bon ! dit tranquillement Athos, qui voyez-vous, mon ami ?

– Regardez donc là-bas !

– Dans la cour ?

– Oui ; vite, dépêchez-vous.

– Eh bien ! un carrosse.

– Bien !

– Quelque pauvre prisonnier comme moi qu'on amène.

– Ce serait trop drôle !

– Je ne vous comprends pas.

– Dépêchez-vous de regarder encore pour voir celui qui va sortir de ce carrosse.

Justement un second factionnaire venait d'arrêter d'Artagnan. Les formalités s'accomplissaient. Athos pouvait voir à cent pas l'homme que son ami lui avait signalé.

Cet homme descendit, en effet, de carrosse à la porte même du Gouvernement.

– Eh bien ! demanda d'Artagnan, vous le voyez ?

– Oui ; c'est un homme en habit gris.

– Qu'en dites-vous ?

– Je ne sais trop ; c'est, comme je vous le dis, un homme en habit gris qui descend de carrosse : voilà tout.

– Athos, je gagerais que c'est lui.

– Qui lui ?

– Aramis.

– Aramis arrêté ? Impossible !

– Je ne vous dis pas qu'il est arrêté, puisque nous le voyons seul dans son carrosse.

– Alors, que fait-il ici ?

– Oh ! il connaît Baisemeaux, le gouverneur, répliqua le mousquetaire d'un ton sournois. Ma foi ! nous arrivons à temps !

– Pour quoi faire ?

– Pour voir.

– Je regrette fort cette rencontre ; Aramis, en me voyant, va prendre de l'ennui, d'abord de me voir, ensuite d'être vu.

– Bien raisonné.

– Malheureusement, il n'y a pas de remède quand on rencontre quelqu'un dans la Bastille ; voulût-on reculer pour l'éviter, c'est impossible.

– Je vous dis, Athos, que j'ai mon idée ; il s'agit d'épargner à Aramis l'ennui dont vous parliez.

– Comment faire ?

– Comme je vous dirai, ou, pour mieux m'expliquer, laissez-moi conter la chose à ma façon ; je ne vous recommanderai pas de mentir, cela vous serait impossible.

– Eh bien ! alors ?

– Eh bien ! je mentirai pour deux ; c'est si facile avec la nature et l'habitude du Gascon !

Athos sourit. Le carrosse s'arrêta où s'était arrêté celui que nous venons de signaler, sur le seuil du Gouvernement même.

– C'est entendu ? fit d'Artagnan bas à son ami.

Athos consentit par un geste. Ils montèrent l'escalier. Si l'on s'étonne de la facilité avec laquelle ils étaient entrés dans la Bastille, on se souviendra qu'en entrant, c'est-à-dire au plus difficile, d'Artagnan avait annoncé qu'il amenait un prisonnier d'État.

À la troisième porte, au contraire, c'est-à-dire une fois bien entré, il dit seulement au factionnaire :

– Chez M. de Baisemeaux.

Et tous deux passèrent. Ils furent bientôt dans la salle à manger du gouverneur, où le premier visage qui frappa les yeux de d'Artagnan fut celui d'Aramis, qui était assis côte à côte avec Baisemeaux, et attendait l'arrivée d'un bon repas, dont l'odeur fumait par tout l'appartement.

Si d'Artagnan joua la surprise, Aramis ne la joua pas ; il tressaillit en voyant ses deux amis, et son émotion fut visible.

Cependant Athos et d'Artagnan faisaient leurs compliments, et Baisemeaux, étonné, abasourdi de la présence de ces trois hôtes, commençait mille évolutions autour d'eux.

– Ah çà ! dit Aramis, par quel hasard ?...

– Nous vous le demandons, riposta d'Artagnan.

– Est-ce que nous nous constituons tous prisonniers ? s'écria Aramis avec l'affectation de l'hilarité.

– Eh ! eh ! fit d'Artagnan, il est vrai que les murs sentent la prison en diable. Monsieur de Baisemeaux, vous savez que vous m'avez invité à dîner l'autre jour ?

– Moi ? s'écria Baisemeaux ?

– Ah çà ! mais on dirait que vous tombez des nues. Vous ne vous souvenez pas ?

Baisemeaux pâlit, rougit, regarda Aramis qui le regardait, et finit par balbutier :

– Certes... je suis ravi... mais... sur l'honneur... je ne... Ah ! misérable mémoire !

– Eh ! mais j'ai tort, dit d'Artagnan comme un homme fâché.

– Tort, de quoi ?

– Tort de me souvenir, à ce qu'il paraît.

Baisemeaux se précipita vers lui.

– Ne vous formalisez pas, cher capitaine, dit-il ; je suis la plus pauvre tête du royaume. Sortez-moi de mes pigeons et de leur colombier, je ne vaux pas un soldat de six semaines.

– Enfin, maintenant, vous vous souvenez, dit d'Artagnan avec aplomb.

– Oui, oui, répliqua le gouverneur hésitant, je me souviens.

– C'était chez le roi ; vous me disiez je ne sais quelles histoires sur vos comptes avec MM. Louvières et Tremblay.

– Ah ! oui, parfaitement !

– Et sur les bontés de M. d'Herblay pour vous.

– Ah ! s'écria Aramis en regardant au blanc des yeux le malheureux gouverneur, vous disiez que vous n'aviez pas de mémoire, monsieur Baisemeaux !

Celui-ci interrompit court le mousquetaire.

– Comment donc ! c'est cela ; vous avez raison. Il me semble que j'y suis encore. Mille millions de pardons ! Mais, notez bien ceci, cher monsieur d'Artagnan, à cette heure comme aux autres, prié ou non prié, vous êtes le maître chez moi, vous et monsieur d'Herblay, votre ami, dit-il en se tournant vers Aramis, et Monsieur, ajouta-t-il en saluant Athos.

– J'ai bien pensé à tout cela, répondit d'Artagnan. Voici pourquoi je venais : n'ayant rien à faire ce soir au Palais-Royal, je voulais tâter de votre ordinaire, quand, sur la route, je rencontrai M. le comte.

Athos salua.

– M. le comte, qui quittait Sa Majesté, me remit un ordre qui exige prompte exécution. Nous étions près d'ici ; j'ai voulu poursuivre, ne fût-ce que pour vous serrer la main et vous présenter Monsieur, dont vous me parlâtes si avantageusement chez le roi, ce même soir où...

– Très bien ! très bien ! M. le comte de La Fère, n'est-ce pas ?

– Justement.

– M. le comte est le bienvenu.

– Et il dînera avec vous deux, n'est-ce pas ? tandis que moi, pauvre limier, je vais courir pour mon service. Heureux mortels que vous êtes, vous autres ! ajouta-t-il en soupirant comme Porthos l'eût pu faire.

– Ainsi, vous partez ? dirent Aramis et Baisemeaux unis dans un même sentiment de surprise joyeuse.

La nuance fut saisie par d'Artagnan.

– Je vous laisse à ma place, dit-il, un noble et bon convive. Et il frappa doucement sur l'épaule d'Athos, qui, lui aussi, s'étonnait et ne pouvait s'empêcher de le témoigner un peu ; nuance qui fut saisie par Aramis seul, M. de Baisemeaux n'étant pas de la force des trois amis.

– Quoi ! nous vous perdons ? reprit le bon gouverneur.

– Je vous demande une heure ou une heure et demie. Je reviendrai pour le dessert.

– Oh ! nous vous attendrons, dit Baisemeaux.

– Ce serait me désobliger.

– Vous reviendriez ? dit Athos d'un air de doute.

– Assurément, dit-il en lui serrant la main confidentiellement.

Et il ajouta plus bas :

– Attendez-moi, Athos ; soyez gai, et surtout ne parlez pas affaires, pour l'amour de Dieu !

Une nouvelle pression de main confirma le comte dans l'obligation de se tenir discret et impénétrable. Baisemeaux reconduisit d'Artagnan jusqu'à la porte.

Aramis, avec force caresses, s'empara d'Athos, résolu de le faire parler ; mais Athos avait toutes les vertus au suprême degré. Quand la nécessité l'exigeait, il eût été le premier orateur du monde, au besoin ; il fût mort avant de dire une syllabe, dans l'occasion.

Ces trois messieurs se placèrent donc, dix minutes après le départ de d'Artagnan, devant une bonne table meublée avec le luxe gastronomique le plus substantiel.

Les grosses pièces, les conserves, les vins les plus variés, apparurent successivement sur cette table servie aux dépens du roi, et sur la dépense de laquelle M. Colbert eût trouvé facilement à s'économiser deux tiers, sans faire maigrir personne à la Bastille.

Baisemeaux fut le seul qui mangeât et qui bût résolument. Aramis ne refusa rien et effleura tout ; Athos après le potage et les trois hors-d'œuvre, ne toucha plus à rien.

La conversation fut ce qu'elle devait être entre trois hommes si opposés d'humeur et de projets.

Aramis ne cessa de se demander par quelle singulière rencontre Athos se trouvait chez Baisemeaux lorsque d'Artagnan n'y était plus, et pourquoi d'Artagnan ne s'y trouvait plus quand Athos y était resté. Athos creusa toute la profondeur de cet esprit d'Aramis, qui vivait de subterfuges et d'intrigues ; il regarda bien son homme et le flaira occupé de quelque projet important. Puis il se concentra, lui aussi, dans ses propres intérêts, en se demandant pourquoi d'Artagnan avait quitté la Bastille si étrangement vite, en laissant là un prisonnier si mal introduit et si mal écroué.

Mais ce n'est pas sur ces personnages que nous arrêterons notre examen. Nous les abandonnons à eux-mêmes, devant les débris des chapons, des perdrix et des poissons mutilés par le couteau généreux de Baisemeaux.

Celui que nous poursuivrons, c'est d'Artagnan, qui, remontant dans le carrosse qui l'avait amené, cria au cocher, à l'oreille :

– Chez le roi, et brûlons le pavé !

# XXVII

*Ce qui se passait au Louvre pendant*
*le souper de la Bastille*

M. de Saint-Aignan avait fait sa commission auprès de La Vallière, ainsi qu'on l'a vu dans un des précédents chapitres ; mais, quelle que fût son éloquence, il ne persuada point à la jeune fille qu'elle eût un protecteur assez considérable dans le roi, et qu'elle n'avait besoin de personne au monde quand le roi était pour elle.

En effet, au premier mot que le confident prononça de la découverte du fameux secret, Louise, éplorée, jeta les hauts cris et s'abandonna tout entière à une douleur que le roi n'eut pas trouvée obligeante, si, d'un coin de l'appartement, il eût pu en être le témoin. De Saint-Aignan, ambassadeur, s'en formalisa comme aurait pu faire son maître, et revint chez le roi annoncer ce qu'il avait vu et entendu. C'est là que nous le retrouvons, fort agité, en présence de Louis, plus agité encore.

– Mais, dit le roi à son courtisan, lorsque celui-ci eut achevé sa narration, qu'a-t-elle conclu ? La verrai-je au moins tout à l'heure avant le souper ? Viendra-t-elle, ou faudra-t-il que je passe chez elle ?

– Je crois, sire, que, si Votre Majesté désire la voir, il faudra que le roi fasse non seulement les premiers pas, mais tout le chemin.

– Rien pour moi ! Ce Bragelonne lui tient donc bien au cœur ? murmura Louis XIV entre ses dents.

– Oh ! sire, cela n'est pas possible, car c'est vous que M<sup>lle</sup> de La Vallière aime, et cela de tout son cœur. Mais, vous savez, M. de Bragelonne appartient à cette race sévère qui joue les héros romains.

Le roi sourit faiblement. Il savait à quoi s'en tenir. Athos le quittait.

– Quant à M<sup>lle</sup> de La Vallière, continua de Saint-Aignan, elle a été élevée chez Madame douairière, c'est-à-dire dans la retraite et l'austérité. Ces deux fiancés-là se sont froidement fait de petits serments devant la lune et les étoiles, et, voyez-vous, sire, aujourd'hui, pour rompre cela c'est le diable !

De Saint-Aignan croyait faire rire encore le roi ; mais bien au contraire, du simple sourire Louis passa au sérieux complet. Il ressentait déjà ce que le comte avait promis à d'Artagnan de lui donner : des remords. Il songeait qu'en effet ces deux jeunes gens s'étaient aimés et juré alliance ; que l'un des deux avait tenu parole, et que l'autre était trop probe pour ne pas gémir de s'être parjuré.

Et, avec le remords, la jalousie aiguillonnait vivement le cœur du roi. Il ne prononça plus une parole, et, au lieu d'aller chez sa mère, ou chez la reine, ou chez Madame pour s'égayer un peu et faire rire les dames, ainsi qu'il le disait lui-même, il se plongea dans le vaste fauteuil où Louis XIII, son auguste père, s'était tant ennuyé avec Baradas et Cinq-Mars pendant tant de jours et d'années.

De Saint-Aignan comprit que le roi n'était pas amusable en ce moment-là. Il hasarda la dernière ressource et prononça le nom de Louise. Le roi leva la tête.

– Que fera Votre Majesté ce soir ? Faut-il prévenir M<sup>lle</sup> de La Vallière ?

– Dame ! il me semble qu'elle est prévenue, répondit le roi.

– Se promènera-t-on ?

– On sort de se promener, répliqua le roi.

– Eh bien ! sire ?

– Eh bien ! rêvons, de Saint-Aignan, rêvons chacun de notre côté ; quand M<sup>lle</sup> de La Vallière aura bien regretté ce qu'elle regrette (le remords faisait son œuvre), eh bien ! alors, daignera-t-elle nous donner de ses nouvelles !

– Ah ! sire, pouvez-vous ainsi méconnaître ce cœur dévoué ?

Le roi se leva rouge de dépit ; la jalousie mordait à son tour. De Saint-Aignan commençait à trouver la position difficile, quand la portière se leva. Le roi fit un brusque mouvement ; sa première idée fut qu'il lui arrivait un billet de La Vallière ; mais, à la place d'un messager d'amour, il ne vit que son capitaine des mousquetaires debout et muet dans l'embrasure.

– Monsieur d'Artagnan ! fit-il. Ah !... Eh bien ?

D'Artagnan regarda de Saint-Aignan. Les yeux du roi prirent la même direction que ceux de son capitaine. Ces regards eussent été clairs pour tout le monde ; à bien plus forte raison le furent-ils pour de Saint-Aignan. Le courtisan salua et sortit. Le roi et d'Artagnan se trouvèrent seuls.

– Est-ce fait ? demanda le roi.

– Oui, sire, répondit le capitaine des mousquetaires d'une voix grave, c'est fait.

Le roi ne trouva plus un mot à dire. Cependant l'orgueil lui commandait de n'en pas rester là. Quand un roi a pris une décision, même injuste, il faut qu'il prouve à tous ceux qui la lui ont vu prendre, et surtout il faut qu'il se prouve à lui-même qu'il avait raison en la prenant. Il y a un moyen pour cela, un moyen presque infaillible, c'est de chercher des torts à la victime.

Louis, élevé par Mazarin et Anne d'Autriche, savait, mieux qu'aucun prince ne le sut jamais, son métier de roi. Aussi essaya-t-il de le prouver en cette occasion. Après un moment de silence, pendant lequel il avait fait tout bas les réflexions que nous venons de faire tout haut :

– Qu'a dit le comte ? reprit-il négligemment.

– Mais rien, sire.

– Cependant, il ne s'est pas laissé arrêter sans rien dire ?

– Il a dit qu'il s'attendait à être arrêté, sire.

Le roi releva la tête avec fierté.

– Je présume que M. le comte de La Fère n'a pas continué son rôle de rebelle ? dit-il.

– D'abord, sire, qu'appelez-vous rebelle ? demanda tranquillement le mousquetaire. Un rebelle aux yeux du roi, est-ce l'homme qui, non seulement se laisse coffrer à la Bastille, mais qui encore résiste à ceux qui ne veulent pas l'y conduire ?

– Qui ne veulent pas l'y conduire ? s'écria le roi. Qu'entends-je là, capitaine ? Êtes-vous fou ?

– Je ne crois pas, sire.

– Vous parlez de gens qui ne voulaient pas arrêter M. de La Fère ?...

– Oui, sire.

– Et quels sont ces gens-là ?

– Ceux que Votre Majesté en avait chargés, apparemment, dit le mousquetaire.

– Mais c'est vous que j'en avais chargé, s'écria le roi.

– Oui, sire, c'est moi.

– Et vous dites que, malgré mon ordre, vous aviez l'intention de ne pas arrêter l'homme qui m'avait insulté ?

– C'était absolument mon intention, oui, sire.

– Oh !

– Je lui ai même proposé de monter sur un cheval que j'avais fait préparer pour lui à la barrière de la Conférence.

– Et dans quel but aviez-vous fait préparer ce cheval ?

– Mais, sire, pour que M. le comte de La Fère pût gagner Le Havre et, de là, l'Angleterre.

– Vous me trahissiez donc, alors, monsieur ? s'écria le roi étincelant de fierté sauvage.

– Parfaitement.

Il n'y avait rien à répondre à des articulations faites sur ce ton. Le roi sentit une si rude résistance, qu'il s'étonna.

– Vous aviez au moins une raison, monsieur d'Artagnan, quand vous agissiez ainsi ? interrogea le roi avec majesté.

– J'ai toujours une raison, sire.

– Ce n'est pas la raison de l'amitié, au moins, la seule que vous puissiez faire valoir, la seule qui puisse vous excuser, car je vous avais mis bien à l'aise sur ce chapitre.

– Moi, sire ?

– Ne vous ai-je pas laissé le choix d'arrêter ou de ne pas arrêter M. le comte de La Fère ?

– Oui, sire ; mais...

– Mais quoi ? interrompit le roi impatient.

– Mais en me prévenant, sire, que, si je ne l'arrêtais pas, votre capitaine des gardes l'arrêterait, lui.

– Ne vous faisais-je pas la partie assez belle, du moment où je ne vous forçais pas la main ?

– À moi, oui, sire ; à mon ami, non.

– Non ?

– Sans doute, puisque, par moi ou par le capitaine des gardes, mon ami était toujours arrêté.

– Et voilà votre dévouement, monsieur ? un dévouement qui raisonne, qui choisit ? Vous n'êtes pas un soldat, monsieur !

– J'attends que Votre Majesté me dise ce que je suis.

– Eh bien ! vous êtes un frondeur !

– Depuis qu'il n'y a plus de Fronde, alors, sire...

– Mais, si ce que vous dites est vrai...

– Ce que je dis est toujours vrai, sire.

– Que venez-vous faire ici ? Voyons.

– Je viens ici dire au roi : Sire, M. de La Fère est à la Bastille...

– Ce n'est point votre faute, à ce qu'il paraît.

– C'est vrai, sire, mais enfin, il y est, et, puisqu'il y est, il est important que Votre Majesté le sache.

– Ah ! monsieur d'Artagnan, vous bravez votre roi !

– Sire...

– Monsieur d'Artagnan, je vous préviens que vous abusez de ma patience.

– Au contraire, sire.

– Comment, au contraire ?

– Je viens me faire arrêter aussi.

– Vous faire arrêter, vous ?

– Sans doute. Mon ami va s'ennuyer là-bas, et je viens proposer à Votre Majesté de me permettre de lui faire compagnie ; que Votre Majesté dise un mot, et je m'arrête moi-même ; je n'aurai pas besoin du capitaine des gardes pour cela, je vous en réponds.

Le roi s'élança vers la table et saisit une plume pour donner l'ordre d'emprisonner d'Artagnan.

– Faites attention que c'est pour toujours, monsieur, s'écria-t-il avec l'accent de la menace.

– J'y compte bien, reprit le mousquetaire ; car lorsqu'une fois vous aurez fait ce beau coup-là, vous n'oserez plus me regarder en face.

Le roi jeta sa plume avec violence.

– Allez-vous-en ! dit-il.

– Oh ! non pas, sire, s'il plaît à Votre Majesté.

– Comment, non pas ?

– Sire, je venais pour parler doucement au roi ; le roi s'est emporté, c'est un malheur, mais je n'en dirai pas moins au roi ce que j'ai à lui dire.

– Votre démission, monsieur, s'écria le roi !

– Sire, vous savez que ma démission ne me tient pas au cœur, puisque, à Blois, le jour où Votre Majesté a refusé au roi Charles le million que lui a donné mon ami le comte de La Fère, j'ai offert ma démission au roi.

– Eh bien ! alors, faites vite.

– Non, sire ; car ce n'est point de ma démission qu'il s'agit ici ; Votre Majesté avait pris la plume pour m'envoyer à la Bastille, pourquoi change-t-elle d'avis ?

– D'Artagnan ! tête gasconne ! qui est le roi de vous ou de moi ! Voyons.

– C'est vous, sire, malheureusement.

– Comment, malheureusement ?

– Oui, sire ; car, si c'était moi...

– Si c'était vous, vous approuveriez la rébellion de M. d'Artagnan, n'est-ce pas ?

– Oui, certes !

– En vérité ?

Et le roi haussa les épaules.

– Et je dirais à mon capitaine des mousquetaires, continua d'Artagnan, je lui dirais en le regardant avec des yeux humains et non avec des charbons enflammés, je lui dirais : « Monsieur d'Artagnan, j'ai oublié que je suis le roi. Je suis descendu de mon trône pour outrager un gentilhomme. »

– Monsieur, s'écria le roi, croyez-vous que c'est excuser votre ami que de surpasser son insolence ?

– Oh ! sire, j'irai bien plus loin que lui, dit d'Artagnan, et ce sera votre faute. Je vous dirai, ce qu'il ne vous a pas dit, lui, l'homme de toutes les délicatesses ; je vous dirai : sire, vous avez sacrifié son fils, et il défendait son fils ; vous l'avez sacrifié lui-même ; il vous parlait au nom de l'honneur, de la religion et de la vertu, vous l'avez repoussé, chassé, emprisonné. Moi, je serai plus dur que lui, sire ; et je vous dirai : sire, choisissez ! Voulez-vous des amis ou des valets ? des soldats ou des danseurs à révérences ? des grands hommes ou des polichinelles ? Voulez-vous qu'on vous serve ou voulez-vous qu'on plie ! voulez-vous qu'on vous aime ou voulez-vous qu'on ait peur de vous ? Si vous préférez la bassesse, l'intrigue, la couardise, oh ! dites-le, sire ; nous partirons, nous autres, qui sommes les seuls restes, je dirai plus, les seuls modèles de la vaillance d'autrefois ; nous qui avons servi et dépassé peut-être en courage, en mérite, des hommes déjà grands dans la postérité. Choisissez, sire, et hâtez-vous. Ce qui vous reste de grands seigneurs, gardez-le ; vous aurez toujours assez de courtisans. Hâtez-vous, et envoyez-moi à la Bastille avec mon ami ; car, si vous n'avez pas su écouter le comte de La Fère, c'est-à-dire la voix la plus douce et la plus noble de l'honneur ; si vous ne savez pas entendre d'Artagnan, c'est-à-dire la plus franche et la plus rude voix de la sincérité, vous êtes un mauvais roi, et demain, vous serez un pauvre roi. Or, les mauvais rois, on les abhorre ; les pauvres rois, on les chasse. Voilà ce que j'avais à vous dire, sire ; vous avez eu tort de me pousser jusque-là.

Le roi se renversa froid et livide sur son fauteuil : il était évident que la foudre tombée à ses pieds ne l'eût pas étonné davantage ; on eût cru que le souffle lui manquait et qu'il allait expirer. Cette rude voix de la sincérité, comme l'appelait d'Artagnan, lui avait traversé le cœur, pareille à une lame.

D'Artagnan avait dit tout ce qu'il avait à dire. Comprenant la colère du roi, il tira son épée, et, s'approchant respectueusement de Louis XIV, il la posa sur la table.

Mais le roi, d'un geste furieux, repoussa l'épée, qui tomba à terre et roula aux pieds de d'Artagnan.

Si maître que le mousquetaire fût de lui, il pâlit à son tour, et frémissant d'indignation :

– Un roi, dit-il, peut disgracier un soldat ; il peut l'exiler, il peut le condamner à mort ; mais, fût-il cent fois roi, il n'a jamais le droit de l'insulter en déshonorant son épée. Sire, un roi de France n'a jamais repoussé avec mépris l'épée d'un homme tel que moi. Cette épée souillée, songez-y, sire, elle n'a plus désormais d'autre fourreau que mon cœur ou le vôtre. Je choisis le mien, sire, remerciez-en Dieu et ma patience !

Puis se précipitant sur son épée :

– Que mon sang retombe sur votre tête, sire ! s'écria-t-il.

Et, d'un geste rapide, appuyant la poignée de l'épée au parquet, il en dirigea la pointe sur sa poitrine.

Le roi s'élança d'un mouvement encore plus rapide que celui de d'Artagnan, jetant le bras droit au cou du mousquetaire, et, de la main gauche, saisissant par le milieu la lame de l'épée, qu'il remit silencieusement au fourreau.

D'Artagnan, roide, pâle et frémissant encore, laissa, sans l'aider, faire le roi jusqu'au bout.

Alors, Louis, attendri, revenant à la table, prit la plume, écrivit quelques lignes, les signa, et étendit la main vers d'Artagnan.

– Qu'est-ce que ce papier, sire ? demanda le capitaine.

– L'ordre donné à M. d'Artagnan d'élargir à l'instant même M. le comte de La Fère.

D'Artagnan saisit la main royale et la baisa ; puis il plia l'ordre, le passa sous son buffle et sortit.

Ni le roi ni le capitaine n'avaient articulé une syllabe.

– Ô cœur humain ! boussole des rois ! murmura Louis resté seul, quand donc saurai-je lire dans tes replis comme dans les feuilles d'un livre ? Non, je ne suis pas un mauvais roi ; non, je ne suis pas un pauvre roi ; mais je suis encore un enfant.

# XXVIII

*Rivaux politiques*

D'Artagnan avait promis à M. de Baisemeaux d'être de retour au dessert, d'Artagnan tint parole. On en était aux vins fins et aux liqueurs, dont la cave du gouverneur avait la réputation d'être admirablement garnie, lorsque les éperons du capitaine des mousquetaires retentirent dans le corridor et que lui-même parut sur le seuil.

Athos et Aramis avaient joué serré. Aussi, aucun des deux n'avait pénétré l'autre. On avait soupé, causé beaucoup de la Bastille, du dernier voyage de Fontainebleau, de la future fête que M. Fouquet devait donner à Vaux. Les généralités avaient été prodiguées, et nul, hormis de Baisemeaux, n'avait effleuré les choses particulières.

D'Artagnan tomba au milieu de la conversation, encore pâle et ému de sa conversation avec le roi. De Baisemeaux s'empressa d'approcher une chaise. D'Artagnan accepta un verre plein et le laissa vide. Athos et Aramis remarquèrent tous deux cette émotion de d'Artagnan. Quant à de Baisemeaux, il ne vit rien que le capitaine des mousquetaires de Sa Majesté auquel il se hâta de faire fête. Approcher le roi, c'était avoir tous droits aux égards de M. de Baisemeaux. Seulement, quoique Aramis eût remarqué cette émotion, il n'en pouvait deviner la cause. Athos seul croyait l'avoir pénétrée. Pour lui, le retour de d'Artagnan et surtout le bouleversement de l'homme impassible signifiaient : « Je viens de demander au roi quelque chose que le roi m'a refusé. » Bien convaincu qu'il était dans le vrai, Athos sourit, se leva de table et fit un signe à d'Artagnan, comme pour lui rappeler qu'ils avaient autre chose à faire que de souper ensemble.

D'Artagnan comprit et répondit par un autre signe. Aramis et Baisemeaux, voyant ce dialogue muet, interrogeaient du regard. Athos crut que c'était à lui de donner l'explication de ce qui se passait.

– La vérité, mes amis, dit le comte de La Fère avec un sourire, c'est que vous, Aramis, vous venez de souper avec un criminel d'État, et vous, monsieur de Baisemeaux, avec votre prisonnier.

Baisemeaux poussa une exclamation de surprise et presque de joie. Ce cher M. de Baisemeaux avait l'amour-propre de sa forteresse. À part le profit, plus il avait de prisonniers, plus il était heureux ; plus ces prisonniers étaient grands, plus il était fier.

Quant à Aramis, prenant une figure de circonstance :

– Oh ! cher Athos, dit-il, pardonnez-moi, mais, je me doutais presque de ce qui arrive. Quelque incartade de Raoul ou de La Vallière, n'est-ce pas ?

– Hélas ! fit Baisemeaux.

– Et, continua Aramis, vous, en grand seigneur que vous êtes, oubliant qu'il n'y a plus que des courtisans, vous avez été trouver le roi et vous lui avez dit son fait ?

– Vous avez deviné, mon ami.

– De sorte, dit de Baisemeaux, tremblant d'avoir soupé si familièrement avec un homme tombé dans la disgrâce de Sa Majesté ; de sorte, monsieur le comte ?...

– De sorte, mon cher gouverneur, dit Athos, que mon ami M. d'Artagnan va vous communiquer ce papier qui passe par l'ouverture de son buffle, et qui n'est autre, certainement, que mon ordre d'écrou.

De Baisemeaux tendit la main avec sa souplesse d'habitude.

D'Artagnan tira, en effet, deux papiers de sa poitrine, et en présenta un au gouverneur. Baisemeaux déplia le papier et lut à demi-voix, tout en regardant Athos par-dessus le papier, en s'interrompant :

– « Ordre de détenir dans mon château de la Bastille... » Très bien... « Dans mon château de la Bastille... M. le comte de La Fère. » Oh ! monsieur, que c'est pour moi un douloureux honneur de vous posséder !

– Vous aurez un patient prisonnier, monsieur, dit Athos de sa voix suave et calme.

– Et un prisonnier qui ne restera pas un mois chez vous, mon cher gouverneur, dit Aramis, tandis que de Baisemeaux, l'ordre à la main, transcrivait sur son registre d'écrou la volonté royale.

Pas même un jour, ou plutôt, pas même une nuit, dit d'Artagnan en exhibant le second ordre du roi ; car maintenant, cher monsieur de Baisemeaux, il vous faudra transcrire aussi cet ordre de mettre immédiatement le comte en liberté.

– Ah ! fit Aramis, c'est de la besogne que vous m'épargnez, d'Artagnan.

Et il serra d'une façon significative la main du mousquetaire en même temps que celle d'Athos.

– Eh quoi ! dit ce dernier avec étonnement, le roi me donne la liberté ?

– Lisez, cher ami, repartit d'Artagnan.

Athos prit l'ordre et lut.

– C'est vrai, dit-il.

– En seriez-vous fâché ? demanda d'Artagnan.

– Oh ! non, au contraire. Je ne veux pas de mal au roi, et le plus grand mal qu'on puisse souhaiter aux rois, c'est qu'ils commettent une injustice. Mais vous avez eu du mal, n'est-ce pas ? Oh ! avouez-le mon ami.

– Moi ? Pas du tout ! fit en riant le mousquetaire. Le roi fait tout ce que je veux.

Aramis regarda d'Artagnan et vit bien qu'il mentait.

Mais Baisemeaux ne regarda rien que d'Artagnan, tant il était saisi d'une admiration profonde pour cet homme qui faisait faire au roi tout ce qu'il voulait.

– Et le roi exile Athos ? demanda Aramis.

– Non, pas précisément ; le roi ne s'est pas même expliqué là-dessus, reprit d'Artagnan ; mais je crois que le comte n'a rien de mieux à faire, à moins qu'il ne tienne à remercier le roi...

– Non, en vérité, répondit en souriant Athos.

– Eh bien ! je crois que le comte n'a rien de mieux à faire, reprit d'Artagnan, que de se retirer dans son château. Au reste, mon cher Athos, parlez, demandez ; si une résidence vous est plus agréable que l'autre, je me fais fort de vous faire obtenir celle-là.

– Non, merci, dit Athos ; rien ne peut m'être plus agréable, cher ami, que de retourner dans ma solitude, sous mes grands arbres, au bord de la Loire. Si Dieu est le suprême médecin des maux de l'âme, la nature est le souverain remède. Ainsi, monsieur, continua Athos en se retournant vers Baisemeaux, me voilà donc libre ?

– Oui, monsieur le comte, je le crois, je l'espère, du moins, dit le gouverneur en tournant et retournant les deux papiers, à moins, toutefois, que M. d'Artagnan n'ait un troisième ordre.

– Non, cher monsieur de Baisemeaux, non, dit le mousquetaire, il faut vous en tenir au second et nous arrêter là.

– Ah ! monsieur le comte, dit Baisemeaux s'adressant à Athos, vous ne savez pas ce que vous perdez ! Je vous eusse mis à trente livres, comme les généraux ; que dis-je ! à cinquante livres, comme les princes, et vous eussiez soupé tous les soirs comme vous avez soupé ce soir.

– Permettez-moi, monsieur, dit Athos, de préférer ma médiocrité.

Puis, se retournant vers d'Artagnan :

– Partons, mon ami, dit-il.

– Partons, dit d'Artagnan.

– Est-ce que j'aurai cette joie, demanda Athos, de vous posséder pour compagnon, mon ami ?

– Jusqu'à la porte seulement, très cher, répondit d'Artagnan ; après quoi, je vous dirai ce que j'ai dit au roi : « Je suis de service. »

– Et vous, mon cher Aramis, dit Athos en souriant, m'accompagnez-vous ? La Fère est sur la route de Vannes.

– Moi, mon ami, dit le prélat, j'ai rendez-vous ce soir à Paris, et je ne saurais m'éloigner sans faire souffrir de graves intérêts.

– Alors, mon cher ami, dit Athos, permettez-moi que je vous embrasse, et que je parte. Mon cher monsieur Baisemeaux, grand merci de votre bonne volonté, et surtout de l'échantillon que vous m'avez donné de l'ordinaire de la Bastille.

Et, après avoir embrassé Aramis et serré la main à M. de Baisemeaux ; après avoir reçu les souhaits de bon voyage de tous deux, Athos partit avec d'Artagnan.

Tandis que le dénouement de la scène du Palais-Royal s'accomplissait à la Bastille, disons ce qui se passait chez Athos et chez Bragelonne.

Grimaud, comme nous l'avons vu, avait accompagné son maître à Paris ; comme nous l'avons dit, il avait assisté à la sortie d'Athos ; il avait vu d'Artagnan mordre ses moustaches ; il avait vu son maître monter en carrosse ; il avait interrogé l'une et l'autre physionomie, et il les connaissait toutes deux depuis assez longtemps pour avoir compris, à travers le masque de leur impassibilité, qu'il se passait de graves événements.

Une fois Athos parti, il se mit à réfléchir. Alors il se rappela l'étrange façon dont Athos lui avait dit adieu, l'embarras imperceptible pour tout autre que pour lui de ce maître aux idées si nettes, à la volonté si droite. Il savait qu'Athos n'avait rien emporté que ce qu'il avait sur lui, et, cependant, il croyait voir qu'Athos ne partait pas pour une heure, pas même pour un jour. Il y avait une longue absence dans la façon dont Athos, en quittant Grimaud, avait prononcé le mot adieu.

Tout cela lui revenait à l'esprit avec tous ses sentiments d'affection profonde pour Athos, avec cette horreur du vide et de la solitude qui toujours occupe l'imagination des gens qui aiment ; tout cela, disons-nous, rendit l'honnête Grimaud fort triste et surtout fort inquiet.

Sans se rendre compte de ce qu'il faisait depuis le départ de son maître, il errait par tout l'appartement, cherchant, pour ainsi dire, les traces de son maître, semblable, en cela, tout ce qui est bon se ressemble, au chien, qui n'a pas d'inquiétude sur son maître absent, mais qui a de l'ennui. Seulement, comme à l'instinct de l'animal Grimaud joignait la raison de l'homme, Grimaud avait à la fois de l'ennui et de l'inquiétude.

N'ayant trouvé aucun indice qui pût le guider, n'ayant rien vu ou rien découvert qui eût fixé ses doutes, Grimaud se mit à imaginer ce qui pouvait être arrivé. Or, l'imagination est la ressource ou plutôt le supplice des bons cœurs. En effet, jamais il n'arrive qu'un bon cœur se représente son ami heureux ou allègre. Jamais le pigeon qui voyage n'inspire autre chose que la terreur au pigeon resté au logis.

Grimaud passa donc de l'inquiétude à la terreur. Il récapitula tout ce qui s'était passé : la lettre de d'Artagnan à Athos, lettre à la suite de laquelle Athos avait paru si chagrin ; puis la visite de Raoul à Athos, visite à la suite de laquelle Athos avait demandé ses ordres et son habit de cérémonie ; puis cette entrevue avec le roi, entrevue à la suite de laquelle Athos était rentré si sombre ; puis cette explication entre le père et le fils, explication à la suite de laquelle Athos avait si tristement embrassé Raoul, tandis que Raoul s'en allait si tristement chez lui ; enfin l'arrivée de d'Artagnan mordant sa moustache, arrivée à la suite de laquelle M. le comte de La Fère était monté en carrosse avec d'Artagnan. Tout cela composait un drame en cinq actes fort clair, surtout pour un analyste de la force de Grimaud.

Et d'abord Grimaud eut recours aux grands moyens ; il alla chercher dans le justaucorps laissé par son maître la lettre de M. d'Artagnan. Cette lettre s'y trouvait encore, et voici ce qu'elle contenait :

*Cher ami, Raoul est venu me demander des renseignements sur la conduite de M^{lle} de La Vallière durant le séjour de notre jeune ami à Londres. Moi, je suis un pauvre capitaine de mousquetaires dont les oreilles sont rebattues tout le jour des propos de caserne et de ruelle. Si j'avais dit à Raoul ce que je crois savoir, le pauvre garçon en fût mort ; mais, moi qui suis au service du roi, je ne puis raconter les affaires du roi. Si le cœur vous en dit, marchez ! La chose vous regarde plus que moi et presque autant que Raoul.*

Grimaud s'arracha une demi-pincée de cheveux. Il eût fait mieux si sa chevelure eût été plus abondante.

– Voilà, dit-il, le nœud de l'énigme. La jeune fille a fait des siennes. Ce qu'on dit d'elle et du roi est vrai. Notre jeune maître est trompé. Il doit le savoir. M. le comte a été trouver le roi et lui a dit son fait. Et puis le roi a envoyé M. d'Artagnan pour arranger l'affaire. Ah ! mon Dieu, continua Grimaud, M. le comte est rentré sans son épée.

Cette découverte fit monter la sueur au front du brave homme. Il ne s'arrêta pas plus longtemps à conjecturer, il enfonça son chapeau sur la tête et courut au logis de Raoul.

Après la sortie de Louise, Raoul avait dompté sa douleur, sinon son amour, et, forcé de regarder en avant dans cette route périlleuse où l'entraînaient la folie et la rébellion, il avait vu du premier coup d'œil son père en butte à la résistance royale, puisque Athos s'était d'abord offert à cette résistance.

En ce moment de lucidité toute sympathique, le malheureux jeune homme se rappela justement les signes mystérieux d'Athos, la visite inattendue de d'Artagnan, et le résultat de tout ce conflit entre un prince et un sujet apparut à ses yeux épouvantés.

D'Artagnan en service, c'est-à-dire cloué à son poste, ne venait certes pas chez Athos pour le plaisir de voir Athos. Il venait pour lui dire quelque chose. Ce quelque chose, en d'aussi pénibles conjonctures, était un malheur ou un danger. Raoul frémit d'avoir été égoïste, d'avoir oublié son père pour son amour, d'avoir, en un mot, cherché la rêverie ou la jouissance du désespoir, alors qu'il s'agissait peut-être de repousser l'attaque imminente dirigée contre Athos.

Ce sentiment le fit bondir. Il ceignit son épée et courut d'abord à la demeure de son père. En chemin, il se heurta contre Grimaud, qui, parti du pôle opposé, s'élançait avec la même ardeur à la recherche de la vérité. Ces deux hommes s'étreignirent l'un et l'autre ; ils en étaient l'un et l'autre au même point de la parabole décrite par leur imagination.

– Grimaud ! s'écria Raoul.

– Monsieur Raoul ! s'écria Grimaud.

– M. le comte va bien ?

– Tu l'as vu ?

– Non ; où est-il ?

– Je le cherche.

– Et M. d'Artagnan ?

– Sorti avec lui.

– Quand ?

– Dix minutes après votre départ.

– Comment sont-ils sortis ?

– En carrosse.

– Où vont-ils ?

– Je ne sais.

– Mon père a pris de l'argent ?

– Non.

– Une épée ?

– Non.

– Grimaud !

– Monsieur Raoul !

– J'ai idée que M. d'Artagnan venait pour...

– Pour arrêter M. le comte, n'est-ce pas ?

– Oui, Grimaud.

– Je l'aurais juré !

– Quel chemin ont-ils pris ?

– Le chemin des quais.

– La Bastille ?

– Ah ! mon Dieu, oui.

– Vite, courons !

– Oui, courons !

– Mais où cela ? dit soudain Raoul avec accablement.

– Passons chez M. d'Artagnan ; nous saurons peut-être quelque chose.

– Non ; si l'on s'est caché de moi chez mon père, on s'en cachera partout. Allons chez... Oh ! mon Dieu ! mais je suis fou aujourd'hui, mon bon Grimaud.

– Quoi donc ?

– J'ai oublié M. du Vallon.

– M. Porthos ?

– Qui m'attend toujours ! Hélas ! je te le disais, je suis fou.

– Qui vous attend, où cela ?

– Aux Minimes de Vincennes !

– Ah ! mon Dieu ! Heureusement, c'est du côté de la Bastille !

– Allons, vite !

– Monsieur, je vais faire seller les chevaux.

– Oui, mon ami, va.

# XXIX

*Où Porthos est convaincu sans avoir compris*

Ce digne Porthos, fidèle à toutes les lois de la chevalerie antique, s'était décidé à attendre M. de Saint-Aignan jusqu'au coucher du soleil. Et, comme de Saint-Aignan ne devait pas venir, comme Raoul avait oublié d'en prévenir son second, comme la faction commençait à être des plus longues et des plus pénibles, Porthos s'était fait apporter par le garde d'une porte quelques bouteilles de bon vin et un quartier de viande, afin d'avoir au moins la distraction de tirer de temps en temps un bouchon et une bouchée. Il en était aux dernières extrémités, c'est-à-dire aux dernières miettes, lorsque Raoul arriva escorté de Grimaud, et tous deux poussant à toute bride.

Quand Porthos vit sur le chemin ces deux cavaliers si pressés, il ne douta plus que ce ne fussent ses hommes, et, se levant aussitôt de l'herbe sur laquelle il s'était mollement assis, il commença par déraidir ses genoux et ses poignets, en disant :

– Ce que c'est que d'avoir de belles habitudes ! Ce drôle a fini par venir. Si je me fusse retiré, il ne trouvait personne et prenait avantage.

Puis il se campa sur une hanche avec une martiale attitude, et fit ressortir par un puissant tour de reins la cambrure de sa taille gigantesque. Mais, au lieu de Saint-Aignan, il ne vit que Raoul, lequel, avec des gestes désespérés, l'aborda en criant :

– Ah ! cher ami ; ah ! pardon ; ah ! que je suis malheureux !

– Raoul ! fit Porthos tout surpris.

– Vous m'en vouliez ? s'écria Raoul en venant embrasser Porthos.

– Moi ? et de quoi ?

– De vous avoir ainsi oublié. Mais, voyez-vous, j'ai la tête perdue.

– Ah bah !

– Si vous saviez, mon ami ?

– Vous l'avez tué ?

– Qui ?

– De Saint-Aignan.

– Hélas ! il s'agit bien de Saint-Aignan.

– Qu'y a-t-il encore ?

– Il y a que M. le comte de La Fère doit être arrêté à l'heure qu'il est.

Porthos fit un mouvement qui eût renversé une muraille.

– Arrêté !... Par qui ?

– Par d'Artagnan !

– C'est impossible, dit Porthos.

– C'est cependant la vérité, répliqua Raoul.

Porthos se tourna du côté de Grimaud en homme qui a besoin d'une seconde affirmation. Grimaud fit un signe de tête.

– Et où l'a-t-on mené ? demanda Porthos.

– Probablement à la Bastille.

– Qui vous le fait croire ?

– En chemin, nous avons questionné des gens qui ont vu passer le carrosse, et d'autres encore qui l'ont vu entrer à la Bastille.

– Oh ! oh ! murmura Porthos, et il fit deux pas.

– Que décidez-vous ? demanda Raoul.

– Moi ? Rien. Seulement, je ne veux pas qu'Athos reste à la Bastille.

Raoul s'approcha du digne Porthos.

– Savez-vous que c'est par ordre du roi que l'arrestation s'est faite ?

Porthos regarda le jeune homme comme pour lui dire : « Qu'est-ce que cela me fait, à moi ? » Ce muet langage parut si éloquent à Raoul, qu'il n'en demanda pas davantage. Il remonta à cheval. Déjà Porthos, aidé de Grimaud, en avait fait autant.

– Dressons notre plan, dit Raoul.

– Oui, répliqua Porthos, notre plan, c'est cela, dressons-le.

Raoul poussa un grand soupir et s'arrêta soudain.

– Qu'avez-vous ? demanda Porthos ; une faiblesse ?

– Non, l'impuissance ! Avons-nous la prétention, à trois, d'aller prendre la Bastille ?

– Ah ! si d'Artagnan était là, répondit Porthos, je ne dis pas.

Raoul fut saisi d'admiration à la vue de cette confiance héroïque à force d'être naïve. C'étaient donc bien là ces hommes célèbres qui, à trois ou quatre, abordaient des armées ou attaquaient des châteaux ! Ces hommes qui avaient épouvanté la mort, et qui survivant à tout un siècle en débris, étaient plus forts encore que les plus robustes d'entre les jeunes.

– Monsieur, dit-il à Porthos, vous venez de me faire naître une idée : il faut absolument voir M. d'Artagnan.

– Sans doute.

– Il doit être rentré chez lui, après avoir conduit mon père à la Bastille.

– Informons-nous d'abord à la Bastille, dit Grimaud, qui parlait peu, mais bien.

En effet, ils se hâtèrent d'arriver devant la forteresse. Un de ces hasards, comme Dieu les donne aux gens de grande volonté, fit que Grimaud aperçut tout à coup le carrosse qui tournait la grande porte du pont-levis. C'était au moment où d'Artagnan, comme on l'a vu, revenait de chez le roi.

En vain Raoul poussa-t-il son cheval pour joindre le carrosse et voir quelles personnes étaient dedans. Les chevaux étaient déjà arrêtés de l'autre côté de cette grande porte, qui se referma, tandis qu'un garde-française en faction heurta du mousquet le nez du cheval de Raoul.

Celui-ci fit volte-face, trop heureux de savoir à quoi s'en tenir sur la présence de ce carrosse qui avait renfermé son père.

– Nous le tenons, dit Grimaud.

– En attendant un peu, nous sommes sûrs qu'il sortira, n'est-ce pas, mon ami ?

– À moins que d'Artagnan aussi ne soit prisonnier, répliqua Porthos ; auquel cas tout est perdu.

Raoul ne répondit rien. Tout était admissible. Il donna le conseil à Grimaud de conduire les chevaux dans la petite rue Jean-Beausire, afin d'éveiller moins de soupçons, et lui-même, avec sa vue perçante, il guetta la sortie de d'Artagnan ou celle du carrosse.

C'était le bon parti. En effet, vingt minutes ne s'étaient pas écoulées, que la porte se rouvrit et que le carrosse reparut. Un éblouissement empêcha Raoul de distinguer quelles figures occupaient cette voiture. Grimaud jura qu'il avait vu deux personnes, et que son maître était une des deux. Porthos regardait tour à tour Raoul et Grimaud, espérant comprendre leur idée.

– Il est évident, dit Grimaud, que, si M. le comte est dans ce carrosse, c'est qu'on le met en liberté, ou qu'on le mène à une autre prison.

– Nous l'allons bien voir par le chemin qu'il prendra, dit Porthos.

– Si on le met en liberté, dit Grimaud, on le conduira chez lui.

– C'est vrai, dit Porthos.

– Le carrosse n'en prend pas le chemin, dit Raoul.

Et, en effet, les chevaux venaient de disparaître dans le faubourg Saint-Antoine.

– Courons, dit Porthos ; nous attaquerons le carrosse sur la route, et nous dirons à Athos de fuir.

– Rébellion ! murmura Raoul.

Porthos lança à Raoul un second regard, digne pendant du premier. Raoul n'y répondit qu'en serrant les flancs de son cheval.

Peu d'instants après, les trois cavaliers avaient rattrapé le carrosse et le suivaient de si près, que l'haleine des chevaux humectait la caisse de la voiture.

D'Artagnan, dont les sens veillaient toujours, entendit le trot des chevaux. C'était au moment où Raoul disait à Porthos de dépasser le carrosse, pour voir quelle était la personne qui accompagnait Athos. Porthos obéit, mais il ne put rien voir ; les mantelets étaient baissés.

La colère et l'impatience gagnaient Raoul. Il venait de remarquer ce mystère de la part des compagnons d'Athos, et il se décidait aux extrémités.

D'un autre côté, d'Artagnan avait parfaitement reconnu Porthos ; il avait, sous le cuir des mantelets, reconnu également Raoul, et communiqué au comte le résultat de son observation. Ils voulaient voir si Raoul et Porthos pousseraient les choses au dernier degré.

Cela ne manqua pas. Raoul, le pistolet au poing, fondit sur le premier cheval du carrosse en commandant au cocher d'arrêter.

Porthos saisit le cocher et l'enleva de dessus son siège.

Grimaud tenait déjà la portière du carrosse arrêté.

Raoul ouvrit ses bras en criant :

– Monsieur le comte ! monsieur le comte !

– Eh bien ! c'est vous, Raoul ? dit Athos ivre de joie.

– Pas mal ! ajouta d'Artagnan avec un éclat de rire.

Et tous deux embrassèrent le jeune homme et Porthos, qui s'étaient emparés d'eux.

– Mon brave Porthos, excellent ami ! s'écria Athos ; toujours vous !

– Il a encore vingt ans ! dit d'Artagnan. Bravo, Porthos !

– Dame ! répondit Porthos un peu confus, nous avons cru que l'on vous arrêtait.

– Tandis que, reprit Athos, il ne s'agissait que d'une promenade dans le carrosse de M. d'Artagnan.

– Nous vous suivons depuis la Bastille, répliqua Raoul avec un ton de soupçon et de reproche.

– Où nous étions allés souper avec ce bon M. de Baisemeaux. Vous rappelez-vous Baisemeaux, Porthos ?

– Pardieu ! très bien.

– Et nous y avons vu Aramis.

– À la Bastille ?

– À souper.

– Ah ! s'écria Porthos en respirant.

– Il nous a dit mille choses pour vous.

– Merci !

– Où va Monsieur le comte ? demanda Grimaud que son maître avait déjà récompensé par un sourire.

– Nous allons à Blois, chez nous.

– Comme cela ?... tout droit ?

– Tout droit.

– Sans bagages ?

– Oh ! mon Dieu ! Raoul eût été chargé de m'expédier les miens ou de me les apporter en revenant chez moi s'il y revient.

– Si rien ne l'arrête plus à Paris, dit d'Artagnan avec un regard ferme et tranchant comme l'acier, douloureux comme lui, car il rouvrit les blessures du pauvre jeune homme, il fera bien de vous suivre, Athos.

– Rien ne m'arrête plus à Paris, dit Raoul.

– Nous partons, alors, répliqua sur-le-champ Athos.

– Et M. d'Artagnan ?

– Oh ! moi, j'accompagnais Athos jusqu'à la barrière seulement, et je reviens avec Porthos.

– Très bien, dit celui-ci.

– Venez, mon fils, ajouta le comte en passant doucement le bras autour du cou de Raoul pour l'attirer dans le carrosse, et en l'embrassant encore. Grimaud, poursuivit le comte, tu vas retourner doucement à Paris avec ton cheval et celui de M. du Vallon ; car, Raoul et moi, nous montons à cheval ici, et laissons le carrosse à ces deux messieurs pour rentrer dans Paris ; puis, une fois au logis, tu prendras mes hardes, mes lettres, et tu expédieras le tout chez nous.

– Mais, fit observer Raoul, qui cherchait à faire parler le comte, quand vous reviendrez à Paris, il ne vous restera ni linge ni effets ; ce sera bien incommode.

– Je pense que, d'ici à bien longtemps, Raoul, je ne retournerai à Paris. Le dernier séjour que nous y fîmes ne m'a pas encouragé à en faire d'autres.

Raoul baissa la tête et ne dit plus un mot.

Athos descendit du carrosse, et monta le cheval qui avait amené Porthos et qui sembla fort heureux de l'échange.

On s'était embrassé, on s'était serré les mains, on s'était donné mille témoignages d'éternelle amitié. Porthos avait promis de passer un mois chez Athos à son premier loisir. D'Artagnan promit de mettre à profit son premier congé ; puis, ayant embrassé Raoul pour la dernière fois :

– Mon enfant, dit-il, je t'écrirai.

Il y avait tout dans ces mots de d'Artagnan, qui n'écrivait jamais. Raoul fut touché jusqu'aux larmes. Il s'arracha des mains du mousquetaire et partit.

D'Artagnan rejoignit Porthos dans le carrosse.

– Eh bien ! dit-il, cher ami, en voilà une journée !

– Mais, oui, répliqua Porthos.

– Vous devez être éreinté ?

– Pas trop. Cependant je me coucherai de bonne heure, afin d'être prêt demain.

– Et pourquoi cela ?

– Pardieu ! pour finir ce que j'ai commencé.

– Vous me faites frémir, mon ami ; je vous vois tout effarouché. Que diable avez-vous commencé qui ne soit pas fini ?

– Écoutez donc, Raoul ne s'est pas battu. Il faut que je me batte, moi !

– Avec qui ?... avec le roi ?

– Comment, avec le roi ? dit Porthos stupéfait.

– Mais oui, grand enfant, avec le roi !

– Je vous assure que c'est avec M. de Saint-Aignan.

– Voilà ce que je voulais vous dire. En vous battant avec ce gentilhomme, c'est contre le roi que vous tirez l'épée.

– Ah ! fit Porthos en écarquillant les yeux, vous en êtes sûr ?

– Pardieu !

– Eh bien ! comment arranger cela, alors ?

– Nous allons tâcher de faire un bon souper, Porthos. La table du capitaine des mousquetaires est agréable. Vous y verrez le beau de Saint-Aignan, et vous boirez à sa santé.

– Moi ? s'écria Porthos avec horreur.

– Comment ! dit d'Artagnan, vous refusez de boire à la santé du roi ?

– Mais, corne de bœuf ! je ne vous parle pas du roi ; je vous parle de M. de Saint-Aignan.

– Mais puisque je vous répète que c'est la même chose.

– Ah !... très bien, alors, dit Porthos vaincu.

– Vous comprenez, n'est-ce pas ?

– Non, dit Porthos ; mais c'est égal.

– Oui, c'est égal, répliqua d'Artagnan ; allons souper, Porthos.

# XXX

*La société de M. de Baisemeaux*

On n'a pas oublié qu'en sortant de la Bastille d'Artagnan et le comte de La Fère y avaient laissé Aramis en tête à tête avec Baisemeaux.

Baisemeaux ne s'aperçut pas le moins du monde, une fois ses deux convives sortis, que la conversation souffrît de leur absence. Il croyait que le vin de dessert, et celui de la Bastille était excellent, il croyait, disons-nous, que le vin de dessert était un stimulant suffisant pour faire parler un homme de bien. Il connaissait mal Sa Grandeur, qui n'était jamais plus impénétrable qu'au dessert. Mais Sa Grandeur connaissait à merveille M. de Baisemeaux, en comptant pour faire parler le gouverneur sur le moyen que celui-ci regardait comme efficace.

La conversation, sans languir en apparence, languissait donc en réalité ; car Baisemeaux, non seulement parlait à peu près seul, mais encore ne parlait que de ce singulier événement de l'incarcération d'Athos, suivie de cet ordre si prompt de le mettre en liberté.

Baisemeaux, d'ailleurs, n'avait pas été sans remarquer que les deux ordres, ordre d'arrestation et ordre de mise en liberté, étaient tous deux de la main du roi. Or, le roi ne se donnait la peine d'écrire de pareils ordres que dans les grandes circonstances. Tout cela était fort intéressant, et surtout très obscur pour Baisemeaux mais, comme tout cela était fort clair pour Aramis, celui-ci n'attachait pas à cet événement la même importance qu'y attachait le bon gouverneur.

D'ailleurs, Aramis se dérangeait rarement pour rien, et il n'avait pas encore dit à M. Baisemeaux pour quelle cause il s'était dérangé.

Aussi, au moment où Baisemeaux en était au plus fort de sa dissertation, Aramis l'interrompit tout à coup.

– Dites-moi, cher monsieur de Baisemeaux, dit-il, est-ce que vous n'avez jamais à la Bastille d'autres distractions que celles auxquelles j'ai assisté pendant les deux ou trois visites que j'ai eu l'honneur de vous faire ?

L'apostrophe était si inattendue, que le gouverneur, comme une girouette qui reçoit tout à coup une impulsion opposée à celle du vent, en demeura tout étourdi.

– Des distractions ? dit-il. Mais j'en ai continuellement, monseigneur.

– Oh ! à la bonne heure ! Et ces distractions ?

– Sont de toute nature.

– Des visites, sans doute ?

– Des visites ? Non. Les visites ne sont pas communes à la Bastille.

– Comment, les visites sont rares ?

– Très rares.

– Même de la part de votre société ?

– Qu'appelez-vous de ma société ?... Mes prisonniers ?

– Oh ! non. Vos prisonniers !... Je sais que c'est vous qui leur faites des visites, et non pas eux qui vous en font. J'entends par votre société, mon cher de Baisemeaux, la société dont vous faites partie.

Baisemeaux regarda fixement Aramis ; puis, comme si ce qu'il avait supposé un instant était impossible :

– Oh ! dit-il, j'ai bien peu de société à présent. S'il faut que je vous l'avoue, cher monsieur d'Herblay, en général, le séjour de la Bastille paraît sauvage et fastidieux aux gens du monde. Quant aux dames, ce n'est jamais sans un certain effroi, que j'ai toutes les peines de la terre à calmer, qu'elles parviennent jusqu'à moi. En effet, comment ne trembleraient-elles pas un peu, pauvres femmes, en voyant ces tristes donjons, et en pensant qu'ils sont habités par de pauvres prisonniers qui...

Et, au fur et à mesure que les yeux de Baisemeaux se fixaient sur le visage d'Aramis, la langue du bon gouverneur s'embarrassait de plus en plus, si bien qu'elle finit par se paralyser tout à fait.

– Non, vous ne comprenez pas, mon cher monsieur de Baisemeaux, dit Aramis, vous ne comprenez pas... Je ne veux point parler de la société en général, mais d'une société particulière, de la société à laquelle vous êtes affilié, enfin.

Baisemeaux laissa presque tomber le verre plein de muscat qu'il allait porter à ses lèvres.

– Affilié ? dit-il, affilié ?

– Mais sans doute, affilié, répéta Aramis avec le plus grand sang-froid. N'êtes-vous donc pas membre d'une société secrète, mon cher monsieur de Baisemeaux ?

– Secrète ?

– Secrète ou mystérieuse.

– Oh ! monsieur d'Herblay !...

– Voyons, ne vous défendez pas.

– Mais croyez bien...

– Je crois ce que je sais.

– Je vous jure !...

– Écoutez-moi, cher monsieur de Baisemeaux, je dis oui, vous dites non ; l'un de nous est nécessairement dans le vrai, et l'autre inévitablement dans le faux.

– Eh bien ?

– Eh bien ! nous allons tout de suite nous reconnaître.

– Voyons, dit Baisemeaux, voyons.

– Buvez donc votre verre de muscat, cher monsieur de Baisemeaux, dit Aramis. Que diable ! vous avez l'air tout effaré.

– Mais non, pas le moins du monde, non.

– Buvez, alors.

Baisemeaux but, mais il avala de travers.

– Eh bien ! reprit Aramis, si, disais-je, vous ne faites point partie d'une société secrète, mystérieuse, comme vous voudrez, l'épithète n'y fait rien ; si, dis-je, vous ne faites point partie d'une société pareille à celle que je veux désigner, eh bien ! vous ne comprendrez pas un mot à ce que je vais dire : voilà tout.

– Oh ! soyez sûr d'avance que je ne comprendrai rien.

– À merveille, alors.

– Essayez, voyons.

– C'est ce que je vais faire. Si, au contraire, vous êtes un des membres de cette société, vous allez tout de suite me répondre oui ou non.

– Faites la question, poursuivit Baisemeaux en tremblant.

– Car, vous en conviendrez, cher monsieur Baisemeaux, continua Aramis avec la même impassibilité, il est évident que l'on ne peut faire partie d'une société, il est évident qu'on ne peut jouir des avantages que la société produit aux affiliés, sans être astreint soi-même à quelques petites servitudes ?

– En effet, balbutia Baisemeaux, cela se concevrait si...

– Eh bien ! donc, reprit Aramis, il y a dans la société dont je vous parlais, et dont, à ce qu'il paraît, vous ne faites point partie...

– Permettez, dit Baisemeaux, je ne voudrais cependant pas dire absolument...

– Il y a un engagement pris par tous les gouverneurs et capitaines de forteresse affiliés à l'ordre.

Baisemeaux pâlit.

– Cet engagement, continua Aramis d'une voix ferme, le voici.

Baisemeaux se leva, en proie à une indicible émotion.

– Voyons, cher monsieur d'Herblay, dit-il, voyons.

Aramis dit alors ou plutôt récita le paragraphe suivant, de la même voix que s'il l'eût lu dans un livre : « Ledit capitaine ou gouverneur de forteresse laissera entrer quand besoin sera, et sur la demande du prisonnier, un confesseur affilié à l'ordre. »

Il s'arrêta. Baisemeaux faisait peine à voir, tant il était pâle et tremblant.

– Est-ce bien là le texte de l'engagement ? demanda tranquillement Aramis.

– Monseigneur !... fit Baisemeaux.

– Ah ! bien, vous commencez à comprendre, je crois ?

– Monseigneur, s'écria Baisemeaux, ne vous jouez pas ainsi de mon pauvre esprit ; je me trouve bien peu de chose auprès de vous, si vous avez le malin désir de me tirer les petits secrets de mon administration.

– Oh ! non pas, détrompez-vous, cher monsieur de Baisemeaux ; ce n'est point aux petits secrets de votre administration que j'en veux, c'est à ceux de votre conscience.

– Eh bien ! soit, de ma conscience, cher monsieur d'Herblay. Mais ayez un peu d'égard à ma situation, qui n'est point ordinaire.

– Elle n'est point ordinaire, mon cher monsieur, poursuivit l'inflexible Aramis, si vous êtes agrégé à cette société ; mais elle est toute naturelle, si, libre de tout engagement, vous n'avez à répondre qu'au roi.

– Eh bien ! monsieur, eh bien ! non ! je n'obéis qu'au roi. À qui donc, bon Dieu ! voulez-vous qu'un gentilhomme français obéisse, si ce n'est au roi ?

Aramis ne bougea point ; mais, avec sa voix si suave :

– Il est bien doux, dit-il, pour un gentilhomme français, pour un prélat de France, d'entendre s'exprimer ainsi loyalement un homme de votre mérite, cher monsieur de Baisemeaux, et, vous ayant entendu, de ne plus croire que vous.

– Avez-vous douté, monsieur ?

– Moi ? oh ! non.

– Ainsi, vous ne doutez plus ?

– Je ne doute plus qu'un homme tel que vous, monsieur, dit sérieusement Aramis, ne serve fidèlement les maîtres qu'il s'est donnés volontairement.

– Les maîtres ? s'écria Baisemeaux.

– J'ai dit les maîtres.

– Monsieur d'Herblay, vous badinez encore, n'est-ce pas ?

– Oui, je conçois, c'est une situation plus difficile d'avoir plusieurs maîtres que d'en avoir un seul ; mais cet embarras vient de vous, cher monsieur de Baisemeaux, et je n'en suis pas la cause.

– Non, certainement, répondit le pauvre gouverneur plus embarrassé que jamais. Mais que faites-vous ? Vous vous levez ?

– Assurément.

– Vous partez ?

– Je pars, oui.

– Mais que vous êtes donc étrange avec moi, monseigneur !

– Moi, étrange ? où voyez-vous cela ?

– Voyons, avez-vous juré de me mettre à la torture ?

– Non, j'en serais au désespoir.

– Restez, alors.

– Je ne puis.

– Et, pourquoi ?

– Parce que je n'ai plus rien à faire ici, et qu'au contraire, j'ai des devoirs ailleurs.

– Des devoirs, si tard ?

– Oui. Comprenez donc, cher monsieur de Baisemeaux ; on m'a dit, d'où je viens : « Ledit gouverneur ou capitaine laissera pénétrer quand besoin sera, sur la demande du prisonnier, un confesseur affilié à l'ordre. » Je suis venu ; vous ne savez pas ce que je veux dire, je m'en retourne dire aux gens qu'ils se sont trompés et qu'ils aient à m'envoyer ailleurs.

– Comment ! vous êtes ?... s'écria Baisemeaux regardant Aramis presque avec effroi.

– Le confesseur affilié à l'ordre, dit Aramis sans changer de voix.

Mais, si douces que fussent ces paroles, elles firent sur le pauvre gouverneur l'effet d'un coup de tonnerre. Baisemeaux devint livide, et il lui sembla que les beaux yeux d'Aramis étaient deux lames de feu, plongeant jusqu'au fond de son cœur.

– Le confesseur ! murmura-t-il ; vous, monseigneur, le confesseur de l'ordre ?

– Oui, moi ; mais nous n'avons rien à démêler ensemble, puisque vous n'êtes point affilié.

– Monseigneur...

– Et je comprends que, n'étant pas affilié, vous vous refusiez à suivre les commandements.

– Monseigneur, je vous en supplie, reprit Baisemeaux, daignez m'entendre.

– Pourquoi ?

– Monseigneur, je ne dis pas que je ne fasse point partie de l'ordre...

– Ah ! ah !

– Je ne dis pas que je me refuse à obéir.

– Ce qui vient de se passer ressemble cependant bien à de la résistance, monsieur de Baisemeaux.

– Oh ! non, monseigneur, non ; seulement, j'ai voulu m'assurer...

– Vous assurer de quoi ? dit Aramis avec un air de suprême dédain.

– De rien, monseigneur.

Baisemeaux baissa la voix et s'inclina devant le prélat.

– Je suis en tout temps, en tout lieu, à la disposition de mes maîtres, dit-il ; mais...

– Fort bien ! Je vous aime mieux ainsi, monsieur.

Aramis reprit sa chaise et tendit son verre à Baisemeaux, qui ne put jamais le remplir, tant la main lui tremblait.

– Vous disiez : *mais*, reprit Aramis.

– Mais, reprit le pauvre homme, n'étant pas prévenu, j'étais loin de m'attendre...

– Est-ce que l'Évangile ne dit pas : « Veillez, car le moment n'est connu que de Dieu. » Est-ce que les prescriptions de l'ordre ne disent pas : « Veillez, car ce que je veux, vous devez toujours le vouloir. » Et sous quel prétexte n'attendiez-vous pas le confesseur, monsieur de Baisemeaux ?

– Parce qu'il n'y a en ce moment aucun prisonnier malade à la Bastille, monseigneur.

Aramis haussa les épaules.

– Qu'en savez-vous ? dit-il.

– Mais il me semble...

– Monsieur de Baisemeaux, dit Aramis en se renversant dans son fauteuil, voici votre valet qui veut vous parler.

En ce moment, en effet, le valet de Baisemeaux parut au seuil de la porte.

– Qu'y a-t-il ? demanda vivement Baisemeaux.

– Monsieur le gouverneur, dit le valet, c'est le rapport du médecin de la maison qu'on vous apporte.

Aramis regarda M. de Baisemeaux de son œil clair et assuré.

– Eh bien ! faites entrer le messager, dit-il.

Le messager entra, salua, et remit le rapport.

Baisemeaux jeta les yeux dessus, et, relevant la tête :

– Le deuxième Bertaudière est malade ! dit-il avec surprise.

– Que disiez-vous donc, cher monsieur de Baisemeaux, que tout le monde se portait bien dans votre hôtel ? dit négligemment Aramis.

Et il but une gorgée de muscat, sans cesser de regarder Baisemeaux. Alors, le gouverneur, ayant fait de la tête un signe au messager, et celui-ci étant sorti :

– Je crois, dit-il, en tremblant toujours, qu'il y a dans le paragraphe : « Sur la demande du prisonnier » ?

– Oui, il y a cela, répondit Aramis ; mais voyez donc ce que l'on vous veut, cher monsieur de Baisemeaux.

En effet, un sergent passait sa tête par l'entrebâillement de la porte.

– Qu'est-ce encore ? s'écria Baisemeaux. Ne peut-on me laisser dix minutes de tranquillité ?

– Monsieur le gouverneur, dit le sergent, le malade de la deuxième Bertaudière a chargé son geôlier de vous demander un confesseur.

Baisemeaux faillit tomber à la renverse.

Aramis dédaigna de le rassurer, comme il avait dédaigné de l'épouvanter.

– Que faut-il répondre ? demanda Baisemeaux.

– Mais, ce que vous voudrez, répondit Aramis en se pinçant les lèvres ; cela vous regarde ; je ne suis pas gouverneur de la Bastille, moi.

– Dites, s'écria vivement Baisemeaux, dites au prisonnier qu'il va avoir ce qu'il demande.

Le sergent sortit.

– Oh ! monseigneur, monseigneur ! murmura Baisemeaux, comment me serais-je douté ?... comment aurais-je prévu ?

– Qui vous disait de vous douter ? qui vous priait de prévoir ? répondit dédaigneusement Aramis. L'ordre se doute, l'ordre sait, l'ordre prévoit : n'est-ce pas suffisant ?

– Qu'ordonnez-vous ? ajouta Baisemeaux.

– Moi ? Rien. Je ne suis qu'un pauvre prêtre, un simple confesseur. M'ordonnez-vous d'aller voir le malade ?

– Oh ! monseigneur, je ne vous l'ordonne pas, je vous en prie.

– C'est bien. Alors, conduisez-moi.

# XXXI

## *Le prisonnier*

Depuis cette étrange transformation d'Aramis en confesseur de l'ordre, Baisemeaux n'était plus le même homme.

Jusque-là, Aramis avait été pour le digne gouverneur un prélat auquel il devait le respect, un ami auquel il devait la reconnaissance ; mais, à partir de la révélation qui venait de bouleverser toutes ses idées, il était inférieur et Aramis était un chef.

Il alluma lui-même un falot, appela un porte-clefs, et, se retournant vers Aramis :

– Aux ordres de Monseigneur, dit-il.

Aramis se contenta de faire un signe de tête qui voulait dire : « C'est bien ! » et un signe de la main qui voulait dire : « Marchez devant ! » Baisemeaux se mit en route. Aramis le suivit.

Il faisait une belle nuit étoilée ; les pas des trois hommes retentissaient sur la dalle des terrasses, et le cliquetis des clefs pendues à la ceinture du guichetier montait jusqu'aux étages des tours, comme pour rappeler aux prisonniers que la liberté était hors de leur atteinte.

On eût dit que le changement qui s'était opéré dans Baisemeaux s'était étendu jusqu'au porte-clefs. Ce porte-clefs, le même qui, à la première visite d'Aramis, s'était montré si curieux et si questionneur, était devenu non seulement muet, mais même impassible. Il baissait la tête et semblait craindre d'ouvrir les oreilles.

On arriva ainsi au pied de la Bertaudière, dont les deux étages furent gravis silencieusement et avec une certaine lenteur ; car Baisemeaux, tout en obéissant, était loin de mettre un grand empressement à obéir.

Enfin, on arriva à la porte ; le guichetier n'eut pas besoin de chercher la clef, il l'avait préparée. La porte s'ouvrit.

Baisemeaux se disposait à entrer chez le prisonnier ; mais, l'arrêtant sur le seuil :

– Il n'est pas écrit, dit Aramis, que le gouverneur entendra la confession du prisonnier.

Baisemeaux s'inclina et laissa passer Aramis, qui prit le falot des mains du guichetier et entra ; puis d'un geste, il fit signe que l'on refermât la porte derrière lui.

Pendant un instant, il se tint debout, l'oreille tendue, écoutant si Baisemeaux et le porte-clefs s'éloignaient ; puis, lorsqu'il se fut assuré, par la décroissance du bruit, qu'ils avaient quitté la tour, il posa le falot sur la table et regarda autour de lui.

Sur un lit de serge verte, en tout pareil aux autres lits de la Bastille, excepté qu'il était plus neuf, sous des rideaux amples et fermés à demi, reposait le jeune homme près duquel, une fois déjà, nous avons introduit Aramis.

Suivant l'usage de la prison, le captif était sans lumière. À l'heure du couvre-feu, il avait dû éteindre sa bougie. On voit combien le prisonnier était favorisé, puisqu'il avait ce rare privilège de garder de la lumière jusqu'au moment du couvre-feu.

Près de ce lit, un grand fauteuil de cuir, à pieds tordus, supportait des habits d'une fraîcheur remarquable. Une petite table, sans plumes, sans livres, sans papiers, sans encre, était abandonnée tristement près de la fenêtre. Plusieurs assiettes, encore pleines, attestaient que le prisonnier avait à peine touché à son dernier repas.

Aramis vit, sur le lit, le jeune homme étendu, le visage à demi caché sous ses deux bras.

L'arrivée du visiteur ne le fit point changer de posture ; il attendait ou dormait. Aramis alluma la bougie à l'aide du falot, repoussa doucement le fauteuil et s'approcha du lit avec un mélange visible d'intérêt et de respect.

Le jeune homme souleva la tête.

– Que me veut-on ? demanda-t-il.

– N'avez-vous pas désiré un confesseur ?

– Oui.

– Parce que vous êtes malade ?

– Oui.

– Bien malade ?

Le jeune homme attacha sur Aramis des yeux pénétrants, et dit :

– Je vous remercie.

Puis, après un silence :

– Je vous ai déjà vu, continua-t-il.

Aramis s'inclina. Sans doute, l'examen que le prisonnier venait de faire, cette révélation d'un caractère froid, rusé et dominateur, empreint sur la physionomie de l'évêque de Vannes, était peu rassurant dans la situation du jeune homme ; car il ajouta :

– Je vais mieux.

– Alors ? demanda Aramis.

– Alors, allant mieux, je n'ai plus le même besoin d'un confesseur, ce me semble.

– Pas même du cilice que vous annonçait le billet que vous avez trouvé dans votre pain ?

Le jeune homme tressaillit ; mais, avant qu'il eût répondu ou nié :

– Pas même, continua Aramis, de cet ecclésiastique de la bouche duquel vous avez une importante révélation à attendre ?

– S'il en est ainsi, dit le jeune homme en retombant sur son oreiller, c'est différent ; j'écoute.

Aramis alors le regarda plus attentivement et fut surpris de cet air de majesté simple et aisée qu'on n'acquiert jamais, si Dieu ne l'a mis dans le sang ou dans le cœur.

– Asseyez-vous, monsieur, dit le prisonnier.

Aramis obéit en s'inclinant.

– Comment vous trouvez-vous à la Bastille ? demanda l'évêque.

– Très bien.

– Vous ne souffrez pas ?

– Non.

– Vous ne regrettez rien ?

– Rien.

– Pas même la liberté ?

– Qu'appelez-vous la liberté, monsieur, demanda le prisonnier avec l'accent d'un homme qui se prépare à une lutte.

– J'appelle la liberté, les fleurs, l'air, le jour, les étoiles, le bonheur de courir où vous portent vos jambes nerveuses de vingt ans.

Le jeune homme sourit ; il eût été difficile de dire si c'était de résignation ou de dédain.

– Regardez, dit-il, j'ai là, dans ce vase du Japon, deux roses, deux belles roses, cueillies hier au soir en boutons dans le jardin du gouverneur ; elles sont écloses ce matin et ont ouvert sous mes yeux leur calice vermeil ; avec chaque pli de leurs feuilles, elles ouvraient le trésor de leur parfum ; ma chambre en est tout embaumée. Ces deux roses, voyez-les : elles sont belles parmi les roses ; et les roses sont les plus belles des fleurs. Pourquoi donc voulez-vous que je désire d'autres fleurs, puisque j'ai les plus belles de toutes ?

Aramis regarda le jeune homme avec surprise.

– Si les fleurs sont la liberté, reprit mélancoliquement le captif, j'ai donc la liberté, puisque j'ai les fleurs.

– Oh ! mais l'air ! s'écria Aramis ; l'air si nécessaire à la vie ?

– Eh bien ! monsieur, approchez-vous de la fenêtre, continua le prisonnier ; elle est ouverte. Entre le ciel et la terre, le vent roule ses tourbillons de glace, de feu, de tièdes vapeurs ou de douces brises. L'air qui vient de là caresse mon visage, quand, monté sur ce fauteuil, assis sur le dossier, le bras passé autour du barreau qui me soutient, je me figure que je nage dans le vide.

Le front d'Aramis se rembrunissait à mesure que parlait le jeune homme.

– Le jour ? continua-t-il. J'ai mieux que le jour, j'ai le soleil, un ami qui vient tous les jours me visiter sans la permission du gouverneur, sans la compagnie du guichetier. Il entre par la fenêtre, il trace dans ma chambre un grand carré long qui part de la fenêtre même et va mordre la tenture de mon lit jusqu'aux franges. Ce carré lumineux grandit de dix heures à midi, et décroît de une heure à trois, lentement, comme si, ayant eu hâte de venir, il avait regret de me quitter. Quand son dernier rayon disparaît, j'ai joui quatre heures de sa présence. Est-ce que ça ne suffit pas ? on m'a dit qu'il y avait des malheureux qui creusaient des carrières, des ouvriers qui travaillaient aux mines, et qui ne le voyaient jamais.

Aramis s'essuya le front.

– Quant aux étoiles, qui sont douces à voir, continua le jeune homme, elles se ressemblent toutes, sauf l'éclat et la grandeur. Moi, je suis favorisé ; car, si vous n'eussiez allumé cette bougie, vous eussiez pu voir la belle étoile que je voyais de mon lit avant votre arrivée, et dont le rayonnement caressait mes yeux.

Aramis baissa la tête : il se sentait submergé, sous le flot amer de cette sinistre philosophie qui est la religion de la captivité.

– Voilà donc pour les fleurs, pour l'air, pour le jour et pour les étoiles, dit le jeune homme avec la même tranquillité. Reste la promenade. Est-ce que, toute la journée, je ne me promène pas dans le jardin du gouverneur s'il fait beau, ici s'il pleut, au frais s'il fait chaud, au chaud s'il fait froid, grâce à ma cheminée pendant l'hiver ? Ah ! croyez-moi, monsieur, ajouta le prisonnier avec une expression qui n'était pas exempte d'une certaine amertume, les hommes ont fait pour moi tout ce que peut espérer, tout ce que peut désirer un homme.

– Les hommes, soit ! dit Aramis en relevant la tête ; mais il me semble que vous oubliez Dieu.

– J'ai, en effet, oublié Dieu, répondit le prisonnier sans s'émouvoir ; mais, pourquoi me dites-vous cela ? À quoi bon parler de Dieu aux prisonniers ?

Aramis regarda en face ce singulier jeune homme qui avait la résignation d'un martyr avec le sourire d'un athée.

– Est-ce que Dieu n'est pas dans toutes choses ? murmura-t-il d'un ton de reproche.

– Dites au bout de toute chose, répondit le prisonnier fermement.

– Soit ! dit Aramis ; mais revenons au point d'où nous sommes partis.

– Je ne demande pas mieux, fit le jeune homme.

– Je suis votre confesseur.

– Oui.

– Eh bien ! comme mon pénitent, vous me devez la vérité.

– Je ne demande pas mieux que de vous la dire.

– Tout prisonnier a commis le crime qui l'a fait mettre en prison. Quel crime avez-vous commis, vous ?

– Vous m'avez déjà demandé cela, la première fois que vous m'avez vu, dit le prisonnier.

– Et vous avez éludé ma réponse, cette fois, comme aujourd'hui.

– Et pourquoi, aujourd'hui, pensez-vous que je vous répondrai ?

– Parce que, aujourd'hui, je suis votre confesseur.

– Alors, si vous voulez que je vous dise quel crime j'ai commis, expliquez-moi ce que c'est qu'un crime. Or, comme je ne sais rien en moi qui me fasse des reproches, je dis que je ne suis pas criminel.

– On est criminel parfois aux yeux des grands de la terre, non seulement pour avoir commis des crimes, mais parce que l'on sait que des crimes ont été commis.

Le prisonnier prêtait une attention extrême.

– Oui, dit-il après un moment de silence, je comprends ; oui, vous avez raison, monsieur ; il se pourrait bien que, de cette façon, je fusse criminel aux yeux des grands.

– Ah ! vous savez donc quelque chose ? dit Aramis, qui crut avoir entrevu, non pas le défaut, mais la jointure de la cuirasse.

– Non, je ne sais rien, répondit le jeune homme ; mais je pense quelquefois, et je me dis, à ces moments-là...

– Que vous dites-vous ?

– Que, si je voulais penser plus, ou je deviendrais fou, ou je devinerais bien des choses.

– Eh bien ! alors ? demanda Aramis avec impatience.

– Alors, je m'arrête.

– Vous vous arrêtez ?

– Oui, ma tête est lourde, mes idées deviennent tristes, je sens l'ennui qui me prend ; je désire...

– Quoi ?

– Je n'en sais rien, car je ne veux pas me laisser prendre au désir de choses que je n'ai pas, moi qui suis si content de ce que j'ai.

– Vous craignez la mort ? dit Aramis avec une légère inquiétude.

– Oui, dit le jeune homme en souriant.

Aramis sentit le froid de ce sourire et frémit.

– Oh ! puisque vous avez peur de la mort, vous en savez plus que vous n'en dites, s'écria-t-il.

– Mais vous, répondit le prisonnier, vous qui me faites dire de vous demander, vous qui, lorsque je vous ai demandé, entrez ici en me promettant tout un monde de révélations, d'où vient que c'est vous maintenant qui vous taisez et moi qui parle ? Puisque nous portons chacun un masque, ou gardons-le tous deux, ou déposons-le ensemble.

Aramis sentit à la fois la force et la justesse de ce raisonnement.

– Je n'ai point affaire à un homme ordinaire, pensa-t-il. Voyons, avez-vous de l'ambition ? dit-il tout haut sans avoir préparé le prisonnier à la transition.

– Qu'est-ce que cela, de l'ambition ? demanda le jeune homme.

– C'est, répondit Aramis, un sentiment qui pousse l'homme à désirer plus qu'il n'a.

– J'ai dit que j'étais content, monsieur, mais il est possible que je me trompe. J'ignore ce que c'est que l'ambition, mais il est possible que j'en aie. Voyons ouvrez-moi l'esprit, je ne demande pas mieux.

– Un ambitieux, dit Aramis, est celui qui convoite par-delà son état.

– Je ne convoite rien par-delà mon état, dit le jeune homme avec une assurance qui, encore une fois fit tressaillir l'évêque de Vannes.

Il se tut. Mais, à voir les yeux ardents, le front plissé, l'attitude réfléchie du captif, on sentait bien qu'il attendait autre chose que du silence. Ce silence, Aramis le rompit.

– Vous m'avez menti, la première fois que je vous ai vu, dit-il.

– Menti ? s'écria le jeune homme en se dressant sur son lit, avec un tel accent dans la voix, avec un tel éclair dans les yeux, qu'Aramis recula malgré lui.

– Je veux dire, reprit Aramis en s'inclinant, que vous m'avez caché ce que vous savez de votre enfance.

– Les secrets d'un homme sont à lui, monsieur, dit le prisonnier, et non au premier venu.

– C'est vrai, dit Aramis en s'inclinant plus bas que la première fois, c'est vrai, pardonnez, mais aujourd'hui, suis-je encore pour vous le premier venu ? Je vous en supplie, répondez, monseigneur !

Ce titre causa un léger trouble au prisonnier ; cependant il ne parut point étonné qu'on le lui donnât.

– Je ne vous connais pas, monsieur, dit-il.

– Oh ! si j'osais, je prendrais votre main, et je la baiserais.

Le jeune homme fit un mouvement comme pour donner la main à Aramis, mais l'éclair qui avait jailli de ses yeux s'éteignit au bord de sa paupière, et sa main se retira froide et défiante.

– Baiser la main d'un prisonnier ! dit-il en secouant la tête, à quoi bon ?

– Pourquoi m'avez-vous dit, demanda Aramis, que vous vous trouviez bien ici ? pourquoi m'avez-vous dit que vous n'aspiriez à rien ? pourquoi enfin en me parlant ainsi, m'empêchez-vous d'être franc à mon tour ?

Le même éclair reparut pour la troisième fois aux yeux du jeune homme, mais, comme les deux autres fois, il expira sans rien amener.

– Vous vous défiez de moi ? dit Aramis.

– À quel propos, monsieur ?

– Oh ! par une raison bien simple : c'est que, si vous savez ce que vous devez savoir, vous devez vous défier de tout le monde.

– Alors, ne vous étonnez pas que je me défie, puisque vous me soupçonnez de savoir ce que je ne sais pas.

Aramis était frappé d'admiration pour cette énergique résistance.

– Oh ! vous me désespérez, monseigneur ! s'écria-t-il en frappant du poing sur le fauteuil.

– Et moi, je ne vous comprends pas, monsieur.

– Eh bien ! tâchez de me comprendre.

Le prisonnier regarda fixement Aramis.

– Il me semble parfois, continua celui-ci, que j'ai devant les yeux l'homme que je cherche... et puis...

– Et puis... cet homme disparaît, n'est-ce pas ? dit le prisonnier en souriant. Tant mieux !

– Décidément, reprit-il, je n'ai rien à dire à un homme qui se défie de moi au point que vous le faites.

– Et moi, ajouta le prisonnier du même ton, rien à dire à l'homme qui ne veut pas comprendre qu'un prisonnier doit se défier de tout.

– Même de ses anciens amis ? dit Aramis. Oh ! c'est trop de prudence, monseigneur !

– De mes anciens amis ? vous êtes un de mes anciens amis, vous ?

– Voyons, dit Aramis, ne vous souvient-il donc plus d'avoir vu autrefois, dans le village où s'écoula votre première enfance ?...

– Savez-vous le nom de ce village ? demanda le prisonnier.

– Noisy-le-Sec, monseigneur, répondit fermement Aramis.

– Continuez, dit le jeune homme sans que son visage avouât ou niât.

– Tenez, monseigneur, dit Aramis, si vous voulez absolument continuer ce jeu, restons-en là. Je viens pour vous dire beaucoup de choses, c'est vrai ; mais il faut me laisser voir que ces choses, vous avez, de votre côté, le désir de les connaître. Avant de parler, avant de déclarer les choses si importantes que je recèle en moi, convenez-en, j'eusse eu besoin d'un peu d'aide sinon de franchise, d'un peu de sympathie sinon de confiance. Eh bien ! vous vous tenez renfermé dans une prétendue ignorance qui me paralyse... Oh ! non pas pour ce que vous croyez ; car, si fort ignorant que vous soyez, ou si fort indifférent que vous feigniez d'être, vous n'en êtes pas moins ce que vous êtes, monseigneur, et rien, rien ! entendez-vous bien, ne fera que vous ne le soyez pas.

– Je vous promets, répondit le prisonnier, de vous écouter sans impatience. Seulement, il me semble que j'ai le droit de vous répéter cette question que je vous ai déjà faite : Qui êtes-vous ?

– Vous souvient-il, il y a quinze ou dix-huit ans, d'avoir vu à Noisy-le-Sec un cavalier qui venait avec une dame, vêtue ordinairement de soie noire, avec des rubans couleur de feu dans les cheveux ?

– Oui, dit le jeune homme : une fois j'ai demandé le nom de ce cavalier, et l'on m'a dit qu'il s'appelait l'abbé d'Herblay. Je me suis étonné que cet abbé eût l'air si guerrier, et l'on m'a répondu qu'il n'y avait rien d'étonnant à cela, attendu que c'était un mousquetaire du roi Louis XIII.

– Eh bien ! dit Aramis, ce mousquetaire autrefois, cet abbé alors, évêque de Vannes depuis, votre confesseur aujourd'hui, c'est moi.

– Je le sais. Je vous avais reconnu.

– Eh bien ! monseigneur, si vous savez cela, il faut que j'y ajoute une chose que vous ne savez pas : c'est que si la présence ici de ce mousquetaire, de cet abbé, de cet évêque, de ce confesseur était connue du roi, ce soir, demain, celui qui a tout risqué pour venir à vous verrait reluire la hache du bourreau au fond d'un cachot plus sombre et plus perdu que ne l'est le vôtre.

En écoutant ces mots fermement accentués, le jeune homme s'était soulevé sur son lit, et avait plongé des regards de plus en plus avides dans les regards d'Aramis.

Le résultat de cet examen fut que le prisonnier parut prendre quelque confiance.

– Oui, murmura-t-il, oui, je me souviens parfaitement. La femme dont vous parlez vint une fois avec vous, et deux autres fois avec la femme...

Il s'arrêta.

– Avec la femme qui venait vous voir tous les mois, n'est-ce pas, monseigneur ?

– Oui.

– Savez-vous quelle était cette dame ?

Un éclair parut près de jaillir de l'œil du prisonnier.

– Je sais que c'était une dame de la cour, dit-il.

– Vous vous la rappelez bien, cette dame ?

– Oh ! mes souvenirs ne peuvent être bien confus sous ce rapport, dit le jeune prisonnier ; j'ai vu une fois cette dame avec un homme de quarante-cinq ans, à peu près, j'ai vu une fois cette dame avec vous et avec la dame à la robe noire et aux rubans couleur de feu ; je l'ai revue deux fois depuis avec la même personne. Ces quatre personnes avec mon gouverneur et la vieille Perronnette, mon geôlier et le gouverneur, sont les seules personnes à qui j'aie jamais parlé, et, en vérité, presque les seules personnes que j'aie jamais vues.

– Mais vous étiez donc en prison ?

– Si je suis en prison ici, relativement j'étais libre là-bas, quoique ma liberté fût bien restreinte ; une maison d'où je ne sortais pas, un grand jardin entouré de murs que je ne pouvais franchir : c'était ma demeure ; vous la connaissez, puisque vous y êtes venu. Au reste, habitué à vivre dans les limites de ces murs et de cette maison, je n'ai jamais désiré en sortir. Donc, vous comprenez, monsieur, n'ayant rien vu de ce monde je ne puis rien désirer, et, si vous me racontez quelque chose, vous serez forcé de tout m'expliquer.

– Ainsi ferai-je, monseigneur, dit Aramis en s'inclinant ; car c'est mon devoir.

– Eh bien ! commencez donc par me dire ce qu'était mon gouverneur.

– Un bon gentilhomme, monseigneur, un honnête gentilhomme surtout, un précepteur à la fois pour votre corps et pour votre âme. Avez-vous jamais eu à vous en plaindre ?

– Oh ! non, monsieur, bien au contraire ; mais ce gentilhomme m'a dit souvent que mon père et ma mère étaient morts ; ce gentilhomme mentait-il ou disait-il la vérité ?

– Il était forcé de suivre les ordres qui lui étaient donnés.

– Alors il mentait donc ?

– Sur un point. Votre père est mort.

– Et ma mère ?

– Elle est morte pour vous.

– Mais, pour les autres, elle vit, n'est-ce pas ?

– Oui.

– Et moi (le jeune homme regarda Aramis), moi, je suis condamné à vivre dans l'obscurité d'une prison ?

– Hélas ! je le crois.

– Et cela, continua le jeune homme, parce que ma présence dans le monde révélerait un grand secret ?

– Un grand secret, oui.

– Pour faire enfermer à la Bastille un enfant tel que je l'étais, il faut que mon ennemi soit bien puissant.

– Il l'est.

– Plus puissant que ma mère, alors ?

– Pourquoi cela ?

– Parce que ma mère m'eût défendu.

Aramis hésita.

– Plus puissant que votre mère, oui, monseigneur.

– Pour que ma nourrice et le gentilhomme aient été enlevés et pour qu'on m'ait séparé d'eux ainsi, j'étais donc ou ils étaient donc un bien grand danger pour mon ennemi ?

– Oui, un danger dont votre ennemi s'est délivré en faisant disparaître le gentilhomme et la nourrice, répondit tranquillement Aramis.

– Disparaître ? demanda le prisonnier. Mais de quelle façon ont-ils disparu ?

– De la façon la plus sûre, répondit Aramis : ils sont morts.

Le jeune homme pâlit légèrement et passa une main tremblante sur son visage.

– Par le poison ? demanda-t-il.

– Par le poison.

Le prisonnier réfléchit un instant.

– Pour que ces deux innocentes créatures, reprit-il, mes seuls soutiens, aient été assassinées le même jour, il faut que mon ennemi soit bien cruel, ou bien contraint par la nécessité ; car ce digne gentilhomme et cette pauvre femme n'avaient jamais fait de mal à personne.

– La nécessité est dure dans votre maison, monseigneur. Aussi est-ce une nécessité qui me fait, à mon grand regret, vous dire que ce gentilhomme et cette nourrice ont été assassinés.

– Oh ! vous ne m'apprenez rien de nouveau, dit le prisonnier en fronçant le sourcil.

– Comment cela ?

– Je m'en doutais.

– Pourquoi ?

– Je vais vous le dire.

En ce moment, le jeune homme, s'appuyant sur ses deux coudes, s'approcha du visage d'Aramis avec une telle expression de dignité, d'abnégation, de défi même, que l'évêque sentit l'électricité de l'enthousiasme monter en étincelles dévorantes de son cœur flétri à son crâne dur comme l'acier.

– Parlez, monseigneur. Je vous ai déjà dit que j'expose ma vie en vous parlant. Si peu que soit ma vie, je vous supplie de la recevoir comme rançon de la vôtre.

– Eh bien ! reprit le jeune homme, voici pourquoi je soupçonnais que l'on avait tué ma nourrice et mon gouverneur.

– Que vous appeliez votre père.

– Oui, que j'appelais mon père, mais dont je savais bien que je n'étais pas le fils.

– Qui vous avait fait supposer ?...

– De même que vous êtes, vous, trop respectueux pour un ami, lui était trop respectueux pour un père.

– Moi, dit Aramis, je n'ai pas le dessein de me déguiser.

Le jeune homme fit un signe de tête et continua :

– Sans doute, je n'étais pas destiné à demeurer éternellement enfermé, dit le prisonnier, et ce qui me le fait croire, maintenant surtout, c'est le soin qu'on prenait de faire de moi un cavalier aussi accompli que possible. Le gentilhomme qui était près de moi m'avait appris tout ce qu'il savait lui-même : les mathématiques, un peu de géométrie, d'astronomie, l'escrime, le manège. Tous les matins, je faisais des armes dans une salle basse, et montais à cheval dans le jardin. Eh bien ! un matin, c'était pendant l'été, car il faisait une grande chaleur, je m'étais endormi dans cette salle basse. Rien, jusque-là, ne m'avait, excepté le respect de mon gouverneur, instruit ou donné des soupçons. Je vivais comme les oiseaux, comme les plantes, d'air et de soleil ; je venais d'avoir quinze ans.

– Alors, il y a huit ans de cela ?

– Oui, à peu près ; j'ai perdu la mesure du temps.

– Pardon, mais que vous disait votre gouverneur pour vous encourager au travail ?

– Il me disait qu'un homme doit chercher à se faire sur la terre une fortune que Dieu lui a refusée en naissant ; il ajoutait que, pauvre, orphelin, obscur, je ne pouvais compter que sur moi, et que nul ne s'intéressait ou ne s'intéresserait jamais à ma personne. J'étais donc dans cette salle basse, et, fatigué par ma leçon d'escrime, je m'étais endormi. Mon gouverneur était dans sa chambre, au premier étage, juste au-dessus de moi. Soudain j'entendis comme un petit cri poussé par mon gouverneur. Puis il appela : « Perronnette ! Perronnette ! » C'était ma nourrice qu'il appelait.

– Oui, je sais, dit Aramis ; continuez, monseigneur, continuez.

– Sans doute elle était au jardin, car mon gouverneur descendit l'escalier avec précipitation. Je me levai, inquiet de le voir inquiet lui-même. Il ouvrit la porte qui, du vestibule, menait au jardin, en criant toujours : « Perronnette ! Perronnette ! » Les fenêtres de la salle basse donnaient sur la cour ; les volets de ces fenêtres étaient fermés ; mais, par une fente du volet, je vis mon gouverneur s'approcher d'un large puits situé presque au-dessous des fenêtres de son cabinet de travail. Il se pencha sur la margelle, regarda dans le puits, et poussa un nouveau cri en faisant de grands gestes effarés. D'où j'étais, je pouvais non seulement voir, mais encore entendre. Je vis donc, j'entendis donc.

– Continuez, monseigneur, je vous en prie, dit Aramis.

– Dame Perronnette accourait aux cris de mon gouverneur. Il alla au-devant d'elle, la prit par le bras et l'entraîna vivement vers la margelle ; après quoi, se penchant avec elle dans le puits, il lui dit :

« – Regardez, regardez, quel malheur !

« – Voyons, voyons, calmez-vous, disait dame Perronnette ; qu'y a-t-il ?

« – Cette lettre, criait mon gouverneur, voyez-vous cette lettre ?

« Et il étendait la main vers le fond du puits.

« – Quelle lettre ? demanda la nourrice.

« – Cette lettre que vous voyez là-bas, c'est la dernière lettre de la reine.

« À ce mot je tressaillis. Mon gouverneur, celui qui passait pour mon père, celui qui me recommandait sans cesse la modestie et l'humilité, en correspondance avec la reine !

« – La dernière lettre de la reine ? s'écria dame Perronnette sans paraître étonnée autrement que de voir cette lettre au fond du puits. Et comment est-elle là ?

« – Un hasard, dame Perronnette, un hasard étrange ! Je rentrais chez moi ; en rentrant, j'ouvre la porte ; la fenêtre de son côté était ouverte ; un courant d'air s'établit ; je vois un papier qui s'envole, je reconnais que ce papier, c'est la lettre de la reine ; je cours à la fenêtre en poussant un cri ; le papier flotte un instant en l'air et tombe dans le puits.

« – Eh bien ! dit dame Perronnette, si la lettre est tombée dans le puits, c'est comme si elle était brûlée, et, puisque la reine brûle elle-même toutes ses lettres, chaque fois qu'elle vient...

« Chaque fois qu'elle vient ! Ainsi cette femme qui venait tous les mois, c'était la reine ? interrompit le prisonnier.

– Oui, fit de la tête Aramis.

– « Sans doute, sans doute, continua le vieux gentilhomme, mais cette lettre contenait des instructions. Comment ferai-je pour les suivre ?

« – Écrivez vite à la reine, racontez-lui la chose comme elle s'est passée, et la reine vous écrira une seconde lettre en place de celle-ci.

« – Oh ! la reine ne voudra pas croire à cet accident, dit le bonhomme en branlant la tête ; elle pensera que j'ai voulu garder cette lettre, au lieu de la lui rendre comme les autres, afin de m'en faire une arme. Elle est si défiante, et M. de Mazarin si... Ce démon d'Italien est capable de nous faire empoisonner au premier soupçon ! »

Aramis sourit avec un imperceptible mouvement de tête.

– « Vous savez, dame Perronnette, tous les deux sont si ombrageux à l'endroit de Philippe !

« Philippe, c'est le nom qu'on me donnait, interrompit le prisonnier.

« – Eh bien ! alors, il n'y a pas à hésiter, dit dame Perronnette, il faut faire descendre quelqu'un dans le puits.

« – Oui, pour que celui qui rapportera le papier y lise en remontant.

« – Prenons, dans le village, quelqu'un qui ne sache pas lire ; ainsi vous serez tranquille.

« – Soit ; mais celui qui descendra dans le puits ne devinera-t-il pas l'importance d'un papier pour lequel on risque la vie d'un homme ? Cependant vous venez de me donner une idée, dame Perronnette ; oui, quelqu'un descendra dans le puits, et ce quelqu'un sera moi.

« Mais, sur cette proposition, dame Perronnette se mit à s'éplorer et à s'écrier de telle façon, elle supplia si fort en pleurant le vieux gentilhomme, qu'il lui promit de se mettre en quête d'une échelle assez grande pour qu'on pût descendre dans le puits, tandis qu'elle irait jusqu'à la ferme chercher un garçon résolu, à qui l'on ferait accroire qu'il était tombé un bijou dans le puits, que ce bijou était enveloppé dans du papier, et, comme le papier, remarqua mon gouverneur, se développe à l'eau, il ne sera pas surprenant qu'on ne retrouve que la lettre tout ouverte.

« – Elle aura peut-être déjà eu le temps de s'effacer, dit dame Perronnette.

« – Peu importe, pourvu que nous ayons la lettre. En remettant la lettre à la reine, elle verra bien que nous ne l'avons pas trahie, et, par conséquent, n'excitant pas la défiance de M. de Mazarin, nous n'aurons rien à craindre de lui.

« Cette résolution prise, ils se séparèrent. Je repoussai le volet, et, voyant que mon gouverneur s'apprêtait à rentrer, je me jetai sur mes coussins avec un bourdonnement dans la tête, causé par tout ce que je venais d'entendre.

« Mon gouverneur entrebâilla la porte quelques secondes après que je m'étais rejeté sur mes coussins, et, me croyant assoupi, la referma doucement.

« À peine fut-elle refermée, que je me relevai et prêtant l'oreille, j'entendis le bruit des pas qui s'éloignaient. Alors je revins à mon volet, et je vis sortir mon gouverneur et dame Perronnette.

« J'étais seul à la maison.

« Ils n'eurent pas plutôt refermé la porte, que, sans prendre la peine de traverser le vestibule, je sautai par la fenêtre et courus au puits.

« Alors, comme s'était penché mon gouverneur, je me penchai à mon tour.

« Je ne sais quoi de blanchâtre et de lumineux tremblotait dans les cercles frissonnants de l'eau verdâtre. Ce disque brillant me fascinait et m'attirait. Mes yeux étaient fixes, ma respiration haletante. Le puits m'aspirait avec sa large bouche et son haleine glacée : il me semblait lire au fond de l'eau des caractères de feu tracés sur le papier qu'avait touché la reine.

« Alors, sans savoir ce que je faisais, et animé par un de ces mouvements instinctifs qui vous poussent sur les pentes fatales, je roulai une extrémité de la corde au pied de la potence du puits, je laissai pendre le seau jusque dans l'eau, à trois pieds de profondeur à peu près, tout cela en me donnant bien du mal pour ne pas déranger le précieux papier, qui commençait à changer sa couleur blanchâtre contre une teinte verdâtre, preuve qu'il s'enfonçait, puis, un morceau de toile mouillée entre les mains, je me laissai glisser dans l'abîme.

« Quand je me vis suspendu au-dessus de cette flaque d'eau sombre, quand je vis le ciel diminuer au-dessus de ma tête, le froid s'empara de moi, le vertige me saisit et fit dresser mes cheveux ; mais ma volonté domina tout, terreur et malaise. J'atteignis l'eau, et je m'y plongeai d'un seul coup, me retenant d'une main, tandis que j'allongeais l'autre, et que je saisissais le précieux papier, qui se déchira en deux entre mes doigts.

« Je cachai les deux morceaux dans mon justaucorps, et, m'aidant des pieds aux parois du puits, me suspendant des mains, vigoureux, agile, et pressé surtout, je regagnai la margelle, que j'inondai en la touchant de l'eau qui ruisselait de toute la partie inférieure de mon corps.

« Une fois hors du puits avec ma proie, je me mis à courir au soleil, et j'atteignis le fond du jardin, où se trouvait une espèce de petit bois. C'est là que je voulais me réfugier.

« Comme je mettais le pied dans ma cachette, la cloche qui retentissait lorsque s'ouvrait la grand-porte sonna. C'était mon gouverneur qui rentrait. Il était temps !

« Je calculai qu'il me restait dix minutes avant qu'il m'atteignît, si, devinant où j'étais, il venait droit à moi ; vingt minutes, s'il prenait la peine de me chercher.

« C'était assez pour lire cette précieuse lettre, dont je me hâtai de rapprocher les deux fragments. Les caractères commençaient à s'effacer.

« Cependant, malgré tout, je parvins à déchiffrer la lettre.

– Et qu'y avez-vous lu, monseigneur ? demanda Aramis vivement intéressé.

– Assez de choses pour croire, monsieur, que le valet était un gentilhomme, et que Perronnette, sans être une grande dame, était cependant plus qu'une servante ; enfin que j'avais moi-même quelque naissance, puisque la reine Anne d'Autriche et le Premier ministre Mazarin me recommandaient si soigneusement.

Le jeune homme s'arrêta tout ému.

– Et qu'arriva-t-il ? demanda Aramis.

– Il arriva, monsieur, répondit le jeune homme, que l'ouvrier appelé par mon gouverneur ne trouva rien dans le puits, après l'avoir fouillé en tous sens ; il arriva que mon gouverneur s'aperçut que la margelle était toute ruisselante ; il arriva que je ne m'étais pas si bien séché au soleil que dame Perronnette ne reconnût que mes habits étaient tout humides ; il arriva enfin que je fus pris d'une grosse fièvre causée par la fraîcheur de l'eau et l'émotion de ma découverte, et que cette fièvre fut suivie d'un délire pendant lequel je racontai tout ; de sorte que, guidé par mes propres aveux, mon gouverneur trouva sous mon chevet les deux fragments de la lettre écrite par la reine.

– Ah ! fit Aramis, je comprends à cette heure.

– À partir de là, tout est conjecture. Sans doute, le pauvre gentilhomme et la pauvre femme, n'osant garder le secret de ce qui venait de se passer, écrivirent tout à la reine et lui renvoyèrent la lettre déchirée.

– Après quoi, dit Aramis, vous fûtes arrêté et conduit à la Bastille ?

– Vous le voyez.

– Puis vos serviteurs disparurent ?

– Hélas !

– Ne nous occupons pas des morts, reprit Aramis, et voyons ce que l'on peut faire avec le vivant. Vous m'avez dit que vous étiez résigné ?

– Et je vous le répète.

– Sans souci de la liberté ?

– Je vous l'ai dit.

– Sans ambition, sans regret, sans pensée ?

Le jeune homme ne répondit rien.

– Eh bien ! demanda Aramis, vous vous taisez ?

– Je crois que j'ai assez parlé, répondit le prisonnier, et que c'est votre tour. Je suis fatigué.

– Je vais vous obéir, dit Aramis.

Aramis se recueillit, et une teinte de solennité profonde se répandit sur toute sa physionomie. On sentait qu'il en était arrivé à la partie importante du rôle qu'il était venu jouer dans la prison.

– Une première question, fit Aramis.

– Laquelle ? Parlez.

– Dans la maison que vous habitiez, il n'y avait ni glace ni miroir, n'est-ce pas ?

– Qu'est-ce que ces deux mots, et que signifient-ils ? demanda le jeune homme. Je ne les connais même pas.

– On entend par miroir ou glace un meuble qui réfléchit les objets, qui permet, par exemple, que l'on voie les traits de son propre visage dans un verre préparé, comme vous voyez les miens à l'œil nu.

– Non, il n'y avait dans la maison ni glace ni miroir, répondit le jeune homme.

Aramis regarda autour de lui.

– Il n'y en a pas non plus ici, dit-il ; les mêmes précautions ont été prises ici que là-bas.

– Dans quel but ?

– Vous le saurez tout à l'heure. Maintenant, pardonnez-moi ; vous m'avez dit que l'on vous avait appris les mathématiques, l'astronomie, l'escrime, le manège ; vous ne m'avez point parlé d'histoire.

– Quelquefois, mon gouverneur m'a raconté les hauts faits du roi saint Louis, de François I$^{er}$ et du roi Henri IV.

– Voilà tout ?

– Voilà à peu près tout.

– Eh bien ! je le vois, c'est encore un calcul : comme on vous avait enlevé les miroirs qui réfléchissent le présent, on vous a laissé ignorer l'histoire qui réfléchit le passé. Depuis votre emprisonnement, les livres vous ont été interdits, de sorte que bien des faits vous sont inconnus, à l'aide desquels vous pourriez reconstruire l'édifice écroulé de vos souvenirs ou de vos intérêts.

– C'est vrai, dit le jeune homme.

– Écoutez, je vais donc, en quelques mots, vous dire ce qui s'est passé en France depuis vingt-trois ou vingt-quatre ans, c'est-à-dire depuis la date probable de votre naissance, c'est-à-dire, enfin, depuis le moment qui vous intéresse.

– Dites.

Et le jeune homme reprit son attitude sérieuse et recueillie.

– Savez-vous quel fut le fils du roi Henri IV ?

– Je sais du moins quel fut son successeur.

– Comment savez-vous cela ?

– Par une pièce de monnaie, à la date de 1610, qui représentait le roi Henri IV ; par une pièce de monnaie à la date de 1612, qui représentait le roi Louis XIII. Je présumai, puisqu'il n'y avait que deux ans entre les deux pièces, que Louis XIII devait être le successeur de Henri IV.

– Alors, dit Aramis, vous savez que le dernier roi régnant était Louis XIII ?

– Je le sais, dit le jeune homme en rougissant légèrement.

– Eh bien ! ce fut un prince plein de bonnes idées, plein de grands projets, projets toujours ajournés par le malheur des temps et par les luttes qu'eut à soutenir contre la seigneurie de France son ministre Richelieu. Lui, personnellement je parle du roi Louis XIII, était faible de caractère. Il mourut jeune encore et tristement.

– Je sais cela.

– Il avait été longtemps préoccupé du soin de sa postérité. C'est un soin douloureux pour les princes, qui ont besoin de laisser sur la terre plus qu'un souvenir, pour que leur pensée se poursuive, pour que leur œuvre continue.

– Le roi Louis XIII est-il mort sans enfants ? demanda en souriant le prisonnier.

– Non, mais il fut privé longtemps du bonheur d'en avoir ; non, mais longtemps il crut qu'il mourrait tout entier. Et cette pensée l'avait réduit à un profond désespoir, quand tout à coup sa femme, Anne d'Autriche...

Le prisonnier tressaillit.

– Saviez-vous, continua Aramis, que la femme de Louis XIII s'appelât Anne d'Autriche ?

– Continuez, dit le jeune homme sans répondre.

– Quand tout à coup, reprit Aramis, la reine Anne d'Autriche annonça qu'elle était enceinte. La joie fut grande à cette nouvelle, et tous les vœux tendirent à une heureuse délivrance. Enfin, le 5 septembre 1638, elle accoucha d'un fils.

Ici Aramis regarda son interlocuteur, et crut s'apercevoir qu'il pâlissait.

– Vous allez entendre, dit Aramis, un récit que peu de gens sont en état de faire à l'heure qu'il est ; car ce récit est un secret que l'on croit mort avec les morts, ou enseveli dans l'abîme de la confession.

– Et vous allez me dire ce secret ? fit le jeune homme.

– Oh ! dit Aramis avec un accent auquel il n'y avait pas à se méprendre, ce secret, je ne crois pas l'aventurer en le confiant à un prisonnier qui n'a aucun désir de sortir de la Bastille.

– J'écoute, monsieur.

– La reine donna donc le jour à un fils. Mais quand toute la cour eut poussé des cris de joie à cette nouvelle, quand le roi eut montré le nouveau-né à son peuple, et à sa noblesse, quand il se fut gaiement mis à table pour fêter cette heureuse naissance, alors la reine, restée seule dans sa chambre, fut prise, pour la seconde fois, des douleurs de l'enfantement, et donna le jour à un second fils.

– Oh ! dit le prisonnier trahissant une instruction plus grande que celle qu'il avouait, je croyais que Monsieur n'était né qu'en...

Aramis leva le doigt.

– Attendez que je continue, dit-il.

Le prisonnier poussa un soupir impatient, et attendit.

– Oui, dit Aramis, la reine eut un second fils, un second fils que dame Perronnette, la sage-femme, reçut dans ses bras.

– Dame Perronnette ! murmura le jeune homme.

– On courut aussitôt à la salle où le roi dînait ; on le prévint tout bas de ce qui arrivait ; il se leva de table et accourut. Mais, cette fois, ce n'était plus la gaieté qu'exprimait son visage, c'était un sentiment qui ressemblait à de la terreur. Deux fils jumeaux changeaient en amertume la joie que lui avait causée la naissance d'un seul, attendu que ce que je vais vous dire, vous l'ignorez certainement, attendu qu'en France c'est l'aîné des fils qui règne après le père.

– Je sais cela.

– Et que les médecins et les jurisconsultes prétendent qu'il y a lieu de douter si le fils qui sort le premier du sein de sa mère est l'aîné de par la loi de Dieu et de la nature.

Le prisonnier poussa un cri étouffé, et devint plus blanc que le drap sous lequel il se cachait.

– Vous comprenez maintenant, poursuivit Aramis, que le roi, qui s'était vu avec tant de joie continuer dans un héritier, dut être au désespoir en songeant que maintenant il en avait deux, et que, peut-être, celui qui venait de naître et qui était inconnu, contesterait le droit d'aînesse à l'autre qui était né deux heures auparavant, et qui, deux heures auparavant, avait été reconnu. Ainsi, ce second fils, s'armant des intérêts ou des caprices d'un parti, pouvait, un jour, semer dans le royaume la discorde et la guerre, détruisant, par cela même, la dynastie qu'il eût dû consolider.

– Oh ! je comprends, je comprends !... murmura le jeune homme.

– Eh bien ! continua Aramis, voilà ce qu'on rapporte, voilà ce qu'on assure, voilà pourquoi un des deux fils d'Anne d'Autriche, indignement séparé de son frère, indignement séquestré, réduit à l'obscurité la plus profonde, voilà pourquoi ce second fils a disparu, et si bien disparu, que nul en France ne sait aujourd'hui qu'il existe, excepté sa mère.

– Oui, sa mère, qui l'a abandonné ! s'écria le prisonnier avec l'expression du désespoir.

– Excepté, continua Aramis, cette dame à la robe noire et aux rubans de feu, et enfin excepté...

– Excepté vous, n'est-ce pas ? Vous qui venez me conter tout cela, vous qui venez éveiller en mon âme la curiosité, la haine, l'ambition, et, qui sait ? peut-être, la soif de la vengeance ; excepté vous, monsieur, qui, si vous êtes l'homme que j'attends, l'homme que me promet le billet, l'homme enfin que Dieu doit m'envoyer, devez avoir sur vous...

– Quoi ? demanda Aramis.

– Un portrait du roi Louis XIV, qui règne en ce moment sur le trône de France.

– Voici le portrait, répliqua l'évêque en donnant au prisonnier un émail des plus exquis, sur lequel Louis XIV apparaissait fier, beau, et vivant pour ainsi dire.

Le prisonnier saisit avidement le portrait, et fixa ses yeux sur lui comme s'il eût voulu le dévorer.

– Et maintenant, monseigneur, dit Aramis, voici un miroir.

Aramis laissa le temps au prisonnier de renouer ses idées.

– Si haut ! si haut ! murmura le jeune homme en dévorant du regard le portrait de Louis XIV et son image à lui-même réfléchie dans le miroir.

– Qu'en pensez-vous ? dit alors Aramis.

– Je pense que je suis perdu, répondit le captif, que le roi ne me pardonnera jamais.

– Et moi, je me demande, ajouta l'évêque en attachant sur le prisonnier un regard brillant de signification, je me demande lequel des deux est le roi, de celui que représente ce portrait, ou de celui que reflète cette glace.

– Le roi, monsieur, est celui qui est sur le trône, répliqua tristement le jeune homme, c'est celui qui n'est pas en prison, et qui, au contraire, y fait mettre les autres. La royauté, c'est la puissance, et vous voyez bien que je suis impuissant.

– Monseigneur, répondit Aramis avec un respect qu'il n'avait pas encore témoigné, le roi, prenez-y bien garde, sera, si vous le voulez, celui qui, sortant de prison, saura se tenir sur le trône où des amis le placeront.

– Monsieur, ne me tentez point, fit le prisonnier avec amertume.

– Monseigneur, ne faiblissez pas, persista Aramis avec vigueur. J'ai apporté toutes les preuves de votre naissance : consultez-les, prouvez-vous à vous-même que vous êtes un fils de roi, et, après, agissons.

– Non, non, c'est impossible.

– À moins, reprit ironiquement l'évêque, qu'il ne soit dans la destinée de votre race que les frères exclus du trône soient tous des princes sans valeur et sans honneur, comme M. Gaston d'Orléans, votre oncle, qui, dix fois, conspira contre le roi Louis XIII, son frère.

– Mon oncle Gaston d'Orléans conspira contre son frère ? s'écria le prince épouvanté ; il conspira pour le détrôner ?

– Mais oui, monseigneur, pas pour autre chose.

– Que me dites-vous là, monsieur ?

– La vérité.

– Et il eut des amis... dévoués ?

– Comme moi pour vous.

– Eh bien ! que fit-il ? il échoua ?

– Il échoua, mais toujours par sa faute, et, pour racheter, non pas sa vie, car la vie du frère du roi est sacrée, inviolable, mais pour racheter sa liberté, votre oncle sacrifia la vie de tous ses amis les uns après les autres. Aussi est-il aujourd'hui la honte de l'histoire et l'exécration de cent nobles familles de ce royaume.

– Je comprends, monsieur, fit le prince, et c'est par faiblesse ou par trahison que mon oncle tua ses amis ?

– Par faiblesse : ce qui est toujours une trahison chez les princes.

– Ne peut-on pas échouer aussi par ignorance, par incapacité ? Croyez-vous bien qu'il soit possible à un pauvre captif tel que moi, élevé non seulement loin de la cour, mais encore loin du monde, croyez-vous qu'il lui soit possible d'aider ceux de ses amis qui tenteraient de le servir ?

Et comme Aramis allait répondre, le jeune homme s'écria tout à coup avec une violence qui décelait la force du sang :

– Nous parlons ici d'amis, mais par quel hasard aurais-je des amis, moi que personne ne connaît, et qui n'ai pour m'en faire ni liberté, ni argent, ni puissance ?

– Il me semble que j'ai eu l'honneur de m'offrir à Votre Altesse Royale.

– Oh ! ne m'appelez pas ainsi, monsieur ; c'est une dérision ou une barbarie. Ne me faites pas songer à autre chose qu'aux murs de la prison qui m'enferme, laissez-moi aimer encore, ou, du moins, subir mon esclavage et mon obscurité.

– Monseigneur ! monseigneur ! si vous me répétez encore ces paroles découragées ! Si, après avoir eu la preuve de votre naissance, vous demeurez pauvre d'esprit, de souffle et de volonté, j'accepterai votre vœu, je disparaîtrai, je renoncerai à servir ce maître, à qui, si ardemment, je venais dévouer ma vie et mon aide.

– Monsieur, s'écria le prince, avant de me dire tout ce que vous dites, n'eût-il pas mieux valu réfléchir que vous m'avez à jamais brisé le cœur ?

– Ainsi ai-je voulu faire, monseigneur.

– Monsieur, pour me parler de grandeur, de puissance, de royauté même, est-ce que vous devriez choisir une prison ? Vous voulez me faire croire à la splendeur, et nous nous cachons dans la nuit ? Vous me vantez la gloire, et nous étouffons nos paroles sous les rideaux de ce grabat ? Vous me faites entrevoir une toute-puissance et j'entends les pas du geôlier dans ce corridor, ce pas qui vous fait trembler plus que moi ? Pour me rendre un peu moins incrédule, tirez-moi donc de la Bastille, donnez de l'air à mes poumons, des éperons à mon pied, une épée à mon bras, et nous commencerons à nous entendre.

– C'est bien mon intention de vous donner tout cela, et plus que cela, monseigneur. Seulement, le voulez-vous ?

– Écoutez encore, monsieur, interrompit le prince. Je sais qu'il y a des gardes à chaque galerie, des verrous à chaque porte, des canons et des soldats à chaque barrière. Avec quoi vaincrez-vous les gardes, enclouerez-vous les canons ? Avec quoi briserez-vous les verrous et les barrières ?

– Monseigneur, comment vous est venu ce billet que vous avez lu et qui annonçait ma venue ?

– On corrompt un geôlier pour un billet.

– Si l'on corrompt un geôlier, on peut en corrompre dix.

– Eh bien ! j'admets que ce soit possible de tirer un pauvre captif de la Bastille, possible de bien le cacher pour que les gens du roi ne le rattrapent point, possible encore de nourrir convenablement ce malheureux dans un asile inconnu.

– Monseigneur ! fit en souriant Aramis.

– J'admets que celui qui ferait cela pour moi serait déjà plus qu'un homme, mais puisque vous dites que je suis un prince, un frère de roi, comment me rendrez-vous le rang et la force que ma mère et mon frère m'ont enlevés ? Mais, puisque je dois passer une vie de combats et de haines, comment me ferez-vous vainqueur dans ces combats et invulnérable à mes ennemis ? Ah ! monsieur, songez-y ! jetez-moi demain dans quelque noire caverne, au fond d'une montagne ! faites-moi cette joie d'entendre en liberté les bruits du fleuve et de la plaine, de voir en liberté le soleil d'azur ou le ciel orageux, c'en est assez ! Ne me promettez pas davantage, car, en vérité, vous ne pouvez me donner davantage, et ce serait un crime de me tromper, puisque vous vous dites mon ami.

Aramis continua d'écouter en silence.

– Monseigneur, reprit-il après avoir un moment réfléchi, j'admire ce sens si droit et si ferme qui dicte vos paroles ; je suis heureux d'avoir deviné mon roi.

– Encore ! encore !... Ah ! par pitié, s'écria le prince en comprimant de ses mains glacées son front couvert d'une sueur brûlante, n'abusez pas de moi : je n'ai pas besoin d'être un roi, monsieur, pour être le plus heureux des hommes.

– Et moi, monseigneur, j'ai besoin que vous soyez un roi pour le bonheur de l'humanité.

– Ah ! fit le prince avec une nouvelle défiance inspirée par ce mot, ah ! qu'a donc l'humanité à reprocher à mon frère ?

– J'oubliais de dire, monseigneur, que, si vous daignez vous laisser guider par moi, et si vous consentez à devenir le plus puissant prince de la terre, vous aurez servi les intérêts de tous les amis que je voue au succès de notre cause, et ces amis sont nombreux.

– Nombreux ?

– Encore moins que puissants, monseigneur.

– Expliquez-vous.

– Impossible ! Je m'expliquerai, je le jure devant Dieu qui m'entend, le propre jour où je vous verrai assis sur le trône de France.

– Mais mon frère ?

– Vous ordonnerez de son sort. Est-ce que vous le plaignez ?

– Lui qui me laisse mourir dans un cachot ? Non, je ne le plains pas !

– À la bonne heure !

– Il pouvait venir lui-même en cette prison, me prendre la main et me dire : « Mon frère, Dieu nous a créés pour nous aimer, non pour nous combattre. Je viens à vous. Un préjugé sauvage vous condamnait à périr obscurément loin de tous les hommes, privé de toutes les joies. Je veux vous faire asseoir près de moi ; je veux vous attacher au côté l'épée de notre père. Profiterez-vous de ce rapprochement pour m'étouffer ou me contraindre ? Userez-vous de cette épée pour verser mon sang ?...

« – Oh ! non, lui eussé-je répondu : je vous regarde comme mon sauveur, et vous respecterai comme mon maître. Vous me donnez bien plus que ne m'avait donné Dieu. Par vous, j'ai la liberté ; par vous, j'ai le droit d'aimer et d'être aimé en ce monde. »

– Et vous eussiez tenu parole, monseigneur ?

– Oh ! sur ma vie !

– Tandis que maintenant ?...

– Tandis que, maintenant, je sens que j'ai des coupables à punir...

– De quelle façon, monseigneur ?

– Que dites-vous de cette ressemblance que Dieu m'avait donnée avec mon frère ?

– Je dis qu'il y avait dans cette ressemblance un enseignement providentiel que le roi n'eût pas dû négliger, je dis que votre mère a commis un crime en faisant différents par le bonheur et par la fortune ceux que la nature avait créés si semblables dans son sein, et je conclus, moi, que le châtiment ne doit être autre chose que l'équilibre à rétablir.

– Ce qui signifie ?...

– Que, si je vous rends votre place sur le trône de votre frère, votre frère prendra la vôtre dans votre prison.

– Hélas ! on souffre bien en prison ! surtout quand on a bu si largement à la coupe de la vie !

– Votre Altesse Royale sera toujours libre de faire ce qu'elle voudra : elle pardonnera, si bon lui semble, après avoir puni.

– Bien. Et maintenant, savez-vous une chose, monsieur ?

– Dites, mon prince.

– C'est que je n'écouterai plus rien de vous que hors de la Bastille.

– J'allais dire à Votre Altesse Royale que je n'aurai plus l'honneur de la voir qu'une fois.

– Quand cela ?

– Le jour où mon prince sortira de ces murailles noires.

– Dieu vous entende ! Comment me préviendrez-vous ?

– En venant ici vous chercher.

– Vous-même ?

– Mon prince, ne quittez cette chambre qu'avec moi, ou, si l'on vous contraint en mon absence, rappelez-vous que ce ne sera pas de ma part.

– Ainsi, pas un mot à qui que ce soit, si ce n'est à vous ?

– Si ce n'est à moi.

Aramis s'inclina profondément. Le prince lui tendit la main.

– Monsieur, dit-il avec un accent qui jaillissait du cœur, j'ai un dernier mot à vous dire. Si vous vous êtes adressé à moi pour me perdre, si vous n'avez été qu'un instrument aux mains de mes ennemis, si de notre conférence, dans laquelle vous avez sondé mon cœur il résulte pour moi quelque chose de pire que la captivité, c'est-à-dire la mort, eh bien ! soyez béni, car vous aurez terminé mes peines et fait succéder le calme aux fiévreuses tortures dont je suis dévoré depuis huit ans.

– Monseigneur, attendez pour me juger, dit Aramis.

– J'ai dit que je vous bénissais et que je vous pardonnais. Si, au contraire, vous êtes venu pour me rendre la place que Dieu m'avait destinée au soleil de la fortune et de la gloire, si, grâce à vous, je puis vivre dans la mémoire des hommes, et faire honneur à ma race par quelques faits illustres ou quelques services rendus à mes peuples, si, du dernier rang où je languis, je m'élève au faîte des honneurs, soutenu par votre main généreuse, eh bien ! à vous que je bénis et que je remercie, à vous la moitié de ma puissance et de ma gloire ! Vous serez encore trop peu payé ; votre part sera toujours incomplète, car jamais je ne réussirai à partager avec vous tout ce bonheur que vous m'aurez donné.

– Monseigneur, dit Aramis ému de la pâleur et de l'élan du jeune homme, votre noblesse de cœur me pénètre de joie et d'admiration. Ce n'est pas à vous de me remercier, ce sera surtout aux peuples que vous rendrez heureux, à vos descendants que vous rendrez illustres. Oui, je vous aurai donné plus que la vie, je vous donnerai l'immortalité.

Le jeune homme tendit la main à Aramis : celui-ci la baisa en s'agenouillant.

– Oh ! s'écria le prince avec une modestie charmante.

– C'est le premier hommage rendu à notre roi futur, dit Aramis. Quand je vous reverrai, je dirai : « Bonjour, sire ! »

– Jusque-là, s'écria le jeune homme en appuyant ses doigts blancs et amaigris sur son cœur, jusque-là plus de rêves, plus de chocs à ma vie ; elle se briserait ! Oh ! monsieur, que ma prison est petite et que cette fenêtre est basse, que ces portes sont étroites ! Comment tant d'orgueil, tant de splendeur, tant de félicité a-t-il pu passer par là et tenir ici ?

– Votre Altesse Royale me rend fier, dit Aramis, puisqu'elle prétend que c'est moi qui ai apporté tout cela.

Il heurta aussitôt la porte.

Le geôlier vint ouvrir avec Baisemeaux, qui, dévoré d'inquiétude et de crainte, commençait à écouter malgré lui à la porte de la chambre.

Heureusement ni l'un ni l'autre des deux interlocuteurs n'avait oublié d'étouffer sa voix, même dans les plus hardis élans de la passion.

– Quelle confession ! dit le gouverneur en essayant de rire ; croirait-on jamais qu'un reclus, un homme presque mort, ait commis des péchés si nombreux et si longs ?

Aramis se tut. Il avait hâte de sortir de la Bastille, où le secret qui l'accablait doublait le poids des murailles.

Quand ils furent arrivés chez Baisemeaux :

– Causons affaires, mon cher gouverneur, dit Aramis.

– Hélas ! répliqua Baisemeaux.

– Vous avez à me demander mon acquit pour cent cinquante mille livres ? dit l'évêque.

– Et à verser le premier tiers de la somme, ajouta en soupirant le pauvre gouverneur, qui fit trois pas vers son armoire de fer.

– Voici votre quittance, dit Aramis.

– Et voici l'argent, reprit avec un triple soupir M. de Baisemeaux.

– L'ordre m'a dit seulement de donner une quittance de cinquante mille livres, dit Aramis : il ne m'a pas dit de recevoir d'argent. Adieu, monsieur le gouverneur.

Et il partit, laissant Baisemeaux plus que suffoqué par la surprise et la joie, en présence de ce présent royal fait si grandement par le confesseur extraordinaire de la Bastille.

# XXXII

*Comment Mouston avait engraissé sans en prévenir
Porthos, et des désagréments qui en étaient
résultés pour ce digne gentilhomme*

Depuis le départ d'Athos pour Blois, Porthos et d'Artagnan s'étaient rarement trouvés ensemble. L'un avait fait un service fatigant près du roi, l'autre avait fait beaucoup d'emplettes de meubles, qu'il comptait emporter dans ses terres, et à l'aide desquels il espérait fonder, dans ses diverses résidences, un peu de ce luxe de cour dont il avait entrevu l'éblouissante clarté dans la compagnie de Sa Majesté.

D'Artagnan, toujours fidèle, un matin que son service lui laissait quelque liberté, songea à Porthos, et, inquiet de n'avoir pas entendu parler de lui depuis plus de quinze jours, s'achemina vers son hôtel, où il le saisit au sortir du lit.

Le digne baron paraissait pensif : plus que pensif, mélancolique. Il était assis sur son lit, demi-nu, les jambes pendantes, contemplant une foule d'habits qui jonchaient le parquet de leurs franges, de leurs galons, de leurs broderies et de leurs cliquetis d'inharmonieuses couleurs.

Porthos, triste et songeur comme le lièvre de La Fontaine, ne vit pas entrer d'Artagnan, que lui cachait d'ailleurs en ce moment M. Mouston, dont la corpulence personnelle, fort suffisante en tout cas pour cacher un homme à un autre homme, était momentanément doublée par le déploiement d'un habit écarlate que l'intendant exhibait à son maître en le tenant par les manches, afin qu'il fût plus manifeste de tous les côtés.

D'Artagnan s'arrêta sur le seuil et examina Porthos songeant. Puis, comme la vue de ces innombrables habits jonchant le parquet tirait de profonds soupirs de la poitrine du digne gentilhomme, d'Artagnan pensa qu'il était temps de l'arracher à cette douloureuse contemplation, et toussa pour s'annoncer.

– Ah ! fit Porthos, dont le visage s'illumina de joie, ah ! ah ! voici d'Artagnan ! Je vais enfin avoir une idée !

Mouston, à ces mots, se doutant de ce qui se passait derrière lui, s'effaça en souriant tendrement à l'ami de son maître, qui se trouva ainsi débarrassé de l'obstacle matériel qui l'empêchait de parvenir jusqu'à d'Artagnan.

Porthos fit craquer ses genoux robustes en se redressant, et, en deux enjambées, traversant la chambre, se trouva en face de d'Artagnan, qu'il pressa sur son cœur avec une affection qui semblait prendre une nouvelle force dans chaque jour qui s'écoulait.

– Ah ! répéta-t-il, vous êtes toujours le bienvenu, cher ami, mais aujourd'hui, vous êtes mieux venu que jamais.

– Voyons, voyons, on est triste chez vous ? fit d'Artagnan.

Porthos répondit par un regard qui exprimait l'abattement.

– Eh bien ! contez-moi cela, Porthos, mon ami, à moins que ce ne soit un secret.

– D'abord, mon ami, dit Porthos, vous savez que je n'ai pas de secrets pour vous. Voici donc ce qui m'attriste.

– Attendez, Porthos, laissez-moi d'abord me dépêtrer de toute cette litière de drap, de satin et de velours.

– Oh ! marchez, marchez, dit piteusement Porthos : tout cela n'est que rebut.

– Peste ! du rebut, Porthos, du drap à vingt livres l'aune ! du satin magnifique, du velours royal !

– Vous trouvez donc ces habits ?...

– Splendides, Porthos, splendides ! Je gage que vous seul en France en avez autant, et, en supposant que vous n'en fassiez plus faire un seul, et que vous viviez cent ans, ce qui ne m'étonnerait pas, vous porteriez encore des habits neufs le jour de votre mort, sans avoir besoin de voir le nez d'un seul tailleur, d'aujourd'hui à ce jour-là.

Porthos secoua la tête.

– Voyons, mon ami, dit d'Artagnan, cette mélancolie qui n'est pas dans votre caractère m'effraie. Mon cher Porthos, sortons-en donc : le plus tôt sera le mieux.

– Oui, mon ami, sortons-en, dit Porthos, si toutefois cela est possible.

– Est-ce que vous avez reçu de mauvaises nouvelles de Bracieux, mon ami ?

– Non, on a coupé les bois, et ils ont donné un tiers de produit au-delà de leur estimation.

– Est-ce qu'il y a une fuite dans les étangs de Pierrefonds ?

– Non, mon ami, on les a pêchés, et du superflu de la vente, il y a eu de quoi empoissonner tous les étangs des environs.

– Est-ce que le Vallon se serait éboulé par suite d'un tremblement de terre ?

– Non, mon ami, au contraire, le tonnerre est tombé à cent pas du château, et a fait jaillir une source à un endroit qui manquait complètement d'eau.

– Eh bien ! alors, qu'y a-t-il ?

– Il y a que j'ai reçu une invitation pour la fête de Vaux, fit Porthos d'un air lugubre.

– Eh bien ! plaignez-vous un peu ! le roi a causé dans les ménages de la cour plus de cent brouilles mortelles en refusant des invitations. Ah ! vraiment, cher ami, vous êtes du voyage de Vaux ? Tiens, tiens, tiens !

– Mon Dieu, oui !

– Vous allez avoir un coup d'œil magnifique, mon ami.

– Hélas ! je m'en doute bien.

– Tout ce qu'il y a de grand en France va être réuni.

– Ah ! fit Porthos en s'arrachant de désespoir une pincée de cheveux.

– Eh ! là, bon Dieu ! fit d'Artagnan, êtes-vous malade, mon ami ?

– Je me porte comme le Pont-Neuf, ventre Mahon ! Ce n'est pas cela.

– Mais qu'est-ce donc, alors ?

– C'est que je n'ai pas d'habits.

D'Artagnan demeura pétrifié.

– Pas d'habits, Porthos ! pas d'habits ! s'écria-t-il quand j'en vois là plus de cinquante sur le plancher !

– Cinquante, oui, et pas un qui m'aille !

– Comment, pas un qui vous aille ? Mais on ne vous prend donc pas mesure quand on vous habille ?

– Si fait, répondit Mouston, mais malheureusement j'ai engraissé.

– Comment ! vous avez engraissé ?

– De sorte que je suis devenu plus gros, mais beaucoup plus gros que M. le baron. Croiriez-vous cela, monsieur ?

– Parbleu ! il me semble que cela se voit !

– Entends-tu, imbécile ! dit Porthos, cela se voit.

– Mais enfin, mon cher Porthos, reprit d'Artagnan avec une légère impatience, je ne comprends pas pourquoi vos habits ne vous vont point parce que Mouston a engraissé.

– Je vais vous expliquer cela, mon ami, dit Porthos. Vous vous rappelez m'avoir raconté l'histoire d'un général romain, Antoine, qui avait toujours sept sangliers à la broche, et cuits à des points différents, afin de pouvoir demander son dîner à quelque heure du jour qu'il lui plût de le faire. Eh bien ! je résolus, comme, d'un moment à l'autre, je pouvais être appelé à la cour et y rester une semaine, je résolus d'avoir toujours sept habits prêts pour cette occasion.

– Puissamment raisonné, Porthos. Seulement, il faut avoir votre fortune pour se passer ces fantaisies-là. Sans compter le temps que l'on perd à donner des mesures. Les modes changent si souvent.

– Voilà justement, dit Porthos, où je me flattais d'avoir trouvé quelque chose de fort ingénieux.

– Voyons, dites-moi cela. Pardieu ! je ne doute pas de votre génie.

– Vous vous rappelez que Mouston a été maigre ?

– Oui, du temps qu'il s'appelait Mousqueton.

– Mais vous rappelez-vous aussi l'époque où il a commencé d'engraisser ?

– Non, pas précisément. Je vous demande pardon, mon cher Mouston.

– Oh ! Monsieur n'est pas fautif, dit Mouston d'un air aimable, Monsieur était à Paris, et nous étions, nous, à Pierrefonds.

– Enfin, mon cher Porthos, il y a un moment où Mouston s'est mis à engraisser. Voilà ce que vous voulez dire, n'est-ce pas ?

– Oui, mon ami, et je m'en réjouis fort à cette époque.

– Peste ! je le crois bien, fit d'Artagnan.

– Vous comprenez, continua Porthos, ce que cela m'épargnait de peine ?

– Non, mon cher ami, je ne comprends pas encore ; mais, à force de m'expliquer...

– M'y voici, mon ami. D'abord, comme vous l'avez dit, c'est une perte de temps que de donner sa mesure, ne fût-ce qu'une fois tous les quinze jours. Et puis on peut être en voyage, et, quand on veut avoir toujours sept habits en train... Enfin, mon ami, j'ai horreur de donner ma mesure à quelqu'un. On est gentilhomme ou on ne l'est pas, que diable ! Se faire toiser par un drôle qui vous analyse au pied, pouce et ligne, c'est humiliant. Ces gens-là vous trouvent trop creux ici, trop saillant là ; ils connaissent votre fort et votre faible. Tenez, quand on sort des mains d'un mesureur, on ressemble à ces places fortes dont un espion est venu relever les angles et les épaisseurs.

– En vérité, mon cher Porthos, vous avez des idées qui n'appartiennent qu'à vous.

– Ah ! vous comprenez, quand on est ingénieur.

– Et qu'on a fortifié Belle-Île, c'est juste, mon ami.

– J'eus donc une idée, et, sans doute, elle eût été bonne sans la négligence de M. Mouston.

D'Artagnan jeta un regard sur Mouston, qui répondit à ce regard par un léger mouvement de corps qui voulait dire : « Vous allez voir s'il y a de ma faute dans tout cela. »

– Je m'applaudis donc, reprit Porthos, de voir engraisser Mouston, et j'aidai même, de tout mon pouvoir, à lui faire de l'embonpoint, à l'aide d'une nourriture substantielle, espérant toujours qu'il parviendrait à m'égaler en circonférence, et qu'alors il pourrait se faire mesurer à ma place.

– Ah ! corne de bœuf ! s'écria d'Artagnan, je comprends... Cela vous épargnait le temps et l'humiliation.

– Parbleu ! jugez donc de ma joie quand, après un an et demi de nourriture bien combinée, car je prenais la peine de le nourrir moi-même, ce drôle-là...

– Oh ! et j'y ai bien aidé, monsieur, dit modestement Mouston.

– Ça, c'est vrai. Jugez donc de ma joie, lorsque je m'aperçus qu'un matin Mouston était forcé de s'effacer comme je m'effaçais moi-même, pour passer par la petite porte secrète que ces diables d'architectes ont faite dans la chambre de feu M<sup>me</sup> du Vallon, au château de Pierrefonds. Et, à propos de cette porte, mon ami, je vous demanderai, à vous qui savez tout, comment ces bélîtres d'architectes, qui doivent avoir, par état, le compas dans l'œil, imaginent de faire des portes par lesquelles ne peuvent passer que des gens maigres.

– Ces portes-là, répondit d'Artagnan, sont destinées aux galants ; or, un galant est généralement de taille mince et svelte.

– M<sup>me</sup> du Vallon n'avait pas de galants, interrompit Porthos avec majesté.

– Parfaitement juste, mon ami, répondit d'Artagnan : mais les architectes ont songé au cas où, peut-être, vous vous remarieriez.

– Ah ! c'est possible, dit Porthos. Et, maintenant que l'explication des portes trop étroites m'est donnée, revenons à l'engraissement de Mouston. Mais remarquez que les deux choses se touchent, mon ami. Je me suis toujours aperçu que les idées s'appareillaient. Ainsi, admirez ce phénomène, d'Artagnan ; je vous parlais de Mouston, qui était gras, et nous en sommes venus à M<sup>me</sup> du Vallon...

– Qui était maigre.

– Hum ! n'est-ce pas prodigieux, cela ?

– Mon cher, un savant de mes amis, M. Costar, a fait la même observation que vous, et il appelle cela d'un nom grec que je ne me rappelle pas.

– Ah ! mon observation n'est donc pas nouvelle ? s'écria Porthos stupéfait. Je croyais l'avoir inventée.

– Mon ami, c'était un fait connu avant Aristote, c'est-à-dire voilà deux mille ans, à peu près.

– Eh bien ! il n'en est pas moins juste, dit Porthos, enchanté de s'être rencontré avec les sages de l'Antiquité.

– À merveille ! Mais si nous revenions à Mouston. Nous l'avons laissé engraissant à vue d'œil, ce me semble.

– Oui, monsieur, dit Mouston.

– M'y voici, fit Porthos. Mouston engraissa donc si bien, qu'il combla toutes mes espérances, en atteignant ma mesure, ce dont je pus me convaincre un jour, en voyant sur le corps de ce coquin-là une de mes vestes dont il s'était fait un habit : une veste qui valait cent pistoles, rien que par la broderie !

– C'était pour l'essayer, monsieur, dit Mouston.

– À partir de ce moment, reprit Porthos, je décidai donc que Mouston entrerait en communication avec mes tailleurs d'habits, et prendrait mesure en mon lieu et place.

– Puissamment imaginé, Porthos ; mais Mouston a un pied et demi moins que vous.

– Justement. On prenait la mesure jusqu'à terre, et l'extrémité de l'habit me venait juste au-dessus du genou.

– Quelle chance vous avez, Porthos ! ces choses-là n'arrivent qu'à vous !

– Ah ! oui, faites-moi votre compliment, il y a de quoi ! Ce fut justement à cette époque, c'est-à-dire voilà deux ans et demi à peu près, que je partis pour Belle-Île, en recommandant à Mouston, pour avoir toujours, et en cas de besoin, un échantillon de toutes les modes, de se faire faire un habit tous les mois.

– Et Mouston aurait-il négligé d'obéir à votre recommandation ? Ah ! ah ! ce serait mal, Mouston !

– Au contraire, monsieur, au contraire !

– Non, il n'a pas oublié de se faire faire des habits, mais il a oublié de me prévenir qu'il engraissait.

– Dame ! ce n'est pas ma faute, monsieur, votre tailleur ne me l'a pas dit.

– De sorte, continua Porthos, que le drôle, depuis deux ans, a gagné dix-huit pouces de circonférence, et que mes douze derniers habits sont tous trop larges progressivement, d'un pied à un pied et demi.

– Mais les autres, ceux qui se rapprochent du temps où votre taille était la même ?

– Ils ne sont plus de mode, mon cher ami, et, si je les mettais, j'aurais l'air d'arriver de Siam et d'être hors de cour depuis deux ans.

– Je comprends votre embarras. Vous avez combien d'habits neufs ? trente-six ? et vous n'en avez pas un ! Eh bien ! il faut en faire faire un trente-septième ; les trente-six autres seront pour Mouston.

– Ah ! monsieur ! dit Mouston d'un air satisfait, le fait est que Monsieur a toujours été bien bon pour moi.

– Parbleu ! croyez-vous que cette idée ne me soit pas venue ou que la dépense m'ait arrêté ? Mais il n'y a plus que deux jours d'ici à la fête de Vaux ; j'ai reçu l'invitation hier, j'ai fait venir Mouston en poste avec ma garde-robe ; je me suis aperçu du malheur qui m'arrivait ce matin seulement, et, d'ici à après-demain, il n'y a pas un tailleur un peu à la mode qui se charge de me confectionner un habit.

– C'est-à-dire un habit couvert d'or, n'est-ce pas ?

– J'en veux partout !

– Nous arrangerons cela. Vous ne partez que dans trois jours. Les invitations sont pour mercredi et nous sommes le dimanche matin.

– C'est vrai ; mais Aramis m'a bien recommandé d'être à Vaux vingt-quatre heures d'avance.

– Comment, Aramis ?

– Oui, c'est Aramis qui m'a apporté l'invitation.

– Ah ! fort bien, je comprends. Vous êtes invité du côté de M. Fouquet.

– Non pas ! Du côté du roi, cher ami. Il y a sur le billet, en toutes lettres : « M. le baron du Vallon est prévenu que le roi a daigné le mettre sur la liste de ses invitations... »

– Très bien, mais c'est avec M. Fouquet que vous partez.

– Et quand je pense, s'écria Porthos en défonçant le parquet d'un coup de pied, quand je pense que je n'aurai pas d'habits ! J'en crève de colère ! Je voudrais bien étrangler quelqu'un ou déchirer quelque chose !

– N'étranglez personne et ne déchirez rien, Porthos, j'arrangerai tout cela : mettez un de vos trente-six habits et venez avec moi chez un tailleur.

– Bah ! mon coureur les a tous vus depuis ce matin.

– Même M. Percerin ?

– Qu'est-ce que M. Percerin ?

– C'est le tailleur du roi, parbleu !

– Ah ! oui, oui, dit Porthos, qui voulait avoir l'air de connaître le tailleur du roi et qui entendait prononcer ce nom pour la première fois ; chez M. Percerin, le tailleur du roi, parbleu ! J'ai pensé qu'il serait trop occupé.

– Sans doute, il le sera trop ; mais, soyez tranquille, Porthos ; il fera pour moi ce qu'il ne ferait pas pour un autre. Seulement, il faudra que vous vous laissiez mesurer, mon ami.

– Ah ! fit Porthos, avec un soupir, c'est fâcheux ; mais, enfin, que voulez-vous !

– Dame ! vous ferez comme les autres, mon cher ami ; vous ferez comme le roi.

– Comment ! on mesure aussi le roi ? Et il le souffre ?

– Le roi est coquet, mon cher, et vous aussi, vous l'êtes, quoi que vous en disiez.

Porthos sourit d'un air vainqueur.

– Allons donc chez le tailleur du roi ! dit-il, et puisqu'il mesure le roi, ma foi ! je puis bien, il me semble, me laisser mesurer par lui.

# XXXIII

*Ce que c'était que messire Jean Percerin*

Le tailleur du roi, messire Jean Percerin, occupait une maison assez grande dans la rue Saint-Honoré, près de la rue de l'Arbre-Sec. C'était un homme qui avait le goût des belles étoffes, des belles broderies, des beaux velours, étant de père en fils tailleur du roi. Cette succession remontait à Charles IX, auquel, comme on sait, remontaient souvent des fantaisies de bravoure assez difficiles à satisfaire.

Le Percerin de ce temps-là était un huguenot comme Ambroise Paré, et avait été épargné par la royne de Navarre, la belle Margot, comme on écrivait et comme on disait alors, et cela attendu qu'il était le seul qui eût jamais pu lui réussir ces merveilleux habits de cheval qu'elle aimait à porter, parce qu'ils étaient propres à dissimuler certains défauts anatomiques que la royne de Navarre cachait fort soigneusement.

Percerin, sauvé, avait fait, par reconnaissance, de beaux justes noirs, fort économiques pour la reine Catherine, laquelle finit par savoir bon gré de sa conservation au huguenot, à qui longtemps elle avait fait la mine. Mais Percerin était un homme prudent : il avait entendu dire que rien n'était plus dangereux pour un huguenot que les sourires de la reine Catherine ; et, ayant remarqué qu'elle lui souriait plus souvent que de coutume, il se hâta de se faire catholique avec toute sa famille, et, devenu irréprochable par cette conversion, il parvint à la haute position de tailleur maître de la couronne de France.

Sous Henri III, roi coquet s'il en fut, cette position acquit la hauteur d'un des plus sublimes pics des Cordillères. Percerin avait été un homme habile toute sa vie, et, pour garder cette réputation au-delà de la tombe, il se garda bien de manquer sa mort ; il trépassa donc fort adroitement et juste à l'heure où son imagination commençait à baisser.

Il laissait un fils et une fille, l'un et l'autre dignes du nom qu'ils étaient appelés à porter : le fils, coupeur intrépide et exact comme une équerre ; la fille, brodeuse et dessinateur d'ornements.

Les noces de Henri IV et de Marie de Médicis, les deuils si beaux de ladite reine, firent, avec quelques mots échappés à M. de Bassompierre, le roi des élégants de l'époque, la fortune de cette seconde génération des Percerin.

M. Concino Concini et sa femme Galigaï, qui brillèrent ensuite à la cour de France, voulurent italianiser les habits et firent venir des tailleurs de

Florence ; mais Percerin, piqué au jeu dans son patriotisme et dans son amour-propre, réduisit à néant ces étrangers par ses dessins de brocatelle en application et ses plumetis inimitables ; si bien que Concino renonça le premier à ses compatriotes, et tint le tailleur français en telle estime, qu'il ne voulut plus être habillé que par lui ; de sorte qu'il portait un pourpoint de lui, le jour où Vitry lui cassa la tête, d'un coup de pistolet, au petit pont du Louvre.

C'est ce pourpoint, sortant des ateliers de maître Percerin, que les Parisiens eurent le plaisir de déchiqueter en tant de morceaux, avec la chair humaine qu'il contenait.

Malgré la faveur dont Percerin avait joui près de Concino Concini, le roi Louis XIII eut la générosité de ne pas garder rancune à son tailleur, et de le retenir à son service. Au moment où Louis le Juste donnait ce grand exemple d'équité, Percerin avait élevé deux fils, dont l'un fit son coup d'essai dans les noces d'Anne d'Autriche, inventa pour le cardinal de Richelieu ce bel habit espagnol avec lequel il dansa une sarabande, fit les costumes de la tragédie de *Mirame*, et cousit au manteau de Buckingham ces fameuses perles qui étaient destinées à être répandues sur les parquets du Louvre.

On devient aisément illustre quand on a habillé M. de Buckingham, M. de Cinq-Mars, M^lle Ninon, M. de Beaufort et Marion Delorme. Aussi Percerin III avait-il atteint l'apogée de sa gloire lorsque son père mourut.

Ce même Percerin III, vieux, glorieux et riche, habillait encore Louis XIV, et, n'ayant plus de fils, ce qui était un grand chagrin pour lui, attendu qu'avec lui sa dynastie s'éteignait, et, n'ayant plus de fils, disons-nous, avait formé plusieurs élèves de belle espérance. Il avait un carrosse, une terre, des laquais, les plus grands de tout Paris, et, par autorisation spéciale de Louis XIV, une meute. Il habillait MM. de Lyonne et Letellier avec une sorte de protection ; mais, homme politique, nourri aux secrets d'État, il n'était jamais parvenu à réussir un habit à M. Colbert. Cela ne s'explique pas, cela se devine. Les grands esprits, en tout genre, vivent de perceptions invisibles, insaisissables ; ils agissent sans savoir eux-mêmes pourquoi. Le grand Percerin, car, contre l'habitude des dynasties, c'était surtout le dernier des Percerin qui avait mérité le surnom de Grand, le grand Percerin, avons-nous dit, taillait d'inspiration une jupe pour la reine ou une trousse pour le roi ; il inventait un manteau pour Monsieur, un coin de bas pour Madame ; mais, malgré son génie suprême, il ne pouvait retenir la mesure de M. Colbert.

– Cet homme-là, disait-il souvent, est hors de mon talent, et je ne saurais le voir dans le dessin de mes aiguilles.

Il va sans dire que Percerin était le tailleur de M. Fouquet, et que M. le surintendant le prisait fort.

M. Percerin avait près de quatre-vingts ans, et cependant il était vert encore, et si sec en même temps, disaient les courtisans, qu'il en était cassant. Sa renommée et sa fortune étaient assez grandes pour que M. le prince, ce roi des petits-maîtres, lui donnât le bras en causant costumes avec lui, et que les moins ardents à payer parmi les gens de cour n'osassent jamais laisser chez lui des comptes trop arriérés ; car maître Percerin faisait une fois des habits à crédit, mais jamais une seconde s'il n'était pas payé de la première.

On conçoit qu'un pareil tailleur, au lieu de courir après les pratiques, fût difficile à en recevoir de nouvelles. Aussi Percerin refusait d'habiller les bourgeois ou les anoblis trop récents. Le bruit courait même que M. de Mazarin, contre la fourniture désintéressée d'un grand habit complet de cardinal en cérémonie, lui avait glissé, un beau jour, des lettres de noblesse dans sa poche.

Percerin avait de l'esprit et de la malice. On le disait fort égrillard. À quatre-vingts ans, il prenait encore d'une main ferme la mesure des corsages de femme.

C'est dans la maison de cet artiste grand seigneur que d'Artagnan conduisit le désolé Porthos.

Celui-ci, tout en marchant, disait à son ami :

– Prenez garde, mon cher d'Artagnan, prenez garde de commettre la dignité d'un homme comme moi avec l'arrogance de ce Percerin, qui doit être fort incivil ; car je vous préviens, cher ami, que s'il me manquait, je le châtierais.

– Présenté par moi, répondit d'Artagnan, vous n'avez rien à craindre, cher ami, fussiez-vous... ce que vous n'êtes pas.

– Ah ! c'est que...

– Quoi donc ? Auriez-vous quelque chose contre Percerin ? Voyons, Porthos.

– Je crois que, dans le temps...

– Eh bien ! quoi, dans le temps ?

– J'aurais envoyé Mousqueton chez un drôle de ce nom-là.

– Eh bien ! après ?

– Et que ce drôle aurait refusé de m'habiller.

– Oh ! un malentendu, sans doute, qu'il est urgent de redresser ; Mouston aura confondu.

– Peut-être.

– Il aura pris un nom pour un autre.

– C'est possible. Ce coquin de Mouston n'a jamais eu la mémoire des noms.

– Je me charge de tout cela.

– Fort bien.

– Faites arrêter le carrosse, Porthos ; c'est ici.

– C'est ici ?

– Oui.

– Comment, ici ? Nous sommes aux Halles, et vous m'avez dit que la maison était au coin de la rue de l'Arbre-Sec.

– C'est vrai ; mais regardez.

– Eh bien ! je regarde, et je vois...

– Quoi ?

– Que nous sommes aux Halles, pardieu !

– Vous ne voulez pas, sans doute, que nos chevaux montent sur le carrosse qui nous précède ?

– Non.

– Ni que le carrosse qui nous précède monte sur celui qui est devant.

– Encore moins.

– Ni que le deuxième carrosse passe sur le ventre aux trente ou quarante autres qui sont arrivés avant nous ?

– Ah ! par ma foi ! vous avez raison.

– Ah !

– Que de gens, mon cher, que de gens !

– Hein ?

– Et que font-ils là, tous ces gens ?

– C'est bien simple : ils attendent leur tour.

– Bah ! les comédiens de l'hôtel de Bourgogne seraient-ils déménagés ?

– Non, leur tour pour entrer chez M. Percerin.

– Mais nous allons donc attendre aussi, nous.

– Nous, nous serons plus ingénieux et moins fiers qu'eux.

– Qu'allons-nous faire, donc ?

– Nous allons descendre, passer parmi les pages et les laquais, et nous entrerons chez le tailleur, c'est moi qui vous en réponds, surtout si vous marchez le premier.

– Allons, fit Porthos.

Et tous deux, étant descendus, s'acheminèrent à pied vers la maison.

Ce qui causait cet encombrement, c'est que la porte de M. Percerin était fermée, et qu'un laquais, debout à cette porte, expliquait aux illustres pratiques de l'illustre tailleur que, pour le moment, M. Percerin ne recevait personne. On se répétait au-dehors, toujours d'après ce qu'avait dit confidentiellement le grand laquais à un grand seigneur pour lequel il avait des bontés, on se répétait que M. Percerin s'occupait de cinq habits pour le roi, et que, vu l'urgence de la situation il méditait dans son cabinet les ornements, la couleur et la coupe de ces cinq habits.

Plusieurs, satisfaits de cette raison, s'en retournaient heureux de la dire aux autres, mais plusieurs aussi, plus tenaces, insistaient pour que la porte leur fût ouverte, et, parmi ces derniers, trois cordons bleus désignés pour un ballet qui manquerait infailliblement si les trois cordons bleus n'avaient pas des habits taillés de la main même du grand Percerin.

D'Artagnan, poussant devant lui Porthos, qui effondra les groupes, parvint jusqu'aux comptoirs, derrière lesquels les garçons tailleurs s'escrimaient à répondre de leur mieux.

Nous oublions de dire qu'à la porte on avait voulu consigner Porthos comme les autres, mais d'Artagnan s'était montré, avait prononcé ces seules paroles :

– Ordre du roi !

Et il avait été introduit avec son ami.

Ces pauvres diables avaient fort à faire et faisaient de leur mieux pour répondre aux exigences des clients en l'absence du patron, s'interrompant de piquer un point pour tourner une phrase, et quand l'orgueil blessé ou l'attente déçue les gourmandait trop vivement, celui qui était attaqué faisait un plongeon et disparaissait sous le comptoir.

La procession des seigneurs mécontents faisait un tableau plein de détails curieux.

Notre capitaine des mousquetaires, homme au regard rapide et sûr, l'embrassa d'un seul coup d'œil. Mais, après avoir parcouru les groupes, ce regard s'arrêta sur un homme placé en face de lui. Cet homme, assis sur un escabeau, dépassait de la tête à peine le comptoir qui l'abritait. C'était un homme de quarante ans à peu près, à la physionomie mélancolique, au visage pâle, aux yeux doux et lumineux. Il regardait d'Artagnan et les autres, une main sous son menton, en amateur curieux et calme. Seulement, en apercevant et en reconnaissant, sans doute, notre capitaine, il rabattit son chapeau sur ses yeux.

Ce fut peut-être ce geste qui attira le regard de d'Artagnan. S'il en était ainsi, il en était résulté que l'homme au chapeau rabattu avait atteint un but tout différent de celui qu'il s'était proposé.

Au reste, le costume de cet homme était assez simple, et ses cheveux étaient assez uniment coiffés pour que des clients peu observateurs le prissent pour un simple garçon tailleur accroupi derrière le chêne, et piquant, avec exactitude, le drap et le velours.

Toutefois, cet homme avait trop souvent la tête en l'air pour travailler fructueusement avec ses doigts.

D'Artagnan n'en fut pas dupe, lui, et il vit bien que, si cet homme travaillait, ce n'était pas, assurément, sur les étoffes.

– Hé ! dit-il en s'adressant à cet homme, vous voilà donc devenu garçon tailleur, monsieur Molière ?

– Chut ! monsieur d'Artagnan, répondit doucement l'homme, chut ! au nom du Ciel ! vous m'allez faire reconnaître.

– Eh bien ! où est le mal ?

– Le fait est qu'il n'y a pas de mal, mais...

– Mais vous voulez dire qu'il n'y a pas de bien non plus, n'est-ce pas ?

– Hélas ! non, car j'étais, je vous l'affirme, occupé à regarder de bien bonnes figures.

– Faites, faites, monsieur Molière. Je comprends l'intérêt que la chose a pour vous, et... je ne vous troublerai point dans vos études.

– Merci !

– Mais à une condition : c'est que vous me direz où est réellement M. Percerin.

– Oh ! cela, volontiers : dans son cabinet. Seulement...

– Seulement, on ne peut pas y entrer ?

– Inabordable !

– Pour tout le monde ?

– Pour tout le monde. Il m'a fait entrer ici, afin que je fusse à l'aise pour y faire mes observations et puis il s'en est allé.

– Eh bien ! mon cher monsieur Molière, vous l'allez prévenir que je suis là, n'est-ce pas ?

– Moi ? s'écria Molière du ton d'un brave chien à qui l'on retire l'os qu'il a légitimement gagné ; moi, me déranger ? Ah ! monsieur d'Artagnan, comme vous me traitez mal !

– Si vous n'allez pas prévenir tout de suite M. Percerin que je suis là, mon cher monsieur Molière, dit d'Artagnan à voix basse, je vous préviens d'une chose, c'est que je ne vous ferai pas voir l'ami que j'amène avec moi.

Molière désigna Porthos d'un geste imperceptible.

– Celui-ci n'est-ce pas ? dit-il.

– Oui.

Molière attacha sur Porthos un de ces regards qui fouillent les cerveaux et les cœurs. L'examen lui parut sans doute gros de promesses, car il se leva aussitôt et passa dans la chambre voisine.

# XXXIV

## *Les échantillons*

Pendant ce temps, la foule s'écoulait lentement, laissant à chaque angle de comptoir un murmure ou une menace, comme aux bancs de sable de l'océan, les flots laissent un peu d'écume ou d'algues broyées, lorsqu'ils se retirent en descendant les marées.

Au bout de dix minutes, Molière reparut, faisant sous la tapisserie un signe à d'Artagnan. Celui-ci se précipita, entraînant Porthos, et, à travers des corridors assez compliqués, il le conduisit dans le cabinet de Percerin. Le vieillard, les manches retroussées, fouillait une pièce de brocart à grandes fleurs d'or, pour y faire naître de beaux reflets. En apercevant d'Artagnan, il laissa son étoffe et vint à lui, non pas radieux, non pas courtois, mais, en somme, assez civil.

– Monsieur le capitaine des gardes, dit-il, vous m'excuserez, n'est-ce pas, mais j'ai affaire.

– Eh ! oui, pour les habits du roi ? Je sais cela, mon cher monsieur Percerin. Vous en faites trois, m'a-t-on dit ?

– Cinq, mon cher monsieur, cinq !

– Trois ou cinq, cela ne m'inquiète pas, maître Percerin, et je sais que vous les ferez les plus beaux du monde.

– On le sait, oui. Une fois faits, ils seront les plus beaux du monde, je ne dis pas non, mais pour qu'ils soient les plus beaux du monde, il faut d'abord qu'ils soient, et pour cela, monsieur le capitaine, j'ai besoin de temps.

– Ah bah ! deux jours encore, c'est bien plus qu'il ne vous en faut, monsieur Percerin, dit d'Artagnan avec le plus grand flegme.

Percerin leva la tête en homme peu habitué à être contrarié, même dans ses caprices, mais d'Artagnan ne fit point attention à l'air que l'illustre tailleur de brocart commençait à prendre.

– Mon cher monsieur Percerin, continua-t-il, je vous amène une pratique.

– Ah ! ah ! fit Percerin d'un air rechigné.

– M. le baron du Vallon de Bracieux de Pierrefonds, continua d'Artagnan.

Percerin essaya un salut qui ne trouva rien de bien sympathique chez le terrible Porthos, lequel, depuis son entrée dans le cabinet, regardait le tailleur de travers.

– Un de mes bons amis, acheva d'Artagnan.

– Je servirai Monsieur, dit Percerin, mais, plus tard.

– Plus tard ? Et quand cela ?

– Mais, quand j'aurai le temps.

– Vous avez déjà dit cela à mon valet, interrompit Porthos mécontent.

– C'est possible, dit Percerin, je suis presque toujours pressé.

– Mon ami, dit sentencieusement Porthos, on a toujours le temps qu'on veut.

Percerin devint cramoisi, ce qui, chez les vieillards blanchis par l'âge, est un fâcheux diagnostic.

– Monsieur, dit-il, est, ma foi ! bien libre de se servir ailleurs.

– Allons, allons, Percerin, glissa d'Artagnan, vous n'êtes pas aimable aujourd'hui. Eh bien ! je vais vous dire un mot qui va vous faire tomber à nos genoux. Monsieur est non seulement un ami à moi, mais encore un ami à M. Fouquet.

– Ah ! ah ! fit le tailleur, c'est autre chose.

Puis, se retournant vers Porthos :

– Monsieur le baron est à M. le surintendant ? demanda-t-il.

– Je suis à moi, éclata Porthos, juste au moment où la tapisserie se soulevait pour donner passage à un nouvel interlocuteur.

Molière observait. D'Artagnan riait. Porthos maugréait.

– Mon cher Percerin, dit d'Artagnan, vous ferez un habit à M. le baron, c'est moi qui vous le demande.

– Pour vous, je ne dis pas, monsieur le capitaine.

– Mais ce n'est pas le tout : vous lui ferez cet habit tout de suite.

– Impossible avant huit jours.

– Alors, c'est comme si vous refusiez de le lui faire, parce que l'habit est destiné à paraître aux fêtes de Vaux.

– Je répète que c'est impossible, reprit l'obstiné vieillard.

– Non pas, cher monsieur Percerin, surtout si c'est moi qui vous en prie, dit une douce voix à la porte, voix métallique qui fit dresser l'oreille à d'Artagnan.

C'était la voix d'Aramis.

– Monsieur d'Herblay ! s'écria le tailleur.

– Aramis ! murmura d'Artagnan.

– Ah ! notre évêque ! fit Porthos.

– Bonjour, d'Artagnan ! bonjour, Porthos ! bonjour, chers amis ! dit Aramis. Allons, allons, cher monsieur Percerin, faites l'habit de Monsieur, et je vous réponds qu'en le faisant vous ferez une chose agréable à M. Fouquet.

Et il accompagna ces paroles d'un signe qui voulait dire : « Consentez et congédiez. » Il paraît qu'Aramis avait sur maître Percerin une influence supérieure à celle de d'Artagnan lui-même, car le tailleur s'inclina en signe d'assentiment, et, se retournant vers Porthos :

– Allez vous faire prendre mesure de l'autre côté, dit-il rudement.

Porthos rougit d'une façon formidable.

D'Artagnan vit venir l'orage, et, interpellant Molière :

– Mon cher monsieur, lui dit-il à demi-voix, l'homme que vous voyez se croit déshonoré quand on toise la chair et les os que Dieu lui a départis ; étudiez-moi ce type, maître Aristophane, et profitez.

Molière n'avait pas besoin d'être encouragé ; il couvait des yeux le baron Porthos.

– Monsieur, lui dit-il, s'il vous plaît de venir avec moi, je vous ferai prendre mesure d'un habit, sans que le mesureur vous touche.

– Oh ! fit Porthos, comment dites-vous cela, mon ami ?

– Je dis qu'on n'appliquera ni l'aune ni le pied sur vos coutures. C'est un procédé nouveau, que nous avons imaginé, pour prendre la mesure des gens de qualité dont la susceptibilité répugne à se laisser toucher par des manants. Nous avons des gens susceptibles qui ne peuvent souffrir d'être mesurés, cérémonie qui, à mon avis, blesse la majesté naturelle de l'homme, et si, par hasard, monsieur, vous étiez de ces gens-là...

– Corne de bœuf ! je crois bien que j'en suis.

– Eh bien ! cela tombe à merveille, monsieur le baron, et vous aurez l'étrenne de notre invention.

– Mais comment diable s'y prend-on ? dit Porthos ravi.

– Monsieur, dit Molière en s'inclinant, si vous voulez bien me suivre, vous le verrez.

Aramis regardait cette scène de tous ses yeux. Peut-être croyait-il reconnaître, à l'animation de d'Artagnan, que celui-ci partirait avec Porthos, pour ne pas perdre la fin d'une scène si bien commencée. Mais, si perspicace que fût Aramis, il se trompait. Porthos et Molière partirent seuls.

D'Artagnan demeura avec Percerin. Pourquoi ? Par curiosité, voilà tout ; probablement, dans l'intention de jouir quelques instants de plus de la présence de son bon ami Aramis. Molière et Porthos disparus, d'Artagnan se rapprocha de l'évêque de Vannes ; ce qui parut contrarier celui-ci tout particulièrement.

– Un habit aussi pour vous, n'est-ce pas, cher ami ?

Aramis sourit.

– Non, dit-il.

– Vous allez à Vaux, cependant ?

– J'y vais, mais sans habit neuf. Vous oubliez, cher d'Artagnan, qu'un pauvre évêque de Vannes n'est pas assez riche pour se faire faire des habits à toutes les fêtes.

– Bah ! dit le mousquetaire en riant, et les poèmes, n'en faisons-nous plus ?

– Oh ! d'Artagnan, fit Aramis, il y a longtemps que je ne pense plus à toutes ces futilités.

– Bien ! répéta d'Artagnan mal convaincu.

Quant à Percerin, il s'était replongé dans sa contemplation de brocarts.

– Ne remarquez-vous pas, dit Aramis en souriant, que nous gênons beaucoup ce brave homme, mon cher d'Artagnan ?

– Ah ! ah ! murmura à demi-voix le mousquetaire, c'est-à-dire que je te gêne, cher ami.

Puis tout haut :

– Eh bien, partons ; moi, je n'ai plus affaire ici, et, si vous êtes aussi libre que moi, cher Aramis...

– Non ; moi, je voulais...

– Ah ! vous aviez quelque chose à dire en particulier à Percerin ? Que ne me préveniez-vous de cela tout de suite !

– De particulier, répéta Aramis, oui, certes, mais pas pour vous, d'Artagnan. Jamais, je vous prie de le croire, je n'aurai rien d'assez particulier pour qu'un ami tel que vous ne puisse l'entendre.

– Oh ! non, non, je me retire, insista d'Artagnan, mais en donnant à sa voix un accent sensible de curiosité ; car la gêne d'Aramis, si bien dissimulée qu'elle fût, ne lui avait point échappé, et il savait que, dans cette âme impénétrable, tout, même les choses les plus futiles en apparence, marchaient d'ordinaire vers un but, but inconnu mais que, d'après la connaissance qu'il avait du caractère de son ami, le mousquetaire comprenait devoir être important.

Aramis, de son côté, vit que d'Artagnan n'était pas sans soupçon, et il insista :

– Restez, de grâce, dit-il, voici ce que c'est.

Puis, se retournant vers le tailleur :

– Mon cher Percerin... dit-il. Je suis même très heureux que vous soyez là, d'Artagnan.

– Ah ! vraiment ? fit pour la troisième fois le Gascon encore moins dupe cette fois que les autres.

Percerin ne bougeait pas. Aramis le réveilla violemment en lui tirant des mains l'étoffe, objet de sa méditation.

– Mon cher Percerin, lui dit-il, j'ai ici près M. Le Brun, un des peintres de M. Fouquet.

– Ah ! très bien, pensa d'Artagnan ; mais pourquoi Le Brun ?

Aramis regardait d'Artagnan, qui avait l'air de regarder des gravures de Marc-Antoine.

– Et vous voulez lui faire faire un habit pareil à ceux des épicuriens ? répondit Percerin.

Et, tout en disant cela d'une façon distraite, le digne tailleur cherchait à rattraper sa pièce de brocart.

– Un habit d'épicurien ? demanda d'Artagnan d'un ton questionneur.

– Enfin, dit Aramis avec son plus charmant sourire, il est écrit que ce cher d'Artagnan saura tous nos secrets ce soir ; oui, mon ami, oui. Vous avez bien entendu parler des épicuriens de M. Fouquet, n'est-ce pas ?

– Sans doute. N'est-ce pas une espèce de société de poètes dont sont La Fontaine, Loret, Pélisson, Molière, que sais-je ? et qui tient son académie à Saint-Mandé ?

– C'est cela justement. Eh bien, nous donnons un uniforme à nos poètes, et nous les enrégimentons au service du roi.

– Oh ! très bien, je devine : une surprise que M. Fouquet fait au roi. Oh ! soyez tranquille, si c'est là le secret de M. Le Brun, je ne le dirai pas.

– Toujours charmant, mon ami. Non, M. Le Brun n'a rien à faire de ce côté ; le secret qui le concerne est bien plus important que l'autre encore !

– Alors, s'il est si important que cela, j'aime mieux ne pas le savoir, dit d'Artagnan en dessinant une fausse sortie.

– Entrez, monsieur Le Brun, entrez, dit Aramis en ouvrant de la main droite une porte latérale, et en retenant de la gauche d'Artagnan.

– Ma foi ! je ne comprends plus, dit Percerin.

Aramis prit un temps, comme on dit en matière de théâtre.

– Mon cher monsieur Percerin, dit-il, vous faites cinq habits pour le roi, n'est-ce pas ? Un en brocart, un en drap de chasse, un en velours, un en satin, et un en étoffe de Florence ?

– Oui. Mais comment savez-vous tout cela, monseigneur ? demanda Percerin stupéfait.

– C'est tout simple, mon cher monsieur ; il y aura chasse, festin, concert, promenade et réception ; ces cinq étoffes sont d'étiquette.

– Vous savez tout, monseigneur !

– Et bien d'autres choses encore, allez, murmura d'Artagnan.

– Mais, s'écria le tailleur avec triomphe, ce que vous ne savez pas, monseigneur, tout prince de l'Église que vous êtes, ce que personne ne saura, ce que le roi seul, mademoiselle de La Vallière et moi savons, c'est la couleur des étoffes et le genre des ornements, c'est la coupe, c'est l'ensemble, c'est la tournure de tout cela !

– Eh bien, dit Aramis, voilà justement ce que je viens vous demander de me faire connaître, mon cher monsieur Percerin.

– Ah bas ! s'écria le tailleur épouvanté, quoique Aramis eût prononcé les paroles que nous rapportons de sa voix la plus douce et la plus mielleuse.

La prétention parut, en y réfléchissant, si exagérée, si ridicule, si énorme à M. Percerin, qu'il rit d'abord tout bas, puis tout haut, et qu'il finit par éclater. D'Artagnan l'imita, non qu'il trouvât la chose aussi profondément risible, mais pour ne pas laisser refroidir Aramis. Celui-ci les laissa faire tous deux ; puis, lorsqu'ils furent calmés :

– Au premier abord, dit-il, j'ai l'air de hasarder une absurdité, n'est-ce pas ? Mais d'Artagnan, qui est la sagesse incarnée, va vous dire que je ne saurais faire autrement que de vous demander cela.

– Voyons, fit le mousquetaire attentif, et sentant avec son flair merveilleux qu'on n'avait fait qu'escarmoucher jusque-là et que le moment de la bataille approchait.

– Voyons, dit Percerin avec incrédulité.

– Pourquoi, continua Aramis, M. Fouquet donne-t-il une fête au roi ? N'est-ce pas pour lui plaire ?

– Assurément, fit Percerin.

D'Artagnan approuva d'un signe de tête.

– Par quelque galanterie ? Par quelque bonne imagination ? Par une suite de surprises pareilles à celle dont nous parlions tout à l'heure à propos de l'enrégimentation de nos épicuriens ?

– À merveille !

– Eh bien, voici la surprise, mon bon ami. M. Le Brun, que voici, est un homme qui dessine très exactement.

– Oui, dit Percerin, j'ai vu des tableaux de Monsieur, et j'ai remarqué que les habits étaient fort soignés. Voilà pourquoi j'ai accepté tout de suite de lui faire un vêtement, soit conforme à ceux de MM. les épicuriens, soit particulier.

– Cher monsieur, nous acceptons votre parole ; plus tard, nous y aurons recours, mais pour le moment, M. Le Brun a besoin, non des habits que vous ferez pour lui, mais de ceux que vous faites pour le roi.

Percerin exécuta un bond en arrière que d'Artagnan, l'homme calme et l'appréciateur par excellence, ne trouva pas trop exagéré, tant la proposition que venait de risquer Aramis renfermait de faces étranges et horripilantes.

– Les habits du roi ! Donner à qui que ce soit au monde les habits du roi ?... Oh ! pour le coup, monsieur l'évêque, Votre Grandeur est folle ! s'écria le pauvre tailleur poussé à bout.

– Aidez-moi donc, d'Artagnan, dit Aramis de plus en plus souriant et calme, aidez-moi donc à persuader Monsieur ; car vous comprenez, vous, n'est-ce pas ?

– Eh ! eh ! pas trop, je l'avoue.

– Comment ! mon ami, vous ne comprenez pas que M. Fouquet veut faire au roi la surprise de trouver son portrait en arrivant à Vaux ? que le portrait, dont la ressemblance sera frappante, devra être vêtu juste comme sera vêtu le roi le jour où le portrait paraîtra ?

– Ah ! oui, oui, s'écria le mousquetaire presque persuadé, tant la raison était plausible ; oui, mon cher Aramis, vous avez raison ; oui, l'idée est heureuse. Gageons qu'elle est de vous, Aramis ?

– Je ne sais, répondit négligemment l'évêque ; de moi ou de M. Fouquet...

Puis, interrogeant la figure de Percerin après avoir remarqué l'indécision de d'Artagnan :

– Eh bien, monsieur Percerin, demanda-t-il, qu'en dites-vous ? Voyons.

– Je dis que...

– Que vous êtes libre de refuser, sans doute, je le sais bien, et je ne compte nullement vous forcer, mon cher monsieur ; je dirai plus, je comprends même toute la délicatesse que vous mettez à n'aller pas au-devant de l'idée de M. Fouquet : vous redoutez de paraître aduler le roi. Noblesse de cœur, monsieur Percerin ! noblesse de cœur !

Le tailleur balbutia.

– Ce serait, en effet, une bien belle flatterie à faire au jeune prince, continua Aramis. « Mais, m'a dit M. le surintendant, si Percerin refuse, dites-lui que cela ne lui fait aucun tort dans mon esprit, et que je l'estime toujours. Seulement... »

– Seulement ?... répéta Percerin avec inquiétude.

– « Seulement, continua Aramis, je serai forcé de dire au roi (mon cher monsieur Percerin, vous comprenez, c'est M. Fouquet qui parle) ; seulement, je serai forcé de dire au roi : "Sire, j'avais l'intention d'offrir à Votre Majesté son image ; mais, dans un sentiment de délicatesse, exagérée peut-être, quoique respectable, M. Percerin s'y est opposé." »

– Opposé ! s'écria le tailleur épouvanté de la responsabilité qui allait peser sur lui ; moi, m'opposer à ce que désire, à ce que veut M. Fouquet quand il s'agit de faire plaisir au roi ? Oh ! le vilain mot que vous avez dit là, monsieur l'évêque ! M'opposer ! Oh ! ce n'est pas moi qui l'ai prononcé, Dieu merci ! J'en prends à témoin M. le capitaine des mousquetaires. N'est-ce pas, monsieur d'Artagnan, que je ne m'oppose à rien ?

D'Artagnan fit un signe d'abnégation indiquant qu'il désirait demeurer neutre ; il sentait qu'il y avait là-dessous une intrigue, comédie ou tragédie ; il se donnait au diable de ne pas la deviner, mais en attendant, il désirait s'abstenir.

Mais déjà Percerin, poursuivi de l'idée qu'on pouvait dire au roi qu'il s'était opposé à ce qu'on lui fît une surprise, avait approché un siège à Le Brun et s'occupait de tirer d'une armoire quatre habits resplendissants, le cinquième étant encore aux mains des ouvriers, et plaçait successivement lesdits chefs-d'œuvre sur autant de mannequins de Bergame, qui, venus en France du temps de Concini avaient été donnés à Percerin II par le maréchal d'Ancre, après la déconfiture des tailleurs italiens ruinés dans leur concurrence.

Le peintre se mit à dessiner, puis à peindre les habits.

Mais Aramis, qui suivait des yeux toutes les phases de son travail et qui le veillait de près l'arrêta tout à coup.

– Je crois que vous n'êtes pas dans le ton, mon cher monsieur Le Brun, lui dit-il ; vos couleurs vous tromperont, et sur la toile se perdra cette parfaite ressemblance qui nous est absolument nécessaire ; il faudrait plus de temps pour observer attentivement les nuances.

– C'est vrai, dit Percerin ; mais le temps nous fait faute, et à cela, vous en conviendrez, monsieur l'évêque, je ne puis rien.

– Alors la chose manquera, dit Aramis tranquillement, et cela faute de vérité dans les couleurs.

Cependant Le Brun copiait étoffes et ornements avec la plus grande fidélité, ce que regardait Aramis avec une impatience mal dissimulée.

– Voyons, voyons, quel diable d'imbroglio joue-t-on ici ? continua de se demander le mousquetaire.

– Décidément, cela n'ira point, dit Aramis ; monsieur Le Brun, fermez vos boîtes et roulez vos toiles.

– Mais c'est qu'aussi, monsieur, s'écria le peintre dépité, le jour est détestable ici.

– Une idée, monsieur Le Brun, une idée ! Si on avait un échantillon des étoffes, par exemple, et qu'avec le temps et dans un meilleur jour...

– Oh ! alors, s'écria Le Brun, je répondrais de tout.

– Bon ! dit d'Artagnan, ce doit être là le nœud de l'action ; on a besoin d'un échantillon de chaque étoffe. Mordioux ! Le donnera-t-il, ce Percerin ?

Percerin, battu dans ses derniers retranchements, dupe, d'ailleurs, de la feinte bonhomie d'Aramis, coupa cinq échantillons qu'il remit à l'évêque de Vannes.

– J'aime mieux cela. N'est-ce pas, dit Aramis à d'Artagnan, c'est votre avis, hein ?

– Mon avis, mon cher Aramis, dit d'Artagnan, c'est que vous êtes toujours le même.

– Et, par conséquent, toujours votre ami, dit l'évêque avec un son de voix charmant.

– Oui, oui, dit tout haut d'Artagnan.

Puis tout bas :

– Si je suis ta dupe, double jésuite, je ne veux pas être ton complice, au moins, et, pour ne pas être ton complice, il est temps que je sorte d'ici. Adieu, Aramis, ajouta-t-il tout haut ; adieu, je vais rejoindre Porthos.

– Alors attendez-moi, fit Aramis en empochant les échantillons, car j'ai fini, et je ne serai pas fâché de dire un dernier mot à notre ami.

Le Brun plia bagage, Percerin rentra ses habits dans l'armoire, Aramis pressa sa poche de la main pour s'assurer que les échantillons y étaient bien renfermés, et tous sortirent du cabinet.

# XXXV

*Où Molière prit peut-être sa première*
*idée du* Bourgeois gentilhomme

D'Artagnan retrouva Porthos dans la salle voisine ; non plus Porthos irrité, non plus Porthos désappointé, mais Porthos épanoui, radieux, charmant, et causant avec Molière, qui le regardait avec une sorte d'idolâtrie et comme un homme qui, non seulement n'a jamais rien vu de mieux, mais qui encore n'a jamais rien vu de pareil.

Aramis alla droit à Porthos, lui présenta sa main fine et blanche, qui alla s'engloutir dans la main gigantesque de son vieil ami, opération qu'Aramis ne risquait jamais sans une espèce d'inquiétude. Mais, la pression amicale s'étant accomplie sans trop de souffrance, l'évêque de Vannes se retourna du côté de Molière.

– Eh bien, monsieur, lui dit-il, viendrez-vous avec moi à Saint-Mandé ?

– J'irai partout où vous voudrez, monseigneur, répondit Molière.

– À Saint-Mandé ! s'écria Porthos, surpris de voir ainsi le fier évêque de Vannes en familiarité avec un garçon tailleur. Quoi ! Aramis, vous emmenez monsieur à Saint-Mandé ?

– Oui, dit Aramis en souriant, le temps presse.

– Et puis, mon cher Porthos, continua d'Artagnan, M. Molière n'est pas tout à fait ce qu'il paraît être.

– Comment ? demanda Porthos.

– Oui, Monsieur est un des premiers commis de maître Percerin, il est attendu à Saint-Mandé pour essayer aux épicuriens les habits de fête qui ont été commandés par M. Fouquet.

– C'est justement cela, dit Molière. Oui, monsieur.

– Venez donc, mon cher monsieur Molière, dit Aramis, si toutefois vous avez fini avec M. du Vallon.

– Nous avons fini, répliqua Porthos.

– Et vous êtes satisfait ? demanda d'Artagnan.

– Complètement satisfait, répondit Porthos.

Molière prit congé de Porthos avec force saluts et serra la main que lui tendit furtivement le capitaine des mousquetaires.

– Monsieur, acheva Porthos en minaudant, monsieur, soyez exact, surtout.

– Vous aurez votre habit dès demain, monsieur le baron, répondit Molière.

Et il partit avec Aramis.

Alors d'Artagnan, prenant le bras de Porthos :

– Que vous a donc fait ce tailleur, mon cher Porthos, demanda-t-il, pour que vous soyez si content de lui ?

– Ce qu'il m'a fait, mon ami ! Ce qu'il m'a fait ! s'écria Porthos avec enthousiasme.

– Oui, je vous demande ce qu'il vous a fait.

– Mon ami, il a su faire ce qu'aucun tailleur n'avait jamais fait : il m'a pris mesure sans me toucher.

– Ah bah ! contez-moi cela, mon ami.

– D'abord, mon ami, on a été chercher je ne sais où une suite de mannequins de toutes les tailles espérant qu'il s'en trouverait un de la mienne, mais le plus grand, qui était celui du tambour-major des Suisses, était de deux pouces trop court et d'un demi-pied trop maigre.

– Ah ! vraiment ?

– C'est comme j'ai l'honneur de vous le dire mon cher d'Artagnan. Mais c'est un grand homme ou tout au moins un grand tailleur que ce M. Molière ; il n'a pas été le moins du monde embarrassé pour cela.

– Et qu'a-t-il fait ?

– Oh ! une chose bien simple. C'est inouï, par ma foi ! Comment ! on est assez grossier pour n'avoir pas trouvé tout de suite ce moyen ? Que de peines et d'humiliations on m'eût épargnées !

– Sans compter les habits, mon cher Porthos.

– Oui, trente habits.

– Eh bien, mon cher Porthos, voyons, dites-moi la méthode de M. Molière.

– Molière ? vous l'appelez ainsi, n'est-ce pas ? Je tiens à me rappeler son nom.

– Oui, ou Poquelin, si vous l'aimez mieux.

– Non, j'aime mieux Molière. Quand je voudrai me rappeler son nom, je penserai à volière, et, comme j'en ai une à Pierrefonds...

– À merveille, mon ami. Et sa méthode, à ce M. Molière ?

– La voici. Au lieu de me démembrer comme font tous ces bélîtres, de me faire courber les reins, de me faire plier les articulations, toutes pratiques déshonorantes et basses...

D'Artagnan fit un signe approbatif de la tête.

– « Monsieur, m'a-t-il dit, un galant homme doit se mesurer lui-même. Faites-moi le plaisir de vous approcher de ce miroir. » Alors je me suis approché du miroir. Je dois avouer que je ne comprenais pas parfaitement ce que ce brave M. Volière voulait de moi.

– Molière.

– Ah ! oui, Molière, Molière. Et, comme la peur d'être mesuré me tenait toujours :

« – Prenez garde, lui ai-je dit, à ce que vous m'allez faire ; je suis fort chatouilleux, je vous en préviens.

« Mais lui, de sa voix douce car c'est un garçon courtois, mon ami, il faut en convenir, mais lui, de sa voix douce :

« – Monsieur, dit-il, pour que l'habit aille bien, il faut qu'il soit fait à votre image. Votre image est exactement réfléchie par le miroir. Nous allons prendre mesure sur votre image. »

– En effet, dit d'Artagnan, vous vous voyiez au miroir ; mais comment a-t-on trouvé un miroir où vous pussiez vous voir tout entier ?

– Mon cher, c'est le propre miroir où le roi se regarde.

– Oui, mais le roi a un pied et demi de moins que vous.

– Eh bien, je ne sais pas comment cela se fait, c'était sans doute une manière de flatter le roi, mais le miroir était trop grand pour moi. Il est vrai que sa hauteur était faite de trois glaces de Venise superposées et sa largeur des mêmes glaces juxtaposées.

– Oh ! mon ami, les admirables mots que vous possédez là ! Où diable en avez-vous fait collection ?

– À Belle-Île. Aramis les expliquait à l'architecte.

– Ah ! très bien ! Revenons à la glace, cher ami.

– Alors, ce brave M. Volière...

– Molière.

– Oui, Molière, c'est juste. Vous allez voir, mon cher ami, que voilà maintenant que je vais trop me souvenir de son nom. Ce brave M. Molière se mit donc à tracer avec un peu de blanc d'Espagne des lignes sur le miroir, le tout en suivant le dessin de mes bras et de mes épaules, et cela tout en professant cette maxime que je trouvai admirable : « Il faut qu'un habit ne gêne pas celui qui le porte. »

– En effet, dit d'Artagnan, voilà une belle maxime, qui n'est pas toujours mise en pratique.

– C'est pour cela que je la trouvai d'autant plus étonnante, surtout lorsqu'il la développa.

– Ah ! il développa cette maxime ?

– Parbleu !

– Voyons le développement.

– « Attendu, continua-t-il, que l'on peut, dans une circonstance difficile, ou dans une situation gênante, avoir son habit sur l'épaule, et désirer ne pas ôter son habit...

– C'est vrai, dit d'Artagnan.

– « Ainsi, continua M. Volière...

– Molière !

– « Ainsi continua M. Molière, vous avez besoin de tirer l'épée, monsieur, et vous avez votre habit sur le dos. Comment faites-vous ?

« – Je l'ôte, répondis-je.

« – Eh bien, non, répondit-il à son tour.

« – Comment ! non ?

« – Je dis qu'il faut que l'habit soit si bien fait, qu'il ne vous gêne aucunement, même pour tirer l'épée.

« – Ah ! ah !

« – Mettez-vous en garde, poursuivit-il.

« J'y tombai avec un si merveilleux aplomb, que deux carreaux de la fenêtre en sautèrent.

« – Ce n'est rien, ce n'est rien, dit-il, restez comme cela.

« Je levai le bras gauche en l'air, l'avant-bras plié gracieusement, la manchette rabattue et le poignet circonflexe, tandis que le bras droit à demi étendu garantissait la ceinture avec le coude, et la poitrine avec le poignet.

– Oui, dit d'Artagnan, la vraie garde, la garde académique.

– Vous avez dit le mot, cher ami. Pendant ce temps, Volière...

– Molière !

– Tenez, décidément, mon cher ami, j'aime mieux l'appeler... Comment avez-vous dit son autre nom ?

– Poquelin.

– J'aime mieux l'appeler Poquelin.

– Et comment vous souviendrez-vous mieux de ce nom que de l'autre ?

– Vous comprenez... Il s'appelle Poquelin, n'est-ce pas ?

– Oui.

– Je me rappellerai M^me Coquenard.

– Bon.

– Je changerai *Coque* en *Poque*, *nard* en *lin*, et au lieu de Coquenard, j'aurai Poquelin.

– C'est merveilleux ! s'écria d'Artagnan abasourdi... Allez, mon ami, je vous écoute avec admiration.

– Ce Coquelin esquissa donc mon bras sur le miroir.

– Poquelin. Pardon.

– Comment ai-je donc dit ?

– Vous avez dit Coquelin.

– Ah ! c'est juste. Ce Poquelin esquissa donc mon bras sur le miroir ; mais il y mit le temps ; il me regardait beaucoup ; le fait est que j'étais très beau.

« – Cela vous fatigue ? demanda-t-il.

« – Un peu, répondis-je en pliant sur les jarrets ; cependant je peux tenir encore une heure.

« – Non, non, je ne le souffrirai pas ! Nous avons ici des garçons complaisants qui se feront un devoir de vous soutenir les bras, comme autrefois on soutenait ceux des prophètes quand ils invoquaient le Seigneur.

« – Très bien ! répondis-je.

« – Cela ne vous humiliera pas ?

« – Mon ami, lui dis-je, il y a, je le crois, une grande différence entre être soutenu et être mesuré.

– La distinction est pleine de sens, interrompit d'Artagnan.

– Alors, continua Porthos, il fit un signe ; deux garçons s'approchèrent ; l'un me soutint le bras gauche, tandis que l'autre, avec infiniment d'adresse, me soutenait le bras droit.

« – Un troisième garçon ! dit-il.

« Un troisième garçon s'approcha.

« – Soutenez les reins de monsieur, dit-il.

« Le garçon me soutint les reins.

– De sorte que vous posiez ? demanda d'Artagnan.

– Absolument, et Poquenard me dessinait sur la glace.

– Poquelin, mon ami.

– Poquelin, vous avez raison. Tenez, décidément, j'aime encore mieux l'appeler Volière.

– Oui, et que ce soit fini, n'est-ce pas ?

– Pendant ce temps-là, Volière me dessinait sur la glace.

– C'était galant.

– J'aime fort cette méthode : elle est respectueuse et met chacun à sa place.

– Et cela se termina ?...

– Sans que personne m'eût touché, mon ami.

– Excepté les trois garçons qui vous soutenaient ?

– Sans doute ; mais je vous ai déjà exposé, je crois, la différence qu'il y a entre soutenir et mesurer.

– C'est vrai, répondit d'Artagnan, qui se dit ensuite à lui-même : « Ma foi ! ou je me trompe fort, ou j'ai valu là une bonne aubaine à ce coquin de Molière, et nous en verrons bien certainement la scène tirée au naturel dans quelque comédie. »

Porthos souriait.

– Quelle chose vous fait rire ? lui demanda d'Artagnan.

– Faut-il vous l'avouer ? Eh bien, je ris de ce que j'ai tant de bonheur.

– Oh ! cela, c'est vrai ; je ne connais pas d'homme plus heureux que vous. Mais quel est le nouveau bonheur qui vous arrive ?

– Eh bien, mon cher, félicitez-moi.

– Je ne demande pas mieux.

– Il paraît que je suis le premier à qui l'on ait pris mesure de cette façon-là.

– Vous en êtes sûr ?

– À peu près. Certains signes d'intelligence échangés entre Volière et les autres garçons me l'ont bien indiqué.

– Eh bien, mon cher ami, cela ne me surprend pas de la part de Molière.

– Volière, mon ami !

– Oh ! non, non, par exemple ! je veux bien vous laisser dire Volière à vous ; mais je continuerai, moi, à dire Molière. – Eh bien, cela, disais-je donc, ne m'étonne point de la part de Molière qui est un garçon ingénieux, et à qui vous avez inspiré cette belle idée.

– Elle lui servira plus tard, j'en suis sûr.

– Comment donc, si elle lui servira ! Je le crois bien, qu'elle lui servira, et même beaucoup ! Car, voyez-vous, mon ami, Molière est, de tous nos tailleurs connus, celui qui habille le mieux nos barons, nos comtes et nos marquis... à leur mesure.

Sur ce mot, dont nous ne discuterons ni l'à-propos ni la profondeur, d'Artagnan et Porthos sortirent de chez maître Percerin et rejoignirent leur carrosse. Nous les y laisserons, s'il plaît au lecteur, pour revenir auprès de Molière et d'Aramis à Saint-Mandé.

# XXXVI

## *La ruche, les abeilles et le miel*

L'évêque de Vannes, fort marri d'avoir rencontré d'Artagnan chez maître Percerin, revint d'assez mauvaise humeur à Saint-Mandé.

Molière, au contraire, tout enchanté d'avoir trouvé un si bon croquis à faire, et de savoir où retrouver l'original, quand du croquis il voudrait faire un tableau, Molière y rentra de la plus joyeuse humeur.

Tout le premier étage, du côté gauche, était occupé par les épicuriens les plus célèbres dans Paris et les plus familiers dans la maison, employés chacun dans son compartiment, comme des abeilles dans leurs alvéoles, à produire un miel destiné au gâteau royal que M. Fouquet comptait servir à Sa Majesté Louis XIV pendant la fête de Vaux.

Pélisson, la tête dans sa main, creusait les fondations du prologue des *Fâcheux*, comédie en trois actes, que devait faire représenter Poquelin de Molière, comme disait d'Artagnan, et Coquelin de Volière, comme disait Porthos.

Loret, dans toute la naïveté de son état de gazetier – les gazetiers de tout temps ont été naïfs – Loret composait le récit des fêtes de Vaux avant que ces fêtes eussent eu lieu.

La Fontaine vaguait au milieu des uns et des autres, ombre égarée, distraite, gênante, insupportable, qui bourdonnait et susurrait à l'épaule de chacun mille inepties poétiques. Il gêna tant de fois Pélisson, que celui-ci, relevant la tête avec humeur :

– Au moins, La Fontaine, dit-il, cueillez-moi une rime, puisque vous dites que vous vous promenez dans les jardins du Parnasse.

– Quelle rime voulez-vous ? demanda le fablier, comme l'appelait M^me de Sévigné.

– Je veux une rime à *lumière*.

– *Ornière*, répondit La Fontaine.

– Eh ! mon cher ami, impossible de parler d'ornières quand on vante les délices de Vaux, dit Loret.

– D'ailleurs, cela ne rime pas, répondit Pélisson.

– Comment ! cela ne rime pas ? s'écria La Fontaine surpris.

– Oui, vous avez une détestable habitude, mon cher ; habitude qui vous empêchera toujours d'être un poète de premier ordre. Vous rimez lâchement !

– Oh ! oh ! vous trouvez, Pélisson ?

– Eh ! oui, mon cher, je trouve. Rappelez-vous qu'une rime n'est jamais bonne tant qu'il s'en peut trouver une meilleure.

– Alors, je n'écrirai plus jamais qu'en prose, dit La Fontaine, qui avait pris au sérieux le reproche de Pélisson. Ah ! je m'en étais souvent douté, que je n'étais qu'un maraud de poète ! Oui, c'est la vérité pure.

– Ne dites pas cela, mon cher ; vous devenez trop exclusif, et vous avez du bon dans vos fables.

– Et pour commencer, continua La Fontaine poursuivant son idée, je vais brûler une centaine de vers que je venais de faire.

– Où sont-ils, vos vers ?

– Dans ma tête.

– Eh bien, s'ils sont dans votre tête, vous ne pouvez pas les brûler ?

– C'est vrai, dit La Fontaine. Si je ne les brûle pas, cependant...

– Eh bien, qu'arrivera-t-il si vous ne les brûlez pas ?

– Il arrivera qu'ils me resteront dans l'esprit, et que je ne les oublierai jamais.

– Diable ! fit Loret, voilà qui est dangereux ; on en devient fou !

– Diable, diable, diable ! comment faire ? répéta La Fontaine.

– J'ai trouvé un moyen, moi, dit Molière, qui venait d'entrer sur les derniers mots.

– Lequel ?

– Écrivez-les d'abord, et brûlez-les ensuite.

– Comme c'est simple ! Eh bien, je n'eusse jamais inventé cela. Qu'il a d'esprit, ce diable de Molière ! dit La Fontaine.

Puis, se frappant le front :

– Ah ! tu ne seras jamais qu'un âne, Jean de La Fontaine, ajouta-t-il.

– Que dites-vous là, mon ami ? interrompit Molière en s'approchant du poète, dont il avait entendu l'aparté.

– Je dis que je ne serai jamais qu'un âne, mon cher confrère, répondit La Fontaine avec un gros soupir et les yeux tout bouffis de tristesse. Oui, mon ami, continua-t-il avec une tristesse croissante, il paraît que je rime lâchement.

– C'est un tort.

– Vous voyez bien ! Je suis un faquin !

– Qui a dit cela ?

– Parbleu ! c'est Pélisson. N'est-ce pas, Pélisson ?

Pélisson, replongé dans sa composition, se garda bien de répondre.

– Mais, si Pélisson a dit que vous étiez un faquin, s'écria Molière, Pélisson vous a gravement offensé.

– Vous croyez ?...

– Ah ! mon cher, je vous conseille, puisque vous êtes gentilhomme, de ne pas laisser impunie une pareille injure.

– Heu ! fit La Fontaine.

– Vous êtes-vous jamais battu ?

– Une fois, mon ami, avec un lieutenant de chevau-légers.

– Que vous avait-il fait ?

– Il paraît qu'il avait séduit ma femme.

– Ah ! ah ! dit Molière pâlissant légèrement.

Mais comme, à l'aveu formulé par La Fontaine, les autres s'étaient retournés, Molière garda sur ses lèvres le sourire railleur qui avait failli s'en effacer, et, continuant de faire parler La Fontaine :

– Et qu'est-il résulté de ce duel ?

– Il est résulté que, sur le terrain, mon adversaire me désarma, puis me fit des excuses, me promettant de ne plus remettre les pieds à la maison.

– Et vous vous tîntes pour satisfait ? demanda Molière.

– Non pas, au contraire ! Je ramassai mon épée : « Pardon, monsieur, lui dis-je, je ne me suis pas battu avec vous parce que vous étiez l'amant de ma femme, mais parce qu'on m'a dit que je devais me battre. Or, comme je n'ai jamais été heureux que depuis ce temps-là, faites-moi le plaisir de continuer d'aller à la maison, comme par le passé, ou, morbleu ! recommençons. » De sorte, continua La Fontaine, qu'il fut forcé de rester l'amant de ma femme, et que je continue d'être le plus heureux mari de la terre.

Tous éclatèrent de rire. Molière seul passa sa main sur ses yeux. Pourquoi ? Peut-être pour essuyer une larme, peut-être pour étouffer un soupir. Hélas ! on le sait, Molière était moraliste mais Molière n'était pas philosophe.

– C'est égal, dit-il revenant au point de départ de la discussion, Pélisson vous a offensé.

– Ah ! c'est vrai, je l'avais déjà oublié, moi.

– Et je vais l'appeler de votre part.

– Cela se peut faire, si vous le jugez indispensable.

– Je le juge indispensable, et j'y vais.

– Attendez, fit La Fontaine. Je veux avoir votre avis.

– Sur quoi ?... Sur cette offense ?

– Non, dites-moi si, réellement, *lumière* ne rime pas avec *ornière*.

– Moi, je les ferais rimer.

– Parbleu ! je le savais bien.

– Et j'ai fait cent mille vers pareils dans ma vie.

– Cent mille ? s'écria La Fontaine. Quatre fois *La Pucelle* que médite M. Chapelain ! Est-ce aussi sur ce sujet que vous avez fait cent mille vers, cher ami ?

– Mais, écoutez donc, éternel distrait ! dit Molière.

– Il est certain, continua La Fontaine, que *légume* par exemple rime avec *posthume*.

– Au pluriel surtout.

– Oui, surtout au pluriel ; attendu qu'alors, il rime, non plus par trois lettres, mais par quatre ; c'est comme *ornière* avec *lumière*. Mettez *ornières* et *lumières* au pluriel, mon cher Pélisson, dit La Fontaine en allant frapper sur l'épaule de son confrère, dont il avait complètement oublié l'injure, et cela rimera.

– Hein ! fit Pélisson.

– Dame ! Molière le dit, et Molière s'y connaît : il avoue lui-même avoir fait cent mille vers.

– Allons, dit Molière en riant, le voilà parti !

– C'est comme *rivage*, qui rime admirablement avec *herbage*, j'en mettrais ma tête au feu.

– Mais... fit Molière.

– Je vous dis cela, continua La Fontaine, parce que vous faites un divertissement pour Sceaux, n'est-ce pas ?

– Oui, *Les Fâcheux*.

– Ah ! *Les Fâcheux*, c'est cela ; oui, je me souviens. Eh bien, j'avais imaginé qu'un prologue ferait très bien à votre divertissement.

– Sans doute, cela irait à merveille.

– Ah ! vous êtes de mon avis ?

– J'en suis si bien, que je vous avais prié de le faire, ce prologue.

– Vous m'avez prié de le faire, moi ?

– Oui, vous ; et même, sur votre refus, je vous ai prié de le demander à Pélisson, qui le fait en ce moment.

– Ah ! c'est donc cela que fait Pélisson ? Ma foi ! mon cher Molière, vous pourriez bien avoir raison quelquefois.

– Quand cela ?

– Quand vous dites que je suis distrait. C'est un vilain défaut ; je m'en corrigerai, et je vais vous faire votre prologue.

– Mais puisque c'est Pélisson qui le fait !

– C'est juste ! Ah ! double brute que je suis ! Loret a eu bien raison de dire que j'étais un faquin !

– Ce n'est pas Loret qui l'a dit, mon ami.

– Eh bien, celui qui l'a dit, peu m'importe lequel ! Ainsi, votre divertissement s'appelle *Les Fâcheux*. Eh bien, est-ce que vous ne feriez pas rimer *heureux* avec *fâcheux ?*

– À la rigueur, oui.

– Et même avec *capricieux ?*

– Oh ! non, cette fois, non !

– Ce serait hasardé, n'est-ce pas ? Mais, enfin, pourquoi serait-ce hasardé ?

– Parce que la désinence est trop différente.

– Je supposais, moi, dit La Fontaine en quittant Molière pour aller trouver Loret, je supposais...

– Que supposiez-vous ? dit Loret au milieu d'une phrase. Voyons, dites vite.

– C'est vous qui faites le prologue des *Fâcheux,* n'est-ce pas ?

– Eh ! non, mordieu ! c'est Pélisson !

– Ah ! c'est Pélisson ! s'écria La Fontaine, qui alla trouver Pélisson. Je supposais, continua-t-il, que la nymphe de Vaux...

– Ah ! jolie ! s'écria Loret. La nymphe de Vaux ! Merci, La Fontaine ; vous venez de me donner les deux derniers vers de ma gazette.

> Et l'on vit la nymphe de Vaux
> Donner le prix à leurs travaux.

– À la bonne heure ! voilà qui est rimé, dit Pélisson : si vous rimiez comme cela, La Fontaine, à la bonne heure !

– Mais il paraît que je rime comme cela, puisque Loret dit que c'est moi qui lui ai donné les deux vers qu'il vient de dire.

– Eh bien, si vous rimez comme cela, voyons, dites, de quelle façon commenceriez-vous mon prologue ?

– Je dirais, par exemple : *Ô nymphe... qui...* Après *qui*, je mettrais un verbe à la deuxième personne du pluriel du présent de l'indicatif, et je continuerais ainsi : *cette grotte profonde.*

– Mais le verbe, le verbe ? demanda Pélisson.

– *Pour venir admirer le plus grand roi du monde,* continua La Fontaine.

– Mais le verbe, le verbe ? insista obstinément Pélisson. Cette seconde personne du pluriel du présent de l'indicatif ?

– Eh bien : *quittez.*

*Ô nymphe qui quittez cette grotte profonde*
*Pour venir admirer le plus grand roi du monde.*

– Vous mettriez : *qui quittez*, vous ?

– Pourquoi pas ?

– *Qui... qui !*

– Ah ! mon cher, fit La Fontaine, vous êtes horriblement pédant !

– Sans compter, dit Molière, que, dans le second vers, *venir admirer* est faible, mon cher La Fontaine.

– Alors, vous voyez bien que je suis un pleutre, un faquin, comme vous disiez.

– Je n'ai jamais dit cela.

– Comme disait Loret, alors.

– Ce n'est pas Loret non plus ; c'est Pélisson.

– Eh bien, Pélisson avait cent fois raison. Mais ce qui me fâche surtout, mon cher Molière, c'est que je crois que nous n'aurons pas nos habits d'épicuriens.

– Vous comptiez sur le vôtre pour la fête ?

– Oui, pour la fête, et puis pour après la fête. Ma femme de ménage m'a prévenu que le mien était un peu mûr.

– Diable ! votre femme de ménage a raison : il est plus que mûr !

– Ah ! voyez-vous, reprit La Fontaine, c'est que je l'ai oublié à terre dans mon cabinet, et ma chatte...

– Eh bien, votre chatte ?

– Ma chatte a fait ses chats dessus, ce qui l'a un peu fané.

Molière éclata de rire. Pélisson et Loret suivirent son exemple.

En ce moment, l'évêque de Vannes parut, tenant sous son bras un rouleau de plans et de parchemins.

Comme si l'ange de la mort eût glacé toutes les imaginations folles et rieuses, comme si cette figure pâle eût effarouché les grâces auxquelles sacrifiait Xénocrate, le silence s'établit aussitôt dans l'atelier, et chacun reprit son sang-froid et sa plume.

Aramis distribua des billets d'invitation aux assistants, et leur adressa des remerciements de la part de M. Fouquet. Le surintendant, disait-il, retenu dans son cabinet par le travail, ne pouvait les venir voir, mais les priait de lui envoyer un peu de leur travail du jour pour lui faire oublier la fatigue de son travail de la nuit.

À ces mots, on vit tous les fronts s'abaisser. La Fontaine lui-même se mit à une table et fit courir sur le vélin une plume rapide ; Pélisson remit au net son prologue ; Molière donna cinquante vers nouvellement crayonnés que lui avait inspirés sa visite chez Percerin ; Loret, son article sur les fêtes merveilleuses qu'il prophétisait, et Aramis chargé de butin comme le roi des abeilles, ce gros bourdon noir aux ornements de pourpre et d'or rentra dans son appartement, silencieux et affairé. Mais, avant de rentrer :

– Songez, dit-il, chers messieurs, que nous partons tous demain au soir.

– En ce cas, il faut que je prévienne chez moi, dit Molière.

– Ah ! oui, pauvre Molière ! fit Loret en souriant, *il aime* chez lui.

– *Il aime*, oui, répliqua Molière avec son doux et triste sourire ; il aime, ce qui ne veut pas dire *on l'aime.*

– Moi, dit La Fontaine, on m'aime à Château-Thierry, j'en suis bien sûr.

En ce moment, Aramis rentra après une disparition d'un instant.

– Quelqu'un vient-il avec moi ? demanda-t-il. Je passe par Paris, après avoir entretenu M. Fouquet un quart d'heure. J'offre mon carrosse.

– Bon, à moi ! dit Molière. J'accepte ; je suis pressé.

– Moi, je dînerai ici, dit Loret. M. de Gourville m'a promis des écrevisses.

*Il m'a promis des écrevisses...*

Cherche la rime, La Fontaine.

Aramis sortit en riant comme il savait rire. Molière le suivit. Ils étaient au bas de l'escalier lorsque La Fontaine entrebâilla la porte et cria :

*Moyennant que tu l'écrivisses,*
*Il t'a promis des écrevisses.*

Les éclats de rire des épicuriens redoublèrent et parvinrent jusqu'aux oreilles de Fouquet, au moment où Aramis ouvrait la porte de son cabinet.

Quant à Molière, il s'était chargé de commander les chevaux, tandis qu'Aramis allait échanger avec le surintendant les quelques mots qu'il avait à lui dire.

– Oh ! comme ils rient là-haut ! dit Fouquet avec un soupir.

– Vous ne riez pas, vous, monseigneur ?

– Je ne ris plus, monsieur d'Herblay.

– La fête approche.

– L'argent s'éloigne.

– Ne vous ai-je pas dit que c'était mon affaire ?

– Vous m'avez promis des millions.

– Vous les aurez le lendemain de l'entrée du roi à Vaux.

Fouquet regarda profondément Aramis, et passa sa main glacée sur son front humide. Aramis comprit que le surintendant doutait de lui, ou sentait son impuissance à avoir de l'argent. Comment Fouquet pouvait-il supposer qu'un pauvre évêque, ex-abbé, ex-mousquetaire, en trouverait ?

– Pourquoi douter ? dit Aramis.

Fouquet sourit et secoua la tête.

– Homme de peu de foi ! ajouta l'évêque.

– Mon cher monsieur d'Herblay, répondit Fouquet, si je tombe...

– Eh bien, si vous tombez...

– Je tomberai du moins de si haut, que je me briserai en tombant.

Puis, secouant la tête comme pour échapper à lui-même :

– D'où venez-vous, dit-il, cher ami ?

– De Paris.

– De Paris ? Ah !

– Oui, de chez Percerin.

– Et qu'avez-vous été faire vous-même chez Percerin ; car je ne suppose pas que vous attachiez une si grande importance aux habits de nos poètes ?

– Non, j'ai été commander une surprise.

– Une surprise ?

– Oui, que vous ferez au roi.

– Coûtera-t-elle cher ?

– Oh ! cent pistoles, que vous donnerez à Le Brun.

– Une peinture ? Ah ! tant mieux ! Et que doit représenter cette peinture ?

– Je vous conterai cela ; puis, du même coup, quoi que vous en disiez, j'ai visité les habits de nos poètes.

– Bah ! et ils seront élégants, riches ?

– Superbes ! Il n'y aura pas beaucoup de grands seigneurs qui en auront de pareils. On verra la différence qu'il y a entre les courtisans de la richesse et ceux de l'amitié.

– Toujours spirituel et généreux, cher prélat !

– À votre école.

Fouquet lui serra la main.

– Et où allez-vous ? dit-il.

– Je vais à Paris, quand vous m'aurez donné une lettre.

– Une lettre pour qui ?

– Une lettre pour M. de Lyonne.

– Et que lui voulez-vous, à Lyonne ?

– Je veux lui faire signer une lettre de cachet.

– Une lettre de cachet ! Vous voulez faire mettre quelqu'un à la Bastille ?

– Non, au contraire, j'en veux faire sortir quelqu'un.

– Ah ! Et qui cela ?

– Un pauvre diable, un jeune homme, un enfant, qui est embastillé, voilà tantôt dix ans, pour deux vers latins qu'il a faits contre les jésuites.

– Pour deux vers latins ! Et, pour deux vers latins, il est en prison depuis dix ans, le malheureux ?

– Oui.

– Et il n'a pas commis d'autre crime ?

– À part ces deux vers, il est innocent comme vous et moi.

– Votre parole ?

– Sur l'honneur !

– Et il se nomme ?...

– Seldon.

– Ah ! c'est trop fort, par exemple ! Et vous saviez cela, et vous ne me l'avez pas dit ?

– Ce n'est qu'hier que sa mère s'est adressée à moi, monseigneur.

– Et cette femme est pauvre ?

– Dans la misère la plus profonde.

– Mon Dieu ! dit Fouquet, vous permettez parfois de telles injustices, que je comprends qu'il y ait des malheureux qui doutent de vous ! Tenez, monsieur d'Herblay.

Et Fouquet, prenant une plume, écrivit rapidement quelques lignes à son collègue Lyonne.

Aramis prit la lettre et s'apprêta à sortir.

– Attendez, dit Fouquet.

Il ouvrit son tiroir et lui remit dix billets de caisse qui s'y trouvaient. Chaque billet était de mille livres.

– Tenez, dit-il, faites sortir le fils, et remettez ceci à la mère ; mais surtout ne lui dites pas...

– Quoi, monseigneur ?

– Qu'elle est de dix mille livres plus riche que moi ; elle dirait que je suis un triste surintendant. Allez, et j'espère que Dieu bénira ceux qui pensent à ses pauvres.

– C'est ce que j'espère aussi, répliqua Aramis en baisant la main de Fouquet.

Et il sortit rapidement, emportant la lettre pour Lyonne, les bons de caisse pour la mère de Seldon et emmenant Molière, qui commençait à s'impatienter.

# XXXVII

*Encore un souper à la Bastille*

Sept heures du soir sonnaient au grand cadran de la Bastille, à ce fameux cadran qui, pareil à tous les accessoires de la prison d'État, dont l'usage est une torture, rappelait aux prisonniers la destination de chacune des heures de leur supplice. Le cadran de la Bastille, orné de figures comme la plupart des horloges de ce temps, représentait saint Pierre aux liens.

C'était l'heure du souper des pauvres captifs. Les portes, grondant sur leurs énormes gonds, ouvraient passage aux plateaux et aux paniers chargés de mets, dont la délicatesse, comme M. Baisemeaux nous l'a appris lui-même, s'appropriait à la condition du détenu.

Nous savons là-dessus les théories de M. Baisemeaux, souverain dispensateur des délices gastronomiques, cuisinier en chef de la forteresse royale, dont les paniers pleins montaient les raides escaliers, portant quelque consolation aux prisonniers, dans le fond des bouteilles honnêtement remplies.

Cette même heure était celle du souper de M. le gouverneur. Il avait un convive ce jour-là, et la broche tournait plus lourde que d'habitude.

Les perdreaux rôtis, flanqués de cailles et flanquant un levraut piqué ; les poules dans le bouillon, le jambon frit et arrosé de vin blanc, les cardons de Guipuzcoa et la bisque d'écrevisses ; voilà, outre les soupes et les hors-d'œuvre, quel était le menu de M. le gouverneur.

Baisemeaux, attablé, se frottait les mains en regardant M. l'évêque de Vannes, qui, botté comme un cavalier, habillé de gris, l'épée au flanc, ne cessait de parler de sa faim et témoignait la plus vive impatience.

M. Baisemeaux de Montlezun n'était pas accoutumé aux familiarités de Sa Grandeur Monseigneur de Vannes, et, ce soir-là, Aramis, devenu guilleret, faisait confidences sur confidences. Le prélat était redevenu tant soit peu mousquetaire. L'évêque frisait la gaillardise. Quant à M. Baisemeaux, avec cette facilité des gens vulgaires, il se livrait tout entier sur ce quart d'abandon de son convive.

– Monsieur, dit-il, car, en vérité, ce soir, je n'ose vous appeler monseigneur...

– Non pas, dit Aramis, appelez-moi monsieur, j'ai des bottes.

– Eh bien, monsieur, savez-vous qui vous me rappelez ce soir ?

– Non, ma foi ! dit Aramis en se versant à boire, mais j'espère que je vous rappelle un bon convive.

– Vous m'en rappelez deux. Monsieur François, mon ami, fermez cette fenêtre : le vent pourrait incommoder Sa Grandeur.

– Et qu'il sorte ! ajouta Aramis. Le souper est complètement servi, nous le mangerons bien sans laquais. J'aime fort, quand je suis en petit comité, quand je suis avec un ami...

Baisemeaux s'inclina respectueusement.

– J'aime fort, continua Aramis, à me servir moi-même.

– François, sortez ! cria Baisemeaux. Je disais donc que Votre Grandeur me rappelle deux personnes : l'une bien illustre, c'est feu M. le cardinal, le grand cardinal, celui de La Rochelle, celui qui avait des bottes comme vous. Est-ce vrai ?

– Oui, ma foi ! dit Aramis. Et l'autre ?

– L'autre, c'est un certain mousquetaire, très joli, très brave, très hardi, très heureux, qui, d'abbé, se fit mousquetaire, et, de mousquetaire, abbé.

Aramis daigna sourire.

– D'abbé, continua Baisemeaux enhardi par le sourire de Sa Grandeur, d'abbé, évêque, et, d'évêque...

– Ah ! arrêtons-nous, par grâce ! fit Aramis.

– Je vous dis, monsieur, que vous me faites l'effet d'un cardinal.

– Cessons, mon cher monsieur Baisemeaux. Vous l'avez dit, j'ai les bottes d'un cavalier, mais je ne veux pas, même ce soir, me brouiller, malgré cela, avec l'Église.

– Vous avez des intentions mauvaises, cependant, monseigneur.

– Oh ! je l'avoue, mauvaises comme tout ce qui est mondain.

– Vous courez la ville, les ruelles, en masque ?

– Comme vous dites, en masque.

– Et vous jouez toujours de l'épée ?

– Je crois que oui, mais seulement quand on m'y force. Faites-moi donc le plaisir d'appeler François.

– Vous avez du vin là.

– Ce n'est pas pour du vin, c'est parce qu'il fait chaud ici et que la fenêtre est close.

– Je ferme les fenêtres en soupant pour ne pas entendre les rondes ou les arrivées des courriers.

– Ah ! oui... On les entend quand la fenêtre est ouverte ?

– Trop bien, et cela dérange. Vous comprenez.

– Cependant on étouffe. François !

François entra.

– Ouvrez, je vous prie, maître François, dit Aramis. Vous permettez, cher monsieur Baisemeaux ?

– Monseigneur est ici chez lui, répondit le gouverneur.

La fenêtre fut ouverte.

– Savez-vous, dit M. Baisemeaux, que vous allez vous trouver bien esseulé, maintenant que M. de La Fère a regagné ses pénates de Blois ? C'est un bien ancien ami, n'est-ce pas ?

– Vous le savez comme moi, Baisemeaux, puisque vous avez été aux mousquetaires avec nous.

– Bah ! avec mes amis, je ne compte ni les bouteilles ni les années.

– Et vous avez raison. Mais je fais plus qu'aimer M. de La Fère, cher monsieur Baisemeaux, je le vénère.

– Eh bien, moi, c'est singulier, dit le gouverneur, je lui préfère M. d'Artagnan. Voilà un homme qui boit bien et longtemps ! Ces gens-là laissent voir leur pensée, au moins.

– Baisemeaux, enivrez-moi ce soir, faisons la débauche comme autrefois ; et, si j'ai une peine au fond du cœur, je vous promets que vous la verrez comme vous verriez un diamant au fond de votre verre.

– Bravo ! dit Baisemeaux.

Et il se versa un grand coup de vin, et l'avala en frémissant de joie d'être pour quelque chose dans un péché capital d'archevêque.

Tandis qu'il buvait il ne voyait pas avec quelle attention Aramis observait les bruits de la grande cour.

Un courrier entra vers huit heures, à la cinquième bouteille apportée par François sur la table, et, quoique ce courrier fît grand bruit, Baisemeaux n'entendit rien.

– Le diable l'emporte ! fit Aramis.

– Quoi donc ? Qui donc ? demanda Baisemeaux. J'espère que ce n'est pas le vin que vous buvez, ni celui qui vous le fait boire ?

– Non ; c'est un cheval qui fait, à lui seul, autant de bruit dans la cour que pourrait en faire un escadron tout entier.

– Bon ! Quelque courrier, répliqua le gouverneur en redoublant force rasades. Oui, le diable l'emporte ! et si vite, que nous n'en entendions plus parler ! Hourra ! hourra !

– Vous m'oubliez, Baisemeaux ! Mon verre est vide, dit Aramis en montrant un cristal éblouissant.

– D'honneur, vous m'enchantez... François, du vin !

François entra.

– Du vin, maraud, et du meilleur !

– Oui, monsieur ; mais... c'est un courrier.

– Au diable ! ai-je dit.

– Monsieur, cependant...

– Qu'il laisse au greffe ; nous verrons demain. Demain, il sera temps ; demain, il fera jour, dit Baisemeaux en chantonnant ces deux dernières phrases.

– Ah ! monsieur, grommela le soldat François, bien malgré lui, monsieur...

– Prenez garde, dit Aramis, prenez garde.

– À quoi, cher monsieur d'Herblay ? dit Baisemeaux à moitié ivre.

– La lettre par courrier, qui arrive aux gouverneurs de citadelle, c'est quelquefois un ordre.

– Presque toujours.

– Les ordres ne viennent-ils pas des ministres ?

– Oui sans doute ; mais...

– Et ces ministres ne font-ils pas que contresigner le seing du roi ?

– Vous avez peut-être raison. Cependant, c'est bien ennuyeux quand on est en face d'une bonne table en tête à tête avec un ami ! Ah ! pardon, monsieur, j'oublie que c'est moi qui vous donne à souper, et que je parle à un futur cardinal.

– Laissons tout cela, cher Baisemeaux, et revenons à votre soldat, à François.

– Eh bien, qu'a-t-il fait, François ?

– Il a murmuré.

– Il a eu tort.

– Cependant, il a murmuré, vous comprenez ; c'est qu'il se passe quelque chose d'extraordinaire. Ce pourrait bien n'être pas François qui aurait tort de murmurer, mais vous qui auriez tort de ne pas l'entendre.

– Tort ? Moi, avoir tort devant François ? Cela me paraît dur.

– Un tort d'irrégularité. Pardon ! mais j'ai cru devoir vous faire une observation que je juge importante.

– Oh ! vous avez raison, peut-être, bégaya Baisemeaux. Ordre du roi, c'est sacré ! Mais les ordres qui viennent quand on soupe, je le répète, que le diable...

– Si vous eussiez fait cela au grand cardinal, hein ! mon cher Baisemeaux, et que cet ordre eût eu quelque importance...

– Je le fais pour ne pas déranger un évêque ; ne suis-je pas excusable, morbleu ?

– N'oubliez pas, Baisemeaux, que j'ai porté la casaque, et j'ai l'habitude de voir partout des consignes.

– Vous voulez donc ?...

– Je veux que vous fassiez votre devoir, mon ami. Oui, je vous en prie, au moins devant ce soldat.

– C'est mathématique, fit Baisemeaux.

François attendait toujours.

– Qu'on me monte cet ordre du roi, dit Baisemeaux en se redressant.

Et il ajouta tout bas :

– Savez-vous ce que c'est ? Je vais vous le dire, quelque chose d'intéressant comme ceci : « Prenez garde au feu dans les environs de la poudrière » ; ou bien : « Veillez sur un tel, qui est un adroit fuyard. » Ah ! si vous saviez, monseigneur, combien de fois j'ai été réveillé en sursaut au plus doux, au plus profond de mon sommeil, par des ordonnances arrivant au galop pour me dire, ou plutôt pour m'apporter un pli contenant ces mots : « Monsieur de Baisemeaux, qu'y a-t-il de nouveau ? » On voit bien que ceux qui perdent leur temps à écrire de pareils ordres n'ont jamais couché à la Bastille. Ils connaîtraient mieux l'épaisseur de mes murailles, la vigilance de mes officiers, la multiplicité de mes rondes. Enfin, que voulez-vous, monseigneur, leur métier est d'écrire pour me tourmenter lorsque je suis tranquille ; pour me troubler quand je suis heureux, ajouta Baisemeaux en s'inclinant devant Aramis. Laissons-les donc faire leur métier.

– Et faites le vôtre, ajouta en souriant l'évêque, dont le regard, soutenu, commandait malgré cette caresse.

François rentra. Baisemeaux prit de ses mains l'ordre envoyé du ministère. Il le décacheta lentement et le lut de même. Aramis feignit de boire pour observer son hôte au travers du cristal. Puis, Baisemeaux ayant lu :

– Que disais-je tout à l'heure ? fit-il.

– Quoi donc ? demanda l'évêque.

– Un ordre d'élargissement. Je vous demande un peu, la belle nouvelle pour nous déranger !

– Belle nouvelle pour celui qu'elle concerne, vous en conviendrez, au moins, mon cher gouverneur.

– Et à huit heures du soir !

– C'est de la charité.

– De la charité, je le veux bien ; mais elle est pour ce drôle-là qui s'ennuie, et non pas pour moi qui m'amuse ! dit Baisemeaux exaspéré.

– Est-ce une perte que vous faites, et le prisonnier qui vous est enlevé était-il aux grands contrôles ?

– Ah bien, oui ! Un pleutre, un rat, à cinq francs !

– Faites voir, demanda M. d'Herblay. Est-ce indiscret ?

– Non pas ; lisez.

– Il y a *pressé* sur la feuille. Vous avez vu, n'est-ce pas.

– C'est admirable ! *Pressé !...* un homme qui est ici depuis dix ans ! On est pressé de le mettre dehors, aujourd'hui, ce soir même, à huit heures !

Et Baisemeaux, haussant les épaules avec un air de superbe dédain, jeta l'ordre sur la table et se remit à manger.

– Ils ont de ces mouvements-là, dit-il la bouche pleine, ils prennent un homme un beau jour, ils le nourrissent pendant dix ans et vous écrivent : *Veillez bien sur le drôle !* ou bien : *Tenez-le rigoureusement !* Et puis, quand on s'est accoutumé à regarder le détenu comme un homme dangereux, tout à coup, sans cause, sans précédent, ils vous écrivent : *Mettez en liberté.* Et ils ajoutent à leur missive : *Pressé !* Vous avouerez, monseigneur, que c'est à faire lever les épaules.

– Que voulez-vous ! on crie comme cela, dit Aramis, et on exécute l'ordre.

– Bon ! bon ! l'on exécute !... Oh ! patience !... Il ne faudrait pas vous figurer que je suis un esclave.

– Mon Dieu, très cher monsieur Baisemeaux, qui vous dit cela ? On connaît votre indépendance.

– Dieu merci !

– Mais on connaît aussi votre bon cœur.

– Ah ! parlons-en !

– Et votre obéissance à vos supérieurs. Quand on a été soldat, voyez-vous, Baisemeaux, c'est pour la vie.

– Aussi, obéirai-je strictement, et demain matin, au point du jour, le détenu désigné sera élargi.

– Demain ?

– Au jour.

– Pourquoi pas ce soir, puisque la lettre de cachet porte sur la suscription et à l'intérieur : *Pressé ?*

– Parce que ce soir nous soupons et que nous sommes pressés, nous aussi.

– Cher Baisemeaux, tout botté que je suis, je me sens prêtre, et la charité m'est un devoir plus impérieux que la faim et la soif. Ce malheureux a souffert assez longtemps, puisque vous venez de me dire que, depuis dix ans, il est votre pensionnaire. Abrégez-lui la souffrance. Une bonne minute l'attend, donnez-la-lui bien vite. Dieu vous la rendra dans son paradis en années de félicité.

– Vous le voulez ?

– Je vous en prie.

– Comme cela, tout au travers du repas.

– Je vous en supplie ; cette action vaudra dix *Benedicite.*

– Qu'il soit fait comme vous le désirez. Seulement, nous mangerons froid.

– Oh ! qu'à cela ne tienne !

Baisemeaux se pencha en arrière pour sonner François, et, par un mouvement tout naturel, il se retourna vers la porte.

L'ordre était resté sur la table. Aramis profita du moment où Baisemeaux ne regardait pas pour échanger ce papier contre un autre, plié de la même façon, et qu'il tira de sa poche.

– François, dit le gouverneur, que l'on fasse monter ici M. le major avec les guichetiers de la Bertaudière.

François sortit en s'inclinant, et les deux convives se retrouvèrent seuls.

# XXXVIII

## *Le général de l'ordre*

Il se fit, entre les deux convives, un instant de silence pendant lequel Aramis ne perdit pas de vue le gouverneur. Celui-ci ne semblait qu'à moitié résolu à se déranger ainsi au milieu de son souper, et il était évident qu'il cherchait une raison quelconque, bonne ou mauvaise, pour retarder au moins jusqu'après le dessert. Cette raison, il parut tout à coup l'avoir trouvée.

– Eh ! mais, s'écria-t-il, c'est impossible !

– Comment, impossible ? dit Aramis. Voyons un peu, cher ami, ce qui est impossible.

– Il est impossible de mettre le prisonnier en liberté à une pareille heure. Où ira-t-il, lui qui ne connaît pas Paris ?

– Il ira où il pourra.

– Vous voyez bien, autant vaudrait délivrer un aveugle.

– J'ai un carrosse, je le conduirai là où il voudra que je le mène.

– Vous avez réponse à tout... François, qu'on dise à M. le major d'aller ouvrir la prison de M. Seldon, n° 3, Bertaudière.

– Seldon ? fit Aramis très simplement. Vous avez dit Seldon, je crois ?

– J'ai dit Seldon. C'est le nom de celui qu'on élargit.

– Oh ! vous voulez dire Marchiali, dit Aramis.

– Marchiali ? Ah bien ! oui ! Non, non, Seldon.

– Je pense que vous faites erreur, monsieur Baisemeaux.

– J'ai lu l'ordre.

– Moi aussi.

– Et j'ai vu *Seldon* en lettres grosses comme cela.

Et M. de Baisemeaux montrait son doigt.

– Moi, j'ai lu *Marchiali* en caractères gros comme ceci.

Et Aramis montrait les deux doigts.

– Au fait, éclaircissons le cas, dit Baisemeaux, sûr de lui.

« Le papier est là, et il suffira de le lire.

– Je lis : *Marchiali*, reprit Aramis en déployant le papier. Tenez !

291

Baisemeaux regarda et ses bras fléchirent.

– Oui, oui, dit-il atterré, oui, *Marchiali*. Il y a bien écrit *Marchiali* ! c'est bien vrai !

– Ah !

– Comment ! l'homme dont nous parlons tant ? L'homme que chaque jour l'on me recommande tant ?

– Il y a *Marchiali,* répéta encore l'inflexible Aramis.

– Il faut l'avouer, monseigneur, mais je n'y comprends absolument rien.

– On en croit ses yeux, cependant.

– Ma foi, dire qu'il y a bien *Marchiali* !

– Et d'une bonne écriture, encore.

– C'est phénoménal ! Je vois encore cet ordre et le nom de Seldon, Irlandais. Je le vois. Ah ! et même, je me le rappelle, sous ce nom, il y avait un pâté d'encre.

– Non, il n'y a pas d'encre, non, il n'y a pas de pâté.

– Oh ! par exemple, si fait ! À telle enseigne que j'ai frotté la poudre qu'il y avait sur le pâté.

– Enfin, quoi qu'il en soit, cher monsieur de Baisemeaux, dit Aramis, et quoi que vous ayez vu, l'ordre est signé de délivrer Marchiali, avec ou sans pâté.

– L'ordre est signé de délivrer Marchiali, répéta machinalement Baisemeaux, qui essayait de reprendre possession de ses esprits.

– Et vous allez délivrer ce prisonnier. Si le cœur vous dit de délivrer aussi Seldon, je vous déclare que je ne m'y opposerai pas le moins du monde.

Aramis ponctua cette phrase par un sourire dont l'ironie acheva de dégriser Baisemeaux et lui donna du courage.

– Monseigneur, dit-il, ce Marchiali est bien le même prisonnier, que, l'autre jour, un prêtre, confesseur de notre ordre, est venu visiter si impérieusement et si secrètement.

– Je ne sais pas cela, monsieur, répliqua l'évêque.

– Il n'y a pas cependant si longtemps, cher monsieur d'Herblay.

– C'est vrai, mais chez nous, monsieur, il est bon que l'homme d'aujourd'hui ne sache plus ce qu'a fait l'homme d'hier.

– En tout cas, fit Baisemeaux, la visite du confesseur jésuite aura porté bonheur à cet homme.

Aramis ne répliqua pas et se remit à manger et à boire.

Baisemeaux, lui, ne touchant plus à rien de ce qui était sur la table, reprit encore une fois l'ordre et l'examina en tous sens.

Cette inquisition, dans des circonstances ordinaires, eût fait monter le pourpre aux oreilles du mal patient Aramis ; mais l'évêque de Vannes ne se courrouçait point pour si peu, surtout quand il s'était dit tout bas qu'il serait dangereux de se courroucer.

– Allez-vous délivrer Marchiali ? dit-il. Oh ! que voilà du xérès fondu et parfumé, mon cher gouverneur !

– Monseigneur, répondit Baisemeaux, je délivrerai le prisonnier Marchiali quand j'aurai rappelé le courrier qui apportait l'ordre, et surtout lorsqu'en l'interrogeant je me serai assuré...

– Les ordres sont cachetés, et le contenu est ignoré du courrier. De quoi vous assurerez-vous donc, je vous prie ?

– Soit, monseigneur ; mais j'enverrai au ministère, et, là, M. de Lyonne retirera l'ordre ou l'approuvera.

– À quoi bon tout cela ? fit Aramis froidement.

– À quoi bon ?

– Oui, je demande à quoi cela sert.

– Cela sert à ne jamais se tromper, monseigneur, à ne jamais manquer au respect que tout subalterne doit à ses supérieurs, à ne jamais enfreindre les devoirs du service qu'on a consenti à prendre.

– Fort bien, vous venez de parler si éloquemment, que je vous ai admiré. C'est vrai, un subalterne doit respect à ses supérieurs, il est coupable quand il se trompe, et il serait puni s'il enfreignait les devoirs ou les lois de son service.

Baisemeaux regarda l'évêque avec étonnement.

– Il en résulte, poursuivit Aramis, que vous allez consulter pour vous mettre en repos avec votre conscience ?

– Oui, monseigneur.

– Et que, si un supérieur vous ordonne, vous obéirez ?

– Vous n'en doutez pas, monseigneur.

– Vous connaissez bien la signature du roi, monsieur de Baisemeaux ?

– Oui, monseigneur.

– N'est-elle pas sur cet ordre de mise en liberté ?

– C'est vrai, mais elle peut...

– Être fausse, n'est-ce pas ?

– Cela s'est vu, monseigneur.

– Vous avez raison. Et celle de M. de Lyonne ?

– Je la vois bien sur l'ordre ; mais, de même qu'on peut contrefaire le seing du roi, l'on peut, à plus forte raison, contrefaire celui de M. de Lyonne.

– Vous marchez dans la logique à pas de géant, monsieur de Baisemeaux, dit Aramis, et votre argumentation est invincible. Mais vous vous fondez, pour croire ces signatures fausses, particulièrement sur quelles causes ?

– Sur celle-ci : l'absence des signataires. Rien ne contrôle la signature de Sa Majesté, et M. de Lyonne n'est pas là pour me dire qu'il a signé.

– Eh bien ! monsieur de Baisemeaux, fit Aramis en attachant sur le gouverneur son regard d'aigle, j'adopte si franchement vos doutes et votre façon de les éclaircir, que je vais prendre une plume si vous me la donnez.

Baisemeaux donna une plume.

– Une feuille blanche quelconque, ajouta Aramis.

Baisemeaux donna le papier.

– Et que je vais écrire, moi aussi, moi présent, moi incontestable, n'est-ce pas ? un ordre auquel, j'en suis certain, vous donnerez créance, si incrédule que vous soyez.

Baisemeaux pâlit devant cette glaciale assurance. Il lui sembla que cette voix d'Aramis, si souriant et si gai naguère, était devenue funèbre et sinistre, que la cire des flambeaux se changeait en cierges de chapelle sépulcrale, et que le vin des verres se transformait en calice de sang.

Aramis prit la plume et écrivit. Baisemeaux, terrifié, lisait derrière son épaule :

« A.M.D.G. » écrivit l'évêque, et il souscrivit une croix au-dessous de ces quatre lettres, qui signifient *ad majorem Dei gloriam*. Puis il continua :

*Il nous plaît que l'ordre apporté à M. de Baisemeaux de Montlezun, gouverneur pour le roi du château de la Bastille, soit réputé par lui bon et valable, et mis sur-le-champ à exécution.*

Signé : D'HERBLAY,
général de l'ordre par la grâce de Dieu.

Baisemeaux fut frappé si profondément, que ses traits demeurèrent contractés, ses lèvres béantes, ses yeux fixes. Il ne remua pas, il n'articula pas un son.

On n'entendait dans la vaste salle que le bourdonnement d'une petite mouche qui voletait autour des flambeaux.

Aramis, sans même daigner regarder l'homme qu'il réduisait à un si misérable état, tira de sa poche un petit étui qui renfermait de la cire noire ; il cacheta sa lettre, y apposa un sceau suspendu à sa poitrine derrière son pourpoint, et, quand l'opération fut terminée, il présenta, silencieusement toujours, la missive à M. de Baisemeaux.

Celui-ci, dont les mains tremblaient à faire pitié, promena un regard terne et fou sur le cachet. Une dernière lueur d'émotion se manifesta sur ses traits, et il tomba comme foudroyé sur une chaise.

– Allons, allons, dit Aramis après un long silence pendant lequel le gouverneur de la Bastille avait repris peu à peu ses sens, ne me faites pas croire, cher Baisemeaux, que la présence du général de l'ordre est terrible comme celle de Dieu, et qu'on meurt de l'avoir vu. Du courage ! levez-vous, donnez-moi votre main, et obéissez.

Baisemeaux, rassuré, sinon satisfait, obéit, baisa la main d'Aramis et se leva.

– Tout de suite ? murmura-t-il.

– Oh ! pas d'exagération, mon hôte ; reprenez votre place, et faisons honneur à ce beau dessert.

– Monseigneur, je ne me relèverai pas d'un tel coup ; moi qui ai ri, plaisanté avec vous ! moi qui ai osé vous traiter sur un pied d'égalité !

– Tais-toi, mon vieux camarade, répliqua l'évêque, qui sentit combien la corde était tendue et combien il eût été dangereux de la rompre, tais-toi. Vivons chacun de notre vie : à toi, ma protection et mon amitié ; à moi, ton obéissance. Ces deux tributs exactement payés, restons en joie.

Baisemeaux réfléchit ; il aperçut d'un coup d'œil les conséquences de cette extorsion d'un prisonnier à l'aide d'un faux ordre, et, mettant en parallèle la garantie que lui offrait l'ordre officiel du général, il ne la sentit pas de poids.

Aramis le devina.

– Mon cher Baisemeaux, dit-il, vous êtes un niais. Perdez donc l'habitude de réfléchir, quand je me donne la peine de penser pour vous.

Et sur un nouveau geste qu'il fit, Baisemeaux s'inclina encore.

– Comment vais-je m'y prendre ? dit-il.

– Comment faites-vous pour délivrer un prisonnier ?

– J'ai le règlement.

– Eh bien ! suivez le règlement, mon cher.

– Je vais avec mon major à la chambre du prisonnier, et je l'emmène quand c'est un personnage d'importance.

– Mais ce Marchiali n'est pas un personnage d'importance ? dit négligemment Aramis.

– Je ne sais, répliqua le gouverneur.

Comme il eût dit : « C'est à vous de me l'apprendre. »

– Alors, si vous ne le savez pas, c'est que j'ai raison : agissez donc envers ce Marchiali comme vous agissez envers les petits.

– Bien. Le règlement l'indique.

– Ah !

– Le règlement porte que le guichetier ou l'un des bas officiers amènera le prisonnier au gouverneur, dans le greffe.

– Eh bien ! mais c'est fort sage, cela. Et ensuite ?

– Ensuite, on rend à ce prisonnier les objets de valeur qu'il portait sur lui lors de son incarcération, les habits, les papiers, si l'ordre du ministre n'en a disposé autrement.

– Que dit l'ordre du ministre à propos de ce Marchiali ?

– Rien ; car le malheureux est arrivé ici sans joyaux, sans papiers, presque sans habits.

– Voyez comme tout cela est simple ! En vérité, Baisemeaux, vous vous faites des monstres de toute chose. Restez donc ici, et faites amener le prisonnier au Gouvernement.

Baisemeaux obéit. Il appela son lieutenant, et lui donna une consigne, que celui-ci transmit, sans s'émouvoir, à qui de droit.

Une demi-heure après, on entendit une porte se refermer dans la cour : c'était la porte du donjon qui venait de rendre sa proie à l'air libre.

Aramis souffla toutes les bougies qui éclairaient la chambre. Il n'en laissa brûler qu'une, derrière la porte. Cette lueur tremblotante ne permettait pas aux regards de se fixer sur les objets. Elle en décuplait les aspects et les nuances par son incertitude et sa mobilité.

Les pas se rapprochèrent.

– Allez au-devant de vos hommes, dit Aramis à Baisemeaux.

Le gouverneur obéit.

Le sergent et les guichetiers disparurent.

Baisemeaux rentra, suivi d'un prisonnier.

Aramis s'était placé dans l'ombre ; il voyait sans être vu.

Baisemeaux, d'une voix émue, fit connaître à ce jeune homme l'ordre qui le rendait libre.

Le prisonnier écouta sans faire un geste ni prononcer un mot.

– Vous jurerez, c'est le règlement qui le veut, ajouta le gouverneur, de ne jamais rien révéler de ce que vous avez vu ou entendu dans la Bastille ?

Le prisonnier aperçut un christ ; il étendit la main et jura des lèvres.

– À présent, monsieur, vous êtes libre ; où comptez-vous aller ?

Le prisonnier tourna la tête, comme pour chercher derrière lui une protection sur laquelle il avait dû compter.

C'est alors qu'Aramis sortit de l'ombre.

– Me voici, dit-il, pour rendre à Monsieur le service qu'il lui plaira de me demander.

Le prisonnier rougit légèrement, et, sans hésitation, vint passer son bras sous celui d'Aramis.

– Dieu vous ait en sa sainte garde ! dit-il d'une voix qui, par sa fermeté, fit tressaillir le gouverneur, autant que la formule l'avait étonné.

Aramis, en serrant les mains de Baisemeaux, lui dit :

– Mon ordre vous gêne-t-il ? craignez-vous qu'on ne le trouve chez vous, si l'on venait à y fouiller ?

– Je désire le garder, monseigneur, dit Baisemeaux. Si on le trouvait chez moi, ce serait un signe certain que je serais perdu, et, en ce cas, vous seriez pour moi un puissant et dernier auxiliaire.

– Étant votre complice, voulez-vous dire ? répondit Aramis en haussant les épaules. Adieu, Baisemeaux ! dit-il.

Les chevaux attendaient, ébranlant le carrosse dans leur impatience.

Baisemeaux conduisit l'évêque jusqu'au bas du perron.

Aramis fit monter son compagnon avant lui dans le carrosse, y monta ensuite, et, sans donner d'autre ordre au cocher :

– Allez ! dit-il.

La voiture roula bruyamment sur le pavé des cours. Un officier, portant un flambeau, devançait les chevaux, et donnait à chaque corps de garde l'ordre de laisser passer.

Pendant le temps que l'on mit à ouvrir toutes les barrières, Aramis ne respira point, et l'on eût pu entendre son cœur battre contre les parois de sa poitrine.

Le prisonnier, plongé dans un angle du carrosse, ne donnait pas non plus signe d'existence.

Enfin, un soubresaut, plus fort que les autres, annonça que le dernier ruisseau était franchi. Derrière le carrosse se referma la dernière porte, celle de la rue Saint-Antoine. Plus de murs à droite ni à gauche ; le ciel partout, la liberté partout, la vie partout. Les chevaux, tenus en bride par une main vigoureuse, allèrent doucement jusqu'au milieu du faubourg. Là, ils prirent le trot.

Peu à peu, soit qu'ils s'échauffassent, soit qu'on les poussât, ils gagnèrent en rapidité, et, une fois à Bercy, le carrosse semblait voler, tant l'ardeur des coursiers était grande. Ces chevaux coururent ainsi jusqu'à Villeneuve-Saint-Georges, où le relais était préparé. Alors, quatre chevaux, au lieu de deux, entraînèrent la voiture dans la direction de Melun, et s'arrêtèrent un moment au milieu de la forêt de Sénart. L'ordre sans doute, avait été donné d'avance au postillon, car Aramis n'eut pas même besoin de faire un signe.

– Qu'y a-t-il ? demanda le prisonnier, comme s'il sortait d'un long rêve.

– Il y a, monseigneur, dit Aramis, qu'avant d'aller plus loin, nous avons besoin de causer, Votre Altesse Royale et moi.

– J'attendrai l'occasion, monsieur, répondit le jeune prince.

– Elle ne saurait être meilleure, monseigneur ; nous voici au milieu du bois, nul ne peut nous entendre.

– Et le postillon ?

– Le postillon de ce relais est sourd et muet, monseigneur.

– Je suis à vous, monsieur d'Herblay.

– Vous plaît-il de rester dans cette voiture ?

– Oui, nous sommes bien assis, et j'aime cette voiture ; c'est celle qui m'a rendu à la liberté.

– Attendez, monseigneur... Encore une précaution à prendre.

– Laquelle ?

– Nous sommes ici sur le grand chemin : il peut passer des cavaliers ou des carrosses voyageant comme nous, et qui, à nous voir arrêtés, nous croiraient dans un embarras. Évitons des offres de services qui nous gêneraient.

– Ordonnez au postillon de cacher le carrosse dans une allée latérale.

– C'est précisément ce que je voulais faire, monseigneur.

Aramis fit un signe au muet, qu'il toucha. Celui-ci mit pied à terre, prit les deux premiers chevaux par la bride, et les entraîna dans les bruyères veloutées, sur l'herbe moussue d'une allée sinueuse, au fond de laquelle, par cette nuit sans lune, les nuages formaient un rideau plus noir que des taches d'encre.

Cela fait, l'homme se coucha sur un talus, près de ses chevaux, qui arrachaient de droite et de gauche les jeunes pousses de la glandée.

– Je vous écoute, dit le jeune prince à Aramis ; mais que faites-vous là ?

– Je désarme des pistolets dont nous n'avons plus besoin, monseigneur.

# XXXIX

*Le tentateur*

– Mon prince, dit Aramis en se tournant, dans le carrosse, du côté de son compagnon, si faible créature que je sois, si médiocre d'esprit, si inférieur dans l'ordre des êtres pensants, jamais il ne m'est arrivé de m'entretenir avec un homme, sans pénétrer sa pensée au travers de ce masque vivant jeté sur notre intelligence, afin d'en retenir la manifestation. Mais ce soir, dans l'ombre où nous sommes, dans la réserve où je vous vois, je ne pourrai rien lire sur vos traits, et quelque chose me dit que j'aurai de la peine à vous arracher une parole sincère. Je vous supplie donc, non pas par amour pour moi, car les sujets ne doivent peser rien dans la balance que tiennent les princes, mais pour l'amour de vous, de retenir chacune de mes syllabes, chacune de mes inflexions, qui, dans les graves circonstances où nous sommes engagés, auront chacune leur sens et leur valeur, aussi importantes que jamais il s'en prononça dans le monde.

– J'écoute, répéta le jeune prince avec décision, sans rien ambitionner, sans rien craindre de ce que vous m'allez dire.

Et il s'enfonça plus profondément encore dans les coussins épais du carrosse, essayant de dérober à son compagnon, non seulement la vue, mais la supposition même de sa personne.

L'ombre était noire, et elle descendait, large et opaque, du sommet des arbres entrelacés. Ce carrosse fermé d'une vaste toiture, n'eût pas reçu la moindre parcelle de lumière, lors même qu'un atome lumineux se fût glissé entre les colonnes de brume qui s'épanouissaient dans l'allée du bois.

– Monseigneur, reprit Aramis, vous connaissez l'histoire du gouvernement qui dirige aujourd'hui la France. Le roi est sorti d'une enfance captive comme l'a été la vôtre, obscure comme l'a été la vôtre, étroite comme l'a été la vôtre. Seulement, au lieu d'avoir, comme vous, l'esclavage de la prison, l'obscurité de la solitude, l'étroitesse de la vie cachée, il a dû souffrir toutes ses misères, toutes ses humiliations, toutes ses gênes, au grand jour, au soleil impitoyable de la royauté ; place noyée de lumière, où toute tache paraît une fange sordide, où toute gloire paraît une tache. Le roi a souffert, il a de la rancune, il se vengera. Ce sera un mauvais roi. Je ne dis pas qu'il versera le sang comme Louis XI ou Charles IX, car il n'a pas à venger d'injures mortelles, mais il dévorera l'argent et la subsistance de ses sujets, parce qu'il a subi des injures d'intérêt et d'argent. Je mets donc tout d'abord à l'abri ma conscience quand je considère en face les mérites et les défauts de ce prince, et, si je le condamne, ma conscience m'absout.

Aramis fit une pause. Ce n'était pas pour écouter si le silence du bois était toujours le même, c'était pour reprendre sa pensée du fond de son esprit, c'était pour laisser à cette pensée le temps de s'incruster profondément dans l'esprit de son interlocuteur.

– Dieu fait bien tout ce qu'il fait, continua l'évêque de Vannes, et de cela je suis tellement persuadé, que je me suis applaudi dès longtemps d'avoir été choisi par lui comme dépositaire du secret que je vous ai aidé à découvrir. Il fallait au Dieu de justice et de prévoyance un instrument aigu, persévérant, convaincu, pour accomplir une grande œuvre. Cet instrument, c'est moi. J'ai l'acuité, j'ai la persévérance, j'ai la conviction ; je gouverne un peuple mystérieux qui a pris pour devise la devise de Dieu : *Patiens quia aeternus* !

Le prince fit un mouvement.

– Je devine, monseigneur, dit Aramis, que vous levez la tête, et que ce peuple à qui je commande vous étonne. Vous ne saviez pas traiter avec un roi. Oh ! monseigneur, roi d'un peuple bien humble, roi d'un peuple bien déshérité : humble, parce qu'il n'a de force qu'en rampant ; déshérité, parce que jamais, presque jamais en ce monde, mon peuple ne récolte les moissons qu'il sème et ne mange le fruit qu'il cultive. Il travaille pour une abstraction, il agglomère toutes les molécules de sa puissance pour en former un homme, et à cet homme, avec le produit de ses gouttes de sueur, il compose un nuage dont le génie de cet homme doit à son tour faire une auréole, dorée aux rayons de toutes les couronnes de la chrétienté. Voilà l'homme que vous avez à vos côtés, monseigneur. C'est vous dire qu'il vous a tiré de l'abîme dans un grand dessein, et qu'il veut, dans ce dessein magnifique, vous élever au-dessus des puissances de la terre, au-dessus de lui-même.

Le prince toucha légèrement le bras d'Aramis.

– Vous me parlez, dit-il, de cet ordre religieux dont vous êtes le chef. Il résulte, pour moi, de vos paroles, que, le jour où vous voudrez précipiter celui que vous aurez élevé, la chose se fera, et que vous tiendrez sous votre main votre créature de la veille.

– Détrompez-vous, monseigneur, répliqua l'évêque, je ne prendrais pas la peine de jouer ce jeu terrible avec Votre Altesse Royale, si je n'avais un double intérêt à gagner la partie. Le jour où vous serez élevé, vous serez élevé à jamais, vous renverserez en montant le marchepied, vous l'enverrez rouler si loin, que jamais sa vue ne vous rappellera même son droit à votre reconnaissance.

– Oh ! monsieur.

– Votre mouvement, monseigneur, vient d'un excellent naturel. Merci ! Croyez bien que j'aspire à plus que de la reconnaissance ; je suis assuré que, parvenu au faîte, vous me jugerez plus digne encore d'être votre ami, et alors, à nous deux, monseigneur, nous ferons de si grandes choses, qu'il en sera longtemps parlé dans les siècles.

– Dites-moi bien, monsieur, dites-le-moi sans voiles, ce que je suis aujourd'hui et ce que vous prétendez que je sois demain.

– Vous êtes le fils du roi Louis XIII, vous êtes le frère du roi Louis XIV, vous êtes l'héritier naturel et légitime du trône de France. En vous gardant près de lui, comme on a gardé Monsieur, votre frère cadet, le roi se réservait le droit d'être souverain légitime. Les médecins seuls et Dieu pouvaient lui disputer la légitimité. Les médecins aiment toujours mieux le roi qui est que le roi qui n'est pas. Dieu se mettrait dans son tort en nuisant à un prince honnête homme. Mais Dieu a voulu qu'on vous persécutât, et cette persécution vous sacre aujourd'hui roi de France. Vous aviez donc le droit de régner, puisqu'on vous le conteste ; vous aviez donc le droit d'être déclaré, puisqu'on vous séquestre ; vous êtes donc de sang divin, puisqu'on n'a pas osé verser votre sang comme celui de vos serviteurs. Maintenant, voyez ce qu'il a fait pour vous, ce Dieu que vous avez tant de fois accusé d'avoir tout fait contre vous. Il vous a donné les traits, la taille, l'âge et la voix de votre frère, et toutes les causes de votre persécution vont devenir les causes de votre résurrection triomphale. Demain, après-demain, au premier moment, fantôme royal, ombre vivante de Louis XIV, vous vous assiérez sur son trône, d'où la volonté de Dieu, confiée à l'exécution d'un bras d'homme, l'aura précipité sans retour.

– Je comprends, dit le prince, on ne versera pas le sang de mon frère.

– Vous serez seul arbitre de sa destinée.

– Ce secret dont on a abusé envers moi...

– Vous en userez avec lui. Que faisait-il pour le cacher ? Il vous cachait. Vivante image de lui-même, vous trahiriez le complot de Mazarin et d'Anne d'Autriche. Vous, mon prince, vous aurez le même intérêt à cacher celui qui vous ressemblera prisonnier, comme vous lui ressemblerez roi.

– Je reviens sur ce que je vous disais. Qui le gardera ?

– Qui vous gardait.

– Vous connaissez ce secret, vous en avez fait usage pour moi. Qui le connaît encore ?

– La reine mère et Mme de Chevreuse.

– Que feront-elles ?

– Rien, si vous le voulez.

– Comment cela ?

– Comment vous reconnaîtront-elles, si vous agissez de façon qu'on ne vous reconnaisse pas ?

– C'est vrai. Il y a des difficultés plus graves.

– Dites, prince.

– Mon frère est marié ; je ne puis prendre la femme de mon frère.

– Je ferai qu'une répudiation soit consentie par l'Espagne ; c'est l'intérêt de votre nouvelle politique, c'est la morale humaine. Tout ce qu'il y a de vraiment noble et de vraiment utile en ce monde y trouvera son compte.

– Le roi, séquestré, parlera.

– À qui voulez-vous qu'il parle ? Aux murs ?

– Vous appelez murs les hommes en qui vous aurez confiance.

– Au besoin, oui, Votre Altesse Royale. D'ailleurs...

– D'ailleurs ?...

– Je voulais dire que les desseins de Dieu ne s'arrêtent pas en si beau chemin. Tout plan de cette portée est complété par les résultats, comme un calcul géométrique. Le roi, séquestré, ne sera pas pour vous l'embarras que vous avez été pour le roi régnant. Dieu a fait cette âme orgueilleuse et impatiente de nature. Il l'a, de plus, amollie, désarmée, par l'usage des honneurs et l'habitude du souverain pouvoir. Dieu, qui voulait que la fin du calcul géométrique dont j'avais l'honneur de vous parler fût votre avènement au trône et la destruction de ce qui vous est nuisible, a décidé que le vaincu finira bientôt ses souffrances avec les vôtres. Il a donc préparé cette âme et ce corps pour la brièveté de l'agonie. Mis en prison simple particulier, séquestré avec vos doutes, privé de tout, avec l'habitude d'une vie solide vous avez résisté. Mais votre frère, captif, oublié, restreint, ne supportera point son injure, et Dieu reprendra son âme au temps voulu, c'est-à-dire bientôt.

À ce moment de la sombre analyse d'Aramis, un oiseau de nuit poussa du fond des futaies ce hululement plaintif et prolongé qui fait tressaillir toute créature.

– J'exilerais le roi déchu, dit Philippe en frémissant ; ce serait plus humain.

– Le bon plaisir du roi décidera la question, répondit Aramis. Maintenant, ai-je bien posé le problème ? ai-je bien amené la solution selon les désirs ou les prévisions de Votre Altesse Royale ?

– Oui, monsieur, oui ; vous n'avez rien oublié, si ce n'est cependant deux choses.

– La première ?

– Parlons-en tout de suite avec la même franchise que nous venons de mettre à notre conversation, parlons des motifs qui peuvent amener la dissolution des espérances que nous avons conçues, parlons des dangers que nous courons.

– Ils seraient immenses, infinis, effrayants, insurmontables, si, comme je vous l'ai dit, tout ne concourait à les rendre absolument nuls. Il n'y a pas de dangers pour vous ni pour moi, si la constance et l'intrépidité de Votre Altesse Royale égalent la perfection de cette ressemblance que la nature vous a donnée avec le roi. Je vous le répète, il n'y a pas de dangers, il n'y a que des obstacles. Ce mot-là, que je trouve dans toutes les langues, je l'ai toujours mal compris ; si j'étais roi, je le ferais effacer comme absurde et inutile.

– Si fait, monsieur, il y a un obstacle très sérieux, un danger insurmontable que vous oubliez.

– Ah ! fit Aramis.

– Il y a la conscience qui crie, il y a le remords qui déchire.

– Oui, c'est vrai, dit l'évêque ; il y a la faiblesse de cœur, vous me le rappelez. Oh ! vous avez raison, c'est un immense obstacle, c'est vrai. Le cheval qui a peur du fossé saute au milieu et se tue ! L'homme qui croise le fer en tremblant laisse à la lame ennemie des jours par lesquels la mort passe ! C'est vrai ! c'est vrai !

– Avez-vous un frère ? dit le jeune homme à Aramis.

– Je suis seul au monde, répliqua celui-ci d'une voix sèche et nerveuse comme la détente d'un pistolet.

– Mais vous aimez quelqu'un sur la terre ? ajouta Philippe.

– Personne ! Si fait, je vous aime.

Le jeune homme se plongea dans un silence si profond, que le bruit de son propre souffle devint un tumulte pour Aramis.

– Monseigneur, reprit-il, je n'ai pas dit tout ce que j'avais à dire à Votre Altesse Royale : je n'ai pas offert à mon prince tout ce que je possède pour lui de salutaires conseils et d'utiles ressources. Il ne s'agit pas de faire briller un éclair aux yeux de ce qui aime l'ombre ; il ne s'agit pas de faire gronder les magnificences du canon aux oreilles de l'homme doux qui aime le repos et les champs. Monseigneur, j'ai votre bonheur tout prêt dans ma pensée ; je vais le laisser tomber de mes lèvres, ramassez-le précieusement pour vous, qui avez tant aimé le ciel, les prés verdoyants et l'air pur. Je connais un pays de délices, un paradis ignoré, un coin du monde où, seul, libre, inconnu, dans les bois, dans les fleurs, dans les eaux vives, vous oublierez tout ce que la folie humaine, tentatrice de Dieu, vient de vous débiter de misères tout à l'heure. Oh ! écoutez-moi, mon prince, je ne raille pas. J'ai une âme, voyez-vous, je devine l'abîme de la vôtre. Je ne vous prendrai pas incomplet pour vous jeter dans le creuset de ma volonté, de mon caprice ou de mon ambition. Tout ou rien. Vous êtes froissé, malade, presque éteint par le surcroît de souffle qu'il vous a fallu donner depuis une heure de liberté. C'est un signe certain pour moi que vous ne voudrez pas continuer à respirer largement, longuement. Tenons-nous donc à une vie plus humble, plus appropriée à nos forces. Dieu m'est témoin, j'en atteste sa toute-puissance, que je veux faire sortir votre bonheur de cette épreuve où je vous ai engagé.

– Parlez ! Parlez ! dit le prince avec une vivacité qui fit réfléchir Aramis.

– Je connais, reprit le prélat, dans le Bas-Poitou, un canton dont nul en France ne soupçonne l'existence. Vingt lieues de pays, c'est immense, n'est-ce pas ? Vingt lieues, monseigneur, et toutes couvertes d'eau, d'herbages et de joncs, le tout mêlé d'îles chargées de bois. Ces grands marais, vêtus de roseaux comme d'une épaisse mante, dorment silencieux et profonds sous le sourire du soleil. Quelques familles de pêcheurs les mesurent paresseusement avec leurs grands radeaux de peuplier et d'aulne, dont le plancher est fait d'un lit de roseaux, dont la toiture est tressée en joncs solides. Ces barques, ces maisons flottantes, vont à l'aventure sous le souffle du vent. Quand elles touchent une rive, c'est par hasard, et si moelleusement, que le pêcheur qui dort n'est pas réveillé par la secousse. S'il a voulu aborder, c'est qu'il a vu les longues bandes de râles ou de vanneaux, de canards ou de pluviers, de sarcelles ou de bécassines, dont il fait sa proie avec le piège ou avec le plomb du mousquet. Les aloses argentées, les anguilles monstrueuses, les brochets nerveux, les perches roses et grises, tombent par masse dans ses filets. Il n'y a qu'à choisir les pièces les plus grasses, et laisser échapper le reste. Jamais un homme des villes, jamais un soldat, jamais personne n'a pénétré dans ce pays. Le soleil y est doux. Certains massifs de terre retiennent la vigne et nourrissent d'un suc généreux ses belles grappes noires et blanches. Une fois la semaine, une barque va chercher, au four commun, pain tiède et jaune dont l'odeur attire et caresse de loin. Vous vivrez là comme un homme des temps anciens. Seigneur puissant de vos chiens barbets, de vos lignes, de vos fusils et de votre belle maison de roseaux, vous y vivrez dans l'opulence de la chasse, dans la plénitude de la sécurité ; vous passerez ainsi des années au bout desquelles, méconnaissable, transformé, vous aurez forcé Dieu à vous refaire une destinée. Il y a mille pistoles dans ce sac, monseigneur ; c'est plus qu'il n'en faut pour acheter tout le marais dont je vous ai parlé ; c'est plus qu'il n'en faut pour y vivre autant d'années que vous avez de jours à vivre ; c'est plus qu'il n'en faut pour être le plus riche, le plus libre et le plus heureux de la contrée. Acceptez comme je vous offre, sincèrement, joyeusement. Tout de suite, du carrosse que voici, nous allons distraire deux chevaux, le muet, mon serviteur, vous conduira, marchant la nuit, dormant le jour, jusqu'au pays dont je vous parle, et au moins j'aurai la satisfaction de me dire que j'ai rendu à mon prince le service qu'il a choisi. J'aurai fait un homme heureux. Dieu m'en saura plus de gré que d'avoir fait un homme puissant. C'est bien autrement difficile ! Eh bien ! que répondez-vous, monseigneur ? Voici l'argent. Oh ! n'hésitez pas. Au Poitou, vous ne risquez rien, sinon de gagner les fièvres. Encore les sorciers du pays pourront-ils vous guérir pour vos pistoles. À jouer l'autre partie, celle que vous savez vous risquez d'être assassiné sur un trône ou étranglé dans une prison. Sur mon âme ! je le dis, à présent que j'ai pesé les deux, sur ma vie ! j'hésiterais.

– Monsieur, répliqua le jeune prince, avant que je me résolve, laissez-moi descendre de ce carrosse, marcher sur la terre, et consulter cette voix que Dieu fait parler dans la nature libre. Dix minutes, et je répondrai.

– Faites, monseigneur, dit Aramis en s'inclinant avec respect, tant avait été solennelle et auguste la voix qui venait de s'exprimer ainsi.

# XL

*Couronne et tiare*

Aramis était descendu avant le jeune homme et lui tenait la portière ouverte. Il le vit poser le pied sur la mousse avec un frémissement de tout le corps, et faire autour de la voiture quelques pas embarrassés, chancelants presque. On eût dit que le pauvre prisonnier était mal habitué à marcher sur la terre des hommes.

On était au 15 août, vers onze heures du soir : de gros nuages, qui présageaient la tempête, avaient envahi le ciel, et sous leurs plis dérobaient toute lumière et toute perspective. À peine les extrémités des allées se détachaient-elles des taillis par une pénombre d'un gris opaque qui devenait, après un certain temps d'examen, sensible au milieu de cette obscurité complète. Mais les parfums qui montent de l'herbe, ceux plus pénétrants et plus frais qu'exhale l'essence des chênes, l'atmosphère tiède et onctueuse qui l'enveloppait tout entier pour la première fois depuis tant d'années, cette ineffable jouissance de liberté en pleine campagne, parlaient un langage si séduisant pour le prince, que, quelle que fût cette retenue, nous dirons presque cette dissimulation dont nous avons essayé de donner une idée, il se laissa surprendre à son émotion et poussa un soupir de joie.

Puis peu à peu, il leva sa tête alourdie, et respira les différentes couches d'air, à mesure qu'elles s'offraient chargées d'arômes à son visage épanoui. Croisant ses bras sur sa poitrine, comme pour l'empêcher d'éclater à l'invasion de cette félicité nouvelle, il aspira délicieusement cet air inconnu qui court la nuit sous le dôme des hautes forêts. Ce ciel qu'il contemplait, ces eaux qu'il entendait bruire, ces créatures qu'il voyait s'agiter, n'était-ce pas la réalité ? Aramis n'était-il pas un fou de croire qu'il y eût autre chose à rêver dans ce monde ?

Ces tableaux enivrants de la vie de campagne, exempte de soucis, de craintes et de gênes, cet océan de jours heureux qui miroite incessamment devant toute imagination jeune, voilà la véritable amorce à laquelle pourra se prendre un malheureux captif, usé par la pierre du cachot, étiolé dans l'air si rare de la Bastille. C'était celle, on s'en souvient, que lui avait présentée Aramis en lui offrant et les mille pistoles que renfermait la voiture et cet Éden enchanté que cachaient aux yeux du monde les déserts du Bas-Poitou.

Telles étaient les réflexions d'Aramis pendant qu'il suivait, avec une anxiété impossible à décrire, la marche silencieuse des joies de Philippe, qu'il voyait s'enfoncer graduellement dans les profondeurs de sa méditation.

En effet, le jeune prince, absorbé, ne touchait plus que des pieds à la terre, et son âme, envolée aux pieds de Dieu, le suppliait d'accorder un rayon de lumière à cette hésitation d'où devait sortir sa mort ou sa vie.

Ce moment fut terrible pour l'évêque de Vannes. Il ne s'était pas encore trouvé en présence d'un aussi grand malheur. Cette âme d'acier, habituée à se jouer dans la vie parmi des obstacles sans consistance, ne se trouvant jamais inférieure ni vaincue, allait-elle échouer dans un si vaste plan, pour n'avoir pas prévu l'influence qu'exerçaient sur un corps humain quelques feuilles d'arbres arrosées de quelques litres d'air ?

Aramis, fixé à la même place par l'angoisse de son doute, contempla donc cette agonie douloureuse de Philippe, qui soutenait la lutte contre les deux anges mystérieux. Ce supplice dura les dix minutes qu'avait demandées le jeune homme. Pendant cette éternité, Philippe ne cessa de regarder le ciel avec un œil suppliant, triste et humide. Aramis ne cessa de regarder Philippe avec un œil avide, enflammé, dévorant.

Tout à coup, la tête du jeune homme s'inclina. Sa pensée redescendit sur la terre. On vit son regard s'endurcir, son front se plisser, sa bouche s'armer d'un courage farouche ; puis ce regard devint fixe encore une fois ; mais, cette fois, il reflétait la flamme des mondaines splendeurs ; cette fois, il ressemblait au regard de Satan sur la montagne, lorsqu'il passait en revue les royaumes et les puissances de la terre pour en faire des séductions à Jésus.

L'œil d'Aramis redevint aussi doux qu'il avait été sombre. Alors, Philippe lui saisissant la main d'un mouvement rapide et nerveux :

– Allons, dit-il, allons où l'on trouve la couronne de France !

– C'est votre décision, mon prince ? repartit Aramis.

– C'est ma décision.

– Irrévocable ?

Philippe ne daigna pas même répondre. Il regarda résolument l'évêque, comme pour lui demander s'il était possible qu'un homme revînt jamais sur un parti pris.

– Ces regards-là sont des traits de feu qui peignent les caractères, dit Aramis en s'inclinant sur la main de Philippe. Vous serez grand, monseigneur, je vous en réponds.

– Reprenons, s'il vous plaît, la conversation où nous l'avons laissée. Je vous avais dit, je crois, que je voulais m'entendre avec vous sur deux points : les dangers ou les obstacles. Ce point est décidé. L'autre, ce sont les conditions que vous me poseriez. À votre tour de parler, monsieur d'Herblay.

– Les conditions, mon prince ?

– Sans doute. Vous ne m'arrêterez pas en chemin pour une bagatelle semblable, et vous ne me ferez pas l'injure de supposer que je vous crois sans intérêt dans cette affaire. Ainsi donc, sans détour et sans crainte, ouvrez-moi le fond de votre pensée.

– M'y voici, monseigneur. Une fois roi...

– Quand sera-ce ?

– Ce sera demain au soir. Je veux dire dans la nuit.

– Expliquez-moi comment.

– Quand j'aurai fait une question à Votre Altesse Royale.

– Faites.

– J'avais envoyé à Votre Altesse un homme à moi, chargé de lui remettre un cahier de notes écrites finement, rédigées avec sûreté, notes qui permettent à Votre Altesse de connaître à fond toutes les personnes qui composent et composeront sa cour.

– J'ai lu toutes ces notes.

– Attentivement ?

– Je les sais par cœur.

– Et comprises ? Pardon, je puis demander cela au pauvre abandonné de la Bastille. Il va sans dire que dans huit jours, je n'aurai plus rien à demander à un esprit comme le vôtre, jouissant de sa liberté dans sa toute-puissance.

– Interrogez-moi, alors : je veux être l'écolier à qui le savant maître fait répéter la leçon convenue.

– Sur votre famille, d'abord, monseigneur.

– Ma mère, Anne d'Autriche ? tous ses chagrins sa triste maladie ? Oh ! je la connais ! je la connais !

– Votre second frère ? dit Aramis en s'inclinant.

– Vous avez joint à ces notes des portraits si merveilleusement tracés, dessinés et peints, que j'ai, par ces peintures, reconnu les gens dont vos notes me désignaient le caractère, les mœurs et l'histoire. Monsieur mon frère est un beau brun, le visage pâle ; il n'aime pas sa femme Henriette, que moi, moi Louis XIV, j'ai un peu aimée, que j'aime encore coquettement, bien qu'elle m'ait tant fait pleurer le jour où elle voulait chasser M$^{lle}$ de La Vallière.

– Vous prendrez garde aux yeux de celle-ci, dit Aramis. Elle aime sincèrement le roi actuel. On trompe difficilement les yeux d'une femme qui aime.

– Elle est blonde, elle a des yeux bleus dont la tendresse me révélera son identité. Elle boite un peu, elle écrit chaque jour une lettre à laquelle je fais répondre par M. de Saint-Aignan.

– Celui-là, vous le connaissez ?

– Comme si je le voyais, et je sais les derniers vers qu'il m'a faits, comme ceux que j'ai composés en réponse aux siens.

– Très bien. Vos ministres, les connaissez-vous ?

– Colbert, une figure laide et sombre, mais intelligente, cheveux couvrant le front, grosse tête, lourde, pleine : ennemi mortel de M. Fouquet.

– Quant à celui-là, ne nous en inquiétons pas.

– Non, parce que, nécessairement, vous me demanderez de l'exiler, n'est-ce pas ?

Aramis, pénétré d'admiration, se contenta de dire :

– Vous serez très grand, monseigneur.

– Vous voyez, ajouta le prince, que je sais ma leçon à merveille, et, Dieu aidant, vous ensuite, je ne me tromperai guère.

– Vous avez encore une paire d'yeux bien gênants, monseigneur.

– Oui, le capitaine des mousquetaires, M. d'Artagnan, votre ami.

– Mon ami, je dois le dire.

– Celui qui a escorté La Vallière à Chaillot, celui qui a livré Monck dans un coffre au roi Charles II, celui qui a si bien servi ma mère, celui à qui la couronne de France doit tant qu'elle lui doit tout. Est-ce que vous me demanderez aussi de l'exiler, celui-là ?

– Jamais, sire. D'Artagnan est un homme à qui, dans un moment donné, je me charge de tout dire ; mais défiez-vous, car, s'il nous dépiste avant cette révélation, vous ou moi, nous serons pris ou tués. C'est un homme de main.

– J'aviserai. Parlez-moi de M. Fouquet. Qu'en voulez-vous faire ?

– Un moment encore, je vous en prie, monseigneur. Pardon, si je parais manquer de respect en vous questionnant toujours.

– C'est votre devoir de le faire, et c'est encore votre droit.

– Avant de passer à M. Fouquet, j'aurais un scrupule d'oublier un autre ami à moi.

– M. du Vallon, l'Hercule de la France. Quant à celui-là, sa fortune est assurée.

– Non, ce n'est pas de lui que je voulais parler.

– Du comte de La Fère, alors ?

– Et de son fils, notre fils à tous quatre.

– Ce garçon qui se meurt d'amour pour La Vallière, à qui mon frère l'a prise déloyalement ! Soyez tranquille, je saurai la lui faire recouvrer. Dites-moi une chose, monsieur d'Herblay : oublie-t-on les injures quand on aime ? pardonne-t-on à la femme qui a trahi ? Est-ce un des usages de l'esprit français ? est-ce une des lois du cœur humain ?

– Un homme qui aime profondément, comme aime Raoul de Brage-lonne, finit par oublier le crime de sa maîtresse ; mais je ne sais si Raoul oubliera.

– J'y pourvoirai. Est-ce tout ce que vous vouliez me dire sur votre ami ?

– C'est tout.

– À M. Fouquet, maintenant. Que comptez-vous que j'en ferai ?

– Le surintendant, comme par le passé, je vous en prie.

– Soit ! mais il est aujourd'hui premier ministre.

– Pas tout à fait.

– Il faudra bien un Premier ministre à un roi ignorant et embarrassé comme je le serai.

– Il faudra un ami à Votre Majesté ?

– Je n'en ai qu'un, c'est vous.

– Vous en aurez d'autres plus tard : jamais d'aussi dévoué, jamais d'aussi zélé pour votre gloire.

– Vous serez mon Premier ministre.

– Pas tout de suite, monseigneur. Cela donnerait trop d'ombrage et d'étonnement.

– M. de Richelieu, Premier ministre de ma grand-mère Marie de Médi-cis, n'était qu'évêque de Luçon, comme vous êtes évêque de Vannes.

– Je vois que Votre Altesse Royale a bien profité de mes notes. Cette miraculeuse perspicacité me comble de joie.

– Je sais bien que M. de Richelieu, par la protection de la reine, est de-venu bientôt cardinal.

– Il vaudra mieux, dit Aramis en s'inclinant, que je ne sois Premier mi-nistre qu'après que Votre Altesse Royale m'aura fait nommer cardinal.

– Vous le serez avant deux mois, monsieur d'Herblay. Mais voilà bien peu de chose. Vous ne m'offenseriez pas en me demandant davantage, et vous m'affligeriez en vous en tenant là.

– Aussi ai-je quelque chose à espérer de plus, monseigneur.

– Dites, dites !

– M. Fouquet ne gardera pas toujours les affaires, il vieillira vite. Il aime le plaisir, compatible aujourd'hui avec son travail, grâce au reste de jeunesse dont il jouit ; mais cette jeunesse tient au premier chagrin ou à la première maladie qu'il rencontrera. Nous lui épargnerons le chagrin, parce qu'il est galant homme et noble cœur. Nous ne pourrons lui sauver la maladie. Ainsi, c'est jugé. Quand vous aurez payé toutes les dettes de M. Fouquet, remis les finances en état, M. Fouquet pourra demeurer roi dans sa cour de poètes et de peintres ; nous l'aurons fait riche. Alors, devenu Premier ministre de Votre Altesse Royale, je pourrai songer à mes intérêts et aux vôtres.

Le jeune homme regarda son interlocuteur.

– M. de Richelieu, dont nous parlions, dit Aramis, a eu le tort très grand de s'attacher à gouverner seulement la France. Il a laissé deux rois, le roi Louis XIII et lui, trôner sur le même trône, tandis qu'il pouvait les installer plus commodément sur deux trônes différents.

– Sur deux trônes ? dit le jeune homme en rêvant.

– En effet, poursuivit Aramis tranquillement : un cardinal Premier ministre de France, aidé de la faveur et de l'appui du roi Très Chrétien ; un cardinal à qui le roi son maître prête ses trésors, son armée, son conseil, cet homme-là ferait un double emploi fâcheux en appliquant ses ressources à la seule France. Vous, d'ailleurs, ajouta Aramis en plongeant jusqu'au fond des yeux de Philippe, vous ne serez pas un roi comme votre père, délicat, lent et fatigué de tout ; vous serez un roi de tête et d'épée ; vous n'aurez pas assez de vos États : je vous y gênerais. Or, jamais notre amitié ne doit être, je ne dis pas altérée, mais même effleurée par une pensée secrète. Je vous aurai donné le trône de France, vous me donnerez le trône de saint Pierre. Quand votre main loyale, ferme et armée aura pour main jumelle la main d'un pape tel que je le serai, ni Charles-Quint, qui a possédé les deux tiers du monde, ni Charlemagne, qui le posséda entier, ne viendront à la hauteur de votre ceinture. Je n'ai pas d'alliance, moi, je n'ai pas de préjugés, je ne vous jette pas dans la persécution des hérétiques, je ne vous jetterai pas dans les guerres de famille ; je dirai : « À nous deux l'univers ; à moi pour les âmes, à vous pour les corps. » Et, comme je mourrai le premier, vous aurez mon héritage. Que dites-vous de mon plan, monseigneur ?

– Je dis que vous me rendez heureux et fier, rien que de vous avoir compris, monsieur d'Herblay, vous serez cardinal ; cardinal, vous serez mon Premier ministre. Et puis vous m'indiquerez ce qu'il faut faire pour qu'on vous élise pape ; je le ferai. Demandez-moi des garanties.

– C'est inutile. Je n'agirai jamais qu'en vous faisant gagner quelque chose ; je ne monterai jamais sans vous avoir hissé sur l'échelon supérieur ; je me tiendrai toujours assez loin de vous pour échapper à votre jalousie, assez près pour maintenir votre profit et surveiller votre amitié. Tous les contrats en ce monde se rompent, parce que l'intérêt qu'ils renferment tend à pencher d'un seul côté. Jamais entre nous il n'en sera de même ; je n'ai pas besoin de garanties.

– Ainsi... mon frère... disparaîtra ?...

– Simplement. Nous l'enlèverons de son lit par le moyen d'un plancher qui cède à la pression du doigt. Endormi sous la couronne, il se réveillera dans la captivité. Seul, vous commanderez à partir de ce moment, et vous n'aurez pas d'intérêt plus cher que celui de me conserver près de vous.

– C'est vrai ! Voici ma main, monsieur d'Herblay.

– Permettez-moi de m'agenouiller devant vous, sire, bien respectueusement. Nous nous embrasserons le jour où tous deux nous aurons au front, vous la couronne, moi la tiare.

– Embrassez-moi aujourd'hui même, et soyez plus que grand, plus qu'habile, plus que sublime génie : soyez bon pour moi, soyez mon père !

Aramis faillit s'attendrir en l'écoutant parler. Il crut sentir dans son cœur un mouvement jusqu'alors inconnu ; mais cette impression s'effaça bien vite.

« Son père ! pensa-t-il. Oui, Saint-Père ! »

Et ils reprirent place dans le carrosse, qui courut rapidement sur la route de Vaux-le-Vicomte.

# XLI

*Le château de Vaux-le-Vicomte*

Le château de Vaux-le-Vicomte, situé à une lieue de Melun, avait été bâti par Fouquet en 1656. Il n'y avait alors que peu d'argent en France. Mazarin avait tout pris, et Fouquet dépensait le reste. Seulement, comme certains hommes ont les défauts féconds et les vices utiles, Fouquet, en semant les millions dans ce palais, avait trouvé le moyen de récolter trois hommes illustres : Le Vau, architecte de l'édifice, Le Nôtre, dessinateur des jardins, et Le Brun, décorateur des appartements.

Si le château de Vaux avait un défaut qu'on pût lui reprocher, c'était son caractère grandiose et sa gracieuse magnificence, il est encore proverbial aujourd'hui de nombrer les arpents de sa toiture, dont la réparation est de nos jours la ruine des fortunes rétrécies comme toute l'époque.

Vaux-le-Vicomte, quand on a franchi sa large grille, soutenue par des cariatides, développe son principal corps de logis dans la vaste cour d'honneur, ceinte de fossés profonds que borde un magnifique balustre de pierre. Rien de plus noble que l'avant-corps du milieu, hissé sur son perron comme un roi sur son trône, ayant autour de lui quatre pavillons qui forment les angles, et dont les immenses colonnes ioniques s'élèvent majestueusement à toute la hauteur de l'édifice. Les frises ornées d'arabesques, les frontons couronnant les pilastres donnent partout la richesse et la grâce. Les dômes, surmontant le tout, donnent l'ampleur et la majesté.

Cette maison, bâtie par un sujet, ressemble bien plus à une maison royale que ces maisons royales dont Wolsey se croyait forcé de faire présent à son maître de peur de le rendre jaloux.

Mais, si la magnificence et le goût éclatent dans un endroit spécial de ce palais, si quelque chose peut être préféré à la splendide ordonnance des intérieurs, au luxe des dorures, à la profusion des peintures et des statues, c'est le parc, ce sont les jardins de Vaux. Les jets d'eau, merveilleux en 1653, sont encore des merveilles aujourd'hui, les cascades faisaient l'admiration de tous les rois et de tous les princes, et quant à la fameuse grotte, thème de tant de vers fameux, séjour de cette illustre nymphe de Vaux que Pélisson fit parler avec La Fontaine, on nous dispensera d'en décrire toutes les beautés, car nous ne voudrions pas réveiller pour nous ces critiques que méditait alors Boileau :

*Ce ne sont que festons, ce ne sont*

*/ qu'astragales.*

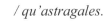

*Et je me sauve à peine au travers du jardin.*

Nous ferons comme Despréaux, nous entrerons dans ce parc âgé de huit ans seulement, et dont les cimes, déjà superbes, s'épanouissaient rougissantes aux premiers rayons du soleil. Le Nôtre avait hâté le plaisir de Mécène ; toutes les pépinières avaient donné des arbres doublés par la culture et les actifs engrais. Tout arbre du voisinage qui offrait un bel espoir avait été enlevé avec ses racines, et planté tout vif dans le parc. Fouquet pouvait bien acheter des arbres pour orner son parc, puisqu'il avait acheté trois villages et leurs contenances pour l'agrandir.

M. de Scudéry dit de ce palais que, pour l'arroser, M. Fouquet avait divisé une rivière en mille fontaines et réuni mille fontaines en torrents. Ce M. de Scudéry en dit bien d'autres dans sa *Clélie* sur ce palais de Valterre, dont il décrit minutieusement les agréments. Nous serons plus sages de renvoyer les lecteurs curieux à Vaux que de les renvoyer à la *Clélie*. Cependant il y a autant de lieues de Paris à Vaux que de volumes à la *Clélie*.

Cette splendide maison était prête pour recevoir le plus grand roi du monde. Les amis de M. Fouquet avaient voituré là, les uns leurs acteurs et leurs décors, les autres leurs équipages de statuaires et de peintres, les autres encore leurs plumes finement taillées. Il s'agissait de risquer beaucoup d'impromptus.

Les cascades, peu dociles, quoique nymphes, regorgeaient d'une eau plus brillante que le cristal ; elles épanchaient sur les tritons et les néréides de bronze des flots écumeux s'irisant aux feux du soleil.

Une armée de serviteurs courait par escouades dans les cours et dans les vastes corridors, tandis que Fouquet, arrivé le matin seulement, se promenait calme et clairvoyant, pour donner les derniers ordres, après que ses intendants avaient passé leur revue.

On était, comme nous l'avons dit, au 15 août. Le soleil tombait d'aplomb sur les épaules des dieux de marbre et de bronze ; il chauffait l'eau des conques et mûrissait dans les vergers ces magnifiques pêches que le roi devait regretter cinquante ans plus tard, alors qu'à Marly, manquant de belles espèces dans ses jardins qui avaient coûté à la France le double de ce qu'avait coûté Vaux, le grand roi disait à quelqu'un :

– Vous êtes trop jeune, vous, pour avoir mangé des pêches de M. Fouquet.

Ô souvenir ! ô trompettes de la renommée ! ô gloire de ce monde ! Celui-là qui se connaissait si bien en mérite ; celui-là qui avait recueilli l'héritage de Nicolas Fouquet ; celui-là qui lui avait pris Le Nôtre et Le Brun ; celui-là qui l'avait envoyé pour toute sa vie dans une prison d'État, celui-là se rappelait seulement les pêches de cet ennemi vaincu, étouffé, oublié ! Fouquet avait eu beau jeter trente millions dans ses bassins, dans les creusets de ses statuaires, dans les écritures de ses poètes, dans les portefeuilles de ses peintres ; il avait cru en vain faire penser à lui. Une pêche éclose vermeille et charnue entre les losanges d'un treillage, sous les langues verdoyantes de ses feuilles aiguës, ce peu de matière végétale qu'un loir croquait sans y penser, suffisait au grand roi pour ressusciter en son souvenir l'ombre lamentable du dernier surintendant de France !

Bien sûr qu'Aramis avait distribué les grandes masses, qu'il avait pris soin de faire garder les portes et préparer les logements, Fouquet ne s'occupait plus que de l'ensemble. Ici, Gourville lui montrait les dispositions du feu d'artifice ; là, Molière le conduisait au théâtre ; et enfin, après avoir visité la chapelle, les salons, les galeries, Fouquet redescendait épuisé, quand il vit Aramis dans l'escalier. Le prélat lui faisait signe.

Le surintendant vint joindre son ami, qui l'arrêta devant un grand tableau terminé à peine. S'escrimant sur cette toile, le peintre Le Brun, couvert de sueur, taché de couleurs, pâle de fatigue et d'inspiration, jetait les derniers coups de sa brosse rapide. C'était ce portrait du roi qu'on attendait, avec l'habit de cérémonie, que Percerin avait daigné faire voir d'avance à l'évêque de Vannes.

Fouquet se plaça devant ce tableau, qui vivait, pour ainsi dire, dans sa chair fraîche et dans sa moite chaleur. Il regarda la figure, calcula le travail, admira, et, ne trouvant pas de récompense qui fût digne de ce travail d'Hercule, il passa ses bras au cou du peintre et l'embrassa. M. le surintendant venait de gâter un habit de mille pistoles, mais il avait reposé Le Brun.

Ce fut un beau moment pour l'artiste, ce fut un douloureux moment pour M. Percerin, qui, lui aussi, marchait derrière Fouquet, et admirait dans la peinture de Le Brun l'habit qu'il avait fait pour Sa Majesté, objet d'art, disait-il, qui n'avait son pareil que dans la garde-robe de M. le surintendant.

Sa douleur et ses cris furent interrompus par le signal qui fut donné du sommet de la maison. Par-delà Melun, dans la plaine déjà nue, les sentinelles de Vaux avaient aperçu le cortège du roi et des reines : Sa Majesté entrait dans Melun avec sa longue file de carrosses et de cavaliers.

– Dans une heure, dit Aramis à Fouquet.

– Dans une heure ! répliqua celui-ci en soupirant.

– Et ce peuple qui se demande à quoi servent les fêtes royales ! continua l'évêque de Vannes en riant de son faux rire.

– Hélas ! moi, qui ne suis pas peuple, je me le demande aussi.

– Je vous répondrai dans vingt-quatre heures, monseigneur. Prenez votre bon visage, car c'est jour de joie.

– Eh bien ! croyez-moi, si vous voulez, d'Herblay, dit le surintendant avec expansion, en désignant du doigt le cortège de Louis à l'horizon, il ne m'aime guère, je ne l'aime pas beaucoup, mais je ne sais comment il se fait que, depuis qu'il approche de ma maison...

– Eh bien ! quoi ?

– Eh bien ! depuis qu'il se rapproche, il m'est plus sacré, il m'est le roi, il m'est presque cher.

– Cher ? Oui, fit Aramis en jouant sur le mot, comme, plus tard, l'abbé Terray avec Louis XV.

– Ne riez pas, d'Herblay, je sens que, s'il le voulait bien, j'aimerais ce jeune homme.

– Ce n'est pas à moi qu'il faut dire cela, reprit Aramis, c'est à M. Colbert.

– À M. Colbert ! s'écria Fouquet. Pourquoi ?

– Parce qu'il vous fera avoir une pension sur la cassette du roi, quand il sera surintendant.

Ce trait lancé, Aramis salua.

– Où allez-vous donc ? reprit Fouquet, devenu sombre.

– Chez moi, pour changer d'habits, monseigneur.

– Où vous êtes-vous logé, d'Herblay ?

– Dans la chambre bleue du deuxième étage.

– Celle qui donne au-dessus de la chambre du roi ?

– Précisément.

– Quelle sujétion vous avez prise là ! Se condamner à ne pas remuer !

– Toute la nuit, monseigneur, je dors ou je lis dans mon lit.

– Et vos gens ?

– Oh ! je n'ai qu'une personne avec moi.

– Si peu !

– Mon lecteur me suffit. Adieu, monseigneur, ne vous fatiguez pas trop. Conservez-vous frais pour l'arrivée du roi.

– On vous verra ? on verra votre ami du Vallon ?

– Je l'ai logé près de moi. Il s'habille.

Et Fouquet, saluant de la tête et du sourire, passa comme un général en chef qui visite des avant-postes, quand on lui a signalé l'ennemi.

# XLII

*Le vin de Melun*

Le roi était entré effectivement dans Melun avec l'intention de traverser seulement la ville. Le jeune monarque avait soif de plaisirs. Durant tout le voyage, il n'avait aperçu que deux fois La Vallière, et, devinant qu'il ne pourrait lui parler que la nuit, dans les jardins, après la cérémonie, il avait hâte de prendre ses logements à Vaux. Mais il comptait sans son capitaine des mousquetaires et aussi sans M. Colbert.

Semblable à Calypso, qui ne pouvait se consoler du départ d'Ulysse, notre Gascon ne pouvait se consoler de n'avoir pas deviné pourquoi Aramis faisait demander à Percerin l'exhibition des habits neufs du roi.

« Toujours est-il, se disait cet esprit flexible dans sa logique, que l'évêque de Vannes, mon ami, fait cela pour quelque chose. »

Et de se creuser la cervelle bien inutilement.

D'Artagnan, si fort assoupli à toutes les intrigues de cour ; d'Artagnan, qui connaissait la situation de Fouquet mieux que Fouquet lui-même, avait conçu les plus étranges soupçons à l'énoncé de cette fête qui eût ruiné un homme riche, et qui devenait une œuvre impossible, insensée, pour un homme ruiné. Et puis, la présence d'Aramis, revenu de Belle-Île et nommé grand ordonnateur par M. Fouquet, son immixtion persévérante dans toutes les affaires du surintendant, les visites de M. de Vannes chez Baisemeaux, tout ce louche avait profondément tourmenté d'Artagnan depuis quelques semaines.

« Avec des hommes de la trempe d'Aramis, disait-il, on n'est le plus fort que l'épée à la main. Tant qu'Aramis a fait l'homme de guerre, il y a eu espoir de le surmonter ; depuis qu'il a doublé sa cuirasse d'une étole, nous sommes perdus. Mais que veut Aramis ? »

Et d'Artagnan rêvait.

« Que m'importe ! après tout, s'il ne veut renverser que M. Colbert ?... Que peut-il vouloir autre chose ? »

D'Artagnan se grattait le front, cette fertile terre d'où le soc de ses ongles avait tant fouillé de belles et bonnes idées.

Il eut celle de s'aboucher avec M. Colbert, mais son amitié, son serment d'autrefois, le liaient trop à Aramis. Il recula. D'ailleurs, il haïssait ce financier.

Il voulut s'ouvrir au roi. Mais le roi ne comprendrait rien à ses soupçons, qui n'avaient pas même la réalité de l'ombre.

Il résolut de s'adresser directement à Aramis, la première fois qu'il le verrait.

« Je le prendrai entre deux chandelles, directement, brusquement, se dit le mousquetaire. Je lui mettrai la main sur le cœur, et il me dira... Que me dira-t-il ? oui, il me dira quelque chose, car, mordioux ! il y a quelque chose là-dessous ! »

Plus tranquille, d'Artagnan fit ses apprêts de voyage, et donna ses soins à ce que la maison militaire du roi, fort peu considérable encore, fût bien commandée et bien ordonnée dans ses médiocres proportions. Il résulta, de ces tâtonnements du capitaine, que le roi se mit à la tête des mousquetaires, de ses Suisses et d'un piquet de gardes-françaises, lorsqu'il arriva devant Melun. On eût dit d'une petite armée. M. Colbert regardait ces hommes d'épée avec beaucoup de joie. Il en voulait encore un tiers en sus.

– Pourquoi ? disait le roi.

– Pour faire plus d'honneur à M. Fouquet, répliquait Colbert.

« Pour le ruiner plus vite », pensait d'Artagnan.

L'armée parut devant Melun, dont les notables apportèrent au roi les clefs, et l'invitèrent à entrer à l'Hôtel de Ville pour prendre le vin d'honneur.

Le roi, qui s'attendait à passer outre et à gagner Vaux tout de suite, devint rouge de dépit.

– Quel est le sot qui m'a valu ce retard ? grommela-t-il entre ses dents, pendant que le maître échevin faisait son discours.

– Ce n'est pas moi, répliqua d'Artagnan ; mais je crois bien que c'est M. Colbert.

Colbert entendit son nom.

– Que plaît-il à M. d'Artagnan ? demanda-t-il.

– Il me plaît savoir si vous êtes celui qui a fait entrer le roi dans le vin de Brie ?

– Oui, monsieur.

– Alors, c'est à vous que le roi a donné un nom.

– Lequel, monsieur ?

– Je ne sais trop... Attendez... imbécile... non, non... sot, sot, stupide, voilà ce que Sa Majesté a dit de celui qui lui a valu le vin de Melun.

D'Artagnan, après cette bordée, caressa tranquillement son cheval. La grosse tête de M. Colbert enfla comme un boisseau.

D'Artagnan, le voyant si laid par la colère, ne s'arrêta pas en chemin. L'orateur allait toujours ; le roi rougissait à vue d'œil.

– Mordioux ! dit flegmatiquement le mousquetaire, le roi va prendre un coup de sang. Où diable avez-vous eu cette idée-là, monsieur Colbert ? Vous n'avez pas de chance.

– Monsieur, dit le financier en se redressant, elle m'a été inspirée par mon zèle pour le service du roi.

– Bah !

– Monsieur, Melun est une ville, une bonne ville qui paie bien, et qu'il est inutile de mécontenter.

– Voyez-vous cela ! Moi qui ne suis pas un financier, j'avais seulement vu une idée dans votre idée.

– Laquelle, monsieur ?

– Celle de faire faire un peu de bile à M. Fouquet, qui s'évertue, là-bas, sur ses donjons, à nous attendre.

Le coup était juste et rude. Colbert en fut désarçonné. Il se retira l'oreille basse. Heureusement, le discours était fini. Le roi but, puis tout le monde reprit la marche à travers la ville. Le roi rongeait ses lèvres, car la nuit venait et tout espoir de promenade avec La Vallière s'évanouissait.

Pour faire entrer la maison du roi dans Vaux, il fallait au moins quatre heures, grâce à toutes les consignes. Aussi le roi, qui bouillait d'impatience, pressa-t-il les reines, afin d'arriver avant la nuit, mais au moment de se remettre en marche, les difficultés surgirent.

– Est-ce que le roi ne va pas coucher à Melun ? dit M. Colbert, bas, à d'Artagnan.

M. Colbert était bien mal inspiré, ce jour-là, de s'adresser ainsi au chef des mousquetaires. Celui-ci avait deviné que le roi ne tenait pas en place. D'Artagnan ne voulait le laisser entrer à Vaux que bien accompagné : il désirait donc que Sa Majesté n'entrât qu'avec toute l'escorte. D'un autre côté, il sentait que les retards irriteraient cet impatient caractère. Comment concilier ces deux difficultés ? D'Artagnan prit Colbert au mot et le lança sur le roi.

– Sire, dit-il, M. Colbert demande si Votre Majesté ne couchera pas à Melun ?

– Coucher à Melun ! Et pour quoi faire ? s'écria Louis XIV. Coucher à Melun ! Qui diable a pu songer à cela, quand M. Fouquet nous attend ce soir ?

– C'était, reprit vivement Colbert, la crainte de retarder Votre Majesté, qui, d'après l'étiquette, ne peut entrer autre part que chez elle, avant que les logements aient été marqués par son fourrier, et la garnison distribuée.

D'Artagnan écoutait de ses oreilles en se mordant la moustache.

Les reines entendaient aussi. Elles étaient fatiguées ; elles eussent voulu dormir, et surtout empêcher le roi de se promener, le soir, avec M. de Saint-Aignan et les dames ; car, si l'étiquette renfermait chez elles les princesses, les dames, leur service fait, avaient toute faculté de se promener.

On voit que tous ces intérêts, s'amoncelant en vapeurs, devaient produire des nuages, et les nuages une tempête. Le roi n'avait pas de moustache à mordre : il mâchait avidement le manche de son fouet. Comment sortir de là ? D'Artagnan faisait les doux yeux et Colbert le gros dos. Sur qui mordre ?

– On consultera là-dessus la reine, dit Louis XIV en saluant les dames.

Et cette bonne grâce qu'il eut pénétra le cœur de Marie-Thérèse, qui était bonne et généreuse, et qui, remise à son libre arbitre, répliqua respectueusement :

– Je ferai la volonté du roi, toujours avec plaisir.

– Combien faut-il de temps pour aller à Vaux ? demanda Anne d'Autriche en traînant sur chaque syllabe, et en appuyant la main sur son sein endolori.

– Une heure pour les carrosses de Leurs Majestés, dit d'Artagnan, par des chemins assez beaux.

Le roi le regarda.

– Un quart d'heure pour le roi, se hâta-t-il d'ajouter.

– On arriverait au jour, dit Louis XIV.

– Mais les logements de la maison militaire, objecta doucement Colbert, feront perdre au roi toute la hâte du voyage, si prompt qu'il soit.

« Double brute ! pensa d'Artagnan, si j'avais intérêt à démolir ton crédit, je le ferais en dix minutes. »

– À la place du roi, ajouta-t-il tout haut, en me rendant chez M. Fouquet, qui est un galant homme, je laisserais ma maison, j'irais en ami ; j'entrerais seul avec mon capitaine des gardes ; j'en serais plus grand et plus sacré.

La joie brilla dans les yeux du roi.

– Voilà un bon conseil, dit-il, mesdames ; allons chez un ami, en ami. Marchez doucement, messieurs des équipages ; et nous, messieurs, en avant !

Il entraîna derrière lui tous les cavaliers.

Colbert cacha sa grosse tête renfrognée derrière le cou de son cheval.

– J'en serai quitte, dit d'Artagnan tout en galopant, pour causer, dès ce soir, avec Aramis. Et puis M. Fouquet est un galant homme, mordioux ! je l'ai dit, il faut le croire.

Voilà comment, vers sept heures du soir, sans trompettes et sans gardes avancées, sans éclaireurs ni mousquetaires, le roi se présenta devant la grille de Vaux, où Fouquet, prévenu, attendait, depuis une demi-heure, tête nue, au milieu de sa maison et de ses amis.

# XLIII

*Nectar et ambroisie*

M. Fouquet tint l'étrier au roi, qui, ayant mis pied à terre, se releva gracieusement, et, plus gracieusement encore, lui tendit une main que Fouquet, malgré un léger effort du roi, porta respectueusement à ses lèvres.

Le roi voulait attendre, dans la première enceinte, l'arrivée des carrosses. Il n'attendit pas longtemps. Les chemins avaient été battus par ordre du surintendant. On n'eût pas trouvé, depuis Melun jusqu'à Vaux, un caillou gros comme un œuf. Aussi les carrosses, roulant comme sur un tapis, amenèrent-ils, sans cahots ni fatigues, toutes les dames à huit heures. Elles furent reçues par M^me la surintendante, et au moment où elles apparaissaient, une lumière vive, comme celle du jour, jaillit de tous les arbres, de tous les vases, de tous les marbres. Cet enchantement dura jusqu'à ce que Leurs Majestés se fussent perdues dans l'intérieur du palais.

Toutes ces merveilles, que le chroniqueur a entassées ou plutôt conservées dans son récit, au risque de rivaliser avec le romancier, ces splendeurs de la nuit vaincue, de la nature corrigée, de tous les plaisirs, de tous les luxes combinés pour la satisfaction des sens et de l'esprit, Fouquet les offrit réellement à son roi, dans cette retraite enchantée, dont nul souverain, en Europe, ne pouvait se flatter de posséder l'équivalent.

Nous ne parlerons ni du grand festin qui réunit Leurs Majestés, ni des concerts, ni des féeriques métamorphoses ; nous nous contenterons de peindre le visage du roi, qui, de gai, ouvert, de bienheureux qu'il était d'abord, devint bientôt sombre, contraint, irrité. Il se rappelait sa maison à lui, et ce pauvre luxe qui n'était que l'ustensile de la royauté sans être la propriété de l'homme-roi. Les grands vases du Louvre, les vieux meubles et la vaisselle de Henri II, de François I^er, de Louis XI, n'étaient que des monuments historiques. Ce n'étaient que des objets d'art, une défroque du métier royal. Chez Fouquet, la valeur était dans le travail comme dans la matière. Fouquet mangeait dans un or que des artistes à lui avaient fondu et ciselé pour lui. Fouquet buvait des vins dont le roi de France ne savait pas le nom : il les buvait dans des gobelets plus précieux chacun que toute la cave royale.

Que dire des salles, des tentures, des tableaux, des serviteurs, des officiers de toute sorte ? Que dire du service ou, l'ordre remplaçant l'étiquette, le bien-être remplaçant les consignes, le plaisir et la satisfaction du convive devenaient la suprême loi de tout ce qui obéissait à l'hôte ?

Cet essaim de gens affairés sans bruit, cette multitude de convives moins nombreux que les serviteurs, ces myriades de mets, de vases d'or et d'argent, ces flots de lumière, ces amas de fleurs inconnues, dont les serres s'étaient dépouillées comme d'une surcharge, puisqu'elles étaient encore redondantes de beauté, ce tout harmonieux, qui n'était que le prélude de la fête promise, ravit tous les assistants, qui témoignèrent leur admiration à plusieurs reprises, non par la voix ou par le geste, mais par le silence et l'attention, ces deux langages du courtisan qui ne connaît plus le frein du maître.

Quant au roi, ses yeux se gonflèrent : il n'osa plus regarder la reine. Anne d'Autriche, toujours supérieure en orgueil à toute créature, écrasa son hôte par le mépris qu'elle témoigna pour tout ce qu'on lui servait.

La jeune reine, bonne et curieuse de la vie, loua Fouquet, mangea de grand appétit, et demanda le nom de plusieurs fruits qui paraissaient sur la table. Fouquet répondit qu'il ignorait les noms. Ces fruits sortaient de ses réserves : il les avait souvent cultivés lui-même, étant un savant en fait d'agronomie exotique. Le roi sentit la délicatesse. Il n'en fut que plus humilié. Il trouvait la reine un peu peuple, et Anne d'Autriche un peu Junon. Tout son soin, à lui, était de se garder froid sur la limite de l'extrême dédain ou de la simple admiration.

Mais Fouquet avait prévu tout cela : c'était un de ces hommes qui prévoient tout.

Le roi avait expressément déclaré que, tant qu'il serait chez M. Fouquet, il désirait ne pas soumettre ses repas à l'étiquette, et, par conséquent, dîner avec tout le monde ; mais, par les soins du surintendant, le dîner du roi se trouvait servi à part, si l'on peut s'exprimer ainsi, au milieu de la table générale. Ce dîner, merveilleux par sa composition, comprenait tout ce que le roi aimait, tout ce qu'il choisissait d'habitude. Louis n'avait pas d'excuses, lui, le premier appétit de son royaume, pour dire qu'il n'avait pas faim.

M. Fouquet fit bien mieux : il s'était mis à table pour obéir à l'ordre du roi, mais dès que les potages furent servis, il se leva de table et se mit lui-même à servir le roi, pendant que M^{me} la surintendante se tenait derrière le fauteuil de la reine mère. Le dédain de Junon et les bouderies de Jupiter ne tinrent pas contre cet excès de bonne grâce. La reine mère mangea un biscuit dans du vin de Sanlucar, et le roi mangea de tout en disant à M. Fouquet :

– Il est impossible, monsieur le surintendant, de faire meilleure chère.

Sur quoi, toute la cour se mit à dévorer d'un tel enthousiasme, que l'on eût dit des nuées de sauterelles d'Égypte s'abattant sur les seigles verts.

Cela n'empêcha pas que, après la faim assouvie, le roi ne redevînt triste : triste en proportion de la belle humeur qu'il avait cru devoir manifester, triste surtout de la bonne mine que ses courtisans avaient faite à Fouquet.

D'Artagnan, qui mangeait beaucoup et qui buvait sec, sans qu'il y parût, ne perdit pas un coup de dent, mais fit un grand nombre d'observations qui lui profitèrent.

Le souper fini, le roi ne voulut pas perdre la promenade. Le parc était illuminé. La lune, d'ailleurs, comme si elle se fût mise aux ordres du seigneur de Vaux, argenta les massifs et les lacs de ses diamants et de son phosphore. La fraîcheur était douce. Les allées étaient ombreuses et sablées si moelleusement, que les pieds s'y plaisaient. Il y eut fête complète ; car le roi, trouvant La Vallière au détour d'un bois, lui put serrer la main et dire : « Je vous aime », sans que nul l'entendît, excepté M. d'Artagnan, qui suivait, et M. Fouquet, qui précédait.

Cette nuit d'enchantements s'avança. Le roi demanda sa chambre. Aussitôt tout fut en mouvement. Les reines passèrent chez elles au son des théorbes et des flûtes. Le roi trouva, en montant, ses mousquetaires, que M. Fouquet avait fait venir de Melun et invités à souper.

D'Artagnan perdit toute défiance. Il était las, il avait bien soupé, et voulait, une fois dans sa vie, jouir d'une fête chez un véritable roi.

– M. Fouquet, disait-il, est mon homme.

On conduisit, en grande cérémonie, le roi dans la chambre de Morphée, dont nous devons une mention légère à nos lecteurs. C'était la plus belle et la plus vaste du palais. Le Brun avait peint, dans la coupole, les songes heureux et les songes tristes que Morphée suscite aux rois comme aux hommes. Tout ce que le sommeil enfante de gracieux, ce qu'il verse de miel et de parfums, de fleurs et de nectar, de voluptés ou de repos dans les sens, le peintre en avait enrichi les fresques. C'était une composition aussi suave dans une partie, que sinistre et terrible dans l'autre. Les coupes qui versent les poisons, le fer qui brille sur la tête du dormeur, les sorciers et les fantômes aux masques hideux, les demi-ténèbres, plus effrayantes que la flamme ou la nuit profonde, voilà ce qu'il avait donné pour pendants à ses gracieux tableaux.

Le roi, entré dans cette chambre magnifique, fut saisi d'un frisson. Fouquet en demanda la cause.

– J'ai sommeil, répliqua Louis assez pâle.

– Votre Majesté veut-elle son service sur-le-champ ?

– Non, j'ai à causer avec quelques personnes, dit le roi. Qu'on prévienne M. Colbert.

Fouquet s'inclina et sortit.

# XLIV

## *À Gascon, Gascon et demi*

D'Artagnan n'avait pas perdu de temps ; ce n'était pas dans ses habitudes. Après s'être informé d'Aramis, il avait couru jusqu'à ce qu'il l'eût rencontré. Or, Aramis, une fois le roi entré dans Vaux, s'était retiré dans sa chambre, méditant sans doute encore quelque galanterie pour les plaisirs de Sa Majesté.

D'Artagnan se fit annoncer et trouva au second étage, dans une belle chambre qu'on appelait la chambre bleue, à cause de ses tentures, il trouva, disons-nous l'évêque de Vannes en compagnie de Porthos et de plusieurs épicuriens modernes.

Aramis vint embrasser son ami, lui offrit le meilleur siège, et comme on vit généralement que le mousquetaire se réservait sans doute afin d'entretenir secrètement Aramis, les épicuriens prirent congé.

Porthos ne bougea pas. Il est vrai qu'ayant dîné beaucoup, il dormait dans son fauteuil. L'entretien ne fut pas gêné par ce tiers. Porthos avait le ronflement harmonieux, et l'on pouvait parler sur cette espèce de basse comme sur une mélopée antique.

D'Artagnan sentit que c'était à lui d'ouvrir la conversation. L'engagement qu'il était venu chercher était rude ; aussi aborda-t-il nettement le sujet.

– Eh bien ! nous voici donc à Vaux ? dit-il.

– Mais oui, d'Artagnan. Aimez-vous ce séjour ?

– Beaucoup, et j'aime aussi M. Fouquet.

– N'est-ce pas qu'il est charmant ?

– On ne saurait plus.

– On dit que le roi a commencé par lui battre froid, et que Sa Majesté s'est radoucie ?

– Vous n'avez donc pas vu, que vous dites : « On dit » ?

– Non ; je m'occupais, avec ces messieurs qui viennent de sortir, de la représentation et du carrousel de demain.

– Ah çà ! vous êtes ordonnateur des fêtes, ici, vous ?

– Je suis, comme vous savez, ami des plaisirs de l'imagination : j'ai toujours été poète par quelque endroit, moi.

– Je me rappelle vos vers. Ils étaient charmants.

– Moi, je les ai oubliés, mais je me réjouis d'apprendre ceux des autres, quand les autres s'appellent Molière, Pélisson, La Fontaine, etc.

– Savez-vous l'idée qui m'est venue ce soir en soupant, Aramis ?

– Non. Dites-la-moi ; sans quoi, je ne la devinerais pas ; vous en avez tant !

– Eh bien ! l'idée m'est venue que le vrai roi de France n'est pas Louis XIV.

– Hein ! fit Aramis en ramenant involontairement ses yeux sur les yeux du mousquetaire.

– Non, c'est M. Fouquet.

Aramis respira et sourit.

– Vous voilà comme les autres : jaloux ! dit-il. Parions que c'est M. Colbert qui vous a fait cette phrase-là ?

D'Artagnan, pour amadouer Aramis, lui conta les mésaventures de Colbert à propos du vin de Melun.

– Vilaine race que ce Colbert ! fit Aramis.

– Ma foi, oui !

– Quand on pense, ajouta l'évêque, que ce drôle-là sera votre ministre dans quatre mois.

– Bah !

– Et que vous le servirez comme Richelieu, comme Mazarin.

– Comme vous servez Fouquet, dit d'Artagnan.

– Avec cette différence, cher ami, que M. Fouquet n'est pas M. Colbert.

– C'est vrai.

Et d'Artagnan feignit de devenir triste.

– Mais, ajouta-t-il un moment après, pourquoi donc me disiez-vous que M. Colbert sera ministre dans quatre mois ?

– Parce que M. Fouquet ne le sera plus, répliqua Aramis.

– Il sera ruiné, n'est-ce pas ? dit d'Artagnan.

– À plat.

– Pourquoi donner des fêtes, alors ? fit le mousquetaire d'un ton de bienveillance si naturel, que l'évêque en fut un moment la dupe. Comment ne l'en avez-vous pas dissuadé, vous ?

Cette dernière partie de la phrase était un excès. Aramis revint à la défiance.

– Il s'agit, dit-il, de se ménager le roi.

– En se ruinant ?

– En se ruinant pour lui, oui.

– Singulier calcul !

– La nécessité.

– Je ne la vois pas, cher Aramis.

– Si fait, vous remarquez bien l'antagonisme naissant de M. de Colbert.

– Et que M. Colbert pousse le roi à se défaire du surintendant.

– Cela saute aux yeux.

– Et qu'il y a cabale contre M. Fouquet.

– On le sait de reste.

– Quelle apparence que le roi se mette de la partie contre un homme qui aura tout dépensé pour lui plaire ?

– C'est vrai, fit lentement Aramis, peu convaincu, et curieux d'aborder une autre face du sujet de conversation.

– Il y a folies et folies, reprit d'Artagnan. Je n'aime pas toutes celles que vous faites.

– Lesquelles ?

– Le souper, le bal, le concert, la comédie, les carrousels, les cascades, les feux de joie et d'artifice, les illuminations et les présents, très bien, je vous accorde cela ; mais ces dépenses de circonstance ne suffisaient-elles point ? Fallait-il...

– Quoi ?

– Fallait-il habiller de neuf toute une maison, par exemple ?

– Oh ! c'est vrai ! J'ai dit cela à M. Fouquet ; il m'a répondu que, s'il était assez riche, il offrirait au roi un château neuf des girouettes aux caves, neuf avec tout ce qui tient dedans, et que, le roi parti, il brûlerait tout cela pour que rien ne servît à d'autres.

– C'est de l'espagnol pur !

– Je le lui ai dit. Il a ajouté ceci : « Sera mon ennemi, quiconque me conseillera d'épargner. »

– C'est de la démence, vous dis-je, ainsi que ce portrait.

– Quel portrait ? dit Aramis.

– Celui du roi, cette surprise...

– Cette surprise ?

– Oui, pour laquelle vous avez pris des échantillons chez Percerin.

D'Artagnan s'arrêta. Il avait lancé la flèche. Il ne s'agissait plus que d'en mesurer la portée.

– C'est une gracieuseté, répondit Aramis.

D'Artagnan vint droit à son ami, lui prit les deux mains, et, le regardant dans les yeux :

– Aramis, dit-il, m'aimez-vous encore un peu ?

– Si je vous aime !

– Bon ! Un service, alors. Pourquoi avez-vous pris des échantillons de l'habit du roi chez Percerin ?

– Venez avec moi le demander à ce pauvre Le Brun, qui a travaillé là-dessus deux jours et deux nuits.

– Aramis, cela est la vérité pour tout le monde, mais pour moi...

– En vérité, d'Artagnan, vous me surprenez !

– Soyez bon pour moi. Dites-moi la vérité : vous ne voudriez pas qu'il m'arrivât du désagrément, n'est-ce pas ?

– Cher ami, vous devenez incompréhensible. Quel diable de soupçon avez-vous donc ?

– Croyez-vous à mes instincts ? Vous y croyiez autrefois. Eh bien ! un instinct me dit que vous avez un projet caché.

– Moi, un projet ?

– Je n'en suis pas sûr.

– Pardieu !

– Je n'en suis pas sûr, mais j'en jurerais.

– Eh bien ! d'Artagnan, vous me causez une vive peine. En effet, si j'ai un projet que je doive vous taire, je vous le tairai, n'est-ce pas ? Si j'en ai un que je doive vous révéler, je vous l'aurais déjà dit.

– Non, Aramis, non, il est des projets qui ne se révèlent qu'au moment favorable.

– Alors, mon bon ami, reprit l'évêque en riant, c'est que le moment favorable n'est pas encore arrivé.

D'Artagnan secoua la tête avec mélancolie.

– Amitié ! amitié ! dit-il, vain nom ! Voilà un homme qui, si je le lui demandais, se ferait hacher en morceaux pour moi.

– C'est vrai, dit noblement Aramis.

– Et cet homme, qui me donnerait tout le sang de ses veines, ne m'ouvrira pas un petit coin de son cœur. Amitié, je le répète, tu n'es qu'une ombre et qu'un leurre, comme tout ce qui brille dans le monde !

– Ne parlez pas ainsi de notre amitié, répondit l'évêque d'un ton ferme et convaincu. Elle n'est pas du genre de celles dont vous parlez.

– Regardez-nous, Aramis. Nous voici trois sur quatre. Vous me trompez, je vous suspecte, et Porthos dort. Beau trio d'amis, n'est-ce pas ? beau reste !

– Je ne puis vous dire qu'une chose, d'Artagnan, et je vous l'affirme sur l'Évangile. Je vous aime comme autrefois. Si jamais je me défie de vous, c'est à cause des autres, non à cause de vous ni de moi. Toute chose que je ferai et en quoi je réussirai, vous y trouverez votre part. Promettez-moi la même faveur, dites !

– Si je ne m'abuse, Aramis, voilà des paroles qui sont, au moment où vous les prononcez, pleines de générosité.

– C'est possible.

– Vous conspirez contre M. Colbert. Si ce n'est que cela, mordioux ! dites-le-moi donc, j'ai l'outil, j'arracherai la dent.

Aramis ne put effacer un sourire de dédain, qui glissa sur sa noble figure.

– Et, quand je conspirerais contre M. Colbert, où serait le mal ?

– C'est trop peu pour vous, et ce n'est pas pour renverser Colbert que vous avez été demander des échantillons à Percerin. Oh ! Aramis, nous ne sommes pas ennemis, nous sommes frères. Dites-moi ce que vous voulez entreprendre, et, foi de d'Artagnan, si je ne puis pas vous aider, je jure de rester neutre.

– Je n'entreprends rien, dit Aramis.

– Aramis, une voix me parle, elle m'éclaire ; cette voix ne m'a jamais trompé. Vous en voulez au roi !

– Au roi ? s'écria l'évêque en affectant le mécontentement.

– Votre physionomie ne me convaincra pas. Au roi, je le répète.

– Vous m'aiderez ? dit Aramis, toujours avec l'ironie de son rire.

– Aramis, je ferai plus que de vous aider, je ferai plus que de rester neutre, je vous sauverai.

– Vous êtes fou, d'Artagnan.

– Je suis le plus sage de nous deux.

– Vous, me soupçonner de vouloir assassiner le roi !

– Qui est-ce qui parle de cela ? dit le mousquetaire.

– Alors, entendons-nous, je ne vois pas ce que l'on peut faire à un roi légitime comme le nôtre, si on ne l'assassine pas.

D'Artagnan ne répliqua rien.

– Vous avez, d'ailleurs, vos gardes et vos mousquetaires ici, fit l'évêque.

– C'est vrai.

– Vous n'êtes pas chez M. Fouquet, vous êtes chez vous.

– C'est vrai.

– Vous avez, à l'heure qu'il est, M. Colbert qui conseille au roi contre M. Fouquet tout ce que vous voudriez peut-être conseiller si je n'étais pas de la partie.

– Aramis ! Aramis ! par grâce, un mot d'ami !

– Le mot des amis, c'est la vérité. Si je pense à toucher du doigt au fils d'Anne d'Autriche, le vrai roi de ce pays de France, si je n'ai pas la ferme intention de me prosterner devant son trône, si, dans mes idées, le jour de demain, ici, à Vaux, ne doit pas être le plus glorieux des jours de mon roi, que la foudre m'écrase ! j'y consens.

Aramis avait prononcé ces paroles le visage tourné vers l'alcôve de sa chambre, où d'Artagnan, adossé d'ailleurs à cette alcôve, ne pouvait soupçonner qu'il se cachât quelqu'un. L'onction de ces paroles, leur lenteur étudiée, la solennité du serment, donnèrent au mousquetaire la satisfaction la plus complète. Il prit les deux mains d'Aramis et les serra cordialement.

Aramis avait supporté les reproches sans pâlir, il rougit en écoutant les éloges. D'Artagnan trompé lui faisait honneur. D'Artagnan confiant lui faisait honte.

– Est-ce que vous partez ? lui dit-il en l'embrassant pour cacher sa rougeur.

– Oui, mon service m'appelle. J'ai le mot de la nuit à prendre.

– Où coucherez-vous ?

– Dans l'antichambre du roi, à ce qu'il paraît. Mais Porthos ?

– Emmenez-le-moi donc ; car il ronfle comme un canon.

– Ah !... il n'habite pas avec vous ? dit d'Artagnan.

– Pas le moins du monde. Il a son appartement je ne sais où.

– Très bien ! dit le mousquetaire, à qui cette séparation des deux associés ôtait ses derniers soupçons.

Et il toucha rudement l'épaule de Porthos. Celui-ci répondit en rugissant.

– Venez ! dit d'Artagnan.

– Tiens ! d'Artagnan, ce cher ami ! par quel hasard ? Ah ! c'est vrai, je suis de la fête de Vaux.

– Avec votre bel habit.

– C'est gentil de la part de M. Coquelin de Volière, n'est-ce pas ?

– Chut ! fit Aramis, vous marchez à défoncer les parquets.

– C'est vrai, dit le mousquetaire. Cette chambre est au-dessus du dôme.

– Et je ne l'ai pas prise pour salle d'armes, ajouta l'évêque. La chambre du roi a pour plafond les douceurs du sommeil. N'oubliez pas que mon parquet est la doublure de ce plafond-là. Bonsoir, mes amis, dans dix minutes je dormirai.

Et Aramis les conduisit en riant doucement. Puis, lorsqu'ils furent dehors, fermant rapidement les verrous et calfeutrant les fenêtres, il appela :

– Monseigneur ! monseigneur !

Philippe sortit de l'alcôve en poussant une porte à coulisse placée derrière le lit.

– Voilà bien des soupçons chez M. d'Artagnan, dit-il.

– Ah ! vous avez reconnu d'Artagnan, n'est-ce pas ?

– Avant que vous l'eussiez nommé.

– C'est votre capitaine des mousquetaires.

– Il m'est bien dévoué, répliqua Philippe en appuyant sur le pronom personnel.

– Fidèle comme un chien, mordant quelquefois. Si d'Artagnan ne vous reconnaît pas avant que l'autre ait disparu, comptez sur d'Artagnan à toute éternité ; car alors, s'il n'a rien vu, il gardera sa fidélité. S'il a vu trop tard, il est Gascon et n'avouera jamais qu'il s'est trompé.

– Je le pensais. Que faisons-nous maintenant ?

– Vous allez vous mettre à l'observatoire et regarder, au coucher du roi, comment vous vous couchez en petite cérémonie.

– Très bien. Où me mettrai-je ?

– Asseyez-vous sur ce pliant. Je vais faire glisser le parquet. Vous regarderez par cette ouverture qui répond aux fausses fenêtres pratiquées dans le dôme de la chambre du roi. Voyez-vous ?

– Je vois le roi.

Et Philippe tressaillit comme à l'aspect d'un ennemi.

– Que fait-il ?

– Il veut faire asseoir auprès de lui un homme.

– M. Fouquet.

– Non, non pas ; attendez...

– Les notes, mon prince, les portraits !

– L'homme que le roi veut faire s'asseoir ainsi devant lui, c'est M. Colbert.

– Colbert devant le roi ? s'écria Aramis. Impossible !

– Regardez.

Aramis plongea ses regards dans la rainure du parquet.

– Oui, dit-il, Colbert lui-même. Oh ! monseigneur, qu'allons-nous entendre, et que va-t-il résulter de cette intimité ?

– Rien de bon pour M. Fouquet, sans nul doute.

Le prince ne se trompait pas. Nous avons vu que Louis XIV avait fait mander Colbert, et que Colbert était arrivé. La conversation s'était engagée entre eux par une des plus hautes faveurs que le roi eût jamais faites. Il est vrai que le roi était seul avec son sujet.

– Colbert, asseyez-vous.

L'intendant, comblé de joie, lui qui craignait d'être renvoyé, refusa cet insigne honneur.

– Accepte-t-il ? dit Aramis.

– Non, il reste debout.

– Écoutons, mon prince.

Et le futur roi, le futur pape écoutèrent avidement ces simples mortels qu'ils tenaient sous leurs pieds, prêts à les écraser s'ils l'eussent voulu.

– Colbert, dit le roi, vous m'avez fort contrarié aujourd'hui.

– Sire... je le savais.

– Très bien ! J'aime cette réponse. Oui, vous le saviez. Il y a du courage à l'avoir fait.

– Je risquais de mécontenter Votre Majesté, mais je risquais aussi de lui cacher son intérêt véritable.

– Quoi donc ? Vous craigniez quelque chose pour moi ?

– Ne fût-ce qu'une indigestion, sire, dit Colbert, car on ne donne à son roi des festins pareils que pour l'étouffer sous le poids de la bonne chère.

Et, cette grosse plaisanterie lancée, Colbert en attendit agréablement l'effet.

Louis XIV, l'homme le plus vain et le plus délicat de son royaume, pardonna encore cette facétie à Colbert.

– De vrai, dit-il, M. Fouquet m'a donné un trop beau repas. Dites-moi, Colbert, où prend-il tout l'argent nécessaire pour subvenir à ces frais énormes ? Le savez-vous ?

– Oui, je le sais, sire.

– Vous me l'allez un peu établir.

– Facilement, à un denier près.

– Je sais que vous comptez juste.

– C'est la première qualité qu'on puisse exiger d'un intendant des finances.

– Tous ne l'ont pas.

– Je rends grâce à Votre Majesté d'un éloge si flatteur dans sa bouche.

– Donc, M. Fouquet est riche, très riche, et cela monsieur, tout le monde le sait.

– Tout le monde, les vivants comme les morts.

– Que veut dire cela, monsieur Colbert ?

– Les vivants voient la richesse de M. Fouquet ; ils admirent un résultat, et ils y applaudissent ; mais les morts, plus savants que nous, savent les causes, et ils accusent.

– Eh bien ! M. Fouquet doit sa richesse à quelles causes ?

– Le métier d'intendant favorise souvent ceux qui l'exercent.

– Vous avez à me parler plus confidentiellement ; ne craignez rien, nous sommes bien seuls.

– Je ne crains jamais rien, sous l'égide de ma conscience et sous la protection de mon roi, sire.

Et Colbert s'inclina.

– Donc, les morts, s'ils parlaient ?...

– Ils parlent quelquefois, sire. Lisez.

– Ah ! murmura Aramis à l'oreille du prince, qui, à ses côtés, écoutait sans perdre une syllabe, puisque vous êtes placé ici, monseigneur, pour apprendre votre métier de roi, écoutez une infamie toute royale. Vous allez assister à une de ces scènes comme Dieu seul ou plutôt comme le diable les conçoit et les exécute. Écoutez bien, vous profiterez.

Le prince redoubla d'attention et vit Louis XIV prendre des mains de Colbert une lettre que celui-ci tendait.

– L'écriture du feu cardinal ! dit le roi.

– Votre Majesté a bonne mémoire, répliqua Colbert en s'inclinant, et c'est une merveilleuse aptitude pour un roi destiné au travail, que de reconnaître ainsi les écritures à première vue.

Le roi lut une lettre de Mazarin, qui, déjà connue du lecteur, depuis la brouille entre M^{me} de Chevreuse et Aramis, n'apprendrait rien de nouveau si nous la rapportions ici.

– Je ne comprends pas bien, dit le roi intéressé vivement.

– Votre Majesté n'a pas encore l'habitude des commis d'intendance.

– Je vois qu'il s'agit d'argent donné à M. Fouquet.

– Treize millions. Une jolie somme !

– Mais oui... Eh bien ! ces treize millions manquent dans le total des comptes ? Voilà ce que je ne comprends pas très bien, vous dis-je. Pourquoi et comment ce déficit serait-il possible ?

– Possible, je ne dis pas ; réel, je le dis.

– Vous dites que treize millions manquent dans les comptes ?

– Ce n'est pas moi qui le dis, c'est le registre.

– Et cette lettre de M. de Mazarin indique l'emploi de cette somme et le nom du dépositaire ?

– Comme Votre Majesté peut s'en convaincre.

– Oui, en effet, il résulte de là que M. Fouquet n'aurait pas encore rendu les treize millions.

– Cela résulte des comptes, oui, sire.

– Eh bien ! alors ?...

– Eh bien ! alors, sire, puisque M. Fouquet n'a pas rendu les treize millions, c'est qu'il les a encaissés, et, avec treize millions, on fait quatre fois plus, et une fraction, de dépense et de munificence que Votre Majesté n'a pu en faire à Fontainebleau, où nous ne dépensâmes que trois millions en totalité, s'il vous en souvient.

C'était, pour un maladroit, une bien adroite noirceur que ce souvenir invoqué de la fête dans laquelle le roi avait, grâce à un mot de Fouquet, aperçu pour la première fois sont infériorité. Colbert recevait à Vaux ce que Fouquet lui avait fait à Fontainebleau, et, en bon homme de finances, il le rendait avec tous les intérêts. Ayant ainsi disposé le roi, Colbert n'avait plus grand-chose à faire. Il le sentit ; le roi était devenu sombre. Colbert attendit la première parole du roi avec autant d'impatience que Philippe et Aramis du haut de leur observatoire.

– Savez-vous ce qui résulte de tout cela, monsieur Colbert ? dit le roi après une réflexion.

– Non, sire, je ne le sais pas.

– C'est que le fait de l'appropriation des treize millions, s'il était avéré...

– Mais il l'est.

– Je veux dire s'il était déclaré, monsieur Colbert.

– Je pense qu'il le serait dès demain, si Votre Majesté...

– N'était pas chez M. Fouquet, répondit assez dignement le roi.

– Le roi est chez lui partout, sire, et surtout dans les maisons que son argent a payées.

– Il me semble, dit Philippe bas à Aramis, que l'architecte qui a bâti ce dôme aurait dû, prévoyant quel usage on en ferait, le mobiliser pour qu'on pût le faire choir sur la tête des coquins d'un caractère aussi noir que ce M. Colbert.

– J'y pensais bien, dit Aramis, mais M. Colbert est si près du roi en ce moment !

– C'est vrai, cela ouvrirait une succession.

– Dont monsieur votre frère puîné récolterait tout le fruit, monseigneur. Tenez, restons en repos et continuons à écouter.

– Nous n'écouterons pas longtemps, dit le jeune prince.

– Pourquoi cela, monseigneur ?

– Parce que, si j'étais le roi, je ne répondrais plus rien.

– Et que feriez-vous ?

– J'attendrais à demain matin pour réfléchir.

Louis XIV leva enfin les yeux, et, retrouvant Colbert attentif à sa première parole :

– Monsieur Colbert, dit-il, en changeant brusquement la conversation, je vois qu'il se fait tard, je me coucherai.

– Ah ! fit Colbert, j'aurai...

– À demain. Demain matin, j'aurai pris une détermination.

– Fort bien, sire, repartit Colbert outré, quoiqu'il se contint en présence du roi.

Le roi fit un geste, et l'intendant se dirigea vers la porte à reculons.

– Mon service ! cria le roi.

Le service du roi entra dans l'appartement.

Philippe allait quitter son poste d'observation.

– Un moment, lui dit Aramis avec sa douceur habituelle ; ce qui vient de se passer n'est qu'un détail, et nous n'en prendrons plus demain aucun souci, mais le service de nuit, l'étiquette du petit coucher, ah ! monseigneur, voilà qui est important ! Apprenez, apprenez comment vous vous mettez au lit, sire. Regardez, regardez !

# XLV

## *Colbert*

L'histoire nous dira ou plutôt l'histoire nous a dit les événements du lendemain, les fêtes splendides données par le surintendant à son roi. Deux grands écrivains ont constaté la grande dispute qu'il y eut entre la Cascade et la Gerbe d'Eau, la lutte engagée entre la Fontaine de la Couronne et les Animaux, pour savoir à qui plairait davantage. Il y eut donc le lendemain divertissement et joie ; il y eut promenade, repas, comédie ; comédie dans laquelle, à sa grande surprise, Porthos reconnut M. Coquelin de Volière, jouant dans la *farce* des *Fâcheux*. C'est ainsi qu'appelait ce divertissement M. de Bracieux de Pierrefonds.

La Fontaine n'en jugeait pas de même, sans doute, lui qui écrivait à son ami M. Maucroix :

> *C'est un ouvrage de Molière.*
>
> *Cet écrivain, par sa manière,*
>
> *Charme à présent toute la cour.*
>
> *De la façon que son nom court,*
>
> *Il doit être par-delà Rome.*
>
> *J'en suis ravi, car c'est mon homme.*

On voit que La Fontaine avait profité de l'avis de Pélisson et avait soigné la rime.

Au reste, Porthos était de l'avis de La Fontaine, et il eût dit comme lui : « Pardieu ! ce Molière est mon homme ! mais seulement pour les habits. » À l'endroit du théâtre, nous l'avons dit, pour M. de Bracieux de Pierrefonds, Molière n'était qu'un farceur.

Mais préoccupé par la scène de la veille, mais cuvant le poison versé par Colbert, le roi, pendant toute cette journée si brillante, si accidentée, si imprévue, où toutes les merveilles des *Mille et Une Nuits* semblaient naître sous ses pas, le roi se montra froid, réservé, taciturne. Rien ne put le dérider ; on sentait qu'un profond ressentiment venant de loin, accru peu à peu comme la source qui devient rivière, grâce aux mille filets d'eau qui l'alimentent, tremblait au plus profond de son âme. Vers midi seulement, il commença à reprendre un peu de sérénité. Sans doute, sa résolution était arrêtée.

Aramis, qui le suivait pas à pas, dans sa pensée comme dans sa marche, Aramis conclut que l'événement qu'il attendait ne se ferait pas attendre.

Cette fois, Colbert semblait marcher de concert avec l'évêque de Vannes, et, eût-il reçu pour chaque aiguille dont il piquait le cœur du roi un mot d'ordre d'Aramis, qu'il n'eût pas fait mieux.

Toute cette journée, le roi, qui avait sans doute besoin d'écarter une pensée sombre, le roi parut rechercher aussi activement la société de La Vallière qu'il mit d'empressement à fuir celle de M. Colbert ou celle de M. Fouquet.

Le soir vint. Le roi avait désiré ne se promener qu'après le jeu. Entre le souper et la promenade, on joua donc. Le roi gagna mille pistoles, et, les ayant gagnées, les mit dans sa poche, et se leva en disant :

– Allons, messieurs, au parc.

Il y trouva les dames. Le roi avait gagné mille pistoles et les avait empochées, avons-nous dit. Mais M. Fouquet avait su en perdre dix mille ; de sorte que, parmi les courtisans, il y avait encore cent quatre-vingt-dix mille livres de bénéfice, circonstance qui faisait des visages des courtisans et des officiers de la maison du roi les visages les plus joyeux de la terre.

Il n'en était pas de même du visage du roi, sur lequel, malgré ce gain auquel il n'était pas insensible, demeurait toujours un lambeau de nuage. Au coin d'une allée, Colbert l'attendait. Sans doute, l'intendant se trouvait là en vertu d'un rendez-vous donné, car Louis XIV, qui l'avait évité, lui fit un signe et s'enfonça avec lui dans le parc.

Mais La Vallière aussi avait vu ce front sombre et ce regard flamboyant du roi, elle l'avait vu, et comme rien de ce qui couvait dans cette âme n'était impénétrable à son amour, elle avait compris que cette colère comprimée menaçait quelqu'un. Elle se tenait sur le chemin de vengeance comme l'ange de la miséricorde.

Toute triste, toute confuse, à demi folle d'avoir été si longtemps séparée de son amant, inquiète de cette émotion intérieure qu'elle avait devinée, elle se montra d'abord au roi avec un aspect embarrassé que, dans sa mauvaise disposition d'esprit, le roi interpréta défavorablement.

Alors, comme ils étaient seuls ou à peu près seuls, attendu que Colbert, en apercevant la jeune fille, s'était respectueusement arrêté et se tenait à dix pas de distance, le roi s'approcha de La Vallière et lui prit la main.

– Mademoiselle, lui dit-il, puis-je, sans indiscrétion, vous demander ce que vous avez ? Votre poitrine paraît gonflée, vos yeux sont humides.

– Oh ! sire, si ma poitrine est gonflée, si mes yeux sont humides, si je suis triste enfin, c'est de la tristesse de Votre Majesté.

– Ma tristesse ? Oh ! vous voyez mal, mademoiselle. Non, ce n'est point de la tristesse que j'éprouve.

– Et qu'éprouvez-vous, sire ?

– De l'humiliation.

– De l'humiliation ? Oh ! que dites-vous là ?

– Je dis, mademoiselle, que, là où je suis, nul autre ne devrait être le maître. Eh bien ! regardez, si je ne m'éclipse pas, moi, le roi de France, devant le roi de ce domaine. Oh ! continua-t-il en serrant les dents et le poing, oh !... Et quand je pense que ce roi...

– Après ? dit La Vallière effrayée.

– Que ce roi est un serviteur infidèle qui se fait orgueilleux avec mon bien volé ! Aussi je vais lui changer, à cet impudent ministre, sa fête en deuil dont la nymphe de Vaux, comme disent ses poètes gardera longtemps le souvenir.

– Oh ! Votre Majesté...

– Eh bien ! mademoiselle, allez-vous prendre le parti de M. Fouquet ? fit Louis XIV avec impatience.

– Non, sire, je vous demanderai seulement si vous êtes bien renseigné. Votre Majesté, plus d'une fois, a appris à connaître la valeur des accusations de cour.

Louis XIV fit signe à Colbert de s'approcher.

– Parlez, monsieur Colbert, dit le jeune prince ; car, en vérité, je crois que voilà M<sup>lle</sup> de La Vallière qui a besoin de votre parole pour croire à la parole du roi. Dites à Mademoiselle ce qu'a fait M. Fouquet. Et vous, mademoiselle, oh ! ce ne sera pas long, ayez la bonté d'écouter, je vous prie.

Pourquoi Louis XIV insistait-il ainsi ? Chose toute simple : son cœur n'était pas tranquille, son esprit n'était pas bien convaincu ; il devinait quelque menée sombre, obscure, tortueuse, sous cette histoire des treize millions, et il eût voulu que le cœur pur de La Vallière, révolté à l'idée d'un vol, approuvât, d'un seul mot, cette résolution qu'il avait prise, et que néanmoins, il hésitait à mettre à exécution.

– Parlez, monsieur, dit La Vallière à Colbert qui s'était avancé ; parlez, puisque le roi veut que je vous écoute. Voyons, dites, quel est le crime de M. Fouquet ?

– Oh ! pas bien grave, mademoiselle, dit le noir personnage ; un simple abus de confiance...

– Dites, dites, Colbert, et quand vous aurez dit, laissez-nous et allez avertir M. d'Artagnan que j'ai des ordres à lui donner.

– M. d'Artagnan ! s'écria La Vallière, et pourquoi faire avertir M. d'Artagnan, sire ? Je vous supplie de me le dire.

– Pardieu ! pour arrêter ce titan orgueilleux qui, fidèle à sa devise, menace d'escalader mon ciel.

– Arrêter M. Fouquet, dites-vous ?

– Ah ! cela vous étonne ?

– Chez lui ?

– Pourquoi pas ? S'il est coupable, il est coupable chez lui comme ailleurs.

– M. Fouquet, qui se ruine en ce moment pour faire honneur à son roi ?

– Je crois, en vérité, que vous défendez ce traître, mademoiselle.

Colbert se mit à rire tout bas. Le roi se retourna au sifflement de ce rire.

– Sire, dit La Vallière, ce n'est pas M. Fouquet que je défends, c'est vous-même.

– Moi-même !... Vous me défendez ?

– Sire, vous vous déshonorez en donnant un pareil ordre.

– Me déshonorer ? murmura le roi blêmissant de colère. En vérité, mademoiselle, vous mettez à ce que vous dites une étrange passion.

– Je mets de la passion, non pas à ce que je dis, sire, mais à servir Votre Majesté, répondit la noble jeune fille. J'y mettrais, s'il le fallait, ma vie, et cela avec la même passion, sire.

Colbert voulut grommeler. Alors La Vallière, ce doux agneau, se redressa contre lui et, d'un œil enflammé, lui imposa silence.

– Monsieur, dit-elle, quand le roi agit bien, si le roi fait tort à moi ou aux miens, je me tais ; mais, le roi me servît-il, moi ou ceux que j'aime, si le roi agit mal, je le lui dis.

– Mais, il me semble, mademoiselle, hasarda Colbert, que, moi aussi, j'aime le roi.

– Oui, monsieur, nous l'aimons tous deux, chacun à sa manière, répliqua La Vallière avec un tel accent, que le cœur du jeune roi en fut pénétré. Seulement je l'aime, moi, si fortement, que tout le monde le sait, si purement, que le roi lui-même ne doute pas de mon amour. Il est mon roi et mon maître, je suis son humble servante, mais quiconque touche à son honneur touche à ma vie. Or, je répète que ceux-là déshonorent le roi qui lui conseillent de faire arrêter M. Fouquet chez lui.

Colbert baissa la tête, car il se sentait abandonné par le roi. Cependant, tout en baissant la tête, il murmura :

– Mademoiselle, je n'aurais qu'un mot à dire.

– Ne le dites pas, ce mot, monsieur, car ce mot, je ne l'écouterais point. Que me diriez-vous d'ailleurs ? Que M. Fouquet a commis des crimes ? Je le sais, parce que le roi l'a dit, et du moment que le roi a dit : « Je crois », je n'ai pas besoin qu'une autre bouche dise : « J'affirme. » Mais M. Fouquet, fût-il le dernier des hommes, je le dis hautement, M. Fouquet est sacré au roi, parce que le roi est son hôte. Sa maison fût-elle un repaire, Vaux fût-il une caverne de faux-monnayeurs ou de bandits, sa maison est sainte, son château est inviolable, puisqu'il y loge sa femme, et c'est un lieu d'asile que des bourreaux ne violeraient pas !

La Vallière se tut. Malgré lui, le roi l'admirait ; il fut vaincu par la chaleur de cette voix, par la noblesse de cette cause. Colbert, lui, ployait, écrasé par l'inégalité de cette lutte. Enfin, le roi respira, secoua la tête et tendit la main à La Vallière.

– Mademoiselle, dit-il avec douceur, pourquoi parlez-vous contre moi ? Savez-vous ce que fera ce misérable si je le laisse respirer ?

– Eh ! mon Dieu, n'est-ce pas une proie qui vous appartiendra toujours ?

– Et s'il échappe, s'il fuit ? s'écria Colbert.

– Eh bien ! monsieur, ce sera la gloire éternelle du roi d'avoir laissé fuir M. Fouquet, et plus il aura été coupable, plus la gloire du roi sera grande, comparée à cette misère, à cette honte.

Louis baisa la main de La Vallière, tout en se laissant glisser à ses genoux.

« Je suis perdu », pensa Colbert.

Puis tout à coup sa figure s'éclaira :

« Oh ! non, non, pas encore ! » se dit-il.

Et, tandis que le roi, protégé par l'épaisseur d'un énorme tilleul, étreignait La Vallière avec toute l'ardeur d'un ineffable amour, Colbert fouilla tranquillement dans son garde-notes, d'où il tira un papier plié en forme de lettre, papier un peu jaune peut-être, mais qui devait être bien précieux, puisque l'intendant sourit en le regardant. Puis il reporta son regard haineux sur le groupe charmant que dessinaient dans l'ombre la jeune fille et le roi, groupe que venait éclairer la lueur des flambeaux qui s'approchaient.

Louis vit la lueur de ces flambeaux se refléter sur la robe blanche de La Vallière.

– Pars, Louise, lui dit-il, car voilà que l'on vient.

– Mademoiselle, mademoiselle, on vient, ajouta Colbert pour hâter le départ de la jeune fille.

Louise disparut rapidement entre les arbres. Puis, comme le roi, qui s'était mis aux genoux de la jeune fille, se relevait :

– Ah ! M^lle de la Vallière a laissé tomber quelque chose, dit Colbert.

– Quoi donc ? demanda le roi.

– Un papier, une lettre, quelque chose de blanc, voyez, là, sire.

Le roi se baissa vite, et ramassa la lettre en la froissant.

En ce moment, les flambeaux arrivèrent, inondant de jour cette scène obscure.

# XLVI

## *Jalousie*

Cette vraie lumière, cet empressement de tous, cette nouvelle ovation faite au roi par Fouquet, vinrent suspendre l'effet d'une résolution que La Vallière avait déjà bien ébranlée dans le cœur de Louis XIV.

Il regarda Fouquet avec une sorte de reconnaissance pour lui, de ce qu'il avait fourni à La Vallière l'occasion de se montrer si généreuse, si fort puissante sur son cœur.

C'était le moment des dernières merveilles. À peine Fouquet eut-il emmené le roi vers le château, qu'une masse de feu, s'échappant avec un grondement majestueux du dôme de Vaux, éblouissante aurore, vint éclairer jusqu'aux moindres détails des parterres.

Le feu d'artifice commençait. Colbert, à vingt pas du roi, que les maîtres de Vaux entouraient et fêtaient, cherchait par l'obstination de sa pensée funeste à ramener l'attention de Louis sur des idées que la magnificence du spectacle éloignait déjà trop.

Tout à coup, au moment de la tendre à Fouquet, le roi sentit dans sa main ce papier que, selon toute apparence, La Vallière, en fuyant, avait laissé tomber à ses pieds.

L'aimant le plus fort de la pensée d'amour entraînait le jeune prince vers le souvenir de sa maîtresse.

Aux lueurs de ce feu, toujours croissant en beauté, et qui faisait pousser des cris d'admiration dans les villages d'alentour, le roi lut le billet, qu'il supposait être une lettre d'amour destinée à lui par La Vallière.

À mesure qu'il lisait, la pâleur montait à son visage, et cette sourde colère, illuminée par ces feux de mille couleurs, faisait un spectacle terrible dont tout le monde eût frémi, si chacun avait pu lire dans ce cœur ravagé par les plus sinistres passions. Pour lui, plus de trêve dans la jalousie et la rage. À partir du moment où il eut découvert la sombre vérité, tout disparut, pitié, douceur, religion de l'hospitalité.

Peu s'en fallut que, dans la douleur aiguë qui tordait son cœur, encore trop faible pour dissimuler la souffrance, peu s'en fallut qu'il ne poussât un cri d'alarme et qu'il n'appelât ses gardes autour de lui.

Cette lettre, jetée sur les pas du roi par Colbert, on l'a déjà deviné, c'était celle qui avait disparu avec le grison Tobie à Fontainebleau, après la tentative faite par Fouquet sur le cœur de La Vallière.

Fouquet voyait la pâleur et ne devinait point le mal ; Colbert voyait la colère et se réjouissait à l'approche de l'orage.

La voix de Fouquet tira le jeune prince de sa farouche rêverie.

– Qu'avez-vous, sire ? demanda gracieusement le surintendant.

Louis fit un effort sur lui-même, un violent effort.

– Rien, dit-il.

– J'ai peur que Votre Majesté ne souffre.

– Je souffre, en effet, je vous l'ai déjà dit, monsieur, mais ce n'est rien.

Et le roi, sans attendre la fin du feu d'artifice, se dirigea vers le château.

Fouquet accompagna le roi. Tout le monde suivit derrière eux.

Les dernières fusées brûlèrent tristement pour elles seules.

Le surintendant essaya de questionner encore Louis XIV, mais n'obtint aucune réponse. Il supposa qu'il y avait eu querelle entre Louis et La Vallière dans le parc ; que brouille en était résultée ; que le roi, peu boudeur de sa nature, mais tout dévoué à sa rage d'amour, prenait le monde en haine depuis que sa maîtresse le boudait. Cette idée suffit à le rassurer ; il eut même un sourire amical et consolant pour le jeune roi, quand celui-ci lui souhaita le bonsoir.

Ce n'était pas tout pour le roi. Il fallait subir le service. Ce service du soir se devait faire en grande étiquette. Le lendemain était le jour du départ. Il fallait bien que les hôtes remerciassent leur hôte et lui donnassent une politesse pour ses douze millions.

La seule chose que Louis trouva d'aimable pour Fouquet en le congédiant, ce furent ces paroles :

– Monsieur Fouquet, vous saurez de mes nouvelles ; faites, je vous prie, venir ici M. d'Artagnan.

Et le sang de Louis XIII, qui avait tant dissimulé, bouillait alors dans ses veines, et il était tout prêt à faire égorger Fouquet, comme son prédécesseur avait fait assassiner le maréchal d'Ancre. Aussi déguisa-t-il l'affreuse résolution sous un de ces sourires royaux qui sont les éclairs des coups d'État.

Fouquet prit la main du roi et la baisa. Louis frissonna de tout son corps, mais laissa toucher sa main aux lèvres de M. Fouquet.

Cinq minutes après, d'Artagnan, auquel on avait transmis l'ordre royal, entrait dans la chambre de Louis XIV.

Aramis et Philippe étaient dans la leur, toujours attentifs, toujours écoutant.

Le roi ne laissa pas au capitaine de ses mousquetaires le temps d'arriver jusqu'à son fauteuil.

Il courut à lui.

– Ayez soin, s'écria-t-il, que nul n'entre ici.

– Bien, sire, répliqua le soldat, dont le coup d'œil avait, depuis longtemps, analysé les ravages de cette physionomie.

Et il donna l'ordre à la porte, puis revenant vers le roi :

– Il y a du nouveau chez Votre Majesté ? dit-il.

– Combien avez-vous d'hommes ici ? demanda le roi sans répondre autrement à la question qui lui était faite.

– Pour quoi faire, sire ?

– Combien avez-vous d'hommes ? répéta le roi en frappant du pied.

– J'ai les mousquetaires.

– Après ?

– J'ai vingt gardes et treize Suisses.

– Combien faut-il de gens pour...

– Pour ?... dit le mousquetaire avec ses grands yeux calmes.

– Pour arrêter M. Fouquet.

D'Artagnan fit un pas en arrière.

– Arrêter M. Fouquet ! dit-il avec éclat.

– Allez-vous dire aussi que c'est impossible ? s'écria le roi avec une rage froide et haineuse.

– Je ne dis jamais qu'une chose soit impossible, répliqua d'Artagnan blessé au vif.

– Eh bien ! faites !

D'Artagnan tourna sur ses talons sans mesure et se dirigea vers la porte.

L'espace à parcourir était court : il le franchit en six pas. Là, s'arrêtant :

– Pardon, sire, dit-il.

– Quoi ? dit le roi.

– Pour faire cette arrestation, je voudrais un ordre écrit.

– À quel propos ? et depuis quand la parole du roi ne vous suffit-elle pas ?

– Parce qu'une parole de roi, issue d'un sentiment de colère, peut changer quand le sentiment change.

– Pas de phrases, monsieur ! vous avez une autre pensée.

– Oh ! j'ai toujours des pensées, moi, et des pensées que les autres n'ont malheureusement pas, répliqua impertinemment d'Artagnan.

Le roi, dans la fougue de son emportement, plia devant cet homme, comme le cheval plie les jarrets sous la main robuste du dompteur.

– Votre pensée ? s'écria-t-il.

– La voici, sire, répondit d'Artagnan. Vous faites arrêter un homme lorsque vous êtes encore chez lui : c'est de la colère. Quand vous ne serez plus en colère, vous vous repentirez. Alors, je veux pouvoir vous montrer votre signature. Si cela ne répare rien, au moins cela nous montrera-t-il que le roi a tort de se mettre en colère.

– A tort de se mettre en colère ! hurla le roi avec frénésie. Est-ce que le roi mon père, est-ce que mon aïeul ne s'y mettaient pas, corps du Christ ?

– Le roi votre père, le roi votre aïeul ne se mettaient jamais en colère que chez eux.

– Le roi est maître partout comme chez lui.

– C'est une phrase de flatteur, et qui doit venir de M. Colbert, mais ce n'est pas une vérité. Le roi est chez lui dans toute maison, quand il en a chassé le propriétaire.

Louis se mordit les lèvres.

– Comment ! dit d'Artagnan, voilà un homme qui se ruine pour vous plaire, et vous voulez le faire arrêter ? Mordioux ! sire, si je m'appelais Fouquet et que l'on me fît cela, j'avalerais d'un coup dix fusées d'artifice, et j'y mettrais le feu pour me faire sauter, moi et tout le reste. C'est égal, vous le voulez, j'y vais.

– Allez ! fit le roi. Mais avez-vous assez de monde ?

– Croyez-vous, sire, que je vais emmener un anspessade avec moi ? Arrêter M. Fouquet, mais c'est si facile, qu'un enfant le ferait. M. Fouquet à arrêter, c'est un verre d'absinthe à boire. On fait la grimace, et c'est tout.

– S'il se défend ?...

– Lui ? Allons donc ! se défendre, quand une rigueur comme celle-là le fait roi et martyr ! Tenez, s'il lui reste un million, ce dont je doute, je gage qu'il le donnerait pour avoir cette fin-là. Allons, sire, j'y vais.

– Attendez ! dit le roi.

– Ah ! qu'y a-t-il ?

– Ne rendez pas son arrestation publique.

– C'est plus difficile, cela.

– Pourquoi ?

– Parce que rien n'est plus simple que d'aller, au milieu des mille personnes enthousiastes qui l'entourent, dire à M. Fouquet : « Au nom du roi, monsieur, je vous arrête ! » Mais aller à lui, le tourner, le retourner, le coller dans quelque coin de l'échiquier, de façon qu'il ne s'en échappe pas ; le voler à tous ses convives, et vous le garder prisonnier, sans qu'un de ses *hélas !* ait été entendu, voilà une difficulté réelle, véritable, suprême, et je la donne en cent aux plus habiles.

– Dites encore : « C'est impossible ! » et vous aurez plus vite fait. Ah ! mon Dieu, mon Dieu ! ne serais-je entouré que de gens qui m'empêchent de faire ce que je veux !

– Moi, je ne vous empêche de rien faire. Est-ce dit ?

– Gardez-moi M. Fouquet jusqu'à ce que, demain, j'aie pris une résolution.

– Ce sera fait, sire.

– Et revenez à mon lever pour prendre mes nouveaux ordres.

– Je reviendrai.

– Maintenant, qu'on me laisse seul.

– Vous n'avez pas même besoin de M. Colbert ? dit le mousquetaire envoyant sa dernière flèche au moment du départ.

Le roi tressaillit. Tout entier à la vengeance, il avait oublié le corps du délit.

– Non, personne, dit-il, personne ici ! Laissez-moi !

D'Artagnan partit. Le roi ferma sa porte lui-même, et commença une furieuse course dans sa chambre, comme le taureau blessé qui traîne après lui ses banderilles et les fers des hameçons. Enfin, il se mit à se soulager par des cris.

– Ah ! le misérable ! non seulement il me vole mes finances, mais, avec cet or, il me corrompt secrétaires, amis, généraux, artistes, il me prend jusqu'à ma maîtresse ! Ah ! voilà pourquoi cette perfide l'a si bravement défendu !... C'était de la reconnaissance !... Qui sait ?... peut-être même de l'amour.

Il s'abîma un instant dans ces réflexions douloureuses.

« Un satyre ! pensa-t-il avec cette haine profonde que la grande jeunesse porte aux hommes mûrs qui songent encore à l'amour ; un faune qui court la galanterie et qui n'a jamais trouvé de rebelles ! un homme à femmelettes, qui donne des fleurettes d'or et de diamant, et qui a des peintres pour faire le portrait de ses maîtresses en costume de déesses ! »

Le roi frémit de désespoir.

– Il me souille tout ! continua-t-il. Il me ruine tout ! Il me tuera ! Cet homme est trop pour moi ! Il est mon mortel ennemi ! Cet homme tombera ! Je le hais !... je le hais !... je le hais !...

Et, en disant ces mots, il frappait à coups redoublés sur les bras du fauteuil dans lequel il s'asseyait et duquel il se levait comme un épileptique.

– Demain ! demain !... Oh ! le beau jour ! murmura-t-il, quand le soleil se lèvera, n'ayant que moi pour rival, cet homme tombera si bas, qu'en voyant les ruines que ma colère aura faites, on avouera enfin que je suis plus grand que lui !

Le roi, incapable de se maîtriser plus longtemps, renversa d'un coup de poing une table placée près de son lit, et, dans la douleur qu'il ressentit, pleurant presque, suffoquant, il alla se précipiter sur ses draps, tout habillé qu'il était, pour les mordre et pour y trouver le repos du corps.

Le lit gémit sous ce poids, et, à part quelques soupirs échappés de la poitrine haletante du roi, on n'entendit plus rien dans la chambre de Morphée.


FIN DU TOME CINQUIÈME

# Collection Alexandre Dumas :

## La trilogie des Valois :

## La trilogie des mousquetaires :

Printed in France by Amazon
Brétigny-sur-Orge, FR

16743810R00201